FINLAY DONOVAN

SEM TEMPO PARA MATAR

ELLE
COSIMANO

FINLAY DONOVAN

SEM TEMPO PARA MATAR

TRADUÇÃO DE SOFIA SOTER

Editora Melhoramentos

Dados Internacionais de Catalogação na Publicação (CIP)
(Câmara Brasileira do Livro, SP, Brasil)

Cosimano, Elle
Finlay Donovan: sem tempo para matar / Elle Cosimano; tradução Sofia Soter. – 1. ed. – São Paulo: Editora Melhoramentos, 2023. – (Finlay Donovan; 2)

Título original: Finlay Donovan Knocks 'Em Dead
ISBN 978-65-5539-522-8

1. Romance norte-americano I. Título III. Série.

22-138581 CDD-813

Índices para catálogo sistemático:
1. Romances: Literatura norte-americana 813

Aline Graziele Benitez – Bibliotecária – CRB-1/3129

Título original: *Finlay Donovan Knocks 'Em Dead*

Tradução de © Sofia Soter
Preparação de texto: Elisabete Franczak Branco
Revisão: Marcia Men e Paula Silva
Capa: David Baldeosingh Rotstein
Adaptação de capa: Carla Almeida Freire
Projeto gráfico e diagramação: Bruna Parra
Imagens de capa e miolo: Clash_Gene/Shutterstock, vi73/Shutterstock, MatoomMi/Shutterstock, Yana Lesiuk/Shutterstock

1ª edição, maio de 2023
ISBN: 978-65-5539-522-8

Atendimento ao consumidor:
Caixa Postal 169 – CEP 01031-970
São Paulo – SP – Brasil
Tel.: (11) 3874-0880
sac@melhoramentos.com.br
www.editoramelhoramentos.com.br

FSC
www.fsc.org
MISTO
Papel produzido a partir de fontes responsáveis
FSC® C103028

Siga a Editora Melhoramentos nas redes sociais:
/editoramelhoramentos

CÓPIA NÃO AUTORIZADA É CRIME
ABDR
ASSOCIAÇÃO BRASILEIRA DE DIREITOS REPROGRÁFICOS
RESPEITE O DIREITO AUTORAL

Impresso no Brasil

Para as June Bug Moms de 2022

1

Christopher estava morto. Tinha sido encontrado flutuando na água, os olhos saltados e vazios, logo ao amanhecer. Apesar de eu não poder dizer com honestidade que já matara alguém, daquela vez não havia como negar que a responsabilidade era inteiramente minha.

– Não foi culpa sua.

Vero apertou meu braço através da manga do suéter preto comprido, para me dar coragem. Eu não tinha outra roupa mais adequada; não acordara preparada para um enterro. Ainda assim, a jovem babá superestilosa da minha filha tinha dado um jeito de vestir calça social justa e uma blusa de grife, e arrumar o cabelo em um penteado espetacular. Ela abriu um sorriso fraco.

– Sei que não foi de propósito – insistiu ela.

A mão da minha filha na minha era frágil, o corpo dela aninhado ao meu, os olhos vermelhos de tanto chorar.

– Em sua defesa – cochichou Vero –, as instruções estavam em letrinhas muito miúdas. E na sua idade...

Eu tenho 31 anos.

– Exatamente. Ninguém esperaria que você enxergasse claramente letrinhas tão pequenas. Você só exagerou na dose. Só isso.

– Ele parecia estar com fome.

A desculpa parecia débil, até para mim. Era só que, sempre que eu entrava no quarto da minha filha, Christopher me olhava do aquário com aqueles olhinhos redondos de súplica.

– Eu sei – disse Vero, fazendo biquinho com a boca pintada de gloss, e dando um tapinha no meu ombro. – Você fez seu melhor, Finn.

O peixinho dourado da minha filha flutuava na água turva, a barriga inchada apontada para mim como um dedo acusatório. Delia ganhara Christopher de presente do pai, mas eu tinha certeza de que Steven comprara o peixe apenas para me provocar. Para acrescentar mais uma responsabilidade a meu fardo já transbordante, só para me ver fracassar e jogar na minha cara quando contestasse a guarda dos meus filhos. Desde que me largara para ficar com nossa corretora imobiliária e noivara com ela, ele estava determinado a demonstrar que eu era incompetente. Para ele, tornou-se uma competição, que só piorou depois do seu término com Theresa. Eu tinha decidido que manteria de qualquer jeito a porcaria do peixe vivo, para provar ao meu ex que era capaz de sustentar nossos filhos – e seu bichinho de estimação – com minha parca renda de escritora, sem a ajuda dele. Que era capaz de alimentar e cuidar de Delia, Zach *e* Christopher, sozinha. Ou, pelo menos, com a ajuda de Vero.

Christopher sobrevivera aos meus cuidados por menos de um mês. E, apesar de Zach não ter idade para me dedurar ao pai, Delia era incapaz de guardar segredo. Não daria para esconder de Steven a morte de Christopher. Ele se gabaria daquilo para Guy, o safado do advogado de divórcio, e provavelmente traria o assunto à tona no tribunal. "Meritíssimo, eu gostaria de chamar a atenção do senhor para o peixe no envelope de provas identificado como Amostra A. O falecido bateu as botas após meras três semanas sob os cuidados de minha ex-esposa. Ela é, claramente, inadequada como responsável por nossos filhos."

Se Steven fizesse a mais vaga ideia do *ser humano* que morrera sob meus cuidados no mês anterior (ou de onde eu e Vero havíamos largado o corpo), provavelmente teria um ataque cardíaco – uma possibilidade que Vero considerara com prazer até calcular a baixa probabilidade de ele de fato morrer por causa da notícia. Um mês antes, uma mulher chamada Patricia Mickler escutara minha conversa com minha agente literária em uma lanchonete lotada, quando discutíamos o enredo de meu livro de suspense. Ela então me oferecera cinquenta mil dólares para assassinar seu marido, um homem horrível que por acaso fazia lavagem de dinheiro para a máfia russa. Harris acabara drogado na minha minivan por acidente e, apesar de não ter sido eu, de fato, a responsável direta por seu assassinato, sua esposa tivera certeza de que havia sido. Ela passara meu contato para a amiga Irina, cujo marido trabalhava para a mesma máfia assustadora. A morte do marido de Irina também fora acidental. De todo modo, as duas mulheres haviam expressado sua gratidão com quantidades imensas de dinheiro – e com uma informação: alguém postara um anúncio na internet, procurando uma pessoa disposta a assassinar meu ex-marido por dinheiro.

Vero me ofereceu a rede de plástico verde.

– Quer fazer um pequeno discurso?

Zach veio cambaleando até o aquário com as perninhas gorduchas, o elástico franzido da fralda aparecendo por baixo da camisa preta. Ele agarrou a beirada da cômoda com os dedos grudentos, ficando na ponta dos pés para conseguir ver. Encostou um dedo no vidro, baba escorrendo pelo queixo. Delia fungou, a boca brilhando de catarro, e me olhou, cheia de expectativa. Aceitei a rede de Vero.

– O que devo dizer? – cochichei.

Ela me empurrou de leve na direção do aquário.

– Fale alguma coisa legal sobre ele.

Segurei a rede junto ao peito, com dificuldade de encontrar as palavras que acalmariam o luto da minha filha de cinco anos, que estava histérica desde que acordara e encontrara seu bichinho flutuando no aquário como um cereal. Pelo amor de Deus, eu era escritora. Eu arrumava palavras por dinheiro. Deveria ser fácil. No entanto, toda vez que olhava para Christopher, imaginava o rosto do meu ex-marido. Não porque eu queria matar Steven. Quer dizer, eu até queria. Às vezes. Normalmente. Definitivamente sempre que ele abria a boca. Contudo, por mais conflituosa que fosse nossa relação desde que ele me trocara pela corretora imobiliária, Steven amava nossos filhos, e eles o amavam. E eu nunca faria mal a Delia ou Zach.

Alguém queria matar Steven. E não era eu.

– O que dizer de Christopher? – comecei.

Olhei de relance para Vero, em busca de inspiração. O canto da boca dela tremeu quando ela fez um gesto me encorajando.

– Ele era um bom peixe – continuei. – Um amigo leal e dedicado a todos nós, ele...

Senti um puxão forte na minha calça de malha.

– Fale do sorriso dele – pediu Delia, esfregando o nariz na manga do collant preto. – E que ele fazia as melhores bolhinhas.

Ela se encolheu ao meu lado, enfiando a cara nas dobras do meu suéter. Zach franziu a testinha de preocupação. Fiquei feliz por ele não ter idade para entender de fato o que estava acontecendo, enquanto eu repetia o que Delia dissera e mergulhava a rede na água, pescando Christopher.

Ela continuou segurando minha perna na marcha solene até o banheiro do outro lado do corredor. Zach ia agarrado ao colo de Vero atrás de nós, no fim da procissão. Paramos todos diante do vaso sanitário para nos despedir antes de jogar Christopher na água com um *ploft* suave.

Delia agarrou meu braço quando fui dar a descarga.

– Mamãe, não!

– Querida, a gente precisa dar a descarga. Ele não pode ficar para sempre no vaso.

– Por que não? – choramingou ela.

– Porque...

Olhei para Vero, em súplica. Definitivamente não tinha um capítulo sobre aquela situação nos meus livros de parentalidade. Queria meu dinheiro de volta.

– Porque – sugeriu Vero, solícita – ele vai começar a cheirar mal...

Pisei com força no pé dela.

– Mas eu nunca mais vou ver ele – soluçou Delia.

No nariz dela, se formou uma bolha, que limpei com a manga do meu suéter.

– Teremos sempre a memória dele – falei.

E as dezenas de fotos que ela me fizera postar com aquela tal hashtag #peixinhosdoinstagram.

– Talvez a gente possa comprar outro no pet shop.

Vero simplesmente disse isso antes que eu pudesse impedi-la. Delia irrompeu em um acesso de uivos desesperados. A boca de Zach começou a tremer.

– Eu não quero outro peixe! – gritou Delia. – Não existem outros peixes como o Christopher!

– Você está certíssima – falei, aumentando a voz enquanto as duas crianças abriam o berreiro. – Nunca existirá outro peixe como o Christopher. Devemos homenagear a memória dele com um minuto de silêncio.

Delia fechou a boca com força. Fez-se silêncio no banheiro, exceto pelo choro trêmulo dos meus filhos. Abaixei a cabeça, dando uma cotovelada na costela de Vero, para que ela fizesse o mesmo. Esperei um minuto inteiro para dar a descarga. Dessa vez, Delia não tentou me impedir, então, em um turbilhão de escamas alaranjadas, Christopher se foi.

Vero bagunçou de leve o cabelo espetado e encharcado de lágrimas de Delia.

– Vamos lá, Dee. Vou fazer uns biscoitos para você.

– Não exagere – lembrei a ela.

Minha mãe estava preparando peru e comida em quantidade suficiente para alimentar um batalhão, e me mataria se eu acabasse com o apetite das crianças antes do jantar.

Zach soltou um gritinho quando Vero o pegou no colo e o carregou escada abaixo. Delia se demorou mais um pouco, olhando uma última vez para o vaso antes de acompanhá-los à cozinha.

Quando cheguei à porta, hesitei. Eu me virei para o vaso e dei a descarga de novo. Porque não sou a pessoa mais sortuda do mundo, e já aprendi a não supor que os mortos não voltarão para nos assombrar.

2

Uma hora depois, Vero e eu prendemos Delia e Zach nas cadeirinhas do carro. Vero limpou os rastros de migalhas de biscoito do rosto deles, enquanto eu enfiava duas malas de rodinha pequenas no porta-malas da minivan, antes de fechá-la com estrondo.

– Qual é a da bagagem? – perguntou Vero.

– Recebi um e-mail de Steven hoje. Ele se mudou para a casa nova e quer ficar com as crianças no fim de semana.

Ele anexara ao e-mail fotos do sítio reformado que alugara em Fauquier, tomando o cuidado de indicar que os quartos e brinquedos das crianças já estavam arrumados, e a cozinha, devidamente estocada e pronta para recebê-las. Tinha ainda copiado o advogado, Guy, que respondera para nós dois, parabenizando Steven por ter encontrado um "lugar tão incrível para as crianças", o que, na linguagem de um advogado, claramente queria dizer "não há argumento para recusar".

Tinha sido fácil manter as crianças longe da fazenda de Steven desde a prisão da ex-noiva. Depois de cinco corpos terem sido enterrados lá, e de Theresa Hall ter sido acusada na investigação, Steven terminara o noivado. Em poucas horas, ele saíra da casa dela, e desde então andava dormindo no trailer da empresa na fazenda. Ele e o advogado concordaram que seria melhor para as crianças suspender as visitas até ele se restabelecer. No entanto, não sabiam o que Vero e eu sabíamos: que alguém postara um anúncio em um fórum on-line oferecendo cem mil dólares para qualquer pessoa disposta a se livrar de Steven Donovan. Pelo que Vero e eu tínhamos entendido, o fórum era um esgoto virtual vagamente disfarçado de grupo de apoio a mães – um espaço anônimo para centenas de mulheres de meia-idade irritadas reclamarem do que as incomodava, especialmente maridos, chefes e namorados. Aparentemente, para quem tinha recursos, era também um modo de se livrar desses caras.

Vero fez cara de chocada ao fechar a porta da minivan, deixando as crianças lá dentro.

– Você não vai deixar elas dormirem lá, vai?

– É claro que não. Liguei para meus pais e perguntei se as crianças podiam ficar lá. Aí expliquei para Steven por e-mail que elas já tinham planos.

Vero abriu um sorriso malicioso quando entramos no carro. Ela abaixou a voz em um cochicho conspiratório e mexeu as sobrancelhas.

– Três dias sem filhos? Posso dormir na casa do meu primo se você quiser convidar Julian para brincar de casinha.

Senti o rosto quente ao imaginar Julian na minha cozinha. Ou no meu quarto. Olhei com vergonha para o retrovisor, mas a cabeça de Zach já estava pesando, encostada na cadeirinha, e Delia fechava os olhos avermelhados.

– Não tenho tempo de brincar de casinha.

Por mais tentador que fosse passar o fim de semana a sós com o sexy estudante de direito com quem eu estava saindo, eu tinha ocupações muito mais importantes.

– Tenho que descobrir quem postou a oferta de trabalho – expliquei. – Não vou me sentir segura de deixar as crianças na casa de Steven até ter certeza que ninguém está tentando matá-lo.

Além do mais, estava devendo um projeto para a minha agente, e o prazo era às nove da manhã de segunda-feira.

Virei a chave, fazendo uma careta quando o motor protestou aos engasgos antes de ligar, guinchando.

Vero se exaltou de novo.

– Vamos comprar um carro segunda mesmo.

– A minivan está ótima. Seu primo a consertou.

– Não. Ramón só colocou um band-aid. Admita que este carro já era.

Engatei a marcha da minha antiga Dodge Caravan, rezando para nada estalar e cair – pelo menos, nada de importante – enquanto íamos sacolejando pela rua.

– Não tenho dinheiro para um carro novo agora. Especialmente com Steven e o advogado de olho em todos os meus gastos.

– Teria, se aceitasse aquele trabalho do fórum. Com cem contos daria para comprar um carro bem legal.

– Não vamos matar meu ex-marido por dinheiro – cochichei, olhando de relance para os meus filhos adormecidos.

– Quanto será que vale o advogado? – sugeriu Vero, e eu a olhei com irritação. – Relaxe. É brincadeira. Mas esse câmbio não vai durar muito. Melhor começar logo aquele livro que Sylvia acha que você está escrevendo.

– Eu sei. Vou começar.

Minha agente literária, Sylvia Barr, andava me rondando atrás de páginas de um romance que eu supostamente começara um mês antes, e que a editora esperava ler antes do fim do ano.

– Vou escrever no fim de semana – acrescentei. – Já que vou à biblioteca de qualquer jeito.

Vero e eu vínhamos nos alternando e visitando a dezena de filiais da biblioteca da região, com o cuidado de apagar o histórico de busca toda vez que usávamos os computadores para verificar se alguém tinha aceitado a oferta no fórum. Passara-se um mês sem resultado, mas isso não mudava o fato de que alguém queria assassinar o pai dos meus filhos e, já que Steven arranjara uma nova casa, agora eu não tinha mais desculpa para manter as crianças afastadas. Se necessário, eu passaria o fim de semana inteiro na biblioteca. Fuçaria aquele fórum até descobrir quem tinha postado o anúncio – provavelmente uma das inúmeras mulheres que Steven rejeitara ou enfurecera. Então, ligaria para a polícia e faria uma denúncia anônima, e torceria para ser o fim.

– Eu vou junto, para ajudar – ofereceu-se Vero quando entramos na avenida.

– É besteira nós duas perdermos o fim de semana. Você não tem nenhum encontro romântico?

– Que nada. Você está se dando bem o bastante por nós duas.

Desviei o olhar da rua para ela. Vero sempre me mandava colocar roupas de verdade e sair de casa. No entanto, ela ultimamente estava ficando em casa com mais frequência. Exceto para ir às aulas na faculdade local, ela passava as noites livres comigo e as crianças, de pijama, vendo filmes.

– Talvez você se desse melhor se saísse de vez em quando.

Ela revirou os olhos.

– Que tal aquele Todd, da aula de macroeconomia? – sugeri.

– *Micro*economia – disse ela, enfatizando o *micro*. – Se estiver tentando se livrar de mim para ficar peladona com seu namorado, prefiro passar o fim de semana vendo futebol com meu primo.

A minivan balançou um pouco enquanto eu analisava Vero, olhando de relance para a rua, e fazendo o cara na pista ao lado pressionar a buzina.

– Achei que você tivesse dito que a sua família não ia passar o feriado de Ação de Graças junta este ano porque sua tia está doente.

– Pois é. Minha mãe está cuidando dela.

Eu sabia que Vero e o primo eram próximos – ela dormia no sofá dele antes de se mudar para a nossa casa –, mas, quanto ao restante da família, ela mantinha um raro silêncio. Desde que morava com a gente, havia um mês, a família dela nunca ligara para a casa e, apesar de a mãe e a tia morarem em Maryland, logo do outro lado da ponte, Vero não fora visitá-las uma única vez, que eu soubesse.

– Se Ramón vai ficar em casa, por que não janta com ele?

Vero respondeu com uma gargalhada seca.

– A ideia de refeição caseira de Ramón é macarrão instantâneo. Além do mais, prefiro passar o feriado com você.

Ela se virou para a janela. Senti que estava escondendo alguma coisa, mas, entrando no bairro dos meus pais, decidi deixar para lá. Ela se abriria quando estivesse pronta. Famílias às vezes eram esquisitas. Eu sabia muito bem.

Meus pais ainda moravam na casa em que Georgia e eu tínhamos crescido, uma construção em estilo colonial, de dois andares e fachada de tijolos, no lugar que um dia fora um subúrbio mais tranquilo em Burke. Minha mãe abriu a porta quando parei o carro na entrada. O avental VOVÓ RESOLVE TUDO estava manchado de óleo e com marcas de farinha. Sentindo o cheiro delicioso de peru recheado assando que escapava da casa, acordei as crianças e as levei para dentro. Durante cinco dias no ano, eu ficava feliz de morar tão perto da casa dos meus pais. Nos outros 360? Não tanto assim.

Minha mãe fez cara feia ao olhar para o cabelo de Delia quando a abraçou no hall. O corte loiro curto e espetado tinha crescido pelo menos uns três centímetros desde o acidente envolvendo fita adesiva e tesouras, e Vero penteara o cabelo para o lado antes de sair, prendendo-o com presilhas cor-de-rosa.

– Olha só quanto você cresceu! Parece que faz meses que a gente não se vê.

– Você viu as crianças semana passada, mãe.

Com a bolsa de maternidade em um braço e uma torta de abóbora no outro, larguei Zach no colo da minha mãe. Ela limpou uma mancha de chocolate do rosto dele, e fez cara feia para mim ao beijá-lo. Torcendo o nariz, procurou uma fralda na bolsa.

– Desculpe. Eu troquei ele antes de sair, mas ficamos presos no trânsito.

Georgia apareceu no hall, já com uma garrafa aberta de cerveja na mão. Nossa mãe olhou para cima, orando a Deus.

– O que foi? – perguntou Georgia, com pura inocência. – São cinco da tarde.

– Talvez no Vaticano – resmungou minha mãe, mas logo se animou quando Vero apareceu, trazendo as duas malas de rodinhas. – Vero, meu bem, que bom ver você. Estou muito feliz por você ter vindo.

Zach riu quando elas se abraçaram, sem jeito, ao redor dele.

– Não perderia por nada.

– Deixe as malas aí – disse minha mãe, apontando vagamente para o pé da escada ao fechar a porta.

– Oi, Vero. Feliz Dia de A... *eita*!

Georgia perdeu o fôlego e soltou um grunhido quando Delia se jogou nela, abraçando as pernas da minha irmã com força para esmagar seus ossos.

– Tia Georgia, você pode ir na minha escola semana que vem? É Dia do Trabalho.

– Dia do Trabalho?

– Dia da Carreira – expliquei, deixando a torta na mesa de entrada e tirando o casaco.

Delia ficou na ponta dos pés.

– Contei pros meus amigos que você é polícia, e eles querem ver sua arma.

Georgia bagunçou o cabelo de Delia, soltando uma presilha.

– Vou combinar com sua mãe. Vá procurar o seu avô. Acho que ele está acabando com os biscoitos.

Delia saiu correndo para a sala, de onde vinha o som de um jogo de futebol americano a todo volume na televisão. Georgia levantou a cerveja para nós, em cumprimento. Antes de ela encostar a boca no gargalo, minha mãe empurrou Zach no peito da minha irmã. O reflexo policial de Georgia a fez pegar Zach com o braço livre, enquanto ele deslizava suéter abaixo.

– Pode trocar a fralda de Zach no quarto de hóspedes – disse minha mãe, largando a bolsa aos pés de Georgia.

Georgia arregalou os olhos.

Vero andou para trás, com as mãos para o alto.

– Nem olhe para mim. É meu dia de folga.

Ela foi para a sala, então deu um beijo no rosto do meu pai e se largou ao lado dele no sofá.

Georgia fungou, e a careta fez Zach rir.

– Pegue ele, Finn. Não tenho experiência com isso.

Ela o estendeu para mim. Eu tinha certeza que ela ficaria mais confortável segurando uma bomba.

Em vez de pegar Zach, peguei a cerveja de sua outra mão, e passei a alça da bolsa de maternidade pelo braço dela, até ficar pendurada igual uma jaqueta em um cabideiro.

– Finja que é equipamento militar – falei, com um tapinha tranquilizador.

Georgia olhou para a bolsa, suplicando suavemente pelo meu nome, enquanto eu tomava um gole da cerveja e me virava para a cozinha, indo atrás do cheiro doce e amanteigado de batata-doce caramelizada e recheio de peru. Eu me larguei em uma cadeira à mesa da cozinha, fechei os olhos e bebi, agradecida por alguns momentos de paz.

Um objeto pesado bateu na mesa na minha frente. Abri um olho. Era uma tigela cheia de vagem, ainda embolada nos caules.

– Prepare isso enquanto eu dou uma olhada no peru – disse minha mãe, calçando as luvas de cozinha.

Abaixei a cerveja, suspirando, e ela tirou o peru fumegante do forno.

– Como vai seu livro?

– Muito bem – menti.

Minha mãe me olhou de soslaio, puxando, com a seringa de tempero, o molho do fundo da travessa.

– Já te pagaram?

– Só a metade. O restante só quando eu acabar.

Se acabar.

– Guarda essa metade na poupança. Só por garantia.

– Garantia do quê?

– De poder pagar um advogado.

Ela grunhiu, enfiando a travessa do peru de volta no forno. Eu sabia que não devia oferecer ajuda. Minha mãe gostava de cuidar de algumas coisas sozinha. As refeições de feriado – cozinhar e alimentar a família – eram um trabalho que só arrancaríamos dos dedos dela quando já estivessem mortos. Ela só me deixava preparar a vagem porque era impossível errar.

– O advogado do Steven ainda está te enchendo? – perguntou.

Arranquei a ponta de uma vagem.

– Está tranquilo, mãe. Eu me viro.

– Achei que Steven tivesse concordado com visitas semanais.

– Ele quer ficar com as crianças de sexta a segunda, agora que arranjou uma casa.

Minha mãe fez um barulho de desgosto, largando uma tábua na mesa e batendo a faca com força. Guarda compartilhada já era melhor do que a guarda unilateral pela qual ele brigara quando estava prestes a se casar com Theresa. No entanto, ainda eram três noites passadas em outra casa, outro condado inclusive, e não a poucas quadras da minha.

– Ele é um monstro – disse ela, picando a salsinha com violência.

– Ele não é um monstro. Só está com raiva.

Porque o relacionamento com Theresa não dera certo. Porque o negócio andava mal depois de terem encontrado cinco cadáveres na fazenda. Porque eu finalmente estava ganhando dinheiro para me sustentar e sustentar as crianças sem ele.

– Por causa desse seu namorado jovem?

Talvez por isso também.

O fato de eu estar saindo com alguém era uma farpa no pé de Steven. Ele gostava de arrancá-la e voltá-la contra mim, ligando para Guy toda semana com algum novo plano para erodir minha guarda aos pouquinhos.

Minha mãe levantou a sobrancelha.

– Georgia disse que ele trabalha meio período. Que ainda está na faculdade.

– No mestrado.

– Ele é muito jovem. Você devia namorar alguém com idade mais perto da sua. Alguém estável, que possa sustentar você e as crianças.

– *Eu* sustento a gente.

– Se você estivesse casada, Steven não ameaçaria tirar a guarda das crianças. Ele não teria argumento.

Afastei a tigela de vagens assassinadas.

– Por que você e o papai vivem enchendo meu saco para eu arranjar um marido? Vocês nunca insistem para Georgia arranjar uma esposa.

– Georgia tem um bom plano de saúde e aposentadoria.

Soltei um suspiro e apoiei a cabeça na mão. Eu não tinha resposta.

– Que tal aquele moço simpático que trabalha com a sua irmã? – perguntou minha mãe, mexendo a concha no ar, tentando lembrar o nome. – Aquele alto, moreno, cujo parceiro teve câncer... Conheci ele uma vez, anos atrás, quando se formou na academia de polícia com Georgia. Ele é muito bonito – falou, e então abaixou a voz, como se fosse fazer um anúncio escandaloso. – E é católico.

Tomei um gole de cerveja para disfarçar a vergonha. O detetive Nicholas Anthony era mesmo muito bonito. Também beijava bem à beça. No entanto, minha mãe não precisava de mais material para suas fantasias casamenteiras. Fazia um mês que Nick aparecera na minha casa com uma garrafa de champanhe e um pedido de desculpas arrependido por ter desconfiado do pior, mas nossa briga ainda me incomodava. Eu odiava saber que, apesar de ter motivos inocentes, Nick estivera certo, até determinado ponto. Eu mentira para ele para me safar, e ainda não tinha me perdoado por isso.

– Não vou namorar um colega da Georgia – falei, firme.

– Está bem. Sua irmã disse que esse seu jovem está estudando para ser advogado. Talvez *ele* possa ajudar a lidar com essa situação do Steven.

– Não é essa a especialidade dele.

Julian estudava direito penal. E, não, a ironia da situação não me passava despercebida.

– Ele conhece as crianças?

– Não.

Julian não pedira para entrar na minha casa, e eu não oferecera. Normalmente, a gente se encontrava no bar onde ele trabalhava. Ou no apartamento dele. Em geral na cama, às vezes no sofá, e uma vez no chão da cozinha.

Eu me levantei e peguei mais uma cerveja da geladeira, me demorando na frente da porta aberta para esconder a cara vermelha. Meu relacionamento com Julian não era sério. Eu não sabia exatamente o que era. Só que gostava da companhia dele, e que o sexo era incrível. Eu não queria mais nada no momento. Tinha Vero, as crianças e pagamento regular. Não precisava de mais nada, além de um ou outro orgasmo devastador.

– Ainda mais motivo para poupar um pouco de dinheiro, Finlay. Mulheres solteiras nunca devem ficar despreparadas. Você precisa fazer um pé-de-meia.

– Meu pé está ótimo – falei, fechando a geladeira e abrindo a cerveja.

Não precisava de mais dinheiro da máfia, de cadáveres, nem de maridos problemáticos – nem o meu nem o de ninguém.

A porta da cozinha se escancarou, e minha irmã apareceu, inteiramente paramentada com o uniforme do batalhão de choque, carregando Zach debaixo do braço. Uma gota de suor descia pela têmpora através da viseira aberta do capacete.

– Situação resolvida – disse ela, jogando uma fralda bem fechada na lixeira, enquanto Zach escapava dos braços dela e ia cambaleando até a sala.

Ela se largou na cadeira ao meu lado e arrancou o capacete.

– Eu sabia que você ia conseguir.

– Teve um momento bem incerto. Quando você vai ensinar ele a usar o banheiro? E que história é essa de Dia da Carreira na escola da Delia?

Entreguei a cerveja para ela.

– É para ela levar um adulto na terça-feira, para falar do que faz profissionalmente.

– Por que você não vai? É você a autora famosa.

– Não sou famosa.

Um contrato decente de publicação tinha sido apenas o suficiente para pagar as contas. O livro ainda nem tinha sido impresso. Que eu soubesse, podia acontecer de ser um fracasso, e eu nunca mais publicaria nada.

– Além do mais, Delia já pediu, mas a professora não deixou – contei.

– Por quê?

Olhei de relance para a minha mãe e abaixei a voz.

– Aparentemente, a escola estava preocupada com o *conteúdo* dos meus livros.

– Por causa do sexo?

Minha mãe parou de mexer com a comida. Chutei minha irmã por baixo da mesa, e engasguei em um palavrão quando dei com a ponta do pé no aço da bota dela.

– De onde você tirou a ideia de trazer equipamento da tropa de choque para o jantar?

– Não trouxe. É o equipamento de treinamento da minha época na academia. Encontrei aqui, no armário do meu antigo quarto. Ainda cabe – falou, orgulhosa, dando um tapa no colete.

– É de velcro!

– Que história é essa de sexo nos seus livros? – perguntou minha mãe, com uma mão na cintura e a outra segurando uma concha pingando molho. – Por que teria sexo nos seus livros? Você me disse que são livros de suspense.

– Valeu – resmunguei, pegando a cerveja da mão da minha irmã.

Um brilho malicioso iluminou os olhos dela.

– Você não leu os livros da Finn, mãe? Como esqueceu a parte do sexo?

Georgia piscou para mim, pegando uma vagem crua da tigela e jogando na boca. Dei um tapa na mão dela quando foi tentar pegar mais uma.

– Jesus do céu, Georgia. Você acabou de trocar uma fralda. Chegou a lavar as mãos?

Minha mãe apontou a concha para mim.

– Não use o nome do Senhor assim na minha casa, Finlay Grace McDonnell.

– Donovan – corrigimos eu e Georgia, em uníssono.

Minha mãe rangeu os dentes, a concha espalhando molho quando foi apontada para a minha irmã.

– E pode ir lavar essas mãos imundas, Georgina Margaret!

Georgia revirou os olhos e socou meu ombro ao se levantar, indo embora arrastando os pés.

– Agora, que história é essa de sexo nos seus livros? – insistiu minha mãe.

– Quanto você leu deles?

Ela ficou mais corada.

– Os primeiros capítulos.

– Só os primeiros capítulos?

– Do primeiro livro.

Fiquei boquiaberta. Eu sabia – e ficava agradecida por isso – que meu pai não lia meus livros. As letrinhas nos livros de brochura barata eram pequenas demais para ele fazer o esforço. No entanto, supunha que minha mãe, que vivia procurando uma oportunidade de se meter na minha vida, teria pelo menos se esforçado para acabar um deles.

– O que tentei ler – explicou – não me interessou. O que foi? – perguntou, ao ver minha cara chocada. – Eu gosto da Nora Roberts. Já leu os livros da Nora? Ela é muito boa.

Ela resmungou, verificando o peru no forno.

– Viu, é mais um motivo para você precisar de um marido – acrescentou. – Eu aguento a travessa sozinha, pode deixar.

Ela olhou para o teto, ou talvez para Deus, e sacudiu um pano de prato, secando as mãos.

– Vá avisar o seu pai que o peru deve estar pronto daqui a meia hora, e preciso que ele encontre a faca elétrica.

Ainda sacudindo a cabeça, passei pela porta, levando a cerveja. Um jogo de futebol americano soava aos berros na sala, onde Vero e meu pai estavam largados no sofá, gritando para a televisão e discutindo jogadas.

– Oi, pai. A mamãe precisa de você na cozinha.

Parei atrás dele e lhe dei um beijo na bochecha. Ele fez um carinho na minha mão em seu ombro.

– Vá com calma, velho – brincou Vero, esticando a mão quando ele se levantou bruscamente.

Meu pai enfiou a mão no bolso e tirou uma nota de vinte.

– Eu devia apostar só na internet.

– Você não devia apostar em lugar algum. É um péssimo hábito. Péssimas chances – disse ela, aceitando o dinheiro com uma piscadela.

– Diz a garota que acabou de limpar minha carteira. *Você* devia experimentar um site desses. É um fim de semana importante para os jogos universitários. Pega esses vinte e põe um pouco em cada jogo. Talvez você tenha mais sorte do que eu.

Vero olhou pensativa para a nota de vinte e meu pai seguiu para a cozinha. Ela enfiou o dinheiro no bolso com uma expressão distante, mal notando quando me larguei na marca quente que meu pai deixara na almofada ao seu lado. Eu me perguntei se Vero estava pensando no primo, se queria estar vendo futebol americano com ele. Será que ela só aceitara passar o feriado com minha família porque eu pedira? Porque minha mãe insistira? Havia algum tipo de código implícito que dizia que era obrigatório jantar peru com a família de alguém se vocês tinham enterrado um corpo juntas?

– Ainda dá tempo de você ir jantar com o Ramón, se estiver mudando de ideia – ofereci.

Ela me olhou, surpresa, como se a sugestão a tivesse arrancado do devaneio.

– Mas sua mãe...

– Minha mãe vai entender. Ela provavelmente vai até separar um pouco de peru e torta para você levar.

Por mais que minha família me enlouquecesse, eu não imaginava as datas festivas sem eles. Tirei do bolso as chaves do carro e as larguei na mão de Vero.

– E você? – perguntou ela.

– Pego uma carona com a Georgia depois de colocar as crianças para dormir. Vá passar o fim de semana com seu primo. Tenho muita coisa com que me ocupar.

A gargalhada dela foi maliciosa. E eu sabia que ela não estava pensando na biblioteca ao dizer:

– Não faça nada que eu não faria.

3

Minha irmã me deixou em casa pouco antes das onze. A minivan estava na garagem, e o Charger de Vero, não. Ela deixara um bilhete na bancada, lembrando que eu devia uma proposta de livro para a Sylvia na segunda-feira, e eu o enfiei debaixo de uma pilha de boletos, fingindo não pensar naquilo.

Eu me curvei na frente da geladeira, brincando de Tetris com os Tupperware que minha mãe me dera, achando difícil encaixar a montanha de embalagens. Mesmo tirando duas cervejas para abrir espaço, a porta não fechava, e eu acabei desistindo, tirando um pote de sorvete do congelador e enfiando o último Tupperware de molho de cranberry no lugar.

Triunfante, tirei os sapatos, peguei uma colher da gaveta e subi com a cerveja e o sorvete, tentando não notar o silêncio ensurdecedor da casa vazia. A porta do quarto de Vero estava fechada, como era comum à noite, mas a ausência dela me era tangível. Eu deveria ter ficado emocionada de estar sozinha em casa, mas, agora que estava, não sabia bem se gostava.

Depois de trocar de roupa, agora com uma calça de moletom velha e uma camiseta larga e desbotada, me joguei na cama sob a luz fraca da luminária da mesa de cabeceira, apoiando no peito o pote aberto de sorvete. Lambi chocomenta da colher, dividida entre trabalhar na proposta para a Sylvia e aproveitar a rara noite de sono em calmaria. Eu nem sabia sobre o que seria meu próximo livro. Sempre que me sentava ao computador para trabalhar, acabava pensando no fórum das mulheres, preocupada com o post escondido que tinha o nome de Steven.

Enfiei a colher no sorvete e olhei para o teto. Talvez minha mãe estivesse certa. Talvez eu devesse reservar dinheiro para um advogado decente. Talvez devesse brigar por guarda unilateral. Mas o que eu diria? Como justificaria? "Meritíssimo, não posso deixar meus filhos na casa do pai no fim de semana pois ele está marcado para morrer, e eu só sei esse fato porque, considerando meu sucesso recente na eliminação de maridos problemáticos, uma ex-cliente achou que eu seria adequada para o trabalho. E, apesar de eu não ter planos imediatos de matar meu ex-marido, prefiro que meus filhos não estejam presentes no caso de alguém decidir tentar matá-lo."

O celular vibrou na mesa de cabeceira. Eu abaixei o pote de sorvete e puxei o telefone, sorrindo ao ver a foto de Julian na tela.

Está em casa?, perguntou ele.

Estou.

Quer companhia?

Luzes de farol passaram pelas frestas da veneziana, inundando o quarto. Saí da cama, andei até a janela e, quando abaixei uma palheta, vi o Jeep vinho parado na frente de casa.

Já vou sair, respondi.

Enfiei um par de tênis e uma blusa, descendo a escada. Lá fora, o ar ardia de frio, e eu envolvi o corpo com os braços para me esquentar ao atravessar o gramado. Estremecendo, abri a porta do carona do Jeep de Julian. Mal tivera a chance de fechá-la quando ele se debruçou sobre a marcha, pegando meu rosto com as duas mãos.

Os dedos dele eram macios, e a pele ao redor da boca estava lisinha e recém-barbeada. Ele cheirava a noz-moscada e loção pós-barba, e a lã grossa do suéter emanava um cheiro de madeira queimada.

– Feliz dia de Ação de Graças – disse ele, sorrindo perto da minha boca.

Ele se distanciou o bastante para enfiar um gorro de tricô na minha cabeça, afastando o cabelo do meu rosto e o ajeitando atrás das orelhas. O cabelo dele, loiro-mel, estava escondido por um gorro escuro, com alguns cachos macios escapando pela beirada.

– O que você está fazendo aqui? – perguntei, enrolando um cacho no dedo. – Achei que fosse passar o feriado com seus pais.

– Já passei – disse ele, desenhando preguiçosamente o contorno da minha boca com o polegar. – Estava voltando agora. Você deixou o gorro lá em casa semana passada. Achei que fosse sentir falta dele.

– Ah – falei, me ajoelhando e o abraçando pelo pescoço. – Sim, com certeza estava sentindo falta dele.

Com os olhos brilhando, ele esticou a mão para baixo do assento. O banco do motorista deslizou para trás, nos puxando junto.

– Sentiu falta de mais alguma coisa?

– Consigo pensar em algumas coisas – falei, passando por cima da marcha, sem dar a mínima para a possibilidade de a sra. Haggerty espiar pela janela e morrer do coração.

– Eu precisava te ver – murmurou ele, entre beijos.

Ele passou a mão por baixo do casulo da minha blusa, desenhando um padrão gelado pelas minhas costas nuas, parando no meio, onde normalmente estaria meu sutiã. Ele sorriu, o gemido baixo vibrando na minha boca enquanto descia as mãos para as minhas coxas e me puxava com mais força para o colo.

Tinha roupa demais envolvida na situação. Eu mal o sentia através da jaqueta de couro estilo aviador e do suéter de tricô grosso. No entanto, sentia bem alguma coisa através da calça jeans.

– Sua minivan está na garagem? – perguntou, enquanto as janelas iam embaçando.

Engasguei em uma gargalhada, me lembrando do que acontecera com o último homem que entrara na traseira do meu carro. A minivan estava, sim, na garagem. Mas também estavam lá as cadeirinhas dos meus filhos, uma caixa de balas de fruta e um pacote de lencinhos umedecidos. Eu nem acreditava que estava considerando a ideia.

– As crianças foram passar o fim de semana na casa dos meus pais. Quer entrar?

As palavras saíram em uma onda de desespero, quentes e grudentas no ar entre nós, e era tarde demais para voltar atrás.

Ele mordeu meu lábio de leve.

– E a Vero?

– Na casa do primo – ofeguei.

A língua dele encontrou a minha, e eu estava prestes a tirar a roupa e transar no quintal se as coisas esquentassem mais um pouco naquele Jeep. Ele pegou minha mão quando fui abrir a porta.

– Espere. Melhor não – falou, arquejando. – Não posso demorar. Tenho que ir para casa fazer as malas. O pessoal quer pegar a estrada às seis.

Eu me endireitei, desorientada, o gorro torto.

– Aonde você vai?

A boca dele estava inchada, os olhos, ainda famintos.

– Nossos professores vão para uma conferência semana que vem. Deram uns dias a mais de folga para a gente estudar. Uns amigos vão passar a semana acampando em Panama City.

– Você vai à Flórida?

– Foi uma viagem não planejada – contou, ajeitando meu cabelo e meu gorro. – Meu chefe me deixou ajustar os turnos no bar. Marcamos com o acampamento esta semana.

Eu me lembrava das férias da faculdade de Steven, quando ele ia a Daytona e Miami com os amigos da fraternidade. Eu nunca era convidada, nem sabia dos detalhes depois. Nem por isso era ignorante.

– Só você e seus amigos?

– E um pessoal da faculdade – disse ele.

Eu me afastei um pouco, abrindo alguns centímetros entre nós. Julian me segurou de leve pelo queixo.

– A gente vai pegar sol e relaxar – explicou. – Só isso. Volto daqui a uma semana.

Fiquei verde, imaginando universitárias de biquíni pequenininho e barracas menores ainda. Eu não tinha direito a ciúmes. Meu relacionamento com Julian não era sério. Ele nunca nem entrara na minha casa. Nunca conhecera meus filhos, Vero, nem meu ex.

– Ah – falei, quando o outro lado da equação me atingiu como um tapa na cara.

Desde que tínhamos começado a sair, eu também nunca conhecera os amigos dele.

– O que houve? – perguntou ele.

– Nada – falei, forçando um sorriso.

O que eu esperava dele? Eu era responsável por dois filhos, um emprego e uma casa. Por acaso tinha alguma expectativa séria de que ele fosse me convidar para aquela viagem?

– Tudo certo – insisti. – É bom você ir. Divirta-se.

– Tem certeza? Porque, se tiver algum problema, talvez a gente deva...

Peguei o rosto dele e o beijei. Porque não queria que ele concluísse a frase. “Talvez a gente deva terminar”; “talvez a gente deva desacelerar”; “talvez a gente deva conversar”. Eu não queria fazer nada daquilo. Queria transar com ele no Jeep, ou talvez no piso imundo de migalhas da minha minivan. Não queria pensar nele na praia, em um saco de dormir com outra pessoa.

Ele arrancou meu gorro e o jogou no banco do carona. Enfiou os dedos no meu cabelo e por baixo da minha blusa, me puxando de volta para o colo com um gemido de frustração.

Pneus cantaram na rua. Nós nos afastamos abruptamente, ofegantes, quando uma caminhonete parou de repente na entrada da minha casa. As lanternas brilhavam em um tom furioso de vermelho.

Escorreguei do abraço de Julian para o banco do carona. Julian se virou, acompanhando meu olhar pela vidraça traseira, os olhos ainda ardendo.

– Seu ex? – falou, arquejando.

Concordei com a cabeça, esperando Steven pisar no acelerador e ir embora. Em vez disso, ele estacionou a caminhonete.

– Merda! – resmunguei.

Julian se recostou no assento, a voz rouca.

– É melhor eu ir.

– Não. Por favor. Só... fique aqui – falei, levantando a mão e abrindo a porta do Jeep.

Bati a porta com mais força do que planejava, ajeitando a blusa e passando a mão no cabelo desgrenhado enquanto descia a rua batendo o pé para encontrar Steven.

– O que você veio fazer aqui? Eu avisei que as crianças estão com meus pais.

– De quem é esse Jeep?

Steven franziu a testa ao ver o adesivo da universidade George Mason no vidro traseiro, e esticou o pescoço para enxergar dentro do carro.

– De um amigo – falei, e interrompi, com a mão em seu peito, o passo determinado que ele deu na direção do Jeep. – Olha, estou meio ocupada. Pode me ligar amanhã?

Ele parou, o rosto corado de surpresa.

– Por que seu pescoço está todo vermelho? E o que aconteceu com seu cabelo?

– Não tem nada no meu cabelo. Pode por favor...

A porta do Jeep bateu atrás de mim, e Steven se retesou. Apertei os olhos com força.

– Quem é esse aí? – perguntou Steven quando Julian se aproximou.

Julian me puxou de lado.

– Parece que vocês precisam conversar, então é melhor eu ir para casa. Acordo cedo amanhã. Você vai ficar bem se eu for?

– Ela vai ficar ótima – resmungou Steven.

Eu concordei com a cabeça.

Julian se abaixou, roubando um beijo lento e demorado que me deixou sem fôlego.

– Pelo amor de Deus, moleque – disse Steven, irritado. – Já não passou da sua hora de dormir?

– Mando mensagem quando voltar – sussurrou Julian.

Eu derreti em uma poça de frustração, reconsiderando seriamente a oferta de cem mil dólares para matar meu ex, e vi Julian subir no Jeep e ir embora.

Eu me virei para Steven, firmando as mãos na cintura – melhor do que no pescoço dele.

– Que porra foi essa?

– Eu poderia fazer a mesma pergunta. Era ele? – perguntou, apontando para os faróis do Jeep que se afastava. – Era esse o advogado misterioso de quem a Vero vive falando? Nossa, Finn! Quantos anos ele tem?

– Quantos anos tem Bree? – retruquei.

Eu duvidava que a assistente loira e animadinha do escritório dele tivesse idade para beber.

– Não é da sua conta, cacete!

Eu levantei uma sobrancelha, mas aparentemente a hipocrisia não o afetava. Ele torceu a boca, enojado.

– É por isso que Delia e Zach foram passar o fim de semana na sua mãe? Para você sair de casa de pijama e embaçar as janelas do carro de um moleque qualquer? – perguntou, e estreitou os olhos para a minha blusa. – Pelo amor de Deus, Finn, você nem está de sutiã.

Cruzei os braços no peito, vagamente ciente de uma luz piscando na janela do segundo andar da casa da sra. Haggerty.

– Por que você está aqui, Steven? É dia de Ação de Graças. Não tem nada melhor para fazer?

Ele passou a mão pela barba curta, disfarçando uma careta. Os pais dele tinham se mudado para Tampa quando se aposentaram, alguns anos antes, e a irmã se mudara para a Filadélfia. A camisa de flanela, solta na cintura da calça, estava manchada de ketchup, e seu hálito fedia a cebola. Ele provavelmente passara o feriado comendo fast food no carro.

Steven andou em círculos curtos e irritados na frente da caminhonete, passando a mão pelo cabelo desalinhado. Ele estava com a aparência tão horrível quanto da última vez que aparecera na frente da minha casa no meio da noite, quando brigara com Theresa e voltara engatinhando para conversar.

– Bree te deu um pé na bunda – falei, certa de que era verdade quando ele não retrucou.

– Ela não me deu um pé na bunda – disse ele, amargo. – Foi uma decisão de negócios. Perdi muitos clientes depois da investigação policial, e não podia mais pagar uma assistente. Demiti ela há algumas semanas.

Eu engasguei em uma gargalhada sarcástica, sacudindo a cabeça.

– O que foi? – perguntou ele, o rosto mais vermelho sob o brilho do poste. – Eu ofereci mantê-la como freelancer. Não é minha culpa ela ter recusado.

Larguei a cabeça entre as mãos, sussurrando o nome dele em um suspiro. Seria sorte se Bree não o processasse nem pintasse #MeToo no meio da placa da fazenda. Eu nem queria saber com quantas mulheres Steven fizera aquilo ao longo dos anos; jogara fora quando elas o rejeitavam. Ele tinha feito a mesma merda com Vero antes de ela ir morar comigo, alegando que não podia pagá-la, e só aceitando mantê-la como funcionária se ela fizesse hora extra no corpo dele. Ele a demitira sob argumentos financeiros quando ela recusara abertamente sua proposta sexual.

De braços cruzados, fui andando de volta para casa.

– Vá para casa, Steven.

– Não tenho mais casa – gritou ele, atrás de mim.

Eu parei no meio do caminho, me xingando por dar meia-volta. O nariz dele estava vermelho, o rosto empalidecido pela luz forte da rua.

– Aquela casa não é minha – falou. – Não sem as crianças.

Que pena ele ter levado tanto tempo para perceber.

– O que você quer, Steven?

– Quero vê-las no domingo – suplicou. – Só por algumas horas. Meus pinheiros não estão com tamanho bom para serem cortados este ano, mas encontrei uma fazenda com árvores lindas, e achei que as crianças gostariam de escolher árvores de Natal. Sabe, uma para cada casa.

Esfreguei os olhos, sem desculpas para mantê-las afastadas dele.

– Delia tem aula na segunda.

Uma faísca de esperança iluminou seu rosto.

– Eu devolvo elas antes da hora de dormir. Prometo.

– Está bem – falei, me encolhendo dentro da blusa, exausta demais para discutir. – Vou dar comida mais cedo para elas. Pode vir buscá-las às cinco.

Eu me virei para a casa – a casa que ele de repente queria decorar com a árvore perfeita. A mesma casa que ele abandonara por achar que a grama era mais verde em outro lugar. Ele ainda estava parado na rua, com as mãos nos bolsos, a respiração soltando uma névoa pesada no ar, ao me ver fechar a porta.

4

O estacionamento da biblioteca estava praticamente vazio quando as portas se abriram na manhã de sábado. O restante do mundo provavelmente ainda dormia, de ressaca depois de tanto peru, e esperando os botões se juntarem com as casas da calça. Até minha legging estava meio justa quando eu me vestira de manhã. Por isso, acabara trocando pela calça de moletom confortável da noite anterior, dizendo para mim mesma que não era porque ainda cheirava vagamente ao Jeep de Julian.

Puxando um dos bonés de Vero para esconder o rosto, evitei a mesa da recepção, na esperança de que a única funcionária não usasse seus superpoderes de bibliotecária para sentir o cheiro do copo térmico de café fumegante escondido no meu casaco, nem do sanduíche feito com o que restara do peru escondido na minha bolsa, e fiz o caminho mais longo para os cubículos mais distantes que disponibilizavam computadores ao público. Conferi se ninguém estava à espreita entre as estantes, e me instalei na frente de um monitor no fundo da sala.

Peguei o sanduíche e o café, e tirei o celular da bolsa. Meu coração deu um pulo ao ver uma nova notificação. Abri, mas a mensagem não era de Julian. Era da minha mãe, me lembrando de buscar as crianças cedo no dia seguinte, para ela não perder a missa da tarde.

Por curiosidade, abri o Instagram e procurei o perfil de Julian. A gente não se seguia, mas o perfil dele era aberto. Eu me convenci que não estava bisbilhotando com o dedo parado acima do nome dele. Toquei para entrar no perfil com o coração acelerado. Não sei o que esperava encontrar, mas meus ombros murcharam quando a tela ficou repleta com as mesmas fotos que vira antes.

Deixei o celular virado para baixo na mesa, voltando a atenção para o computador da biblioteca. "Eu tinha ido trabalhar", lembrei. Encontrar *Exausta* e escrever uma proposta para Sylvia. Não espionar Julian, que estava de férias do curso.

Deixando Julian de lado, digitei o endereço do fórum no navegador e fiz login, usando o perfil anônimo que Vero e eu tínhamos criado ao sermos informadas do post. O fórum era enorme, com quase trinta mil usuárias registradas, gerando milhares de posts novos todo dia. Passei pelos chats já conhecidos: *Networking de mulheres, Saúde feminina, Grupo de apoio de divórcio, Grupo de apoio de luto...* Depois pelos grupos de mães: *Mães trabalhadoras, Amamentação, Homeschooling, Desfralde...* Parei naquele último, decidindo voltar a ele depois, e continuei a descer a página. Vero e eu tínhamos encontrado os grupos mais suspeitos mais para o final, enterrados sob grupos para marcar brincadeiras com os filhos e reuniões de clubes do livro. Assim como as *Mulheres econômicas*, que distribuíam códigos de desconto como se fossem drogas, as *Mamães corujas*, que compartilhavam métodos para espionar os filhos adolescentes cheios de segredos e os maridos adúlteros, e as *Moças do lar*, cujas "dicas de limpeza" às vezes chegavam a lugares desconfortáveis, a ponto de mais de alguns posts parecerem metáforas para lidar com um marido difícil.

O post com o nome de Steven tinha aparecido em um grupo chamado *Reclamonas*. Passei rápido pelos posts mais recentes, e cliquei no assunto *Mau negócio.* Aquele chat tinha começado como vários outros – mulheres reclamando de homens complicados – antes de tomar um caminho mais sinistro.

MamãeDe3: acho que é meu dever cívico advertir todas as minhas amigas mães para não usarem Vin naquele novo salão em Fair Oaks. Peguei ele mandando mensagem para minha filha. Ela tem 17 anos!!!

MãeSexyDeGêmeos: não!!! Espero que tenha denunciado ele! Falando de homens que se comportam mal, lembram aquela massagem que marquei para tratar da ciática naquele fisio de Centreville? Um dos terapeutas tentou passar a mão em mim. Um tarado. Precisam se livrar dele logo.

Docinho: ARGH! Sinto muito por você ter passado por isso. Homens são nojentos! Por exemplo: uma amiga alugou um Airbnb em Rehoboth semana passada, e encontrou uma câmera escondida no banheiro. Sem brincadeira. Pesquisei o cara e ele é dono de dezenas de propriedades que aluga para férias. Vou postar o link.

Fã#1DoHarryStyles: Que nojo. 😫 Que bom termos esse chat para a gente se cuidar.

Exausta: Sei bem o que você quer dizer. O dono da Fazenda de Grama e Árvores Verdejantes na estrada Green em Warrenton dá um trabalho daqueles. Steven Donovan é mentiroso e traidor.

PresidentePaisEMestres: Espera aí... Não é aquela fazenda que saiu no jornal em outubro? Onde encontraram aqueles corpos todos?

Exausta: É, e consigo pensar em 100 mil bons motivos para o mundo ser melhor sem ele.

A conversa acabava aí, um silêncio desconcertante, implícito e tangível após a última resposta. Ninguém gostava de lembrar que a grama cara que cobria seu quintal fora semeada na terra do crime organizado. E o post parecia mais do que uma expressão de solidariedade. Fedia a más intenções, à língua em código dos negócios ilícitos.

Um trabalho daqueles parecia um contrato. E *100 mil bons motivos* tinha cara de preço. O nome completo e o endereço do negócio de Steven tinham sido descritos corretamente, e *o mundo ser melhor sem ele*... bom, essa parte era óbvia.

Relaxei um pouco, fechando o post. Não havia nenhuma resposta nova desde a última visita de Vero à biblioteca, três dias antes, mas ainda enfrentávamos o problema de descobrir quem era essa tal de *Exausta*. Passei as horas seguintes caindo em buracos pelo fórum, procurando os outros posts dela, mas parecia que a mensagem a respeito de Steven fora a única contribuição de *Exausta* às conversas. De acordo com o perfil, ela se registrara no site dois dias antes do post, e não postara mais nada desde então. No entanto, claramente ainda estava ativa; a última vez que fizera login fora ainda naquela manhã.

– Quem é você? – perguntei, olhando para o perfil limitado de *Exausta*.

Nitidamente era uma mulher. Alguém para quem Steven mentira, ou alguém que Steven traíra. Alguém com caráter questionável. Meu reflexo turvo me olhou do vidro, e me perguntei se *Exausta* estava do outro lado, à espreita nas sombras, apenas esperando que alguém respondesse.

5

No domingo de manhã, saí da biblioteca pela última vez, sem ter a menor pista da identidade de *Exausta*, e ainda menos do enredo do meu livro. Busquei Delia e Zach na casa dos meus pais, aliviadíssima quando abri a porta da garagem e vi o Charger de Vero estacionado. Carregando Zach em um braço e puxando as duas malinhas, meu notebook e a bolsa de maternidade com o outro, dei um jeito de abrir a porta da cozinha.

– Vero! – chamei.

Zach desceu do meu colo e foi cambaleando à sala com os brinquedos. Delia jogou o casaco em uma cadeira. O nome de Vero ecoou pela casa silenciosa. Larguei as malas e a bolsa no chão, esperando que ela surgisse na sala com alegria desmedida depois de um fim de semana longe de nós. Chamei o nome dela de novo, pegando um copinho vazio na bolsa de maternidade e o colocando na pia, e me surpreendi ao ver ainda ali a louça do café da manhã, que eu não tivera tempo de lavar antes de sair correndo para a biblioteca. O filtro da cafeteira ainda estava cheio de pó frio, e na bancada havia migalhas de pão.

Apesar de eu não ter deixado a bagunça para ela de propósito, Vero raramente deixava de organizar um lugar bagunçado ou sujo.

Parei na frente da escada no hall, tentando ouvir se o chuveiro estava ligado, ou a vibração de reggaeton pelas paredes do quarto dela.

– Cadê a Vero? – perguntou Delia.

– Deve estar cochilando. Que tal ir brincar com seu irmão? – sugeri, conduzindo minha filha para a sala.

Subi a escada até o quarto de Vero. Uma música baixinha vinha pela porta fechada, uma balada triste de *boyband* que eu nunca ouvira, e que ela certamente zoaria se tocasse no rádio do carro. Bati à porta, e escutei as molas da cama ranger e passos lentos e arrastados no chão. Ela abriu um pouco a porta e olhou pela fresta, vestida com um pijama de flanela descombinado que eu tinha bastante certeza que era meu. Os olhos estavam borrados de rímel, meio escondidos pelas mechas de cabelo escuro embaraçado escapando do coque frouxo.

– Quem é você? – perguntei, abrindo mais a porta. – E o que fez com a minha babá?

Esperei ela me lembrar que na verdade era minha contadora, mas Vero apenas deu meia-volta e se largou de cara na cama. Eu me sentei na beirada do colchão, enfiei a mão entre a cara dela e o travesseiro, e medi a temperatura na testa. A pele dela não estava suada nem quente, mas o cabelo cheirava vagamente a boteco.

– Foi bom assim o fim de semana com seu primo, hein?

Não seria a primeira vez que ela voltava de ressaca de uma noite com Ramón. No entanto, era a primeira vez que voltava triste da casa do primo. Ela enterrou a cara no travesseiro, e um nó de preocupação apertou meu peito.

– Quer conversar?

– Não! – A resposta veio abafada.

Eu tinha bastante certeza que apenas uma coisa a arrancaria daquela fossa.

– Então, levante – falei, me levantando e puxando o travesseiro de sob a cabeça dela, arrepiando o cabelo com a eletricidade estática. – Vamos fazer compras.

Ela abriu um olho, arregalado e incerto.

– Do quê?

– Presentes de Natal. E vamos dar um pulo no drive-thru da lanchonete.

Vero estava sempre no pique para um cachorro-quente ou milkshake.

– Mas, se estiver cansada demais para sair... – comecei.

– Não saia – falou, se levantando de uma vez. – E *não* compre nada sem mim. Eu vou junto.

Dois minutos depois, a água do chuveiro começou a correr no banheiro dela, e o meu nó de preocupação finalmente começou a se soltar. Vero obviamente estava passando por problemas familiares e, por mais que eu amasse saber que ela se sentia tão à vontade com a minha família, me incomodava ela não parecer pronta para falar comigo a respeito daquilo.

Depois de um pulo na lanchonete, ela começou a se animar, mas murchou de novo quando entrei com a minivan no estacionamento da loja de materiais de construção.

– Onde você vai? – perguntou.

– Às compras – respondi.

– Você disse que eram compras de Natal. Aqui não é lugar de compras de Natal – resmungou, enquanto tirávamos as crianças do carro e as levávamos para dentro da loja. – Compras de Natal se fazem no shopping. Ou na internet, no último minuto, comendo biscoito de gengibre e bala de menta. Ou no sofá, na frente do canal de vendas, de pantufa felpuda e pijama.

Ela pegou um folheto de cupons da vendedora na porta.

Larguei Zach na cadeirinha do carrinho. Ele se remexeu no lugar, esticando os dedos gorduchos e grudentos para os ventiladores de teto lentos no corredor da iluminação, o choro agudo e estridente ganhando força quanto mais se afastava de lá. Peguei do mostruário um detector de pregos que emitia luzes e barulhos e larguei no colo dele, para calá-lo com a distração.

Vero pegou o detector das mãos dele.

– Confie em mim, garoto. Sua mãe não precisa disso.

Ela lhe entregou um saco de sucrilhos quando ele começou a chorar de novo.

Dei para ela minha lista de compras.

– Veja se encontra isso. Georgia quer um kit de manutenção de carro, e minha mãe quer um daqueles comedouros de passarinho para colocar na janela. Enquanto estiver no departamento de jardim, veja se encontra uma pá de neve para a nossa casa. Vou dar um pulo no departamento de ferramentas para achar alguma coisa para o meu pai.

– Aqui – disse ela, entregando o folheto de cupons. – Pegue só o que estiver em promoção. Não exagere. Acabamos de pagar suas dívidas do cartão.

Ela desapareceu na multidão, levando Delia. Eu empurrei o carrinho por um corredor lotado de clientes e vendedores, e peguei do mostruário a última furadeira sem fio para o meu pai, colocando-a no carrinho com um gesto triunfante. Fui abrindo caminho devagar, passando pelas fileiras de ferramentas domésticas. O corredor estava lotado de mulheres, todas segurando listas impressas, provavelmente dos maridos. Eu me perguntei quantas delas, dali a um ano, teriam uma bancada vazia na garagem.

Pensei naquela pá de jardinagem cor-de-rosa ridícula na bancada da minha garagem – a única ferramenta que Steven deixara ao ir embora. Pensei em todos os espaços vazios no quadro de guardar ferramentas, em todas as gavetas poeirentas. Na dificuldade que Vero e eu tivéramos para achar uma pá que fosse para enterrar um corpo. Contornando a multidão de gente, comecei a pegar de tudo na estante: chave de fenda, martelo, trena, lanterna, e uma coleção de alicates de tamanhos, formatos, e cores diferentes. Pensando melhor, talvez eu mesma ficasse com a furadeira. Peguei um pacote sortido de pilhas e joguei no carrinho.

Zach acabou de comer os sucrilhos e voltou a choramingar. Meia hora se passara, e eu estava começando a me perguntar onde Vero se metera quando ela entrou com o carrinho no corredor e parou ao meu lado.

– Olha, mamãe! – disse Delia, os pés balançando pelos buracos no assento. – Meus dentes estão moles. A fada do dente vai vir me dar um monte de dinheiro.

Delia empurrou os dentes da frente com a ponta da língua. Eu apertei os olhos e me aproximei para enxergar. Eles mal se mexeram.

– Acho que ainda não está na hora de caírem.

– Foi por isso que a Vero me deu isto.

Delia levantou um alicate. Eu o arranquei da mão dela antes que ela pudesse enfiá-lo na boca, larguei a ferramenta no carrinho de Vero e ofereci meu iPhone para ela se distrair.

Vero abriu um sorriso malicioso ao ver o conteúdo do meu carrinho.

– Parece que alguém exagerou nas pilhas. Achei que tivesse dito que Julian passaria apenas uma semana fora – falou, baixando a voz em tom conspiratório. – Se precisar de umas ferramentas mais pesadas, Stacey, lá da rua, acabou de abrir uma loja de brinquedos adultos. Pilha de graça com toda compra, e embalagem discreta.

Um vendedor adolescente parou de arrumar a prateleira para nos olhar. Meu rosto ardeu.

– Não preciso desse tipo de ferramenta, muito obrigada.

– Já vi a gaveta da sua mesinha de cabeceira, Finn, e, com todo respeito, discordo.

O vendedor arregalou os olhos.

– Tá olhando o quê? – Vero gritou para ele, chamando a atenção dos outros clientes.

Quando finalmente pararam de nos olhar, eu abaixei a voz.

– Isso não tem nada a ver com Julian. Só cansei de ver aquela oficina vazia sempre que entro na garagem. Não tem por que ficar pedindo a ajuda de Steven ou do meu pai sempre que alguma coisa estraga.

Vero e eu éramos perfeitamente capazes de cuidar de um ou outro parafuso solto sozinhas. Peguei dois rolos de fita isolante e larguei no carrinho dela.

– Já que você obviamente não brincou de casinha com o seu namorado, como anda a escrita?

Soltei um grunhido para desconversar.

– Passei o fim de semana todo investigando o fórum atrás de *Exausta*.

– Deu sorte?

– Nada.

– Nem eu.

Parei de andar, e forcei o carrinho de Vero a parar também.

– Você entrou no fórum da casa do seu primo? – cochichei.

– Claro que não! – falou, com uma careta. – Foi no centro de conferências de um hotel.

– Que hotel?

– Não importa. O importante é o que encontrei.

Soltei um arquejo.

– Você encontrou *Exausta*?

– Não, mas escute só... – Ela ficou de cabeça baixa, junto à minha, voltando devagar a empurrar os carrinhos. – Alguém que usa o nome *LimpezaFácil* anda ganhando uma fortuna naquele fórum. Aparece um post, todo misterioso e vago, normalmente de alguma mulher que quer *se livrar de um entulho grande* e precisa que alguém *recolha mediante pagamento*. Ou uma mãe *enfrentando uma mancha teimosa* que está disposta a pagar alguém para *ajudar a limpá-la de vez* – continuou Vero, mantendo a voz baixa e fazendo aspas com os dedos para pontuar cada descrição. – Depois de uns dias, *LimpezaFácil* responde com umas perguntas cuidadosas, até deixar claro que ela e a pessoa que postou a mensagem estão falando da mesma coisa. Aí *LimpezaFácil* e a cliente passam a conversar em particular. Finalmente, o post morre... e provavelmente o marido grande e teimoso também.

– Tem certeza que não está interpretando errado? – perguntei, duvidosa. – Se essa *LimpezaFácil* for *mesmo* uma assassina, por que não respondeu ao post de Patricia Mickler?

De acordo com Patricia, ela passara meses no fórum em busca de alguém para matar o marido antes de finalmente desistir e me pedir.

– *LimpezaFácil é profissional*. Ela provavelmente analisa os alvos. Por acaso *você* teria matado Harris se soubesse que ele era contador da máfia?

– Fale mais baixo – sibilei. – E eu não matei ninguém.

– Estou dizendo, essa *LimpezaFácil* está fazendo uma limpeza das boas, Finn! Esses trabalhos não saem barato. E vi pelo menos três acontecerem nas duas últimas semanas.

– Por que não me disse nada antes?

– Não tinha dados suficientes para confirmar o padrão. Eu não tinha certeza do que estava rolando até o terceiro aparecer, e não queria preocupar você à toa. Mas fico pensando...

– Pensando no quê?

– Nesse dinheiro todo – disse Vero, batendo o dedo no queixo, antes de pegar meu folheto. – Está rolando uma promoção de freezer no departamento de eletrodomésticos. Aposto que cabe na garagem.

Ela riu, e eu peguei o folheto de volta.

– Não encontrou a pá? E o comedouro da minha mãe?

Ela suspirou e olhou o carrinho, franzindo a testa.

– Acho que Delia e eu nos distraímos.

A multidão começava a diminuir conforme nos aproximávamos da seção de jardinagem. Olhei a hora no celular.

– Temos que correr. Steven vai buscar as crianças daqui a uma hora para comprar árvore de Natal.

– Não acredito que você vai deixar elas irem com ele – Vero reclamou num murmúrio, para as crianças não ouvirem.

– Que escolha eu tenho?

Ele tinha direito legal, e um advogado irritante de tão competente.

– Acredite – continuei –, também não gosto da ideia, mas eles vão estar em um lugar público. E nós duas conferimos o fórum no fim de semana. Um mês sem resposta no post, que já está enterrado sob centenas de mensagens. Tenho certeza que vai dar tudo certo.

– Não sei, não, Finn – disse ela, entrando no corredor de jardinagem. – *LimpezaFácil* anda bem ocupada. E se ela já estiver por aí, analisando o Steven?

– Duvido muito.

Mesmo dizendo isso, algo se retorceu nas minhas entranhas. Eu não gostava da ideia das crianças sozinhas com Steven enquanto ele tivesse um alvo pintado nas costas.

– Assim, não posso ligar e dizer que ele não pode ver as crianças sem a minha presença – expliquei. – Insisti em participar de todas as visitas deste mês. Ele está começando a desconfiar.

Vero inclinou a cabeça, analisando a seção de comedouros para passarinho.

– Talvez tenha outro jeito de ficar de olho nas crianças sem ir junto...

– Como assim?

Ela pegou um par de binóculos de um mostruário de observação de aves e os largou no carrinho.

– Você não aprendeu nada nos passeios com o detetive Anthony?

6

Vero e eu nos encolhemos nos bancos da frente de um velho sedã da Chevrolet, enroscadas em casacos de inverno, gorros de lã e cachecóis, com dois copos de café fumegante e uma caixa meio vazia de rosquinhas. Vero deixara o Charger na oficina de Ramón e pegara emprestado as chaves de um dos carros dele. Quando Steven buscara as crianças, eu as vestira com os casacos e ajeitara a mochila de Delia, e me despedira com entusiasmo enquanto a picape de Steven se afastava. Em seguida, pegara meu casaco, trancara a casa e saíra correndo para encontrar Vero na rua. A gente tinha seguido a picape de Steven até a fazenda de pinheiros, tomando cuidado para manter uma boa distância, e parado em uma vaga sem muita iluminação no fundo do estacionamento de cascalho.

Vero apertou os olhos atrás do binóculo.

– Não é melhor chegarmos mais perto?

– Mais perto, ele pode nos ver.

A venda de árvores de Natal estava lotada de carros, as fileiras organizadas de pinhos-alemães, abetos e pinheiros já cortados iluminadas por luzes brancas quentes penduradas em molduras de madeira. Música natalina soava dos alto-falantes, e funcionários com chapeuzinho de duende andavam pela área, recolhendo dinheiro dos clientes e carregando as árvores para os carros.

– Ali estão eles! – disse Vero, apontando pelo vidro.

Eu me endireitei e deixei o café no porta-copos, me inclinando para enxergar Delia e Zach melhor quando Vero me passou o binóculo. Zach se debatia sob um braço de Steven. Delia o arrastava pelo outro. Ela mexia a boca, mas eu não conseguia decifrar.

– Aumente o volume.

Vero ajustou o botão azul do receptor no painel. A voz animada de Delia surgiu em meio à estática, abafada pelo movimento da babá eletrônica se sacudindo dentro da mochila. Eu ligara o aparelho e o enfiara lá dentro antes de Steven buscá-la.

– Qual é a distância máxima disso? – perguntou Vero.

– O fabricante diz que funciona até trezentos metros.

Deixei o binóculo no painel, me permitindo alguns goles de café e me sentindo um pouco mais à vontade com os sons da tagarelice de Delia se projetando pelo carro.

– Acho que minha mãe está certa – falei. – Eu deveria contratar um advogado decente para cuidar do divórcio e da guarda. Estou completamente perdida tentando lidar sozinha com o Steven.

– Quanto custa um bom advogado?

– Guy cobra duzentos por hora – falei, soprando vapor do café. – Melhor aproveitar que tem dinheiro no banco. Estava pensando em trocar a minivan, também.

Peguei uma rosquinha. Vero estava estranhamente quieta. Quieta até demais. Nem protestou quando peguei a única rosquinha de chocolate cremoso.

– Que cara é essa? – perguntei.

– Que cara?

– De que tem alguma coisa errada.

– Não tem nada de errado.

Ela abaixou a rosquinha pela metade e limpou a mão na calça, deixando um rastro de açúcar.

– Semana passada mesmo você estava insistindo para eu comprar um carro novo. Por que de repente está preocupada com os cupons de desconto e a promoção de freezer?

– Preciso de motivo para tomar decisões financeiras sensatas?

– Quanto sobrou na conta, Vero?

Ela me olhou devagar.

– Antes ou depois das compras de Natal?

Fiquei boquiaberta.

– Não pode ser! E o dinheiro todo da Irina?

A gente tinha ganhado 75 mil da esposa rica de um mafioso russo. Dinheiro frio, literalmente. Até escondemos no nosso freezer para combinar.

– Não dá para a gente ter gastado isso tudo este mês – insisti.

– Não gastamos. Eu investi.

– Então *des*investe. Não deve ser difícil desaplicar um pouco.

– Não funciona assim, Finlay. A gente precisa deixar o dinheiro render.

– Enquanto isso, como vou pagar as contas? E nem me fale de virar assassina de aluguel!

– Não sei – disse ela, subindo a voz. – Vamos usar o dinheiro do seu próximo livro. Quanto mais rápido você escrever, mais rápido a gente vai ganhar.

A gente. Como se fosse ela quem precisasse se sentar na frente do teclado e escrever.

– Quando vai acabar, afinal? – perguntou.

Eu me virei para olhar pela janela, e vi de relance Delia e Zach correndo sem parar entre as fileiras de árvores, Steven logo atrás.

– Você nem quer saber.

Ficamos em silêncio enquanto a tensão no carro crescia. Vero começou a se remexer.

– Talvez você só esteja cansada de suspense romântico – falou, se virando para mim. – Talvez precise arriscar. Sabe, se desafiar artisticamente. Tenho lido sobre uma tendência nova. Tem um mercado potencial.

– Qual é?

– Pornô de dinossauro – disse ela, e eu engasguei com o café. – É sério, Finlay, analisei os números, e pornô de dinossauro é o próximo sucesso.

Eu me virei para ela, boquiaberta.

– Como isso é possível?

– Também estava na dúvida, então baixei umas amostras – falou, e dobrou os cotovelos, imitando bracinhos de tiranossauro. – Aparentemente, as mãos do mocinho dinossauro são pequenininhas, mas a mocinha não se incomoda, porque ele compensa com um superenorme...

– Pare! – gritei, cobrindo os olhos, determinada a não imaginar. – Nem quero saber.

– Tá. Mas quando todo mundo começar a ler velocirapterótico, nao me diga que não avisei.

De braços cruzados, ela se recostou no assento, e nós duas olhamos pelo vidro.

Steven se aproximou de uma jovem funcionária com sininhos no chapéu e peitos extremamente generosos. Ele se curvou para indicar uma árvore, dando uma boa olhadela no decote dela enquanto pegava a carteira.

– Você viu isso? – perguntou Vero, em tom de nojo. – Ele está mesmo dando em cima da duendinha. Como ele é previsível. Sério, Finn, não seria difícil matá-lo. Cem mil pagaria um carro bem legal. E pensa em toda a economia com advogados.

– Vou acabar o livro.

Vero sacudiu a cabeça, olhando, pelo binóculo, para Steven, que estava dando mole para a funcionária sem a menor vergonha.

– O que você viu nele, afinal?

Se Vero tivesse me perguntado um ano antes, eu teria dito que era o charme de Steven, sua ambição, sua confiança. No entanto, o tempo esclarecera muito do nosso relacionamento. Eu suspirei.

– Ele era bom em fazer eu sentir que precisava dele.

– Que merda.

– Pois é.

Eu o vi dar um cartão de visitas para a duende, certa de que ele estava pedindo o número do telefone dela. Enquanto Steven estava de costas, Zach saiu cambaleando, escapando entre uma fileira de árvores. Delia foi atrás dele. Steven deu meia-volta, e gritou o nome dos dois. Ele enfiou a carteira no bolso da frente e saiu correndo, quase derrubando um suporte de barraca na pressa.

Os três desapareceram pelo labirinto. A gargalhada das crianças ecoou pelo monitor.

– Aonde eles foram? – riu Vero, ajeitando o foco do binóculo.

– Tenho certeza que ele está pastoreando as crianças. Devem aparecer em um segundo.

Escutamos a risada de Zach diminuir, perdida no ruído da mochila de Delia. Os gritos de Steven ficaram cada vez mais distantes. Peguei o monitor e aumentei o volume. Um momento depois, as vozes se calaram.

– Por que não dá para ouvir? – perguntou Vero.

Aproximei o receptor do vidro. Só escutava os ruídos do monitor. Senti um calafrio arrepiando os braços. Eu me estiquei para enxergar mais longe, mas a fazenda, para além das luzes, era um labirinto de árvores, hectares que se estendiam no breu. Não dava nem para adivinhar onde acabavam os trezentos metros no escuro.

A voz de Delia quebrou a estática.

– Papai, cadê você?

Peguei o receptor, sentindo um aperto no peito.

– Não dá para terem ido tão longe. Ele vai encontrar ela logo.

– Papai? Papai? – veio a voz chorosa de Delia. – Estou com medo!

Vero e eu escancaramos as portas, derrubando os copos e derramando café pelo chão, e saímos correndo pelo estacionamento. Abrimos caminho pela multidão, murmurando pedidos de desculpa e licença, dando a volta em casais e famílias. Um funcionário de chapéu de duende pulou na minha frente, fazendo sinal para eu desacelerar. Com o coração martelando, eu o empurrei. Vero correu atrás de mim pelo labirinto de árvores depois da área iluminada. Nós nos separamos, uma para cada lado, gritando os nomes das crianças. A trilha ficou mais escura e estreita ao meu redor. Galhos arranhavam meu rosto enquanto eu corria.

– Peguei o Zach! – gritou Vero.

– Delia!

Parei, virando em círculos, forçando o ouvido para escutar a resposta.

– Mamãe!

O grito dela chegou em estéreo, pela babá eletrônica na minha mão, e de algum canto à direita. Saí correndo acelerada, olhando pelas fileiras de árvores que se misturavam em um borrão até vislumbrar o casaco rosa-choque.

– Peguei a Delia! – gritei, caindo de joelhos na frente dela e a pegando no colo.

Vero apareceu um momento depois, com Zach abraçado no peito.

– Cadê o Steven? – perguntou ela, ofegante.

– Steven? – gritei.

Um gemido baixo respondeu do escuro. Vero e eu carregamos as crianças na direção do barulho, olhando fileira por fileira até encontrar uma silhueta caída de cara na terra.

– Steven!

Delia quicou no meu quadril enquanto eu corria até ele.

Ele se sentou devagar, esfregando a cabeça com cuidado. Vero pegou o celular e apontou a lanterna para ele, cobrindo seu rosto com a luz branca. Um fio vermelho escorria pela têmpora dele.

– Tire isso da minha cara! O que ela está fazendo aqui? O que *você* está fazendo aqui?

– O que aconteceu? – perguntei.

Ele se levantou com dificuldade, afastando minha mão quando tentei ajudá-lo. Com uma careta, apertou a ferida com os dedos.

– Não sei. Estava escuro. Fui correndo atrás das crianças. Alguém esbarrou em mim por trás e me derrubou. Devo ter cortado a cabeça ao cair.

Ele enfiou a mão no bolso, aliviado de encontrar a carteira. Tateou a calça jeans, a camisa, os bolsos da jaqueta, e fez uma careta.

– O filho da puta roubou meu celular!

Delia enfiou o rosto molhado no meu pescoço.

– Quero ir para casa, mamãe.

Zach fungou no pescoço de Vero e chupou a chupeta com mais força. Vero fez carinho nas costas dele para acalmá-lo.

– Vou levar Zach e Delia para o carro.

Vero esticou a mão e eu deixei Delia no chão. Steven rangeu os dentes, vendo os três andarem até o carro emprestado.

– De quem é esse carro?

– Não é importante.

– Você não pode levar as crianças. Não está com as cadeirinhas.

– Eu trouxe, por via das dúvidas.

– Que dúvidas? O que quer dizer com isso?

Eu desliguei o monitor, e ele o arrancou da minha mão.

– Que porra é essa? – perguntou. – Você estava me espionando?

Não adiantava responder.

– Vero pode levar as crianças para casa. Me dê suas chaves. Vou levar você para a emergência. Talvez precise de pontos.

– Não preciso de pontos – disse ele, irritado.

– Pelo menos deixe eu ligar para a Georgia. Você deveria fazer um B.O.

– Algum moleque me assaltou, Finlay. Não é grave. Ele nem pegou minha carteira.

– É grave, sim! Você se machucou. As crianças poderiam ter se machucado. Se Vero e eu não estivéssemos aqui...

– As crianças ficariam bem! – disse ele, me olhando com raiva, sangue pingando por cima de um olho. – Eu teria me levantado, comprado a porcaria da árvore que elas escolhessem e levado elas para casa. Mas você não pode me deixar fazer nem isso, né?

Vero ligou o pisca-alerta, dando partida no carro.

– Vamos falar disso amanhã. Por favor, faça um B.O. – supliquei, me afastando.

Eu só queria levar as crianças para casa. Steven tinha sido assaltado, mas não foi pelo dinheiro. A carteira estivera no mesmo bolso, então quem o atacara queria apenas uma coisa: o celular. Ou, provavelmente, a informação contida lá... a agenda, os contatos, registros dos lugares que frequentava. Tudo que uma assassina de aluguel poderia usar para planejar o assassinato perfeito.

Vero estava certa. Não era só porque ninguém aceitara o trabalho que ninguém planejava fazê-lo.

7

Segunda-feira amanheceu cedo demais. Joguei a coberta para longe e funguei. Ao me virar, notei o culpado ao lado da cama. Quando esfreguei os olhos para acordar, Zach já tinha ido embora, rindo pelo corredor, claramente satisfeito com o que fizera no meu quarto.

Com um suspiro pesado, me levantei e fui atrás dele, trazendo-o de volta ao quarto para trocar a fralda. Panelas estrepitavam na cozinha, e o som de óleo fervendo e o cheiro de delícia salgada subiam pela escada.

– Delia! – chamei. – Hora de acordar e se arrumar pra escola.

Ela entrou no meu quarto batendo os pés e afastando a franja espetada do rosto, de cara feia, pés do pijama soltos no tornozelo, e cachorro de pelúcia pendurado da mão pelo pescoço. Soltei Zach, que já estava mexendo as pernas antes mesmo de pisar no carpete.

– Parece que Vero está fazendo café – falei. – Que tal vocês descerem?

O telefone sem fio acendeu na mesinha de cabeceira. O nome de Sylvia surgiu no visor. Olhei a hora no celular e soltei um palavrão, fechando a notificação das três chamadas perdidas.

– Aaaaah – cantarolou Vero da cozinha, provavelmente vendo a mesma coisa no telefone sem fio lá de baixo –, alguém vai se ferraaaaaar. Falei que você precisava trabalhar no livro!

Considerei as consequências de deixar a ligação cair na caixa postal. No entanto, conhecendo Sylvia, ela continuaria a telefonar até eu atender. Sequei o suor das mãos e levei o aparelho ao ouvido.

– São oito da manhã – disse Sylvia, antes que eu conseguisse cumprimentá-la. – De segunda-feira – esclareceu.

– Eu sei. Desculpe.

– Tenho uma reunião com sua editora daqui a uma hora para discutir seu projeto, que não está no meu e-mail.

– Eu planejava enviar. Juro. Mas perdi o controle do fim de semana.

Desci o corredor até meu escritório às pressas, como se o projeto que eu não desenvolvera no fim de semana fosse aparecer magicamente assim que eu abrisse o notebook.

– E, bom, veja bem... – continuei. – É o seguinte.

Eu me sentei à mesa, empurrando post-its usados e recibos.

– Tenho tudo na cabeça – falei. – Só não consegui digitar ainda. Vou digitar agora, juro. Vou entregar antes da sua reunião às nove.

Eu nem sabia exatamente o que entregaria, mas assim teria uma hora para pensar.

– Vamos esclarecer uma coisa, Finlay. O cargo no meu cartão de visitas não é *Assistente da sra. Donovan.* Eu sou sua *agente*, uma agente que é sorte sua ter, por sinal. Digitar o que me dita uma autora que não consegue cumprir prazos não faz parte do meu emprego, mas, porque eu adoraria ser *paga*, estou disposta a fazer isso por você. Só desta vez. Agora – disse ela, a cadeira rangendo pelo telefone quando ela se sentou –, sou toda ouvidos. Me diga o que você tem.

– Tá, o que eu tenho.

Remexi nos post-its amassados na lixeira, procurando freneticamente todas as ideias horríveis que tinha anotado e descartado no último mês. A maioria daquela porcaria era só lembretes e listas de compras. Peguei a anotação mais recente grudada na tela do notebook, li o primeiro item da lista de afazeres e soltei uma risada desanimada diante da ironia.

Projeto para Sylvia na segunda-feira.

"Incrível. Arrasou, Finn."

Sylvia bufou, impaciente, e eu corri os olhos pelo item seguinte.

Cancelar visita com Guy.

– Então, tem esse homem... um pai – comecei, devagar, organizando meus pensamentos bagunçados. – Ele era... um empresário de caráter questionável que tinha vários inimigos.

Fechei os olhos, tateando no escuro em busca de inspiração. Eu precisava de um ambiente assustador. De um lugar onde algo apavorante e misterioso pudesse acontecer.

– O homem estava na natureza... na trilha em uma floresta sombria de pinheiros com os filhos... quando foi atacado e brutalmente assassinado.

– Assassinado como?

– Pancada na cabeça?

– Ótimo. Continue.

– Tá... então... a assassina... estava em uma árvore, perseguindo o homem. Era para ele ser sua próxima vítima. Ele tinha se divorciado da esposa, que escondia os filhos dele porque sabia que ele era perigoso.

– Óóóóóótimo – disse Sylvia, arrastando a palavra em um tom encorajador.

Eu praticamente a via se inclinar para a frente na cadeira, e li o lembrete seguinte na lista.

Procurar as luvas de Delia no achados e perdidos da escola.

– Mas o homem a encontrou – continuei. – Ele sequestrou as crianças da escola e as levou a uma cabana isolada no mato, onde sabia que ninguém os encontraria.

– Que escroto! – sussurrou Sylvia.

– Enquanto isso, um dos inimigos do homem tinha ficado de saco cheio.

– Do quê?

– Sei lá – falei, jogando a lista na mesa. – Ainda não decidi. Um motivo desses para bandido matar: dinheiro, inveja, vingança, tanto faz... Aí esse inimigo misterioso contratou nossa assassina para matar o homem.

Eu me levantei, e as palavras caíam de mim enquanto eu andava em círculos, como se uma rolha finalmente tivesse se soltado do meu cérebro.

– Nossa heroína caçara o alvo e o encontrara na cabana, mas, ao olhar pelo binóculo e ver os filhos ali, soube que não podia agir. Ainda não. Ali, não. Quem cuidaria das crianças se o pai morresse? Como ela poderia salvá-las e ainda esconder sua identidade?

Sylvia se calara. Eu não sabia bem o motivo, mas continuei, a história ficando cada vez mais dramática conforme o enredo ganhava vida própria.

– Nossa assassina subiu em uma árvore, considerando a decisão enquanto observava o homem e os filhos à distância. Enquanto isso, sem que ela soubesse, outra pessoa estava na mata. Tinha começado a nevar. A floresta estava ficando fria e escura, e a visibilidade, ruim. Bem quando o homem e as crianças se viraram para a cabana, outro assassino surgiu da mata, matou o alvo da assassina e deixou as crianças para trás.

– Não! – exclamou Sylvia.

– Nossa heroína foi obrigada a tomar uma decisão: se expor e salvar as crianças da morte certa, já que a temperatura estava caindo, e a noite, avançando, ou ir atrás de quem matara seu alvo e roubara sua recompensa.

– O que ela fez? – perguntou Sylvia, com a voz ofegante de urgência.

– Salvou as crianças.

– Eu sabia!

– Mas, ao entregá-las para as autoridades, ela acabou presa.

– Mas se salvou – insistiu Sylvia.

– Não, vai para a cadeia.

Ouvi o som dos sapatos de salto de Sylvia batendo no chão.

– Espere aí – disse ela, as unhas de acrílico batendo no telefone enquanto mudava o aparelho de lado. – Ela vai para a cadeia? Já estamos no segundo ato, e ainda não ouvi o enredo secundário. Cadê o romance? Cadê o sexo? Como ela vai trepar com o policial gostosão se estiver atrás das grades?

Apertei o nariz.

– Não tem policial gostosão.

– E o do primeiro livro?

Por que estava todo mundo obcecado pelo policial?

– Não está nesse.

– Por que não? – insistiu ela. – Todo mundo adora ele.

– Porque agora ela está apaixonada por um advogado.

– E eles transam na cadeia?

– Já vou chegar lá.

– Bom, chega mais rápido, porque tenho que pegar o táxi daqui a doze minutos.

Eu me larguei na cadeira, desanimada e pronta para correr até o fim, certa de que Sylvia rejeitaria o projeto.

– Então ela se apaixona pelo advogado que foi colocado para defendê-la. Ele é jovem e inteligente...

E gostoso?

– E gostoso.

– Tanto quanto o policial?

– Talvez mais ainda. Porque ele *acredita* nela, Sylvia!

Nela, na navalha de Hanlon, em pizza e em cerveja.

– Ele jura que vai provar sua inocência – continuei. – Mas aí... – engasguei, procurando minha lista.

Encontrar um advogado.

– Aí o advogado desaparece – falei, com um tapa na mesa. – Some, sem deixar rastro. Sem ligar. Sem mandar mensagem.

Ignorei a parte que ele provavelmente estava lagarteando na praia, melado de bronzeador, bebendo cerveja com um bando de universitárias de biquíni.

– E ela sabe, por instinto, que alguém sequestrou ele, ou pior, para garantir que ela sofra a vida toda na prisão.

– *Aí* ela foge? – interrompeu Sylvia.

Suspirei.

– Pode ser.

– Determinada a encontrar o advogado gostosão a todo custo. Adorei. Vai ser esse o título, Finn – disse Sylvia, e ouvi a caneta cair na mesa dela. – *Tiro certeiro 2: a todo custo.*

– Legal.

Ela podia dar o título que quisesse. Se eu tivesse sorte, ela escreveria tudo para mim.

– Vou dizer, Finlay, duvidei de você à toa. Acho que você teve uma ideia ótima. É bem cinematográfico. Talvez a gente consiga até vender os direitos para um filme.

– Talvez seja melhor não...

– Tenho que correr. Vou me atrasar para a reunião na editora. Depois mando um e-mail contando como foi.

A linha morreu. Eu me larguei na cadeira, processando tudo que dissera para Sylvia, destrinchando o projeto em busca de algo que pudesse voltar para me ferrar. Parecia razoavelmente seguro.

Um motor roncou na frente de casa.

Eu me levantei e abaixei a persiana, soltando um grunhido quando vi a picape conhecida na entrada.

Vero estava olhando pela janela do hall quando desci correndo, de roupão e pantufas.

– O que Steven veio fazer aqui?

– Não faço ideia.

– Se a reunião com Sylvia der errado, sempre podemos matá-lo – sugeriu.

Uma rajada de ar gelado soprou quando abri a porta. Steven estava ali na frente, de casaco pesado de flanela, carregando um pinheiro enorme debaixo do braço. As botas grossas jogaram terra no tapete do hall, e a árvore deixou cair agulhas quando ele a carregou para dentro.

– Papai! – gritou Delia, correndo escada abaixo e se jogando no braço livre dele.

Baques pesados soaram pela casa quando Zach veio correndo atrás dela.

– Oi, querida.

Steven deu um beijo na cabeça de Delia e a colocou no chão. Um curativo saía de baixo da boina de lã, e o rosto dele estava marcado por um hematoma.

– O que é isso? – perguntei, com uma careta, quando os galhos mais altos arranharam o teto, o topo da árvore se dobrando quando ele a apoiou na parede.

Zach foi andando para mexer na árvore. O alívio de Steven era quase palpável.

– Fiquei culpado pelo que aconteceu ontem na fazenda, então voltei hoje cedo e comprei a mais bonita que achei.

Vero levantou uma sobrancelha.

– É meio grande, né?

Ele sorriu para o abeto.

– Posso podar, se for o caso. A moça que me vendeu disse que era melhor comprar uma maior do que acabar com uma que não ocupa bem o espaço.

Vero olhou para a virilha de Steven.

– Como ela vai se decepcionar...

Ela juntou os cotovelos no corpo, torcendo as mãos em garras de dinossauro ao passar por mim a caminho da cozinha.

Steven ficou vermelho.

– O que foi isso?

– É melhor nem saber – falei, e apontei para o curativo na têmpora dele. – Como você está?

Ele tirou a boina, cutucando a gaze.

– Dois pontos – falou, tímido, e tirou o celular do bolso. – E olha o que achei hoje no chão da picape. Devo ter deixado cair na hora de tirar as crianças do carro ontem.

Ou *LimpezaFácil* tinha conseguido o que queria no celular e o devolvido convenientemente.

– Alguém te machucou. Você devia falar com a polícia.

– Para dizer o quê? Que corri no escuro e bati a cabeça? Foi só um acidente bobo, Finn. Não tem do que falar.

Ele farejou o ar.

– Que cheiro gostoso – falou. – O que tem para o café?

O tom alegre dele me soou um pouco falso.

Delia bateu palmas.

– Vero está fazendo chips no molho!

Steven franziu a testa.

– As crianças estão comendo fritura? No café?

– É chilaquiles! – gritou Vero da cozinha, irritada. – E não, não tem para você.

– Não estávamos esperando companhia – expliquei.

– Tudo bem – disse ele, com um sorriso acolhedor. – Eu planejava ir comer panqueca depois de deixar a árvore, de qualquer forma. Achei que talvez Delia e Zach pudessem vir comigo.

– Delia tem aula.

– Posso levar ela depois.

Olhei para a picape dele pela janela. Talvez *LimpezaFácil* estivesse de olho naquele mesmo momento.

– Por favor, mamãe – implorou Delia, puxando meu braço. – Quero ir comer panqueca com o papai!

– Você tem aula daqui a menos de uma hora, e a Vero já fez o café da manhã.

– Se chips forem café da manhã – resmungou Steven.

Rangi os dentes e empurrei Delia para a cozinha.

– Vá comer. Leve seu irmão. Você vai se atrasar para a aula.

Delia fez biquinho e arrastou os pés. Esperei eles estarem distantes o suficiente para não ouvirem para pegar Steven pelo braço e virá-lo na direção da porta.

– Obrigada pela árvore. E obrigada pela oferta de levar as crianças, mas não é uma boa hora.

– O que está acontecendo? – perguntou, segurando a porta fechada. – Sempre que ligo, você tem uma desculpa para eu não poder vê-los.

– Não é desculpa. Só andamos ocupados.

– É por causa da Theresa, não é? Você está nervosa por causa dos corpos que encontraram na fazenda.

– O que quer que eu diga, Steven?

– Eu não tinha nada a ver com essas coisas com as quais a Theresa estava metida. Você me conhece, Finn. Sabe que eu nunca me envolveria num negócio desses.

– Sei mesmo? Porque, depois de tudo o que aconteceu entre nós, não sei se já conheci você algum dia.

Um músculo tremeu no maxilar dele.

– Não é justo. Você me conhece há muito mais tempo do que conhece ela – falou, apontando a cozinha. – Tem uma aleatória que você conhece há menos de um ano que mora debaixo do seu teto, leva Delia à escola e passa o dia todo com Zach! O que você sabe sobre *ela*?

– É a babá deles, Steven!

– E eu sou o pai! Quero ver meus filhos.

Eu não podia discordar. Ele tinha todo direito de passar tempo com nossos filhos. Eu não queria afastá-lo de Delia e Zach, assim como ele não queria se afastar. No entanto, a verdade estava enterrada em um buraco que eu não podia abrir.

– Você vai vê-los. Só que não hoje.

Estiquei a mão para a maçaneta.

– Quero passar o fim de semana com eles.

Mexi a cabeça, em um gesto ambíguo.

– Ligo essa semana para a gente marcar um horário para você visitar.

– Não, Finn – disse ele, parado à minha frente, os olhos azuis flamejando. – Vou buscá-los depois da aula na sexta-feira. Nada de babá eletrônica. Nada de me espionar do carro. Vão passar o fim de semana comigo, o fim de semana inteiro, ou vou ligar para o Guy.

Ele olhou uma última vez para a árvore antes de escancarar a porta e fechá-la com força. Levei um susto quando Vero pôs a mão no meu ombro.

– Eu sabia que era melhor comprar uma pá nova.

8

O shopping estava cheio para a hora de almoço de terça-feira. Músicas de Natal tocavam à toda de um alto-falante no vaso de planta ao meu lado, a letra cantarolada abafada pelo ruído de fregueses e bandejas na praça de alimentação. Bebi meu refrigerante, vendo o ir e vir da multidão. Vero sugerira que eu saísse do escritório um pouco. Que talvez mudar de ares – fazer compras de Natal e ver gente passar – me tirasse do desânimo e estimulasse minha inspiração. Ou, no mínimo, me distraísse do fato de que Julian estava viajando havia quatro dias e não mandara uma única mensagem. Tudo que eu tinha até então era uma semente de história – um advogado desaparecido e apaixonado pela cliente, uma assassina acusada de um assassinato que não cometera. No entanto, por mais que encarasse o teclado, não imaginava um final feliz para aquilo.

Meu celular vibrou na mesa. Fui pegá-lo, e murchei um pouco quando o número na tela não era de Julian.

Levei o celular à orelha, cobrindo o outro ouvido com o dedo.

– Oi, Syl.

– Tenho ótimas notícias! – exclamou ela. – A editora amou sua ideia. Quer ver uma amostra. Quando você consegue me mandar vinte mil palavras?

Vinte mil palavras era praticamente um quarto de livro.

– Não sei. Talvez até o fim do ano.

Do jeito que eu andava, até isso era um exagero.

– Legal! Falei que você mandaria até segunda-feira – disse ela, e eu engasguei com o refrigerante. – Deve dar tempo de você fazer uma pequena mudancinha de nada.

– Que mudança?

– Ela quer que o policial gostosão volte à história. Me escute – disse Sylvia quando comecei a protestar. – Pode manter o advogado, porque ela gostou da ideia, mas as leitoras esperam o policial. Vai acrescentar um pouco de tensão interna e externa, e um segundo par romântico deixa o enredo mais quente.

– É difícil demais equilibrar um triângulo amoroso – argumentei.

– Então pode matar um deles no terceiro ato. Deixa o outro salvar ela, e dá um final feliz bem sensual. Escolhe o que quiser. Só inclui o policial gostosão na amostra. Vinte mil na segunda, Finlay. Não me decepcione.

Sylvia desligou.

Meu pretzel inacabado estava na bandeja, esfriando na poça gordurosa. Por que minha mocinha precisava ser salva por um mocinho? Por que ela não podia se salvar sozinha?

Inclusive, quando *ela* salvaria alguém?

Mordi uma bocada de massa, fechei o manuscrito e abri o navegador, olhando para trás de relance para garantir que ninguém me veria entrar no fórum. Eu podia entrar e sair em menos de um minuto. Tempo só de ver o post. Sem mal, sem crime.

Cliquei em *Mau negócio* e abri o pequeno post.

Parei de mastigar, a mão congelada no *trackpad*.

LimpezaFácil: @Exausta, Steven Donovan parece dar um trabalho daqueles mesmo. Investiguei o mentiroso e traidor em questão, e concordo. Ele poderia desaparecer semana que vem, sem ninguém sentir falta. Só preciso de 50 mil motivos para começar uma conversa. Se estiver pronta para falar com alguém que entende do assunto, me mande uma mensagem. Estou disposto a escutar.

Um nó se formou na minha garganta.

Eu me levantei, enfiando o pretzel na bolsa, me preparando para guardar o notebook e seguir para a escola de Delia. Georgia estava lá, se apresentando para o Dia da Carreira. Eu poderia mostrar o post e inventar uma história de ter recebido um bilhete anônimo na caixa de correio (não era inteiramente mentira). Podia fazer o que devia ter feito semanas antes, deixar a polícia cuidar disso e...

Olhei para a tela quando uma mensagem nova apareceu debaixo da resposta de *LimpezaFácil*.

Exausta: Que gentileza a sua oferta. Estava começando a temer ter feito isso tudo errado. Não tenho muita experiência com essas coisas. Fico agradecida por ter com quem conversar. Já vou mandar mensagem.

Remexi na bolsa do notebook em busca do celular e liguei para Vero.

Atendeporfavor, atendeporfavor, atendeporfavor...

– É melhor alguém ter morrido – murmurou ela.

– Não é possível você estar dormindo. Já são quase onze horas.

– Zach tirou um cochilo. Eu também cochilei.

– *LimpezaFácil* topou o trabalho.

Ouvi o farfalhar de lençóis pelo telefone. A voz sussurrada e seca de Vero de repente saiu clara e forte.

– Como assim, *LimpezaFácil* topou o trabalho?

– Exatamente assim! Estou no fórum!

Uma mulher me olhou feio de uma mesa próxima.

– Temos que fazer alguma coisa – sibilei.

– Além de botar seu ex em um avião para a Sibéria, não sei o que fazer.

– Vou buscar Delia na escola daqui a meia hora. Georgia está lá por causa do Dia da Carreira. Vou falar com minha irmã.

Ela prendeu o fôlego.

– Vai falar o quê?

– Só o necessário.

– Não, Finlay, de jeito nenhum!

Abaixei a voz em um sussurro áspero, dando as costas à mulher da mesa ao lado.

– Você viu como as crianças ficaram apavoradas na fazenda. Não posso ficar parada enquanto alguém tenta matar o pai delas!

– Se a polícia vir o post, vai investigar o fórum todo, e você sabe exatamente aonde isso vai dar. É o mesmo fórum que Patricia Mickler usou para procurar alguém para matar Harris, antes de encontrar *você*. Esse caso está fechado, Finlay. Feliks está preso, e nós nos safamos. Mas se você abrir a matraca pra sua irmã agora, a investigação pode ser reaberta antes de Feliks ser julgado. E nós duas podemos ir parar na cadeia por assassinato.

Sequei suor do buço. Vero estava certa. Seria um risco enorme envolver a polícia nisso, mas eu precisava fazer alguma coisa. Quando *Exausta* e *LimpezaFácil* levassem a conversa para longe do fórum, eu não teria como acompanhar.

– Finlay?

Era o mesmo tom que Vero usava quando as crianças estavam quietas demais. Quando nós duas sabíamos que elas não estavam fazendo boa coisa.

– O que você está fazendo? – perguntou.

Puxei o notebook para mais perto e cliquei em *Responder post*.

– É melhor você voltar para casa – disse ela, severa. – Para a gente falar disso.

Minhas mãos voaram pelo teclado. Era mais do que eu escrevia havia semanas. Porque só tinha um jeito de deixar isso acontecer.

Anônima2: @Exausta, parece que você se beneficiaria de falar com uma profissional de verdade. Já ajudei várias mulheres a eliminar estresse indesejado, e tenho confiança de poder ajudá-la com este problema específico. Não preciso de motivo algum para começar a conversa. Me manda uma mensagem. Vamos dar um jeito.

– Finn, a gente precisa ser esperta. Para o que estiver fazendo.

Cliquei em *Enviar*, e empurrei o notebook com um suspiro trêmulo.

Fez-se um silêncio sepulcral na linha.

– Me diz que você não respondeu.

– Só consegui pensar nisso! – falei.

Eu precisava de tempo. Tempo para pensar. Tempo para descobrir quem era *Exausta*. Talvez isso me desse o tempo necessário.

– Cadê você? – perguntou Vero.

– Na praça de alimentação do shopping.

– No seu notebook?

– No meu notebook, sim!

– Nossa Senhora, Finn! No que você estava pensando?

– Foi *você* quem falou que queria comprar um freezer!

– Eu não sugeri aceitar uma oferta de matar seu ex no Wi-Fi aberto da praça de alimentação!

Fechei o notebook com força, perdendo o fôlego, e olhei de relance para as mesas ao redor. O que eu tinha feito?

– Me escuta, Finlay – disse Vero, com uma calma forçada. – Saia do fórum neste instante, e não diga uma palavra sobre isso para a sua irmã quando for buscar Delia. Vamos cuidar disso juntas. Como da outra vez.

Engoli em seco a memória de cadáveres. Do peso da vida de um homem. De horas incessantes cavando ao luar.

Como da outra vez era exatamente meu medo.

9

Senti um vento fresco entrar pelos botões abertos do casaco enquanto abria caminho pelo estacionamento lotado da pré-escola onde Delia estudava. Dando a volta nos carros, procurei o Impala azul brilhante da minha irmã, mas não o vi. Tirei o celular da bolsa e parei na frente da escola, passando pelas mensagens e ligações perdidas que tinha ignorado no pânico do shopping. Meu coração deu um pulo quando li as primeiras quatro mensagens, todas de Georgia. A primeira chegara praticamente uma hora antes.

Emergência no trabalho. Estou numa cena. Idiota #1 atirou no pé do irmão. Idiota #2 revidou. Preciso levar os dois para o hospital antes da delegacia. Não vou chegar a tempo na escola. Alguém pode ir no meu lugar?

A segunda viera cinco minutos depois.

Que tal Vero? Contabilidade é legal, né?

E aí...

Deixa para lá. Esquece o que eu falei.

A última mensagem viera mais de quarenta minutos antes.

Não se preocupe com o Dia da Carreira. Diga para a Delia que já resolvi.

Entrei correndo no saguão lotado, murmurando pedidos de desculpas enquanto me enfiava entre um pai de colete laranja de pedreiro e uma mãe de uniforme hospitalar azul. Subindo na ponta dos pés, olhei para dentro da sala de Delia. Ela estava na frente da sala, ao lado da professora, mexendo ansiosa em uma mecha de cabelo. Suspirei de alívio quando notei uma silhueta imponente de uniforme acolchoado e capacete da Swat entre os pais. Algumas mães cochichavam entre si, admirando as pernas compridas do uniforme de Georgia, que abria caminho com cuidado entre as crianças animadas sentadas de pernas cruzadas no tapete, mas eu estava concentrada no sorriso largo de Delia.

Os aplausos se aquietaram quando a pessoa que Delia levara parou ao seu lado e se virou para a sala, soltando o capacete. Quando o tirou, dois olhos escuros – olhos que definitivamente não eram da minha irmã – percorreram os rostos na sala, até encontrarem o meu. Nick segurou o capacete debaixo do braço. Uma covinha tímida marcou o rosto dele, e várias mães se esticaram para enxergar melhor. Sem vergonha alguma, elas olhavam o uniforme de cima a baixo, se demorando nos coldres que abraçavam as coxas e o colete tático justo preso ao peito.

A professora de Delia leu da prancheta, calando os cochichos.

– Turma, Delia Donovan trouxe um convidado especial para nos conhecer hoje. Este é o detetive Anthony, do departamento de polícia do condado de Fairfax. O sr. Anthony faz parte de uma divisão especial que monitora crime organizado. Sei que provavelmente temos muitas perguntas para o detetive, mas peço por favor que os pais mantenham o conteúdo adequado para os mais jovens da plateia.

A professora olhou para os pais por cima da armação dos óculos, e levantou uma sobrancelha para as mais fofoqueiras, o que fez algumas delas rirem.

As crianças se ajoelharam no tapete, levantando os braços. Delia escolheu uma amiga para fazer a primeira pergunta. A sala toda se calou para ouvir, e o timbre grave da voz de Nick encantou o ambiente. Delia o olhou com uma admiração que normalmente reservava ao pai – como se ele pudesse consertar qualquer coisa. Da última vez que eu vira Nick, ele me chamara para sair, e eu recusara educadamente. E ali estava ele, na frente da turma da minha filha, vestido com o uniforme da Swat, o herói que eu nunca pedi e provavelmente não merecia.

Meu celular vibrou na mão. O nome de Georgia piscou na tela. Eu me afastei da porta, levando o celular à orelha.

– Ele chegou? – perguntou ela.

– Chegou. O que ele está fazendo aqui?

Ela soltou um suspiro aliviado, o som abafado pelos ruídos de walkie--talkies e portas zumbindo no fundo.

– Eu não sabia o que fazer. Não consegui falar com você, e não queria estragar o dia da Delia.

– E Nick convenientemente se ofereceu para aparecer na pré-escola de uniforme tático?

– Não exatamente. A roupa foi ideia minha. É mais maneiro que jeans e camiseta. Achei que fosse impressionar os amigos da Delia.

Consegui murmurar um agradecimento a contragosto.

– Você me deve uma – acrescentei. – Das grandes.

– Por quê? Fiz um favor para você.

– Que favor? Ser voluntária no Dia da Carreira ou mandar Nick no seu lugar?

Então me demorei no último pensamento.

– Espere... Isso foi ideia da mamãe?

– Não – gaguejou Georgia. – Claro que não.

– Foi, sim! Não acredito que você deixou ela te convencer. Nossa, Georgia. Que vergonha!

– Só é vergonha se você ficar envergonhada.

– E se eu contar para o Nick que estou planejando te matar?

– É, aí definitivamente seria meio esquisito. Olha, tenho que acabar de registrar o B1 e o B2 aqui. Depois te ligo.

– Você me deve uma! – repeti, e minha irmã desligou.

Nick sorriu para mim pela porta aberta da sala de Delia, me olhando por cima da cabeça das crianças, o que fez algumas das mães olharem para trás, na minha direção. Eu ia fazer Georgia trocar muitas fraldas por isso.

– Charmoso, né?

Eu me virei ao ouvir a voz rouca atrás de mim. O homem sacudiu a cabeça, olhando para Nick.

– Todo mundo acaba caidinho por ele. Até as crianças.

O homem balançou um molho de chaves, ou talvez moedas soltas no bolso da calça, e a jaqueta aberta revelava o cabo de uma arma e um distintivo reluzente. Eu ainda estava tentando entender quem ele era quando ele voltou os olhos azuis para mim.

– Desculpe – disse ele, estendendo a mão. – Eu deveria ter me apresentado. Joey Balafonte, prazer.

Como reagi com um olhar confuso, ele apontou a sala com o queixo.

– Sou parceiro de Nick.

– Ah – me apressei em cumprimentá-lo.

A ponta de um palito de dente escapava do canto do sorriso. Ele estava à paisana, como Nick normalmente se vestia, mas sua paleta de cores era nitidamente mais clara: cabelo loiro e grosso que começava a ficar grisalho nas têmporas, uma camisa azul-clara, e calça de um cinza pálido. Da jaqueta de couro caramelo emanava um sutil cheiro de cigarro. Ele era bonito, mas não do jeito musculoso e perigosamente robusto de Nick. Lembrava mais Steven, com cara de bonzinho, ficando meio macio no meio do corpo. Não parecia ter passado por tratamentos para câncer.

– Achei que você estivesse de licença – falei, delicadamente.

– Você deve estar me confundindo com Charlie. Não – falou, o sorriso caindo um pouco. – Charlie ainda não voltou à ativa, mas estamos todos torcendo por ele. Eu sou o novo parceiro de Nick. E você deve ser a infame Finlay Donovan.

O olhar astuto de policial de Joey me avaliou como o de minha irmã fazia, como uma escova tira-pelos catando as menores coisinhas que ninguém nota. Ele riu baixinho, passando o palito para o outro lado da boca.

– Mesmo que Nick não estivesse me olhando como se quisesse me matar por eu estar falando com você agora, eu a encontraria em meio a uma multidão. Ele fala de você o tempo todo.

A turma irrompeu em aplausos, indicando o fim da apresentação de Nick. Ele olhou para nós, o sorriso afiado como uma advertência para Joey, que me cutucou com o cotovelo.

– Viu? Ele está com medo de eu contar todos os segredos humilhantes.

– O que ele teme que você diga?

Joey se aproximou do meu ouvido enquanto uma fila de pais saía da sala.

– Que sou péssima companhia na tocaia, e ele se divertia muito mais com você.

Senti o sangue subir ao meu rosto enquanto Delia pegava Nick pela mão e o puxava até mim. Quando chegaram, ela abraçou as pernas dele, e seu agradecimento cochichado fez meu coração tremer.

Um silêncio pesado caiu entre nós dois quando ela saiu correndo para buscar a mochila no armário. De perto, ele parecia mais alto do que eu me lembrava, graças aos três centímetros a mais da sola da bota e ao olhar da minha filha, que o elevava a um pedestal sobre-humano.

A covinha no rosto dele apareceu devagar, como se ele soubesse.

– Bom ver você, Finlay.

– Bom ver você também.

Ajeitei a bolsa no ombro, tentando não admirar como o uniforme se ajustava ao corpo dele, mas eu estava bem na altura de seu peito. Desviar o rosto só servia para dar de cara com o bíceps, igualmente impressionante. E abaixar o olhar... definitivamente não era possível. Olhei para cima, para o rosto dele, através dos cílios, perdendo o fôlego ao ver a curva suave de seu sorriso.

– Obrigada por ter feito isso. Você não precisava mesmo.

Ele apontou com a cabeça para a fileira de armários do outro lado do corredor, onde Delia vestia o casaco.

– Foi um prazer. Ela é uma ótima menina.

Era generoso da parte dele, depois de ela tê-lo chamado de babaca um mês antes, repetindo a opinião do pai quando Delia lhe contou que estávamos namorando. Sendo que não estávamos. Tecnicamente. A não ser que namorar significasse se agarrar desesperadamente no banco da frente da viatura na hora da tocaia.

Suei um pouco ao lembrar.

O rosto corado de Nick sugeria que talvez ele estivesse se lembrando da mesma coisa.

Joey deu um tapa no ombro de Nick.

– Vou sair para fumar. Espero no carro – falou, e sorriu para mim ao redor do palito. – Prazer em conhecê-la finalmente, Finlay. Não pegue pesado demais com ele, está bem?

Com uma piscadela, ele sumiu na multidão.

Esperei uma sequência de intervalos desajeitados enquanto alguns dos pais que estiveram ali para o Dia da Carreira paravam para cumprimentar Nick. Algumas mães davam tapinhas no braço dele, os dedos se demorando um pouco além naquele bíceps enquanto agradeciam sua presença.

– Você foi mesmo ótimo – elogiei-o, quando a fila de fãs finalmente diminuiu. – Foi muito importante para Delia. Fico agradecida.

Ele inclinou a cabeça.

– Agradecida o bastante para permitir que eu ligue qualquer dia desses?

Olhei para o grupo de mães perto dos armários, fingindo não estarem escutando a conversa enquanto ajudavam as crianças com os casacos.

– Desculpe, foi inadequado – disse ele, dando as costas a elas. – Só achei que talvez a gente pudesse conversar.

Ele revirou o capacete, segurando-o com a mão ampla. A mesma mão gostosa que apertara meu traseiro no carro dele um mês antes.

– Pode chamar de pesquisa, se quiser. Sabe, me fazer perguntas para o livro – disse Nick, olhando ao redor antes de abaixar a voz. – Eu li aquele que você autografou para o Pete no laboratório. Ele me deixou pegar emprestado, e ameaçou me agredir se eu não devolvesse. Gostei bastante.

Tentei lembrar qual romance o jovem técnico forense me pedira que autografasse. Fui atingida pela imagem do modelo de capa seminu, e quase engoli a língua ao lembrar algumas das cenas contidas no livro.

– Nossa Senhora. Você leu?

Havia humor esquentando em fogo baixo em seu sorriso.

– Georgia disse que você está escrevendo um novo. Eu adoraria ouvir a história.

– Não sei se é boa ideia. Estou meio que...

Uma criança esbarrou nas pernas de Nick, o empurrando um passo mais perto de mim. O aroma sedutor de café e menta se misturava à loção pós-barba almiscarada. Se eu fechasse os olhos, provavelmente sentiria o cheiro do couro do carro dele. Senti a boca secar.

– Claro – falei. – Pode ser.

Os olhos escuros dele brilharam quando ele seguiu para a saída, andando para trás e abrindo caminho pelo corredor cheio, sem desviar o olhar de mim. Talvez as pessoas simplesmente se afastassem naturalmente para deixá-lo passar.

– Diga a Delia que me diverti muito hoje. Ligo para você depois.

Ele mordeu o lábio para esconder o sorriso antes de dar meia-volta e sair pela porta.

10

Meu fôlego voltou de uma vez. O que eu tinha feito? Tinha seriamente aceitado sair para jantar com Nick? Quando ele ligasse – *se* ligasse –, eu precisaria explicar que tinha cometido um erro. Nitidamente, tomara a decisão em estado debilitado. Não podiam esperar que eu pensasse direito quando ele estava tão próximo.

Eu me virei para o armário de Delia, sentindo um calafrio ao ver uma mulher ajoelhada ao lado da minha filha. O cabelo loiro e liso cobria seu rosto, mas eu tinha certeza que não era uma professora, e não lembrava nenhuma das mães que eu conhecia. Abri caminho até lá, dando a volta pelas poucas crianças que restavam, e apertei o passo ao notar um celular entre elas. As duas acenaram para alguém na tela.

– O que está acontecendo aqui?

A mulher se levantou bruscamente, segurando a mão de Delia em um gesto protetor ao se virar. Ela abaixou o celular e o apertou junto à coxa.

Mas não antes de eu reconhecer o rosto na tela.

– Alô? – a voz de Theresa foi ficando impaciente, abafada pela perna da mulher. – Não estou vendo nada, Aimee. Você ainda está aí? Eu já falei, não dou a mínima para essa idiotice de Dia da Carreira. – Um suspiro pesado escapou do celular. – Se estiver me ouvindo, venha para cá logo. *General Hospital* já vai começar, e preciso que você dê um pulo no mercado; acabou o sorvete...

A melhor amiga de Theresa, Aimee Reynolds, me encarou, os olhos arregalados de culpa, e desligou o celular. Peguei a mão da minha filha e a puxei de leve.

Delia quicou na ponta dos pés, puxando minha calça.

– Mamãe! A tia Aimee veio me ver!

– Hum, oi, Finlay – disse ela, guardando o celular e me estendendo a mão. – Eu sou...

– Sei quem você é.

Eu já vira Aimee. Assistira à distância ao confronto de Vero com ela no balcão de maquiagem do shopping. Aimee e Theresa tinham morado juntas na irmandade da faculdade, e eram inseparáveis desde então. Havia fotos emolduradas das duas de braços dados pelo escritório de Theresa, e nas paredes da casa dela.

Ela puxou a mão de volta, já que eu não a cumprimentei.

– Você provavelmente está se perguntando o que vim fazer aqui. É que... – começou, olhando de relance para Delia e abaixando a voz. – Não vejo as crianças desde que... sabe.

Delia levantou a cabeça, com olhos azuis curiosos.

– Meu bem – falei para Delia –, que tal ir ao banheiro antes de irmos para casa?

Aimee abriu um sorriso para tranquilizá-la.

– Não se preocupe. Vou estar aqui quando você voltar.

Ela mordeu o lábio quando Delia saiu saltitando pelo corredor, e me olhou em súplica, como se de repente não tivesse tanta certeza.

– Peço desculpas, Finlay – disse ela. – Eu sei que deveria ter perguntado se podia vir, mas faz um mês que não vejo as crianças. Desde que Theresa foi presa.

– Theresa e Steven não estão mais noivos. Ela não é...

– Eu *sei* quem Theresa é – disse Aimee, com a voz mais afiada. – Foi para mim que ela ligou do banheiro do restaurante, chorando e coberta de sopa. Fui eu que levei uma toalha e lavei cebola do cabelo dela.

– Eu tinha acabado de descobrir que ela estava tendo um caso com meu marido!

– E foi o meu SUV que ela pegou emprestado quando o carro dela foi parar na oficina depois de *você* ter resolvido retaliar e enfiar massinha no escapamento! – disse ela, respirando fundo para se acalmar, e abaixando a voz. – Não fale como se ela fosse a única vilã da história. Quando envolve mentira e traição, tem sempre duas pessoas responsáveis.

– O que quer que eu sinta por Theresa, o relacionamento dela com Steven acabou. Ela não tem motivo algum para falar com meus filhos, mesmo ao celular. O mesmo vale para você.

Os olhos de Aimee brilharam, e a voz dela ficou hesitante.

– Não sei se Steven contou, mas eu os via todo fim de semana. E os levava ao parquinho. Delia e eu brincávamos de pintar a unha, e fazíamos biscoitos. E eu só... – Ela secou do rosto uma lágrima que caíra. – Eu só sinto saudades. Meu marido e eu... não temos filhos. Ele nunca quis, e Delia é maravilhosa. A gente se divertia muito – disse, fungando. – Sei que tudo isso provavelmente pareça bobagem.

Eu odiava que não fosse o caso.

– Olha – acrescentou ela rapidamente, antes que eu abrisse a boca para lhe dizer que fosse embora –, sei que você e Theresa não se dão bem, e não a culpo. O que aconteceu entre ela e Steven deve ter machucado você, e não me surpreenderia se você me odiasse por isso também. Quer dizer, eu entendo; ela é minha melhor amiga. E, por mais que ela tenha feito besteira, sempre será. A gente compartilha tudo. Ou pelo menos compartilhava, até essa bagunça toda do Feliks – disse Aimee, estremecendo. – Steven ainda está puto comigo. Ele não atendeu mais aos meus telefonemas desde que o vi na cadeia naquela noite. Ele me culpa por não ter contado sobre o envolvimento de Feliks e Theresa, mas Theresa não me contava tudo... pelo menos, não a respeito disso.

Ela corou de culpa, me olhando nos olhos.

– O que ele está fazendo, me impedindo de ver Delia e Zach porque está com raiva de Theresa, não é justo – continuou. – Eu precisava vê-los uma última vez. Não achei certo desaparecer do nada. Só queria me despedir.

Ela soltou o ar em um suspiro trêmulo, e secou os olhos.

– O Zach está aqui? – perguntou, olhando para trás de mim.

– Ele ficou com a babá.

Notei a careta rápida que ela fez. Eu ainda estava com dificuldade de processar essa nova versão dela. Não Aimee, a melhor amiga de Theresa, a mulher para quem a amante do meu marido fizera confidências enquanto ele me traía, mas a *tia Aimee* dos meus filhos. A mulher que cuidava deles no domingo e pintava as unhas de Delia. A mulher que aparecia no Dia da Carreira, mesmo que Theresa em si não desse a mínima.

Um sorriso triste surgiu no rosto de Aimee quando Delia voltou do banheiro.

– Venha, Delia – falei, pegando a mochila do chão. – É hora de ir. Dê tchau para a tia Aimee.

Aimee fez um gesto breve com a cabeça, indicando entender. Ela pegou a mão de Delia, me olhando de soslaio no caminho do estacionamento, Delia entre nós. Aimee fechou os olhos com força quando chegamos à minivan, e uma lágrima escapou quando abraçou Delia apertado. Ela deu um último beijo no rosto da minha filha, e sua dor parecia palpável quando Delia entrou no carro.

Depois de um silêncio sem jeito, Aimee e eu nos despedimos com um aperto de mão. A boca dela tremeu.

– Você manda meu adeus para o Zach?

Algo em mim se desfez ao ouvir a angústia em sua voz. Mesmo que Zach não tivesse idade para entender, nem para se importar, eu não queria transmitir o recado. Delia se virou na cadeirinha, nos olhando pela janela. Pigarreei para me livrar do nó de emoção.

– Você disse que você e Theresa contavam tudo uma para a outra. Ainda é assim?

Aimee franziu a testa.

– Como assim?

– Se você estiver disposta a não dizer nada a Theresa, nada de chamada de vídeo, nada de encontro com ela, nada de visitas à casa dela, eu não contarei a Steven que convidei você para visitar as crianças.

Aimee me olhou de repente, nitidamente debatendo o incômodo do que eu pedira; era como alguém pedir que eu guardasse algum segredo de Vero. Honestamente, eu não sabia se conseguiria. No entanto, manter Theresa afastada da vida das crianças era uma questão indiscutível para mim.

– Posso fazer isso – disse ela, depois de um momento tenso. – Tenho folga no sábado. Posso ir visitar, se for tudo bem.

Steven tinha sido firme a respeito de passar o fim de semana com as crianças. No entanto, depois do que eu acabara de ver no fórum, eu não tinha intenção alguma de permitir. Aimee podia não ser minha pessoa preferida, mas era óbvio que amava meus filhos. Eles estariam mais seguros com ela do que com Steven.

Abri um novo contato no meu celular e entreguei o aparelho para ela.

– Sábado é um bom dia.

11

Nunca volte à cena do crime. É simples bom senso para quem quer se safar. Da mesma forma que não se deve embrulhar um cadáver na cortina do chuveiro, comprar quatro galões de água sanitária e uma pá com seu cartão de crédito e guardar um freezer enorme na garagem. Por que Vero insistira em voltar ao shopping naquela tarde era um mistério, até para mim. Ainda assim, foi exatamente onde nos encontramos às quatro da tarde.

Fomos andando entre a multidão de clientes, abrindo caminho pela fila enorme de famílias à espera de tirar uma foto com o Papai Noel. A área de lazer infantil atrás da oficina do Papai Noel estava lotada de babás exaustas e crianças aos gritos. Depois de levar as crianças até lá, assinar os formulários e deixar nosso contato com a recepcionista, Vero me arrastou para um canto distante do shopping, onde me puxou para uma loja de assistência técnica de computadores.

– O que viemos fazer aqui? – perguntei.

– Confie em mim.

O rapaz atrás do balcão devia estar ainda no ensino médio. Ele estava sentado em um banquinho, de postura curvada, o cotovelo apoiado ao lado do caixa, a cabeça apoiada na mão, com um crachá preso na frente da camiseta estampada. Olhava o celular através de uma bagunça de cabelo desgrenhado, enquanto riffs de guitarra estridentes saíam de um alto-falante logo atrás.

Vero bateu no balcão.

– Oi?

O garoto levantou o rosto, confuso, como se não soubesse que dia era, nem como chegara ali. O banquinho rangeu quando ele se esticou para diminuir o volume da música, expondo um pedaço da barriga anormalmente branquela.

– Posso ajudar?

– Gostaríamos de falar com alguém da sua equipe de nerds... – começou Vero, esticando a cabeça para ler o crachá. – Derek.

Ele fez uma careta e aumentou o volume de novo.

– Melhor ir à Best Buy, lá na esquina.

– Acredite, eu adoraria estar em qualquer outro lugar – disse Vero, mais alto que a música –, mas deixamos as crianças na área de lazer e não podemos sair do shopping.

Ele levantou o olhar pesado do celular, olhando de Vero para mim, e para a tela de novo. Vero bateu no balcão com mais força.

– Alô! Falei que tenho um problema e preciso de assistência técnica. Tem alguém aqui que saiba o que está fazendo?

Uma sobrancelha talvez tenha se levantado de leve, como se fosse grande esforço subir mais.

– Qual é o problema?

– É um problema de segurança.

Ele abaixou a música, com um suspiro.

– Preciso ver o aparelho.

Vero o olhou de cima a baixo.

– Por quê?

– Não estamos em uma central de autoajuda, moça. Se quiser que eu conserte sua parada, precisa me dar o aparelho, e pagar por hora.

Ele esticou a mão. Tinha uma mancha de chocolate no polegar. Com uma careta, tirei o notebook novinho da bolsa e o entreguei para ele.

– Você falou que é um problema de segurança? – perguntou ele, abrindo a tela.

– Está mais para uma pergunta – comecei, hesitante. – Queria saber... quão seguro está meu notebook se eu me conectar a uma rede aberta de Wi-Fi, como a da praça de alimentação.

Ele mexeu no *trackpad*.

– Depende.

– Do quê?

– O que você estava fazendo? Pagando contas, mandando e-mails, vendo pornô...?

O olhar de desinteresse dele passou pelo peito de Vero. Pela expressão que fez, não valeu o esforço.

Eu me mexi, parando entre Vero e o balcão antes que ela decidisse quebrar o notebook na cabeça dele.

– Digamos que eu estivesse em um fórum... e postasse uma mensagem anônima. Alguém conseguiria conectar a mensagem a este computador?

Ele deu de ombros.

– Um aleatório do seu lado? Provavelmente não. Alguém que sabe o que faz? Talvez.

– Suponhamos que seja alguém que sabe o que faz. Quanto tempo levaria para me conectar ao post?

– Sei lá – disse ele, mexendo no meu notebook.

Derek mal teve tempo de afastar as mãos antes de Vero esticar o braço por cima do balcão e fechar meu notebook com força. Ele sacudiu um dedo, olhando para ela com raiva.

– Não é uma pergunta simples, moça! A resposta depende de várias coisas.

– Que coisas? – perguntou ela.

Ele bufou, como se a resposta fosse óbvia.

– Sei lá. Tipo, muita coisa: o navegador, a rede, o site, o registro do computador...

– Tem algum jeito de impedir alguém de descobrir que fui eu?

– Olha – disse ele, levantando as mãos –, minha parada é hardware. Você precisa falar com alguém que manje de rede e tal.

– Tem alguém assim aqui? – perguntei. – Alguém que pode... sabe... acabar com esse meu problema?

Derek olhou entre nós duas, se demorando nos óculos de grife de Vero, e no logo do Charger da chave pendurada na réplica da bolsa Prada. Passou distraidamente o indicador gorducho no logo da Apple na capa do meu notebook, e olhou de relance para a porta com a placa SOMENTE FUNCIONÁRIOS atrás dele antes de abaixar a voz.

– *Talvez* eu conheça um cara.

Ele tirou uma carteira de couro gasta do bolso de trás, e pegou um cartão de visitas, que empurrou no balcão. Nao tinha nome impresso. Só um número de telefone, em papel branco.

– Pergunte por Cam – falou.

Vero olhou para as unhas e murmurou:

– Ele também tem doze anos?

Olhei com irritação para ela.

– Ela quer saber se ele é bom.

Derek olhou mais uma vez para a porta atrás dele e apoiou os dois cotovelos no balcão.

– Ano passado – sussurrou –, eu caí no golpe de uma garota na internet. Ela me convenceu a mandar nudes para ela.

Vero fez barulho de vômito, e eu pisei com força no pé dela.

– E então ela postou minhas fotos em um monte de sites – continuou ele. – Ela achava que tinha sido discreta, mas Cam a encontrou em menos de uma hora. Hackeou as contas dela e apagou as fotos antes de muita gente ver meu pau.

O garoto fez que sim com a cabeça, e sua voz tinha um tom de reverência ao dizer:

– Ele é bom, sim.

Vero não parecia convencida, mas eu não ligava para a idade de Cam. Só precisava de alguém *bom*.

Derek esticou a mão.

– São quarenta dólares.

– Quarenta? – perguntou Vero, arrancando os óculos, os olhos saltando da cara. – Está me tirando?

Peguei o cartão de crédito, ansiosa para pegar meu notebook de volta e ir embora.

– Foi mal – disse ele. – A maquininha pifou. Só estamos aceitando dinheiro.

– Vocês são uma loja de *assistência técnica*! Como assim, a maquininha pifou? – perguntou Vero, acrescentando alguns palavrões, enquanto eu catava duas notas de vinte do fundo da bolsa, que o garoto aceitou sem oferecer recibo. – Deixa eu adivinhar – falou ela, seca. – A impressora também pifou. Assistência, meu cu – resmungou.

Derek abriu um sorrisinho e enfiou as notas no bolso.

– Boa sorte – falou, largando o notebook nas minhas mãos.

A gargalhada que soltei em resposta saiu sarcástica. Eu e a sorte? Não nos dávamos tão bem.

Guardei o cartão de Cam no bolso, torcendo para a sorte dele bastar para nós dois.

12

Vero encaixou a chave na fechadura da oficina de Ramón, a respiração escapando em sopros rápidos ao redor de seus palavrões cochichados quando a chave emperrou. Com um puxão final, entramos aos tropeços, esfregando os braços para nos esquentar no ar frio da noite. Minha irmã aceitara cuidar de Delia e Zach naquela noite, em compensação por ter mandado Nick no Dia da Carreira. Eu conseguia pensar em um milhão de outras coisas que preferiria fazer na minha noite sem filhos, a maioria envolvendo Julian e calor corporal debaixo de uma pilha de cobertas quentes, mas ele ainda estava em uma praia na Flórida, sem me dar notícias, e eu estava congelando em uma garagem vazia com Vero.

Ela acendeu a luz da recepção. Era tão inóspita e seca quanto eu lembrava – umas cadeiras de plástico espalhadas ao redor de uma mesa bamba baixa, e luzes fluorescentes no forro de placas amareladas. A oficina de Ramón fechara havia duas horas, mas Vero tinha uma cópia das chaves e insistia que o primo não se incomodaria de usarmos o espaço; eu não tinha a menor intenção de convidar um hacker misterioso para a minha casa.

Vero esfregou os braços, indo direto até o termostato. Um momento depois, o aquecedor ligou com um clique, e o cheiro de propano se espalhou pelos dutos no teto, trazendo memórias que me deram um calafrio.

Engasguei e levei a mão ao peito quando uma notificação apitou no celular.

– Alguém está nervosinha – disse Vero, esfregando as mãos para esquentá-las.

– E é culpa minha?

Da última vez que eu estivera naquela sala, o capanga de Feliks Zhirov apertara uma faca no meu pescoço e me forçara a um interrogatório com seu chefe. Desde então, eu evitava a oficina. Cliquei na tela, na esperança de encontrar uma mensagem agradável de Julian para me distrair, mas era apenas Aimee, me agradecendo por deixá-la ver as crianças e confirmando que passaria lá em casa no sábado.

Ouvimos uma porta de carro bater lá fora. Em seguida, uma batidinha à janela. Guardei o celular e abri a porta, franzindo a testa ao ver o adolescente magricela parado nos degraus sob a luz de segurança. A franja loira oleosa cobria seus olhos. Ele sacudiu o cabelo para me olhar melhor, com raiva.

– Quer tirar uma foto, por acaso?

Ele tinha enfiado as mãos nos bolsos de uma jaqueta militar velha toda pintada de canetinha, o nome bordado acima do bolso inteiramente escondido.

– Você deve ser Cam... – disse, esperando estar errada.

– E você deve ser um gênio. Vai me deixar entrar?

– Claro.

Dei um passo para o lado. Ele olhou para as revistas de automóveis, o galão de água filtrada e o corredor escuro que levava à sala de Ramón, e finalmente entrou.

– Estamos a sós? – perguntou.

Ele não passava uma impressão ameaçadora. Na verdade, parecia ainda mais nervoso do que eu, tomando cuidado para manter alguns metros de distância enquanto analisava o ambiente.

Os saltos das botas de Vero estalaram pelo corredor, se aproximando, e Cam deu um passo para trás.

– É uma amiga – falei.

Vero parou abruptamente na frente dele, com as mãos na cintura, o rabo de cavalo comprido caído para o lado.

– É *esse* o Cam? Cacete, é uma criança.

Cam fez um gesto para nós duas.

– Vocês devem ter se conhecido na Mensa.

Olhei para Vero, a advertindo para não dizer o que estava prestes a sair de sua boca.

– Podemos conversar no escritório – sugeri.

– Prefiro aqui.

Cam puxou uma cadeira de metal, fazendo as pernas rangerem no chão, e a afastou das outras antes de se sentar. Ele se largou no assento, os punhos cerrados marcando os bolsos. Vero e eu nos sentamos do outro lado da mesa laminada baixa.

– Pegou meu número na loja?

– Da loja do shopping – expliquei. – O jovem que nos atendeu disse que você o ajudou com uma questão de privacidade bastante complicada. Espero que possa nos ajudar com uma questão de segurança.

Cam chupou os dentes, nos observando por trás da franja. Ele se recostou para trás, esticando as pernas e cruzando os tornozelos.

– São duzentos dólares pela visita, mais cinquenta a hora. Instalação de hardware e software custa mais cem por hora, além do preço do material.

Vero ficou boquiaberta. Achei que ela fosse cair da cadeira.

– Duzentos dólares só para aparecer aqui?

– Duzentos e cinquenta – corrigiu ele. – A hora começou há três minutos.

– Isso é uma canalhice de primeira, seu...

Bati no colo de Vero, a segurando.

– Tudo bem. Tenho dinheiro.

Eu só precisava que o problema fosse resolvido. Remexi na bolsa em busca dos 250 dólares e estiquei o braço por cima da mesa, amassando o dinheiro na mão dele.

Ele enfiou o pagamento no bolso da frente da calça jeans. Cruzando os braços, me olhou com ar superior.

– Que tipo de problema de segurança?

– Tem um site – expliquei. – Um fórum de discussão que às vezes leio. Não costumo postar, mas...

– É particular? – interrompeu ele. – Precisa de login com senha?

– Sim. Mas fiz um perfil anônimo.

– Ligado ao seu e-mail de verdade?

– Não, criei uma conta falsa.

Ele inclinou a cabeça.

– Onde estava quando criou a conta falsa?

– Na biblioteca pública.

Cam acenou com a cabeça, como se eu tivesse passado em algum teste.

– Já entrou na conta falsa em casa?

– Nunca.

Eu só tinha usado aquela conta uma vez, no dia da inscrição. Fora criada com o propósito único de entrar naquele fórum para espionar *Exausta*.

– E no trabalho?

Sacudi a cabeça em negação, sem explicar que eu trabalhava de casa. Nem tinha dado meu nome a Cam, com medo de compartilhar informações pessoais com ele. Para seu crédito, ele nem perguntara.

Ele me observou, batucando com os polegares no peito.

– Então qual é o problema?

Olhei de relance para Vero. Ela estava com o maxilar retesado, a boca torcida e a testa franzida, cutucando o esmalte cor-de-rosa de uma unha comprida. Mexeu o ombro rápido.

– No começo da semana – expliquei –, entrei no fórum quando estava no shopping, no Wi-Fi aberto da praça de alimentação. Postei uma resposta a uma mensagem. Continha informações muito... pessoais... e agora tenho medo de alguém rastrear o post e me encontrar.

Ele levantou a sobrancelha, me analisando com olhar crítico, como se me imaginasse nua e não se impressionasse.

– Que navegador usou?

– O que veio no computador... acho que é o Safari?

Ele sacudiu a cabeça de leve, como se tivesse ficado decepcionado com a resposta. Apontou com o queixo para a bolsa do notebook ao lado da minha cadeira.

– Onde comprou o aparelho?

– Na internet.

– Novo?

– Usado.

– Do fabricante?

– Não, do eBay.

O leve aceno de cabeça indicava que eu tinha ganhado mais um pouco de vantagem.

– Você registrou?

– Não, acho que não.

O homem de quem eu comprara me garantira que tinha apagado todos os arquivos. Tinha me dado uma senha de acesso, e eu nem me dera ao trabalho de mudá-la. No entanto, confessar isso provavelmente não ganharia pontos com Cam.

– Acho que ainda está registrado no nome do proprietário anterior – falei.

– Não precisa se preocupar.

Cam descruzou os braços e se levantou da cadeira.

– Espere – gaguejei, me levantando abruptamente. – Só isso? Não preciso me preocupar? Como assim? Você nem olhou o computador.

Ele deu de ombros.

– Shopping lotado. Wi-Fi aberto. Conta anônima. Sem login no e-mail que possa ser ligado à sua casa ou ao seu trabalho. Está tudo limpo – falou, enfiando as mãos nos bolsos. – Não poste nem entre no e-mail em nenhum lugar que possa ser ligado a você, e vai ficar de boa.

– Você cobrou 250 dólares para dizer "não entre no e-mail de casa"? – perguntou Vero, com uma gargalhada cruel. – Dava pra achar isso no Google!

– Tá, quer que o dinheiro valha mais? Então vou dar um conselho. Não poste nudes da porra da praça de alimentação. E, se quiser manter a discrição, da próxima vez que estiver na biblioteca, ou sei lá, baixe um navegador da *dark web* para não ser pega. Use quando for postar coisas *pessoais* que não queira que sejam rastreadas.

– Esse navegador da *dark web* – perguntei, bloqueando a saída dele – pode me proteger de hackers profissionais?

Tipo os investigadores forenses cibernéticos com quem Georgia saía para beber nas noites de quinta. Os que acabavam com pornografia infantil, células terroristas e golpistas profissionais. Eu tinha bastante certeza que levariam dois segundos para me encontrar.

– Desde que você não faça alguma burrice.

– *Isso* não é bom – murmurou Vero.

Uma buzina soou lá fora.

– É a minha carona. Foi um prazer.

– Espere – falei, quando Cam pegou a maçaneta. Se ele sabia impedir as pessoas de me rastrearem, talvez soubesse rastrear outra pessoa. – Se eu lhe der um e-mail, você consegue descobrir de quem é a conta?

Ele deu de ombros.

– São mais cinquenta pela busca.

Vero segurou meu braço quando enfiei a mão na bolsa.

– O que você está fazendo? Acha que dinheiro dá em árvore?

– Qual é o seu problema? – sibilei.

Ela andava esquisita com dinheiro desde que voltara do fim de semana com Ramón.

A buzina soou de novo. Um músculo tremeu no maxilar de Vero.

– Olha só, moças. Se ficarem segurando esses cinquenta, vou começar a cobrar juros.

Vero soltou minha mão e murmurou um palavrão quando Cam pegou o dinheiro. Remexi nas pilhas de revistas e encontrei uma caneta mastigada. Rasguei a ponta da capa de um exemplar da *Sports Illustrated*, anotei o e-mail de *Exausta* e entreguei para ele.

– Quanto vai demorar? – perguntei.

– Depende – disse ele, guardando o papel. – Entro em contato depois.

O sininho da porta tilintou quando ele saiu.

Vero sacudiu a cabeça.

– Não confio nesse bostinha.

O pior era que eu também não.

13

Mais tarde na mesma noite, Vero e eu nos sentamos no tapete da sala, ao redor de uma tigela de pipoca e cercadas por uma montanha de luzes pisca-pisca. A casa estava deliciosamente silenciosa e, por mais que eu odiasse admitir, a árvore que Steven comprara era bem bonita, e enchia o ambiente com o aroma de pinheiro fresco. Vero buscara as caixas empoeiradas de enfeites natalinos do porão e estava desenrolando os nós nos fios verdes cintilantes. Mais cedo, ela montara a árvore em um suporte e subira na cadeira para podar as pontas mais altas. Ela levava jeito para fazer as coisas caberem – para lixar os cantos discretamente, fazendo nossa vida desorganizada e espinhosa se encaixar.

Franzi a testa para as três meias que ela pendurara na lareira. Eu não dava bola para o que Steven dissera. Podia até fazer pouco tempo que eu conhecia Vero, e eu a conhecia pouco mesmo, quando ela entrara na garagem e me ajudara a enterrar um cadáver, mas ela tinha se tornado parte da família. Pensei em fazer um esforço para me lembrar de dar um pulo no shopping e comprar mais uma meia.

– Ela já postou? – perguntou Vero, se debruçando no trabalho, com os braços cobertos de luzes.

Olhei o celular de novo.

– Ainda não.

A gente tinha passado as horas anteriores pesquisando os navegadores da *dark web* que Cam recomendara, descobrindo como baixá-los nos notebooks e celulares. Depois disso, tínhamos entrado no fórum para ver se *Exausta* respondera, mas não havia atividade no post desde minha oferta na praça de alimentação. Uma única mensagem estivera esperando na minha caixa de entrada – uma palavra enviada por *LimpezaFácil*: *Recue*.

– Você parece tensa – disse Vero, quando tirei a tampa de uma das canetinhas de Delia.

– É claro que estou tensa. E se *Exausta* não me respondeu porque já contratou *LimpezaFácil*?

– Duvido. *LimpezaFácil* não perderia tempo com uma mensagem para você se soubesse que o trabalho estava garantido. Ela só quer assustar. Tem certeza que é só por isso que está incomodada?

– Por que mais eu estaria incomodada?

Testei a canetinha na folha comprida de papel que eu abrira no tapete. Estava seca.

– Já teve notícias de Julian?

– Não.

Rangi os dentes quando a ponta da caneta rasgou o papel. Cinco dias tinham se passado desde que ele viajara para a Flórida, e eu ainda não tinha notícia alguma.

– Ele disse que ia mandar mensagem quando chegasse em casa – falei.

– E quando vai ser isso?

– Não perguntei – falei, e Vero levantou uma sobrancelha. – O que foi? Não sou mãe dele. Sou... – Eu nem sabia o que era para Julian. – E nem ouse fazer mais piadinhas sobre a minha idade.

Ela enfiou um punhado de pipoca na boca, com um sorriso arrogante.

– Então vai sair com o Nick? – perguntou, mexendo as sobrancelhas.

Eu cometera o erro de contar a Vero sobre o convite casual de Nick para sairmos qualquer dia desses. Desde então, ela andava de olho no meu celular, esperando ele ligar. No entanto, para ser sincera, eu também andava mais de olho no aparelho do que de costume. Não sabia bem se estava esperando mensagens de Julian ou de Nick. Nem qual das possibilidades me deixava mais ansiosa.

– Tenho bastante certeza que encontrar Nick seria um erro.

– Discordo. Acho que sua editora é esperta. Quem vai fazer companhia para a sua mocinha quando o advogado desaparecer? Um segundo par romântico daria uma boa animada na história.

Meu celular apitou. Vero se jogou para pegá-lo, fechando a mão antes da minha, e se contorceu para longe de mim para digitar a senha. Ela arregalou os olhos.

– Caraaaaaaamba! – suspirou, mantendo o celular afastado enquanto eu tentava pegá-lo. – Quem eu tenho que matar para ganhar quarenta por cento disso aí?

Senti o estômago se retorcer de forma estranha quando vi Julian na tela. Peguei o celular dela e me encostei no sofá, com a boca seca ao observar a selfie de Julian. Os ombros estavam salpicados de areia. O peito, num tom entre o rosa e o dourado, estava úmido de água salgada e suor, e a cintura baixa da bermuda revelava uma faixa sedutora de pele pálida e firme, provavelmente apenas para me torturar.

Queria que você estivesse aqui. Volto em poucos dias. Mando mensagem quando chegar. Os cachos queimados de sol estavam soltos e bagunçados, o sorriso, travesso.

Olhei para minha calça de moletom e ajeitei o coque bagunçado no cabelo. Pelo menos estava vestida. Ainda assim, tinha bastante certeza que qualquer selfie que tirasse no momento nem se compararia à dele. Por um segundo, considerei a possibilidade de uma selfie sem roupa ser a resposta mais adequada. No entanto, lembrei o que Cam dissera na garagem, a respeito de não fazer nenhuma burrice, e tinha certeza que mandar nudes para Julian estaria bem nessa categoria.

Acabei mandando um emoji de foguinho, e a mensagem: *Mal posso esperar. Até logo.*

Ignorei o sorriso malicioso de Vero e salvei a foto, me perguntando, sem a menor vergonha, se a resolução era boa o bastante para usar de plano de fundo no computador.

– Vamos olhar o Instagram dele. Aposto que tem mais fotos – sugeriu Vero.

Bloqueei o celular e o deixei no chão, virado para baixo.

– Não vamos, não. Seria bizarro e errado.

– Nem me diga que não está curiosa.

– Se você estiver curiosa, olhe do *seu* celular.

– *Eu* não tenho Instagram – lembrou, pegando meu celular do chão.

– Por que não? – perguntei.

Eu sempre achara esquisito que alguém tão estonteante e estilosa quanto Vero não tivesse uma conta sequer em nenhuma rede social. Eu tinha bastante certeza que, se ela postasse uma selfie naquele mesmo instante, de pijama de flanela, ganharia mil seguidores em uma hora.

– Porque não preciso que o mundo todo saiba da minha vida.

– E seus amigos?

– Você e Ramón sabem me encontrar.

Ela franziu a testa ao digitar minha senha e mexer na tela.

– Hum... O perfil do Julian é trancado.

– Não é, não. Eu entrei faz poucos dias.

– Achei que fosse bizarro e errado.

– Me dá isso aqui.

Peguei o celular, e me surpreendi ao ver que Vero estava certa. Exceto pela foto de perfil e pela bio de uma linha, o perfil de Julian estava trancado.

– Que estranho. Por que ele mudaria agora?

Vero apertou os olhos, com pena, como se a resposta fosse óbvia. Julian estava viajando com os amigos, bebendo e relaxando na praia. E eu estava ali, perseguindo meu ex e comprando pilhas para ferramentas.

– Deixe para lá. Tenho preocupações mais importantes.

Ignorando o aperto que senti na garganta, joguei o celular no tapete e peguei outra canetinha, determinada a não pensar em Julian, nem no que ele estaria fazendo.

– Como essa tal de *LimpezaFácil* – continuei – e o que ela pretende fazer com meu ex-marido.

Tirei a tampa da canetinha e escrevi o nome de Steven em letras vermelhas furiosas no topo da comprida folha de papel. Ao lado, escrevi a data: 29 de outubro. Abaixo, desenhei duas linhas verticais, dividindo o papel em três colunas.

– O que está fazendo? – perguntou Vero, com a boca cheia de pipoca.

– O que eu deveria ter feito há um mês. Vou descobrir quem é *Exausta* e dar um jeito de impedi-la.

– Como vai fazer isso?

– Do jeito que escrevo histórias.

– Passando dias sem tomar banho, engolindo jujubas, sentada de pijama xingando o notebook?

– Não – falei, irritada –, vou planejar o assassinato de Steven.

– Jesus Cristinho amado, finalmente.

Vero se esquivou rindo quando joguei uma canetinha dela.

– Não literalmente. Vou fazer uma lista de todo mundo que Steven conseguiu irritar. Aí vou descobrir quem tem maiores motivos para matá-lo.

A gargalhada de Vero parou quando ela olhou o papel.

– Odeio dizer isso, Finn, mas você vai precisar de mais papel.

– Precisamos começar de algum lugar – falei, dando um título para cada uma das três colunas. – Normalmente, assassinatos acontecem por algum de três motivos: amor, dinheiro ou vingança.

Na coluna da vingança, escrevi o nome de Theresa.

– *Exausta* postou sobre Steven pela primeira vez no dia 29 de outubro, dois dias depois de Theresa ter sido presa – expliquei.

O relacionamento de Steven e Theresa já andava mal, mas, de acordo com Georgia, eles tiveram uma briga feia na delegacia, e Steven rompera o noivado na noite que ela fora detida. Na manhã seguinte, Steven saíra da casa dela, pegara de volta o anel de noivado de dois quilates e sacara o dinheiro dele das contas conjuntas.

Vero sacudiu a cabeça, mastigando pensativa uma pipoca e desembolando um nó nas luzes.

– Theresa não pode ter escrito aquele post. Ela ainda estava presa.

Era um bom argumento. Aimee pagara fiança, mas levara dias. Theresa não teria acesso livre ao computador enquanto detenta, nem mesmo privacidade e tempo para aquilo.

Vero apontou o papel com o queixo.

– Quem mais temos?

– De mulheres rejeitadas? Só sei de Bree.

Vero levantou o olhar das luzinhas de Natal, e torceu o nariz quando escrevi o nome de Bree na coluna "amor".

– Por que Bree iria querer matar Steven? Achei que ela fosse louca por ele.

– Tenho certeza que era. Até ele demiti-la. Steven falou que perdeu clientes importantes depois da notícia da investigação e precisou reduzir gastos. Ele a demitiu há algumas semanas.

Vero inclinou a cabeça, como se fizesse contas.

– O tempo não se encaixa. A notícia saiu na noite de segunda. O anúncio foi postado no fórum dois dias depois. Mesmo que os clientes dele começassem a dar para trás imediatamente, ele não demitiria Bree tão rápido; é egoísta demais para isso. Teria precisado dela para atender os telefonemas enquanto ele falava com a polícia. E onde alguém como Bree vai arranjar cem contos? Não tem jeito de uma secretária de vinte anos pagar alguém como *LimpezaFácil*. Não – disse Vero, sacudindo a cabeça e batendo com a unha comprida na segunda coluna do papel. – Siga o dinheiro. É sempre por dinheiro. Quem sai na vantagem se Steven morrer?

– Os beneficiários do seguro de vida dele são as crianças.

Vero riu, desanimada.

– Então você é a principal suspeita da segunda coluna. Pense bem. Quem mais?

– Steven não tinha nenhum outro bem. Investiu o dinheiro todo na fazenda.

Meu celular apitou. Vero o pegou correndo antes que eu a impedisse.

– Aaaah, aposto que é o Nick – falou, com um sorriso malicioso.

A expressão dela murchou quando mexeu na tela.

– O que foi? – perguntei. – Quem é?

– *Exausta*... ela respondeu o post.

Eu me aproximei, lendo por cima do ombro dela.

Exausta: @LimpezaFácil e @Anônima2, obrigada pelas respostas. Vocês duas são muito gentis, e tenho interesse em conversar com qualquer uma de vocês, mas é uma época estressante. Há tanto a se fazer antes do Natal, e tão poucos dias para tratar disso. Tenho certeza que vocês entendem. Talvez possamos nos falar depois? Quando acabarem seus planos para o feriado, espero que alguma de vocês me mande outra mensagem.

Vero franziu a testa.

– *Tenho interesse em conversar com qualquer uma de vocês*? O que isso quer dizer?

Reli a mensagem. *Há tanto a se fazer antes do Natal, e tão poucos dias para tratar disso.*

– Acho que ela está contratando nós duas. Quem acabar com Steven ganha o dinheiro.

Exausta estava aumentando a aposta, a bolada toda para quem ganhasse. Ainda acrescentara uma bomba-relógio, com aquele prazo.

– Ela quer que acabe antes do Natal – falei.

– São mais de três semanas até lá.

Outro post surgiu no fim da conversa.

LimpezaFácil: @Exausta, entendo completamente que o tempo é curto. Minhas preparações já estão em curso. Você terá notícias em breve.

Vero estava certa. Dinheiro era a maior motivação. Se *LimpezaFácil* achasse que tinha muito dinheiro a perder, eu não tinha dúvida de que trabalharia rápido. Ou seja, eu precisava ser mais rápida ainda. Precisava descobrir a verdadeira identidade de *Exausta* e persuadi-la a cancelar o contrato.

Tampei a canetinha e considerei os enredos possíveis se desenrolando na minha frente.

Três motivos.

Três caminhos para a história.

Mas apenas um cenário que todos tinham em comum.

Enrolei o papel e me levantei.

– Vista-se. Vamos à fazenda.

14

Na última vez que Vero e eu dirigimos por aquela estrada de terra no escuro, levamos na mala novecentos metros de filme plástico, uma lanterna e uma pá, além de um plano firme para mudar de lugar um cadáver em decomposição. Dessa vez, eu não me sentia igualmente preparada.

– Me dá seu cartão de crédito – cochichou Vero.

Tínhamos estacionado o Charger nas sombras atrás do trailer de Steven, antes de notar que não dava para entrar.

– Por que o meu? Por que não usa um seu?

– Não tenho nenhum.

Ela esticou a mão aberta enquanto eu tirava do bolso meu cartão American Express, que bati na palma dela. Inclinei a lanterna do celular para iluminar a fechadura, e ela enfiou o cartão entre a porta e o batente.

– Tem certeza que sabe fazer isso?

– É claro que sei. Aprendi no YouTu...

O cartão de crédito quebrou. Vero puxou o que restava dele e o aproximou da luz.

Eu o arranquei da mão dela e o guardei de volta no bolso do casaco.

– Deve ter outra entrada.

– Sem quebrar a janela?

Já tínhamos experimentado todas as combinações de fechaduras com as chaves que encontramos no para-sol do velho Ford que Steven usava como picape da fazenda. Eu me ajoelhei no monte de folhas secas perto da porta, iluminando os crisântemos e repolhos, em busca do pedaço quebrado do cartão de crédito. Era inútil, talvez a gente devesse...

A luz cintilou no metal da torneira de jardim.

– O que você está fazendo? – perguntou Vero enquanto eu analisava a frente do trailer, passando a luz devagar pelas placas e os detalhes do revestimento.

Steven devia ter escondido uma chave por ali; sempre escondia. Meu ex-marido não era escoteiro, mas vivia sempre alerta. Seu talento excepcional para planejamento e organização era o que lhe permitia morar com uma mulher e transar com outra, indo e vindo sem ser notado. Ele sempre tinha um plano de fuga.

E sempre tinha uma chave.

A luz parou em uma canaleta de alvenaria no fim da calha, que descia do lado oposto do trailer. Quando levantei a beirada da canaleta, algo prateado reluziu no meio da camada de folhas secas.

– Obrigada, sra. Haggerty – cochichei, e Vero levantou uma sobrancelha enquanto eu limpava a chave na calça. – Steven deixava uma chave do lado de fora de casa para Theresa quando eles estavam tendo um caso – expliquei, encaixando a chave na fechadura. – A sra. Haggerty a viu pegar a chave da canaleta no fim da nossa calha. Ele é cheio de manias.

– Ele é cheio de si, isso sim.

Entrei no trailer escuro. Vero esbarrou nas minhas costas quando eu congelei ao ver uma luz vermelha piscando em um teclado na parede.

– O que é isso? – perguntou ela, enquanto eu piscava para a luz, e a luz piscava para mim.

– Um sistema de segurança.

– Você falou que não tinha.

Meu estômago afundou quando a luz começou a piscar mais rápido.

– Aparentemente, agora tem.

– O que a gente faz? – perguntou ela, o hálito de pipoca quente na minha nuca.

– Precisamos do código para desativar.

– Qual é o código?

– E como eu vou saber?

– Você sabia onde estava a chave!

– É diferente! A gente nunca instalou um sistema desses em casa.

– Tinha na casa da Theresa?

– Não. Steven sempre odiou esses negócios.

Provavelmente porque dificultava ir e vir sem ser notado.

– Tá, pense bem – disse Vero, me empurrando para o painel. – Esses códigos normalmente têm quatro dígitos, né? Que código Steven escolheria?

– Sei lá – gaguejei, a luz vermelha piscando cada vez mais rápido.

– Tente o código da porta da sua garagem.

Digitei o código de quatro dígitos da garagem. O painel parou de piscar.

– Funcionou? – sussurrou Vero.

O único som era o tique-taque do relógio na parede, e do termostato ativado.

– Acho que sim. – Suspirei, trêmula.

Fechei a porta atrás de nós. Levantando a lanterna do celular, abri caminho pelas sombras até a antiga mesa de Bree e acendi a luminária. O brilho suave da lâmpada me parecia mais forte do que era, e eu torci para que ninguém enxergasse da estrada.

– Vamos pegar o que procuramos e sair daqui. Os livros-razão provavelmente estão na sala dele. Veja se encontra na mesa. Vou dar uma olhada aqui em busca de qualquer coisa suspeita.

As tábuas de madeira rangeram sob os pés de Vero enquanto ela seguia pelo corredor. Uma lâmpada foi acesa na sala de Steven, e ouvi o deslizar rápido de gavetas e o farfalhar frenético de papel enquanto Vero investigava. Puxei a cadeira de Bree, abrindo e fechando gavetas apressadamente, revirando o conteúdo lá dentro em busca de qualquer coisa pessoal que ela tivesse deixado para trás... que me permitisse encontrá-la. Se Steven tivesse feito alguma inimizade, a assistente saberia.

Ao lado do telefone, estava aberto um bloco de recados, daqueles com espiral e folhas destacáveis, que deixavam cópias em papel-carbono. Passei por umas dezenas de recados, mas nenhum me chamou atenção. Quando devolvi o bloco ao lugar, notei uma caixa de arquivo plástica com a etiqueta FOLHA DE PONTO perto do telefone.

Fui passando pelas fichas nas quais os funcionários de Steven marcavam ponto, e parei ao ver o único nome feminino: Breanna Fuller. Tinha que ser Bree.

Fotografei a ficha com o celular, registrando a informação de contrato e os horários e dias de seus turnos mais recentes. Seu último dia de trabalho fora no sábado... 26 de outubro?

Não podia ser.

Era o dia em que Nick e eu tínhamos aparecido ali, fingindo querer comprar grama, e Bree nos indicara o lote de festuca-azul. O dia *antes* de a polícia encontrar os cadáveres. Steven dissera que a demitira *depois* da notícia.

Virei a ficha, mas o verso estava vazio. Seu último dia de trabalho tinha sido mais ou menos um mês antes. Steven sempre mentira muito bem, mas por que mentiria a respeito daquilo?

O relógio na parede tiquetaqueava. Guardei a ficha de volta na caixa e passei para um gaveteiro. Vários itens particulares tinham sido guardados ali, e eu os remexi. Um par de luvas de couro falso, uma sombrinha, um tubo de brilho labial, um frasco de esmalte azul cintilante... Hesitei ao pegar um exemplar surrado de um livro de suspense romântico conhecido – um dos *meus* livros. As páginas do livro estavam carimbadas, propriedade da biblioteca pública local. Abri a última página, desajeitada, e tirei o cartão da biblioteca dali. O empréstimo estava com semanas de atraso. Se fossem as coisas de Bree, por que ela não voltara para buscá-las? E, de todos os livros de suspense romântico que poderia pegar na biblioteca, por que escolhera um dos meus?

Uma foto caiu de entre as páginas do livro. Bree sorria alegre, e Steven passava o braço pelo ombro dela. A foto tinha sido dobrada nas duas pontas, para que só eles dois aparecessem. Desdobrei para ver o restante da imagem. Um homem mais velho que não reconheci estava à direita de Bree, passando o braço pela cintura dela. Era alto, devia ter dez ou quinze anos a mais que Steven, e tinha maxilar forte e belas feições, o cabelo loiro com leves entradas nas têmporas, revelando rugas bronzeadas ao redor dos olhos azuis simpáticos. Ele me parecia familiar, talvez por emanar a mesma confiança inabalável do meu ex-marido. Apesar de ele e Steven não serem parecidos, havia uma *semelhança* entre eles, e Bree parecia radiante entre os dois.

Do outro lado de Steven, um homem de meia-idade, magro e de cabelo grisalho desgrenhado, estava um pouco mais afastado, como se tivesse sido puxado pelos outros três e capturado na distração. O sorriso, de boca fechada, era tenso, e ele inclinava o rosto para o outro lado, como se quisesse disfarçar um pouco a pinta grande e escura na maçã direita do rosto. Enquanto o homem loiro me parecia conhecido, por motivos que eu não identificava bem, aquele outro não me dizia nada. Quem quer que fossem, nitidamente eram importantes para Bree e Steven.

Guardei a foto no bolso e um toque agudo sacudiu o ambiente.

Virei o celular para a mesa de Bree. O localizador de chamadas indicou a ligação: *Homesafe Security*.

– Finn? Viu isso?

A voz de Vero estava tensa, sugerindo que ela vira a mesma coisa que eu, no telefone na mesa de Steven.

– É a empresa do alarme. Precisamos atender.

– Aí vão saber que estamos aqui!

– Se não atendermos, vão mandar a polícia!

O telefone tocou de novo. Com o coração a mil, tirei o telefone do gancho, o levei à orelha e cobri o bocal, falando através dos dedos:

– Alô?

– Boa noite, falo da Homesafe Security. Estamos respondendo a um alarme. Com quem estou falando?

Meu olhar de pânico percorreu a mesa, parando na caixa de fichas de ponto enquanto a mulher esperava minha resposta. Todos os nomes nas fichas eram masculinos, com uma exceção. Pigarreei, ajustando a voz para se aproximar mais do tom alegre e cantarolado de Bree.

– É a Bree. Bree Fuller. Sou a assistente administrativa. Perdão pelo incômodo. Esqueci minha... sombrinha.

– Sua sombrinha? Jura? – murmurou Vero ao meu lado.

– Quando voltei para buscar, esqueci o alarme. Mas está tudo bem. Sério. Nada de errado – falei, com uma risada nervosa.

– Tudo bem, Bree. Precisarei apenas do seu código verbal para nos autorizar a desarmar o alarme.

– Meu código verbal?

Eu me virei para Vero. Ela estava de olhos arregalados.

– Senhora, precisa que eu envie um policial ao local? Está em situação de perigo?

– Sim, quer dizer, não! – falei, dando um tapa na minha própria cara. – Não, não estou em perigo. Não precisa de jeito nenhum mandar um policial.

Vero correu até a janela, espreitando entre a persiana.

– Então preciso que confirme o código de seis letras para desarmar o alarme.

Senti a língua congelar no céu da boca. Que código Steven usaria? O silêncio se estendeu enquanto eu contava as letras. *Delia* era curto demais. *Theresa*, comprido demais.

– Finlay! – sibilou Vero.

Sem fazer som algum, apenas movendo a boca, ela acrescentou:

– Desligue! Precisamos ir!

– Obrigada – disse a mulher, alegre. – Só precisava disso. Avisarei que podemos cancelar o pedido de visita domiciliar.

Fiquei olhando para o telefone depois que a mulher desligou, ainda tentando entender o que tinha acontecido. A única palavra que fora dita em voz alta, mesmo que sussurrada, era meu nome. Que tinha seis letras.

Meu nome era o código de Steven?

– Quanto tempo temos até a polícia chegar? – perguntou Vero, me despertando.

– A polícia não vem – falei, e ela se recostou na parede, levando a mão ao peito. – Encontrou os livros-razão de Steven?

Vero mostrou o celular.

– Ótimo. Vamos embora.

15

Desliguei a luminária de Bree, quase tropeçando em Vero no escuro ao me virar para ir embora. Ela estava parada, imóvel, diante da janela, olhando para a estrada de cascalho comprida que levava à entrada da fazenda. Uma luz refletiu no vidro, quando um farol apontou o trailer.

– Merda! – disse Vero, se esquivando. – É o Steven?

Olhei pela persiana.

– Acho que não.

O farol ainda estava distante para ter certeza, mas parecia baixo demais para vir da picape de Steven.

Os feixes de luz atravessaram o vidro, brilhando diretamente em nós. Caímos no chão, apoiando as costas na parede sob a janela, enquanto sombras se esticavam pelo ambiente. Fechei os olhos, escutando o cascalho ser esmagado devagar sob os pneus. Nós duas perdemos o fôlego quando os faróis foram apagados, e o trailer caiu no escuro.

Eu me ajoelhei e olhei pela persiana. A silhueta de um sedã ia se aproximando aos poucos.

– Será que é a polícia? – perguntou Vero.

Eu me virei de volta, com as mãos suadas apoiadas no chão. A mulher da empresa de segurança dissera que desativaria o alarme, mas talvez eu não tivesse dado o código na velocidade necessária.

– Provavelmente vão só verificar o lugar rapidinho. Estacionamos atrás do trailer. Não vai dar para ver o carro dali. Se ficarmos quietas, talvez desistam.

– Será que viram as luzes da estrada?

– Não sei.

O carro só entrara na estrada de cascalho quando eu já tinha desligado a luminária, mas as árvores nos limites do terreno estavam sem folhas, e a noite estava bem clara. Não fazia ideia do que a polícia poderia enxergar da estrada se olhasse na nossa direção.

– Venha! – disse Vero, segurando minha mão. – Vamos pular pela janela dos fundos.

– Não podemos sair! Estão perto demais.

Mesmo que a gente conseguisse chegar até o carro, veriam o farol se tentássemos escapar pelos fundos da fazenda, o caminho pelo qual tínhamos chegado.

– Vamos ficar calmas – falei. – Talvez nem saiam do carro. É mais seguro ficarmos escondidas e esperar até irem embora.

Ficamos encostadas na parede enquanto o carro parava devagar na frente do trailer. Tentei escutar o chiado do rádio da polícia pelo vidro fino da janela, mas só ouvi o ronco baixo do motor sendo desligado.

Uma porta do carro se abriu com um clique. Um pé pisou no chão com estalidos. Depois outro. Vero apertou minha mão conforme os passos se aproximavam, parando bem atrás de nós. Vero fez o sinal da cruz, mexendo a boca em prece no silêncio torturante. Nós duas perdemos o fôlego quando um fluxo de fluido respingou no revestimento do trailer.

– Ele está mijando? – cochichou Vero.

Calei-a com a mão enquanto o jato foi diminuindo, até serem só algumas gotas. Seguiu-se uma pausa, interrompida pelo arranhão típico de um isqueiro. Vero arrancou meus dedos da cara e sussurrou:

– Ele vai mesmo fumar agora?

Inclinei a cabeça para trás, apertando os olhos com força. Ele poderia levar uns bons cinco minutos para acabar aquele maldito cigarro. E, se desse a volta no trailer enquanto isso, talvez visse o carro de Vero. Ou, pior, olhasse pela outra janela e nos visse.

– Fique parada – sussurrei, apertando a mão dela ao ouvir o isqueiro de novo. – Está escuro. Ele provavelmente não vê...

A janela explodiu. Caímos de barriga no chão quando estilhaços choveram na nossa cabeça e vidro atingiu a outra parede. O motor do carro roncou lá fora, cantando pneu, o cascalho atingindo o trailer, o ruído perdido em um sopro forte.

O ambiente irrompeu em chamas ao nosso redor. Eu me ajoelhei, puxando Vero comigo, tossindo enquanto o ar se enchia de gás. Fumaça preta escapava pela janela quebrada. Abanei o ar na minha frente a tempo de ver os faróis saindo para a estrada.

Vero me puxou para a porta.

– Vamos logo!

Eu me virei para a sala. O fogo já subia pelas paredes, se enroscando pelos braços do sofá, manchando o teto de preto. Olhei freneticamente pelo escritório, me perguntando o que conseguiria salvar, se é que conseguiria. Aquele trailer continha tudo pelo que Steven trabalhara, e estava se desfazendo em chamas diante de mim.

Vero me puxou pelo casaco, gritando entre os estalidos e chiados do ambiente.

– A gente tem que sair daqui, Finlay! Já!

A fumaça nos acompanhou quando saímos aos tropeços do trailer. Vero correu até o carro enquanto eu trancava a porta atrás de nós. Com as mãos tremendo, me atrapalhei com a chave, o metal já quente. O motor do Charger foi ligado, os faróis pintando feixes fantasmagóricos pela fumaça espessa ao virar a esquina.

– Entre! – gritou ela.

Saí correndo até o lado do carona e fechei a porta com tudo quando Vero fez uma curva fechada e acelerou na direção dos fundos da fazenda, nós duas ofegantes enquanto chamas amarelas brilhantes tremulavam através da fumaça.

– O que foi isso?

– Alguém ateando fogo no escritório do Steven!

Eu me agarrei ao painel enquanto o Charger atravessava o lote árido que Vero e eu tínhamos cavado um mês antes. A fileira de cedros nos fundos do terreno crescia diante de nós, e ela desacelerou no fim da estrada de cascalho, tomando cuidado para não marcar o chão ao se virar para o asfalto.

O Charger acelerou, fazendo curvas fechadas demais na estrada sinuosa. Tudo dentro do carro cheirava a carvão, e senti a garganta apertar quando tentei engolir.

– Encoste o carro – falei, bile ameaçando subir enquanto o carro voava por outra lombada.

Vero estreitou os olhos para a curva adiante.

– Não dá para parar aqui.

– Encoste!

Agarrei com força a porta do carona. Cantando pneu e soltando fumaça, o carro parou no acostamento estreito. Eu escancarei a porta e expeli o pouco conteúdo do estômago na vala.

Quando acabei, encostei a testa suada nas mãos escurecidas pela fuligem, com os cotovelos apoiados nos joelhos e o traseiro equilibrado na beira do assento, e esperei a sensação passar enquanto me lembrava das chamas devorando o sofá.

– Steven dormia naquele sofá – falei, rouca de ácido e fumaça.

Senti a tensão de Vero tomar o carro enquanto ela juntava as peças que eu não dissera. Steven só se mudara para a casa nova poucos dias antes. Até a semana anterior, ele morava naquele trailer. Dormia naquele sofá. O único endereço que *Exausta* compartilhara no post era o da fazenda. Se *LimpezaFácil* tivesse investigado Steven antes de aceitar o trabalho, como Vero desconfiava, saberia que ele dormia no escritório.

Chamas alaranjadas lamberam o céu ao longe, nuvens de fumaça preta embaçavam as estrelas. Eu me perguntei se o sistema de segurança de Steven estava conectado aos detectores de fumaça, se alertaria as autoridades a tempo de poupar qualquer coisa do escritório, ou se tudo viraria cinzas antes de alguém denunciar o incêndio.

Limpei o resto do vômito da boca e fechei a porta.

– Essa tal de *LimpezaFácil* não é exatamente cuidadosa – disse Vero, sacudindo a cabeça para as chamas. – Eu e você teríamos feito um trabalho muito melhor.

Levantei a sobrancelha, olhando para a cara dela, que estava imunda de fuligem.

Ela levantou as mãos, sujas como o restante do corpo.

– Assim, por cem contos, a gente espera profissionalismo. Aliás, obrigada por não vomitar no meu carro. Viu? Cuidadosa – acrescentou, apontando para mim, como se minha capacidade de evitar vomitar no banco do carro merecesse destaque no currículo.

Minha gargalhada desanimada me fez chorar, e eu sequei as lágrimas com a manga do casaco. Vero deu novamente partida no carro e voltou à estrada.

– Conseguiu alguma coisa na mesa de Bree?

– Encontrei o nome e endereço dela na ficha de ponto, e umas coisinhas que deixou na gaveta. O último dia de trabalho dela foi 26 de outubro

Vero me olhou com atenção, provavelmente pensando a mesma coisa que eu. Steven não tinha sido inteiramente honesto quanto à *data* em que demitira Bree. Portanto, provavelmente também não tinha sido honesto quanto ao *motivo*.

– E você? – perguntei. – Encontrou alguma coisa nos livros-razão?

– Não tive tempo de ler, mas tirei um monte de fotos das transações dos últimos meses. Fotografei também as contas mais recentes. Podemos analisar melhor em casa. Quem sabe a gente desenterre alguma coisa.

Eu fiz uma careta, e ela deu de ombros.

– Foi mal – falou. – Trocadilho infame.

Ouvimos o som estridente de uma sirene ao longe. Vero olhou pelo retrovisor, e eu me virei no assento. Luzes vermelhas e brancas piscavam através das árvores, se projetando na direção da fazenda. Provavelmente não sobraria muita coisa, mas pelo menos Steven não estava dormindo – ou, pior, desmaiado de bêbado – no sofá quando o incêndio começara.

– Será que a polícia vai falar com a empresa de segurança? – perguntou Vero.

Bati com a cabeça na janela, cobrindo os olhos com a mão. Os bombeiros precisariam de um ou dois dias para recolher provas. E a polícia precisaria de tempo para obter um mandado para falar com a empresa de segurança. Mas Steven... ele podia pedir um relatório do sistema de segurança em horas. Podia passar a informação para os detetives, se quisesse acelerar a investigação.

– O registro da minha conversa com a empresa vai levá-los direto a Bree.

– Se ela não tiver contratado *LimpezaFácil* para fazer churrasquinho de Steven, não tem com o que se preocupar.

– E se contratou? – falei, ainda não convencida de que Bree era totalmente inocente. – Preciso falar com ela antes da polícia. Steven está escondendo alguma coisa. Ele mentiu sobre o motivo da demissão e me parece que ela nunca voltou à fazenda; todos os pertences dela ainda estão numa gaveta lá. Se estava tão chateada a ponto de não voltar para pegar as coisas, talvez estivesse furiosa a ponto de pagar alguém para matá-lo.

– Você acha mesmo que ela é responsável por isso?

– Não sei, mas, se for, preciso convencê-la a cancelar o contrato antes de a polícia prendê-la.

16

Meu celular tocou cedo na manhã seguinte, enquanto eu dirigia a minivan por uma estrada de terra que atravessava uma fazenda toda cinzenta por causa do inverno. Os campos congelados eram delimitados por cercas e salpicados de vacas.

– Oi, Georgia – atendi, a voz oscilando com os sulcos gelados da estrada. – Delia chegou bem à escola?

– Acabei de deixar ela lá. Estou a caminho do trabalho. Deixei Zach com Vero na sua casa. O Steven ligou para você?

– Não, por quê?

– Alguém transformou o escritório dele na fazenda em uma fogueira ontem.

– Como assim? – perguntei, tentando transmitir um grau razoável de surpresa.

– O trailer já era. Alguém ateou fogo.

– Nossa. Já sabem quem foi?

– Os bombeiros ainda estão lá. Meus contatos na DP de Fauquier só vão receber o relatório oficial em uns dois dias, mas tudo indica que foi incêndio criminoso. Dois detetives estão sendo colocados no caso. Só consegui descobrir isso até agora.

Os detetives provavelmente chegariam ali em poucas horas.

– Me conta se souber de mais alguma coisa?

– Pode deixar – garantiu Georgia. – Enquanto isso, é melhor você ligar para o advogado do Steven e pedir a interrupção das visitas até a investigação ser finalizada. Não foi acidente, Finn, e não é bom as crianças ficarem na casa do Steven até sabermos o que aconteceu.

– Vou resolver isso. Obrigada, Georgia.

Desliguei, desacelerando quando uma casa enorme surgiu diante de mim. O revestimento branco bem cuidado estava cercado de luzinhas pisca-pisca, e guirlandas decoravam a cerca do alpendre que dava a volta no imóvel. Estacionei ao lado de um Lincoln Continental branco, e reconheci o Fusca vermelho de Bree. Apertando o casaco ao redor do corpo, subi os degraus do alpendre e toquei a campainha. Teias de cola quente escapavam de frutinhas de azevinho e trenós em uma coroa de folhas artesanal na porta. Senti aromas quentes emanarem da casa quando abriram a porta – maçã com especiarias e bacon, o cheiro doce de rosquinhas de canela no forno.

– Olá.

A mulher que atendeu à porta lembrava muito Bree. O sorriso dela era educado, mas hesitante, como se tivesse dificuldade de me reconhecer. Ela limpou as mãos na calça, deixando um rastro de bolhinhas de detergente se dissiparem no jeans azul-claro.

– Oi, estou procurando Bree. Ela está?

Olhei para trás dela, para o hall amplo e convidativo, decorado com paisagens campestres e objetos artesanais pintados à mão. Eu tinha pesquisado o endereço na ficha de ponto de Bree, e me surpreendera um pouco ao descobrir que ela ainda morava com os pais. Eu sabia que Bree estudava na faculdade local, porque pesquisara nos registros públicos, mas somente ali, parada na frente da mãe dela, notei a amplitude da diferença de idade entre nós.

– Ah, é claro! – disse ela, estendendo as mãos, cujas unhas curtas estavam manchadas de tintas de cores natalinas. – Melissa, prazer. Gostaria de entrar, senhora...

Ela inclinou a cabeça, esperando que eu dissesse o meu nome.

– Finlay – falei, apertando a mão dela, que estava quente, ainda úmida de lavar a louça.

Ela apertou a boca ao ouvir o meu nome.

– Você é a esposa do Steven.

– Ex.

Torci a boca ao corrigi-la. Aquilo sempre saía com uma acidez amarga.

Um pouco do calor se esvaiu do sorriso dela.

– Entendo. Bree provavelmente esteja lá no celeiro – disse ela, apontando para uma construção do outro lado da cerca. – Fique à vontade para ir falar com ela.

Ela soltou minha mão, retirando discretamente o convite para entrar.

– Obrigada – agradeci, descendo do alpendre.

Eu não culpava Melissa por fechar a porta, nem por ficar me observando pela fresta entre as cortinas da sala enquanto eu me virava e ia na direção do pasto. Ela nitidamente conhecia Steven o bastante para desconfiar de qualquer pessoa com sobrenome Donovan.

Passei por baixo de uma grade e me dirigi ao celeiro. O galo de metal fincado no telhado girou ao vento incerto, algumas vezes para um lado, e depois para o outro, enquanto eu me aproximava das portas largas. Abri uma das portas devagar. O ar lá dentro era quente e rançoso, carregado dos odores de feno e esterco.

– Bree?

Minha voz ecoou pelas sombras do ambiente.

– Aqui.

Avancei pelo celeiro, sem saber bem de onde viera a voz dela. Porcos chafurdavam em suas baias, e bodes baliram para mim quando passei por uma parede coberta de pregos e ganchos, onde estavam suspensos ancinhos e pás. Do outro lado da parede, Bree estava sentada em um balde virado para baixo, de costas para mim. Ela cutucava o nó em uma corda envolta em um antigo balanço de pneu.

– Oi, sra. Donovan – disse ela, sem me olhar.

O celular estava no chão ao lado dela. A mãe devia tê-la avisado da minha chegada.

– Acho que a senhora soube que não trabalho mais na fazenda – continuou.

Ela manteve a cabeça baixa, fingindo estar atenta à tarefa. A voz saía seca, sem aquela nota aguda e otimista que sempre parecia pontuar suas frases.

– Steven mencionou uns dias atrás. Ele disse que a fazenda está passando por dificuldades, e que precisou demitir um pessoal.

Ela bufou.

– Típico – murmurou.

– Steven nunca foi dos mais sinceros – admiti.

Bree não tinha nada a responder, mas senti algo mudar. Ela não me olhara desde que eu entrara ali, mas senti uma curiosidade repentina sob aquela postura arisca. Apontei para uma coluna de baldes encostada na parede.

– Posso me sentar?

Ela deu de ombros. Peguei um balde da pilha, virei-o de ponta-cabeça e me sentei ao lado dela.

– Então acho que não sou só eu – disse ela, enfiando as unhas curtas no nó teimoso.

Observei as unhas dela, roídas, machucadas e avermelhadas, e o rosto pálido, limpo da maquiagem de costume.

– Que Steven magoou? Não – falei, gentilmente –, nem de longe.

Um músculo tremeu na mandíbula dela. Eu não sabia se aquela informação a faria se sentir melhor ou pior, mas ela merecia saber. Tirei da bolsa a fotografia que encontrara no livro dela, sentindo o seu olhar mudar quando lhe estendi.

– Você esqueceu isto no trailer. Parecia especial. Achei que talvez a quisesse de volta.

Ela soltou o balanço e me olhou devagar. Vi um vago reflexo meu – de quem eu era anos antes – no fundo vazio do olhar dela.

– Obrigada – disse ela, deixando a fotografia virada para baixo, ao lado do celular. – Foi por isso que veio? É um trajeto bem longo. Poderia ter me mandado pelo correio.

Não achei que aquele comentário fosse um desaforo. E sarcasmo não fazia o estilo de Bree. Parecia mais um empurrão, um convite para uma conversa que ela não queria admitir que precisava.

– Achei que talvez você quisesse conversar sobre o que aconteceu com Steven.

– Não teve nada a ver com a fazenda – disse ela, com um suspiro pesado. – Nem com a má fama, com os clientes perdidos, com a prisão de Theresa. Tivemos problemas muito antes disso.

– Que tipo de problema?

Ela puxou a ponta da corda desfiada, pensativa.

– Eu estava tentando ser paciente. As coisas estavam indo muito bem para a gente desde que meu pai me arranjara o trabalho na fazenda. Steven e eu... nos conectamos imediatamente. E as coisas seguiram daí.

Ela corou quando levantei uma sobrancelha.

– Não foi assim – disse ela –, como a senhora está pensando. Steven *sabia* que Theresa estava envolvida com outra pessoa. Ele desconfiou por um tempo, e estava enlouquecendo. Às vezes, enchia a cara e só queria falar disso. Dizia que por isso tudo bem a gente estar transando...

Bree se calou de repente. Mordeu o lábio.

– Dizia que por isso tudo bem a gente estar passando tanto tempo juntos – continuou –, porque Theresa também o estava traindo. Eu tinha certeza que, se esperasse, ele acabaria rompendo o noivado, e a gente poderia ficar juntos sem precisar guardar segredo. No entanto, quanto mais eu esperava, menos certeza tinha que era Theresa quem ele ainda não tinha superado.

Ela me olhou através dos cílios.

Uma gargalhada chocada irrompeu de mim.

– Você achou que ele não tinha superado o nosso término?

– Talvez – disse ela, na defensiva. – Afinal, a senhora é mãe dos filhos dele. E é muito mais simpática que a Theresa, mesmo que ela seja mais bonita.

Bree cobriu a boca com a mão de repente.

– Desculpe, sra. Donovan. Juro que não quis dizer isso.

– Tudo bem – falei, com uma gargalhada mais suave. – Theresa é mais bonita do que a maioria das pessoas. Tenho certeza que foi por isso que Steven me trocou por ela, para começo de conversa.

Bree franziu a testa, mordendo o lábio.

– Ele nunca vai admitir, mas vive bisbilhotando, vigiando a senhora.

Parei de rir.

– Como assim, vigiando?

– Bem, consertando a sua garagem, pagando suas contas, fuçando suas redes sociais para ver se a senhora tem namorado. Ele passou semanas doido com uma ideia ridícula de que a senhora estava namorando um modelo de cueca – contou ela, revirando os olhos. – Até que a senhora apareceu com Nick na fazenda naquele domingo.

O olhar dela brilhou quando se lembrou dele, a mesma expressão fascinada que eu vira nas mulheres que o secaram no corredor da escola de Delia.

– Vocês pareciam tão felizes, e ele obviamente estava muito apaixonado pela senhora. Então eu pensei: é a minha chance. A senhora estava seguindo a vida, envolvida com aquele homem incrível, e Theresa tinha um caso com outro cara. Tive certeza de que era a hora. Então liguei para Steven assim que vocês foram embora – disse ela, abaixando a cabeça. – Talvez tenha sido mesquinho da minha parte, mas eu mal podia esperar para contar a ele que a senhora e Nick estavam comprando grama juntos, que estavam em um relacionamento bem sério. Só que, quando contei, Steven explodiu. Ele veio imediatamente à fazenda depois que falou comigo. Surtou completamente no trailer e foi embora batendo os pés. Passou dois dias sem nem me ligar. Admito – falou, levantando as mãos – que ele estava passando por muita coisa. Quer dizer, Theresa tinha sido presa, a polícia não parava de aparecer com mandados, fecharam o escritório e reviraram a fazenda... Quando ele finalmente me ligou, na terça-feira, foi para me dizer que eu nem precisava voltar.

Murmurei algo semelhante a "Sinto muito". Pelo menos, acho que murmurei. Ainda estava pensando no que ela dissera antes, que a emergência a que Steven respondera na fazenda naquele dia era o simples fato de achar que eu estava comprando grama com outra pessoa.

– E você acha que o motivo para a sua demissão tinha a ver comigo?

Ela confirmou com a cabeça.

– Ele ainda está apaixonado pela senhora. Eu soube em outubro, quando instalou o sistema de segurança e inseriu seu nome como código.

Eu fiz um esforço para não demonstrar reconhecimento.

– Código?

– Se a gente ativar o alarme sem querer – explicou –, precisa de um código para confirmar à empresa de segurança que está tudo bem. O código de Steven era *Finlay*. Desconfio que, no fundo, talvez ele sempre tenha imaginado que a senhora estaria ali no caso de as coisas darem errado com Theresa. Acho que foi por isso que surtou daquele jeito quando soube de Nick.

Porque eu era a rede de segurança para quando ele tropeçasse, e ele temia que, se eu namorasse outra pessoa, não estaria mais presente para salvá-lo. Aquele tempo todo ele se vangloriou de que eu precisava dele – para pagar minhas contas, consertar minha garagem, cuidar dos nossos filhos –, sendo que, na verdade, talvez fosse o inverso.

Apoiei os cotovelos nos joelhos, até praticamente esbarrar o ombro no dela.

– Você sabe que meu relacionamento com Steven acabou, não é? O comportamento horrível dele nunca teve nada a ver comigo, nem com você. Nem mesmo com Theresa – falei, baixinho. – É só a insegurança dele. Ponto-final.

– Eu sei – disse ela. – Minha mãe disse a mesma coisa, que o término não tinha nada a ver comigo, e que era melhor eu deixar ele para lá. Mas não facilita. Vivo pensando que ele vai mudar de ideia – falou, me olhando. – É besteira?

Era difícil não olhar para ela e ver Delia, cheia de esperança e otimismo no lugar errado. Eu não queria magoar Bree, mas mentir para ela não me parecia certo.

– Talvez não seja besteira. Mas definitivamente não é esperteza.

Ela abaixou a cabeça, mexendo nos fios soltos da corda, e eu engatei:

– Posso perguntar uma coisa?

Ela concordou com um gesto curto e desconfiado da cabeça.

– Você falou que Steven instalou o sistema de segurança em outubro. Foi por causa do que aconteceu com Theresa e Feliks Zhirov?

– Não. Foi antes disso. Ele instalou por causa dos telefonemas.

– Telefonemas?

– Alguém andava assediando ele, ligando sem parar. Durou meses. No outono, já tinha ficado sério. Steven estava meio apavorado.

– Quem era?

– Não sei. Os telefonemas eram sempre para o celular dele e, para atender, Steven fechava a porta. Ele gritava muito, ficava furioso, e desligava.

– Você sabe o que a pessoa queria?

– Steven disse que era uma doida que achava que ele devia alguma coisa a ela.

Ela.

– Era uma mulher?

– Acho que sim. Quer dizer... uma vez ouvi Steven chamá-la de vaca egoísta – contou ela, franzindo a testa. – A senhora acha que ele estava envolvido com mais alguém?

– Não que eu saiba – respondi, pensativa.

Eu não diria que era impossível, mas, até ter certeza que Bree era incapaz de machucar Steven, não queria dar mais munição a ela.

– Mas Steven mencionou que andava com problemas financeiros na fazenda – falei. – Você sabe de alguém que podia ter algum rancor por ele... um cliente, um fornecedor? Se ele devia dinheiro a alguém?

– Não – disse ela, sacudindo a cabeça com firmeza. – Steven pagava tudo em dia. Os clientes e fornecedores o amavam.

– Consegue pensar em alguém que tivesse motivo para ter raiva dele?

– Se está se referindo a alguém com raiva o suficiente para causar o incêndio, então não; não consigo pensar em ninguém.

– O incêndio?

Bree dissera não ter contato nenhum com Steven desde a demissão. Então como ela sabia do incêndio? A polícia já estivera lá?

Ela se levantou e espanou feno das coxas. Quando me levantei, pegou meu balde e o empilhou com o restante.

– A senhora não soube? Alguém colocou fogo no trailer administrativo da fazenda de Steven ontem. Meu irmão mais velho é voluntário no corpo de bombeiros. Ele recebeu um telefonema ontem de madrugada. Falou que não tinha sobrado muita coisa quando finalmente apagaram tudo.

Bree devia ter confundido meu silêncio com surpresa, pois corou.

– Quando a senhora chegou – falou –, imaginei que soubesse. Achei que talvez tivesse vindo por isso.

– Para ver se você estava com raiva a ponto de acender o fósforo?

Ela concordou com a cabeça.

– Meu irmão me perguntou a mesma coisa.

– E o que você disse?

– Que passei a noite aqui, vendo televisão com meu pai. Não vou mentir – acrescentou –, fiquei furiosa quando Steven me demitiu. Mas não causei esse incêndio. Meu irmão disse que a polícia provavelmente vá querer falar comigo de qualquer jeito, só para garantir.

– E o que você vai dizer?

– A verdade – respondeu. – Que eu o amo.

Bree acenou de leve para mim, as botas desamarradas pisando suaves na terra enquanto voltava para o brilho quente da casa dos pais.

17

Na pressa de chegar à casa de Bree de manhã, eu tinha esquecido o biscoito recheado na cozinha, e minha barriga estava roncando desde que Melissa abrira a porta e os aromas quentes e deliciosos do café da manhã saíram para me torturar. Contudo, tinha perdido o apetite depois da conversa no celeiro, e não consegui me motivar a parar no caminho de volta para comprar um lanche. Ao entrar na minha rua, só pensava no café requentado e nos biscoitos, torcendo para que estivessem à minha espera.

Meti o pé no freio a menos de uma quadra de casa.

Um sedã desconhecido estava estacionado lá na frente. Considerando a quantidade de antenas em cima do carro, eu tinha bastante certeza de que era a polícia.

Não. Não podia estar acontecendo. O incêndio tinha sido na noite anterior. Em outro condado. A polícia nem tinha falado com Bree ainda, e Vero e eu não tínhamos deixado nada no trailer que pudesse fazer a polícia nos visitar antes. Ou tínhamos?

Entrando na garagem, eu não parava de pensar no que Vero já podia ter confessado. Ou que álibi teria inventado de improviso. Antes de sair para a casa de Bree, eu tinha lavado as roupas manchadas de fuligem da noite anterior, mas e os sapatos? Provavelmente tínhamos deixado um monte de pistas no carro de Vero.

Estacionei a van e fechei a porta da garagem, preparada para expulsar os policiais se não tivessem mandado de busca. Parei bruscamente ao entrar na cozinha.

Nick estava sentado à mesa, a testa marcada por rugas profundas de concentração. Delia estava na cadeira diante dele. Com os cotovelos na mesa, o observava através dos poucos espaços abertos no jogo de Lig 4. Nick não ergueu o rosto do jogo, mas senti o movimento de seu olhar ao notar minha chegada.

Vero estava encostada na bancada atrás deles, sorrindo e secando as mãos no pano de prato.

Nada de algemas. Nada de mandado.

O parceiro de Nick, Joey, estava sentado no sofá da sala, com a cabeça recostada, os olhos fechados, a boca aberta, o peito subindo e descendo no ritmo lento e regular do sono. Zach estava sentado ao lado dele, a atenção fixa na televisão, onde passava *As pistas de Blue* em volume baixo.

Vero pressionou o indicador na boca quando fechei a porta, apontando com o queixo para a mesa onde minha filha e Nick estavam envolvidos no jogo de estratégia. Ou talvez em um teste de determinação.

– O detetive veio aqui perguntar de você – cochichou ela, tão baixo que não seria ouvida por eles em meio ao estrépito de fichas do jogo. – Falei que você tinha saído, e ligaria quando chegasse em casa, mas Delia o viu antes que ele conseguisse escapar.

Uma caneca de café fumegava na mesa, à frente de Nick. A embalagem descartada do último pacote de biscoitos recheados da casa – os meus biscoitos – cintilava ali também. Ele segurou uma ficha vermelha, parando acima do tabuleiro vertical. Então, levantou uma sobrancelha, olhou para Delia e soltou a ficha.

– Fileira de quatro.

Delia ficou boquiaberta.

– Você ganhou?

– Já era hora! – disse ele, recostando-se na cadeira e enfiando um biscoito na boca. – Você passou meia hora me massacrando.

Ela puxou a manivela na parte de baixo do tabuleiro vertical, espalhando as fichas vermelhas e pretas pela mesa.

– Vamos jogar mais uma partida.

Vero puxou a cadeira de Delia, a obrigando a abandonar a pilha de fichas pretas que tinha juntado.

– Tenho uma ideia melhor. Deixe a sua mãe jogar uma partida com Nick.

Minha filha me olhou, piscando, como se tivesse acabado de notar que eu tinha chegado. Ela abriu a boca para protestar, mas Vero ofereceu o último pedaço de biscoito como suborno para ela sair da cozinha.

– Cuidado – advertiu Delia. – Ele é esperto.

Ela saiu andando, acompanhada de Vero, toda cheia de si.

– Topa uma partida? – perguntou Nick, cruzando as mãos atrás da cabeça, com os olhos escuros brilhando quando me sentei na cadeira em que estivera Delia.

– Carro novo?

Larguei uma ficha preta no tabuleiro vertical, e a vi descer e se encaixar no fundo. Nick deixou cair uma ficha vermelha, bem em cima da minha.

– É do Joey.

– Ele parece legal.

Eu não conhecia muitos homens que aguentavam ver *As pistas de Blue*.

– Ele fala demais – disse Nick.

– Eu ouvi isso aí – resmungou Joey do sofá.

– Ele tem feito trabalhos extras como segurança de shopping à noite, e ajuda a mãe nos fins de semana – explicou Nick. – Pegou no sono no sofá meia hora atrás. Achei que não fazia mal jogar um pouco com Delia enquanto ele descansava.

– Tudo bem. Só não estava esperando visita. Você falou que ia ligar.

Ele me viu posicionar mais uma ficha acima do tabuleiro.

– Soube do incêndio na fazenda.

Minha mão congelou ao redor da ficha.

– Ah?

– Queria ter certeza de que você e as crianças estavam bem.

– Estamos – falei, cautelosa. – A polícia já sabe de alguma coisa?

– Não faço ideia. A fazenda não está na minha área. Mas posso perguntar no laboratório. Talvez Pete saiba de alguma coisa. Me dê um ou dois dias para eu ver o que descubro. Se você estiver livre no sábado, talvez a gente possa jantar para eu lhe contar o que descobri.

Senti um aperto na garganta ao olhá-lo. Não havia nada de platônico no olhar dele enquanto tomava um gole de café.

– Só jantar – esclareci. – Não seria um encontro romântico.

– Não se você não quiser.

– Porque estou saindo com um cara – acrescentei rapidamente.

– Um advogado. Eu sei. Vero me contou.

– O que mais ela te contou?

Ele descansou a caneca na mesa.

– Que não é um relacionamento sério, e ele está viajando esta semana.

Decidi que assassinaria Vero enquanto ela dormia.

Nick brincou com a ficha, puxando-a de um lado para outro do tabuleiro até escolher o lugar perfeito para encaixá-la e me encurralar.

– Eu planejava ir a um restaurante novo com Joey no sábado – continuou –, mas ele me deu um bolo...

– Por causa da minha mãe – interrompeu Joey. – Prometi levar ela ao bingo.

– ...e achei que talvez você topasse ir.

– Por favor, Finlay, aceite – implorou Joey –, senão ele nunca vai parar de reclamar comigo.

Mantive o olhar fixo no jogo, com medo de, ao erguer o rosto, aceitar algo que não deveria.

– Ah, nossa, sábado... Já está meio em cima. Vero normalmente tira folga, e não tenho com quem deixar as crianças.

– Tem, sim – disse Vero, do topo da escada.

– Nem tenho o que vestir.

– Tem, sim! – gritou ela.

Pronto. Eu ia matá-la.

Nick se debruçou na mesa e cochichou:

– A gente pode jantar lá em casa, também. Já me disseram que faço um chili razoável, e uns pãezinhos bem deliciosos.

A ficha escorregou da minha mão. Tentei pegá-la quando foi deslizando até a beirada da mesa. Ele fechou a mão na minha, assim que peguei a peça.

– Só jantar – falou, com os olhos fixos em minha boca enquanto me soltava devagar.

Só jantar. Tudo bem. Apenas para me atualizar da investigação do incêndio.

– Tá bom – falei.

Ele levantou as sobrancelhas, e eu encaixei uma ficha no tabuleiro.

– Então você topa?

– Topo. Mas talvez a gente deva desconsiderar o chili e ir conhecer o restaurante.

A última coisa de que eu precisava era ser tentada pelos pãezinhos dele.

– Encontro marcado... Quer dizer... *não* é um encontro.

Ele levantou as mãos, simulando pura inocência, depois de soltar a última ficha no tabuleiro, conectando uma fileira de quatro. Tomou um último gole demorado do café e se levantou, deixando a caneca na pia antes de sair da cozinha.

– Obrigado pelo café, Vero! – gritou do hall.

– Disponha, detetive – cantarolou ela de volta.

– Graças a Deus – cochichou Joey ao pé do meu ouvido enquanto pegava a jaqueta. – Ele anda insuportável. Se você não aceitasse, eu ia precisar dar um tiro nele.

Ele enfiou um palito de dentes na boca e me deu uma piscadela antes de abrir a porta.

– Você já vai? – exclamou Delia, descendo a escada correndo enquanto Nick vestia o casaco.

– Preciso ir, Dee, mas valeu pelo jogo – disse ele, e ela abraçou a perna dele como um polvo. – Continue treinando. Volto para a revanche daqui a alguns dias.

Ele a pegou no colo e deu um beijo na cabeça dela. Tenho certeza que confete explodiu dos meus ovários quando ele a deixou cuidadosamente no chão.

– Venho buscar você às seis – me disse ele, saindo.

– Espere. – Corri para alcançá-lo na porta. – O que devo vestir?

O sorriso que ele abriu tinha certa malícia.

– Me surpreenda.

Perdi o fôlego quando ele entrou no carro de Joey.

Eu tinha surpresas até demais – e bastante certeza de não serem as que Nick esperava.

Eu ainda estava olhando para o tabuleiro quando Vero entrou na cozinha.

– Está sonhando com seu jantarzinho sexy? – perguntou.

– Não é nada disso.

– Claro que não – brincou ela, passando água na caneca de Nick antes de colocá-la no lava-louças. – Como foi com a Bree?

Eu me larguei na cadeira, tomando um gole cauteloso do café que deixara na bancada mais cedo.

– Tenho quase certeza que ela não é *Exausta*; ainda está apaixonada por Steven – falei, e Vero enfiou um dedo na boca, fazendo barulho de vômito. – Mas ela mencionou uma coisa meio suspeita. Falou que Steven instalou o sistema de segurança antes da história do Feliks. Aparentemente uma mulher andava o assediando, ligando para o celular e fazendo exigências.

– Bree faz alguma ideia de quem seja?

– Não, mas disse que as ligações eram frequentes. Começaram no verão e foram aumentando no outono, e que Steven instalou o sistema de segurança no começo de outubro. Se a gente conseguir pegar o celular dele para olhar o histórico, talvez consiga descobrir o número da mulher misteriosa.

– Como você planeja fazer isso?

Passei o dedo pelas migalhas de biscoito na mesa, considerando.

– Do mesmo jeito que pegamos as coisas das crianças... usando distração.

18

Uma hora depois, Vero e eu olhamos a bagunça no chão da cozinha. Tínhamos escancarado os armários debaixo da pia e tirado todos os produtos de limpeza e detergentes, expondo-os na bancada. Uma poça se espalhava pelo armário, pingando no chão, onde uma coleção artisticamente organizada de toalhas fora disposta para contê-la.

Vero se agachou para inspecionar a conexão de cano que eu tinha desencaixado.

– Quem diria que uma chave de grifo seria tão útil?

Ouvi uma porta de picape se fechar lá fora. Joguei a chave na mão de Vero.

– Steven chegou. Esconda isso em algum canto. Vou manter ele distraído na cozinha. Pegue o celular dele e veja o que descobre.

Destranquei a porta devagar. Steven entrou, carregando uma bolsa de couro cheia de ferramentas.

– Não posso demorar. Tenho uma reunião daqui a uma hora – disse ele, tirando as botas de trabalho enlameadas.

– Acho que é só um vazamento. Obrigada por vir.

Olhei de relance para a calça jeans dele, enquanto ele tirava o casaco. Não vi nenhum volume óbvio nos bolsos. O celular provavelmente estava no bolso do casaco.

– Não precisava trazer suas ferramentas. Tenho algumas aqui, se quiser olhar na garagem.

Quando levantei o rosto, Steven estava sorrindo, como se tivesse notado que eu olhava para a sua calça.

– Se tivesse as ferramentas necessárias aqui, Finn, não teria me ligado.

Ele arregaçou as mangas e carregou a bolsa até a cozinha. Vero estava esperando lá dentro, encostada no fogão, de braços cruzados e mandíbula travada, pronta para a briga.

– Olá, Steven.

– Vero.

Ele a olhou com frieza e deixou as ferramentas em uma área seca do chão, perto do armário aberto. Acendendo a lanterna, se abaixou para olhar lá dentro. Fiz sinal para Vero por cima da cabeça dele, apontando para o cabideiro. Ela concordou com a cabeça.

– Já vi o problema – disse Steven, debaixo da pia. – São só umas conexões frouxas.

– Quanto tempo vai levar para consertar?

Vero precisaria de pelo menos uns dez minutos para copiar os números do celular dele.

Steven tirou a cabeça do armário. Eu odiava aquele sorriso prepotente, e as suposições por trás dele. Ele bateu com a lanterna na palma da mão enquanto me observava com leve interesse.

– Essas roscas estão bem sujas. Posso desmontar e dar uma limpada, colocar uma fita de vedação melhor. Quando acabar, vão parecer novinhas.

Vero revirou os olhos atrás dele.

– Seria ótimo.

Steven tirou a chave de grifo da bolsa de ferramentas.

– Ei, Vero – disse, sem olhar para trás, enquanto remexia nas ferramentas. – Que tal ajudar e secar essa água debaixo da pia? Não quero molhar a roupa.

Fiz uma careta ao ver a inclinação perigosa da cabeça dela.

– Claro, Steven – disse ela, e me olhou com fúria ao se agachar para secar a poça debaixo da pia. – Pode pegar mais umas toalhas, Finlay? Aposto que vamos precisar.

Vero jogou as toalhas molhadas de lado com um floreio, e Steven se sentou no chão.

– Vai – murmurou ela para mim, sem fazer som, me enxotando da cozinha quando ele enfiou a cabeça debaixo da pia.

Merda! Não era aquele o plano.

Corri até o cabideiro, revirei os bolsos de Steven, e subi correndo para o meu quarto com o celular dele na mão. Liguei o aparelho ao pegar as últimas toalhas do banheiro, que joguei escada abaixo nos braços de Vero. Ela as carregou à cozinha com um sorrisinho diabólico.

Voltei ao quarto com o celular e, enquanto Steven e Vero discutiam lá embaixo, hesitei diante da tela, que me pedia uma senha. Ele era cheio de manias, lembrei, e tentei primeiro a senha da nossa antiga conta-conjunta. Como não funcionou, testei o código de quatro dígitos da garagem. A tela inicial apareceu, revelando um menu.

Ferramentas e canos faziam estrondo na cozinha, e a discussão deles ia aumentando lá embaixo. A voz de Vero soou, avisando a Delia e Zach que o pai estava ali. Gritos de alegria ecoaram pela casa, e as crianças desceram a escada com estrépito.

Passando freneticamente pelo registro de chamadas de Steven, ignorei os números conhecidos, e só parei nas chamadas recebidas de mulheres. Tinha uma ligação feita para *Bree Casa* tarde da noite no Dia de Ação de Graças, mas nada mais me chamava a atenção nas semanas recentes.

Voltei ainda mais, ao início de outubro, quando Bree dissera que as ligações eram frequentes, mas a maioria das chamadas tinha sido feita por ou para Bree – chamadas feitas para *Bree Celular*, recebidas do celular e da casa dela, atendidas e realizadas a toda hora do dia e da noite –, intercaladas com ligações normais de colegas de trabalho, de Theresa e minhas, sem qualquer padrão estranho que eu pudesse identificar. Pelo menos, nada que me chamasse a atenção, indicando ser ameaçador ou suspeito.

A cacofonia só piorou lá embaixo, a gargalhada das crianças elevando-se ao frenesi. Desci correndo e, no caminho da cozinha, pus o celular de Steven de volta no bolso do casaco.

Quando entrei na cozinha, um grito de alarme irrompeu embaixo da pia. Steven se levantou abruptamente, batendo a cabeça na parte de baixo do ralo, cobrindo a virilha com uma mão protetora. Zach subia nas coxas dele, com gritinhos de alegria por causa do punhado de cereal que Vero derramara no colo de Steven. Steven tirou nosso filho do caminho e se desvencilhou do armário, lívido e encharcado. Vero estava sentada na bancada ao lado da torneira aberta, sorrindo sem remorso. Ela enfiou um punhado de cereal na boca enquanto água escorria pela abertura no cano, e as crianças se divertiam, pulando nas poças do chão.

Todas as toalhas da cozinha estavam encharcadas. Puxei o pano de prato do fogão e o entreguei para Steven. Devagar, ele limpou a água do rosto.

Uma veia tremia em sua têmpora, a pele em um tom apoplético de vermelho quando dobrou o corpo, se apoiando nos joelhos.

– Vero, que tal levar as crianças lá para cima, para elas se secarem? – sugeri. – Vou ajudar Steven aqui.

Eu tinha certeza que ocorreria um assassinato se ela e Steven passassem mais um minuto sequer juntos. Steven a olhou com raiva quando ela pulou da bancada e levou as crianças para fora da cozinha.

– Desculpe por isso – falei, correndo para fechar a torneira.

Steven se endireitou com um grunhido, abrindo a mão e colocando uma coisa na minha.

– Isso estava entupindo a pia. Parece um chip de celular.

Olhei o chip que eu e Vero tínhamos jogado no triturador no mês anterior.

– Nossa, que esquisito – falei, guardando o chip com uma risada nervosa enquanto Steven chutava uma pilha de toalhas encharcadas e voltava para baixo do armário. – Não sei como isso foi parar aí.

– Deve ter sido essa merda de babá. Ela vai destruir seu triturador se ficar jogando esse tipo de coisa. E, se isso acontecer, eu não venho consertar.

Segurei a lanterna enquanto ele envolvia as peças desconectadas da tubulação em fita roxa e as rosqueava de volta.

– Essa garota é um perigo – disse ele. – Ela é irresponsável, Finn.

– Ela não é irresponsável. Ela me ajuda muito, e é ótima com as crianças.

– Por exemplo – argumentou ele, apontando a bancada acima da cabeça –, não deveria guardar esses produtos de limpeza todos juntos.

– A gente tranca todos os armários para as crianças não abrirem.

Ele deveria saber, já que tinha sido ele que instalara as trancas.

– No mínimo, deveria ter um extintor de incêndio decente aqui embaixo. Esse limpa-forno aí é pesado. Vai causar um incêndio se não tomar cuidado.

Desliguei a lanterna quando ele saiu de sob a pia.

– Jura que vai me dar uma bronca sobre segurança contra incêndios hoje?

Ele largou as ferramentas na bolsa, murmurando o nome da minha irmã como se fosse um palavrão.

– Sua irmã contou, né? – perguntou, e eu lancei a ele um olhar afiado. – Não chega nem perto da gravidade que ela provavelmente indicou. Deve ter sido apenas um bando de pivetes, se metendo em uma fazenda vazia e brincando com fósforos. O único motivo para a polícia investigar é que a seguradora não paga indenização sem B.O.

– Tá. Mas, até sabermos com certeza que o incêndio não foi direcionado a você, nós dois certamente concordamos que as crianças ficarão mais seguras aqui.

– Minha casa é perfeitamente segura!

– Jura? Tem certeza? Porque alguém encharcou seu trailer de acelerante e jogou um coquetel molotov no sofá pela janela!

Fechei a boca de repente. A porta do quarto das crianças foi fechada lá em cima, e uma tábua rangeu perto da escada, de onde Vero provavelmente estava escutando.

Steven estreitou os olhos.

– A polícia não falou nada de acelerante. Foi Georgia quem contou?

– Ela me ligou hoje cedo. É mais do que posso dizer sobre isso.

Steven e Georgia se odiavam. Eu tinha bastante certeza de que não comparariam as histórias.

– Se te deixa mais feliz, saiba que tenho uma reunião com a empresa de segurança hoje. Daqui a poucas horas, saberei quem foi responsável pelo incêndio, e tudo estará resolvido. Sua irmã não tinha nada que se meter.

– Ela é *tia* das crianças, Steven. E se preocupa muito com a ideia de deixá-las dormir na sua casa agora.

– Ela nem é mãe!

– Não, é policial! Confio no julgamento dela! Então você e eu podemos resolver isso entre nós, ou posso chamar o meu advogado.

A gargalhada dele saiu ácida.

– Quem? O moleque do Jeep?

– Não, Steven. O advogado que vou contratar e pagar para que entregue uma ordem judicial a Guy, informando que houve uma tentativa de assassinato contra você e que ele deve suspender todas as visitas até a situação ser resolvida.

– Tá bom! – disse ele, pegando a bolsa de ferramentas e saindo da cozinha com raiva. – Como quiser. Mas é exagero.

Ele enfiou os braços no casaco e abriu a porta.

– Ninguém tentou me matar, Finn. A única pessoa que me odeia assim é você.

Abri a boca para discutir, mas ele bateu a porta antes disso.

Tranquei a fechadura e apoiei a cabeça no batente enquanto Vero descia a escada.

– O que achou no celular? – perguntou.

– Nada – falei, indo à cozinha atrás dela.

Ela me entregou uma vassoura. Com um suspiro exausto, varri o cereal molhado do chão.

– Só muitos telefonemas de e para Bree, que pararam na semana em que ele a demitiu. E uma ligação para a casa dela, semana passada. Provavelmente uma tentativa bêbada de paquerar – falei, lembrando como ele parecia perdido e solitário na frente da minha casa naquela noite. – Ele deve ter apagado qualquer registro dos telefonemas da mulher misteriosa.

– Então não deu em nada – disse Vero, pegando um monte de toalhas encharcadas e as jogando na cesta de roupa suja.

Joguei o cereal na lixeira enquanto Vero se ajoelhava para começar a guardar os produtos de limpeza no armário.

– A gente deve ter deixado passar alguma coisa no trailer – falei. – Você encontrou algo nos livros-razão?

– Nada que chamasse a atenção. Ele paga tudo em dia, pelo que notei – respondeu, estreitando os olhos em uma expressão pensativa enquanto guardava os últimos frascos. – Na verdade, pensando bem, tinha um item que me pareceu esquisito.

– Como assim, esquisito?

Ela fechou o armário, secou as mãos e se levantou devagar.

– Steven aluga um box de guarda-móveis de dois por três metros desde agosto.

– Mas em agosto ele estava morando na casa da Theresa. Por que precisaria de guarda-móveis?

– Exatamente.

– Você acha que ele estava escondendo alguma coisa dela?

Ela arqueou uma sobrancelha.

– Não me surpreenderia. Ele é um cafajeste mentiroso, mas também é pão-duro. Então por que pagaria um guarda-móveis, sendo que tem aqueles celeiros enormes de trator na fazenda? Por que não guardar quaisquer que sejam suas paradas de macho tarado lá? Por que alugar um box de guarda-móveis que fica a uma hora daqui? Na Virgínia Ocidental?

– Virgínia Ocidental?

– O melhor lugar para esconder um segredinho sujo é em outro estado, Finn. O que Steven escondeu nesse guarda-móveis deve ser importante.

Vero estava certa. Era definitivamente suspeito.

– Você sabe onde fica o guarda-móveis?

– Eu fotografei a nota fiscal. Tem o número do box e tudo.

A polícia provavelmente passaria dias investigando o incêndio. Eu duvidava que *LimpezaFácil* fosse boba a ponto de agir antes de a poeira baixar.

– Topa uma viagem no sábado?

– Sua mãe pode cuidar das crianças?

– Não precisa – falei, lembrando a conversa com Aimee –, já tenho quem cuide.

19

Minha irmã tirou o casaco no hall da minha casa na manhã de sábado e me olhou como se tivesse brotado uma segunda cabeça em meu pescoço.

– Deixa eu entender. Você quer que eu seja *babá* da sua *babá*.

– Não. Mais ou menos.

Olhei pela janela para o SUV de Aimee, que passava na frente de casa. Tínhamos combinado que era melhor ela estacionar na quadra seguinte, para a sra. Haggerty não ter registro da presença dela. Não confiava que Steven e seu advogado deixariam de aproveitar a vigia eterna do bairro para o propósito exclusivo de dificultar minha vida.

Vero estava me esperando no Charger, parada no parquinho da rua de baixo. Aimee e Vero já tinham se conhecido, um mês antes, quando nos infiltramos no trabalho dela na Macy's em uma investigação equivocada que envolvera Vero fingir ser policial e fazer um monte de perguntas sobre assassinato enquanto eu esperava escondida atrás de uma arara de roupas. Considerando a inocência de Aimee, tinha bastante certeza que ela não reagiria bem à presença de Vero na minha casa.

– Aimee é amiga íntima de Theresa – expliquei. – Ela e as crianças se viam muito quando Theresa e Steven estavam noivos, e prometi a Delia que a tia Aimee podia visitar. Só que preciso muito resolver uma coisa na rua.

– E não confia nela sozinha com as crianças.

Aimee veio atravessando o quintal, de moletom confortável e tênis surrado. Trazia um DVD em uma mão e uma sacola de compras na outra. Nada dela me lembrava Theresa, e me perguntei se talvez tivesse sido exagero pedir à minha irmã que viesse. Fechei a cortina e me virei para Georgia.

– Não é que eu ache que ela faria nada ruim. É só que...

– Ela é amiga da Theresa. Eu entendo – disse Georgia, com as mãos na cintura em uma pose de policial. – Como quer que eu faça? Vigilância distante ou próxima?

A campainha tocou.

– Pode ser próxima. Ela trouxe um filme e lanchinhos. Pode ficar aqui em casa, normal. Só... não fale de Theresa nem do julgamento na frente das crianças.

Delia veio correndo pelo hall, um borrão cor-de-rosa, no segundo em que abri a porta. Zach arregalou os olhos.

– Mee-Mee! – gritou ele, pulando no colo dela.

As crianças não desgrudavam de Aimee, gritando e se pendurando nas pernas dela, olhando na sacola de compras e puxando o DVD. Depois de uma rápida apresentação em meio ao estardalhaço, Georgia pegou a sacola, e Delia e Zach arrastaram Aimee para a sala dos brinquedos.

Mordi o lábio, ouvindo ela falar carinhosamente com eles na sala ao lado.

– Eu me sinto meio boba de pedir a você que fique aqui – disse para a minha irmã. – Se tiver outra coisa que prefira fazer...

Georgia fez um barulho de desdém.

– Está de brincadeira? Quem não gostaria de comer docinhos e ver... – disse ela, olhando para o DVD – *Trolls 2*?

Ela fez uma careta.

– Você é maravilhosa, Georgia – falei, a abraçando. – Desculpa por todos os xingamentos semana passada.

Ela deu um tapinha nas minhas costas.

– Valeu. Acho.

Peguei a bolsa e o casaco e saí correndo para encontrar Vero, trancando a porta ao passar.

Vero me entregou o celular enquanto dirigia. Fui passando pelas fotos que ela tirara dos livros-razão de Steven.

– Não vi senha do box em nenhuma das notas.

– Eu liguei para lá. Usam cadeados, sem senha.

– Talvez a gente deva parar em uma loja de ferramentas. Provavelmente podemos comprar um daqueles alicates de cortar vergalhão. Ou quem sabe um arco de serra.

Vero sacudiu a cabeça, em negativa.

– Aí vão saber que alguém arrombou o box. Não queremos dar na cara tanto assim.

– Como você planeja entrar? Mostrar os peitos para o segurança e pedir a chave?

Ela revirou os olhos.

– Depois da minha breve conversa ao telefone com a Phyllis hoje, duvido que ela vá se impressionar. Mas não se preocupe. Tenho outro jeito.

Uma hora depois, Vero desacelerou, entrando com o Charger no acostamento esburacado de uma estrada rural e fazendo uma curva para um estacionamento de cascalho. Uma grade de galinheiro alta cercava o terreno, ao redor de uma casinha de tijolos com uma placa de ABERTO, em neon, na janela, diante de várias fileiras de contêineres deteriorados. Vero estacionou bem na frente da cerca.

– O que estamos esperando? – perguntei, ao vê-la se recostar no assento e olhar o celular.

Ela mandou uma mensagem rápida. Quando recebeu uma notificação, olhou para o retrovisor.

– Aquilo ali.

Uma van branca parou ao nosso lado. O carona abriu a janela e abaixou os óculos escuros espelhados, depois abriu um sorrisinho com olhos reluzentes.

– Você vai ficar me devendo, V.

– Você perdeu a aposta, foi justo. Só estou cobrando.

– É, bom, se eu ouvir sinais de perigo, vou vazar.

Olhou para mim, e depois para as fileiras de contêineres atrás da gente. Ele me parecia vagamente familiar, mas eu não sabia por quê.

– Qual é o número do box? – perguntou.

– Setenta e três.

– Dá um minuto pra gente averiguar.

O carona pôs os óculos de novo, e o motorista avançou e estacionou na nossa frente.

– Quem é esse? – perguntei, enquanto os dois homens saíam da van, ambos com idade aproximada da de Vero, ou talvez um pouco mais velhos.

Vero abaixou a cabeça para vê-los desaparecer pela fresta do portão.

– Meu primo e o amigo dele.

– Esse é o Ramón?

Eu vira Ramón de longe uma vez, enquanto ele rebocava o carro de Theresa, mas naquela ocasião eu precisei fugir, e corri tão rápido que não o enxergara direito. Só me lembrava do cabelo escuro e curtinho e do macacão azul largo que ele usava.

– Como que eu nunca o conheci? – perguntei.

Vero deixara minha minivan na oficina dele para conserto. Eu falara com ele por telefone, quando ele me ligara para avisar que o serviço estava pronto. No entanto, quando eu fora buscar o carro, a oficina de Ramón estava vazia, e Feliks e Andrei me esperavam. Ramón se sentira tão culpado pelo que acontecera naquela noite que me dera um desconto e viera trazer a minivan na minha casa. Eu não estava na hora, e Vero pagara a conta.

Vero deu de ombros.

– Ele não veio fazer social. Vai ajudar a gente a entrar no box do Steven e depois vai embora – falou, firme, olhando o celular. – É ele. Vamos lá.

Deixamos o Charger parado no meio-fio, e eu fui atrás de Vero pelo portão, seguindo na direção das últimas fileiras de contêineres. Havia latas amassadas e galões de gasolina vazios jogados perto da cerca e placas de CUIDADO: CACHORRO BRAVO fixadas na grade enferrujada.

– Que lixo de lugar – falei, esmagando cacos de vidro com os pés. – Achei que você tivesse dito que era um guarda-móveis com controle de temperatura e tudo.

Vero desviou de uma pilha de cocô de cachorro empesteado de moscas.

– Steven paga a mais pela eletricidade. Imaginei que fosse por causa do controle de temperatura, mas este lugar não chega a ser o Ritz.

Chegamos à última fileira, e encontramos o amigo de Ramón ajoelhado na frente de uma porta de aço amassada, segurando o cadeado em uma mão e a gazua na outra, enquanto Ramón o observava.

– Sorte sua – disse o amigo de Ramón, sem levantar o rosto. – Guarda-móveis chiques têm câmeras de segurança.

Olhei para o beiral do alto dos contêineres, e depois para a única lâmpada de segurança em um poste no fim da fileira. Ele estava certo. Nada de câmeras de vigilância. Os boxes nem tinham energia própria. Um cabo alaranjado grosso escapava por baixo da porta do box de Steven. Preso a ainda outro cabo de extensão, mal alcançava a tomada debaixo da janelinha da secretaria.

O amigo de Ramón estava debruçado no cadeado, com os óculos levantados na cabeça. O cabelo escuro tinha sido preso por um elástico na nuca, revelando a pele bronzeada escura e linhas de tatuagem escapando pela gola da camiseta preta.

– Sua mãe me ligou hoje – disse Ramón, mais alto que o barulho leve da gazua arranhando o cadeado. – Disse que alguém apareceu na casa dela ontem atrás de você.

Vero ficou em silêncio por um momento, e sua postura mudou tão sutilmente que, se não estivesse tão nervosa, eu nem teria notado.

– Quem foi?

– Ele não disse o nome.

– O que ela falou?

– Cansei desse papel de intermediário, V. Ela ainda está puta com você por não ter aparecido no jantar de Ação de Graças. Faz um mês que vocês não se falam. Ligue para ela e pergunte.

– Um mês? – perguntei. – Por que faz um mês que você não fala com a sua mãe? E achei que tivesse...

– Ignore meu primo – disse Vero, rangendo os dentes. – Ele caiu e bateu a cabeça no chão quando era bebê. Aí ficou com uma memória de merda e reprovou em matemática básica.

Ela trocou para espanhol, falando rápido, e deu um tapa no braço de Ramón. Ramón retrucou, e o amigo dele se sacudiu de gargalhar baixinho.

– Cale a boca, Javi! – disse Vero para ele, irritada. – Quanto tempo vai demorar? – perguntou, mudando de assunto.

Um estalido leve soou. Com um gesto rápido de punho, Javi abriu o cadeado. Ele guardou a gazua no bolso de trás, se levantou e veio andando até Vero. De queixo erguido, ela deu um passo para trás.

– É bom ver você, V – falou, inclinando a cabeça para secá-la casualmente. – Onde você tem se escondido?

– Não me lembro de ter convidado você.

Um sorriso lento se abriu no rosto dele.

– Achei que você precisasse de alguém com talentos mais específicos.

– Ramón daria conta sozinho.

– Não estava falando do cadeado.

Vero corou e cruzou os braços no peito.

– Quando precisar de alguém com talento, pode ter certeza que não vou chamar você.

Ramón sacudiu a cabeça e ofereceu a mão para me cumprimentar.

– Ignore-os. Ela e Javier são assim desde criança. Você deve ser a famosa Finlay Donovan.

Leves manchas de graxa pintavam as cutículas dele, e os dedos, apertando os meus, eram calejados. De perto, eu via a semelhança familiar entre ele e Vero. Pele impecável, lábios carnudos e maxilar afiado como um facão.

– Perdi a conta de quantos favores devo a você. Obrigada por consertar a minivan. E pela ajuda na casa de Theresa mês passado. Você não precisava mesmo ter me dado desconto.

– Precisava, sim – interrompeu Vero, passando por Javi na direção da porta aberta do box.

O sorriso de Ramón ficou um pouco mais tímido.

– Sinto muito pelo que aconteceu naquela noite com Zhirov. Fico feliz por você estar bem.

– Ela está ótima – disse Vero, tirando o cadeado aberto da porta. – Falando na oficina, vocês não têm compromisso em outro lugar?

Ramón a olhou de soslaio, cheio de sarcasmo.

– Foi um prazer conhecer você, Finlay. E cuidado com essa aí – disse ele, inclinando a cabeça na direção da prima. – Ela é má influência.

– Tchau, Ramón – disse ela, com firmeza.

Javi deu uma piscadela para Vero.

– Vou esperar uns minutos na van, para o caso de você precisar de mim.

Vero o acompanhou pelo canto do olho enquanto ele voltava à van e olhou rapidamente para o traseiro dele antes de se virar.

– Qual é a história de vocês? – perguntei.

– Não tem história nenhuma.

– Não acredito.

– Ele é o melhor amigo do meu primo. Foi há muito tempo.

– Então tem história – falei, quando Vero se abaixou para segurar a alça da porta de metal. – Não entendi. Por que você não quer que eu conheça seu primo e o amigo dele? Ou, por sinal, o restante da sua família?

– Não tem o que conhecer – disse ela, forçando a porta. – Me ajuda aqui, por favor?

A porta tinha emperrado de ferrugem, e nós duas grunhimos ao fazer força para abrir.

– Que história foi essa de alguém procurar você?

– Nada – disse ela, rangendo os dentes enquanto empurrava. – É só drama do meu primo.

A porta soltou um guincho horrível quando a abrimos.

Vero espanou as mãos e ficou paralisada.

– Finlay?

Acompanhei o olhar dela para o contêiner aberto, e também paralisei.

– Lembra aquela noite quando a gente foi desenterrar o Harris – falou –, e eu disse que provavelmente seria má ideia guardar um freezer na garagem?

– Uhum – falei.

– Acho bom dizer... não mudei de ideia.

O box estava vazio, exceto por uma coisa.

Meu olhar acompanhou o cabo alaranjado até os fundos do canto sombrio do contêiner, onde um freezer vibrava baixinho.

– Pare de bobagem – falei, um pouco ofegante. – É época de caça. Steven sai muito para atirar com os clientes... Sabe... É como jogar golfe, só que com armas. O freezer provavelmente está cheio de carne de veado que não coube na geladeira dele em casa.

– E ele decidiu guardar o outro freezer em um guarda-móveis nos confins da Virgínia Ocidental?

– Isso – falei, engolindo em seco.

– Então pode ir lá olhar.

Ela me empurrou para o freezer. Criando coragem, atravessei o concreto empoeirado em três passos largos e rápidos. O freezer era perfeitamente normal. Reluzente e branco, exceto por um arranhão comprido e um pedaço amassado na lateral, além de um adesivo laranja-vivo indicando a liquidação de uma loja de eletrodomésticos usados, que ninguém se dera ao trabalho de tirar.

Vero olhou de trás de mim quando levantei a tampa.

– Viu? – falei, suspirando de alívio ao ver os embrulhos de papel pardo lá dentro. – Carne de caça.

Peguei o primeiro embrulho e o levantei para Vero enxergar. A fita adesiva desgrudou do papel marrom duro de gelo, e o conteúdo caiu de volta no freezer com um baque abafado.

Vero e eu demos um pulo, o peito subindo e caindo rápido.

– Não é carne de caça, Finlay! – gritou Vero, torcendo as mãos e as esfregando na calça, como se ela tivesse encostado no embrulho. – É uma cabeça. E não é de veado!

– Deu pra ver!

Eu estava prestes a vomitar.

– De quem é?

As feições estavam azuladas, desbotadas pelo gelo e distorcidas pela rigidez cadavérica. Ainda assim, tive a sensação horrível de já ter visto aquele rosto. Eu me aproximei um pouco, com a cabeça inclinada para longe, olhando de relance pelo canto do olho, relutante. A franja grisalha e congelada do homem se abrira, revelando olhos arregalados e cegos e uma pinta escura no rosto frio.

– Eu reconheço ele – falei, cobrindo a boca com a mão, porque vomitar no cadáver provavelmente era má ideia. – Ele estava na foto que peguei da mesa de Bree.

– Por que ele está esquartejado no box do seu ex-marido no guarda-móveis?

– Não sei!

– Você não acha que...

Vero e eu nos entreolhamos. Pensei no dia em que devolvera a foto para Bree. Ela mal a olhara antes de deixá-la no chão. Será que Steven alugara o box, ou fora Bree que o alugara no nome da fazenda?

– O que você está fazendo? – perguntou Vero com a voz esganiçada quando peguei o celular.

– Vou ligar para o Steven.

– Você não pode fazer isso! Não podemos contar para ninguém! Vão querer saber como soubemos que estava aqui!

– A gente não pode simplesmente deixar isso aqui!

Uma onda de pânico me tomou. Hesitei com o dedo em cima do número de Steven. Vero estava certa. Devia haver um jeito de descobrir exatamente quem era aquele homem e, mais importante, quem o pusera ali.

Vero relaxou os ombros quando guardei o celular no bolso. Ela tentou afastar minhas mãos quando fui pegar o aparelho dela.

– Fique aqui – falei, pegando o celular dela e saindo do box.

– Finlay! Aonde você vai? – sibilou ela, quando me afastei, seguindo as placas que levavam à secretaria.

Parei na frente da porta, esfregando as mãos na calça, o resquício de frio ainda subindo pelos dedos onde eles tinham tocado a cabeça do morto. Inspirei fundo e empurrei a porta.

Uma novela da tarde passava na televisão atrás do balcão. O ar lá dentro cheirava a cigarro e café queimado. Uma mulher – eu supunha que fosse Phyllis – segurava um cigarro entre duas unhas rosa-choque, as cinzas compridas pendendo precariamente na borda aberta de uma lata de refrigerante. Ela me olhou de relance por cima do aro dos óculos, olhando de mim para a televisão.

– Posso ajudar? – perguntou.

– Espero que sim – falei, pegando uma foto da nota fiscal que Vero salvara no celular. – Sou contadora, e trabalho na...

Minha memória travou, se agarrando ao nome da única agência de contabilidade que conhecia.

– Mickler e Associados – falei.

Assim que as palavras escaparam da minha boca, me arrependi. Mas Phyllis nem desviou o olhar da novela. Com sorte, não lembraria.

– Estou conduzindo uma auditoria para um cliente na Fazenda de Grama e Árvores Verdejantes. Tenho uma cópia de uma nota fiscal referente a um box, e meu empregador gostaria de saber quem autorizou a cobrança. A senhora poderia me dizer o nome da pessoa que abriu a conta?

Phyllis tragou longamente, e soprou fumaça.

– Se você tem a nota, está com todas as informações que eu tenho. Só mantemos registro do endereço de cobrança e do cartão.

– Talvez a senhora se lembre de ter falado com a pessoa que abriu a conta? É o box 73.

– Tenho cara de Google, por acaso? São cem boxes aí – falou, apontando para fora com o cigarro. – As pessoas vivem abrindo e fechando contas. E temos uma política de privacidade. Não pergunto, e não...

Empurrei uma nota de vinte no balcão. Phyllis deixou cair as cinzas do cigarro no chão e me observou com novo interesse.

– É o box com a extensão elétrica – falei, deixando a nota na frente dela.

– Setenta e três, é? – perguntou ela, virando a cadeira de rodinhas para o balcão, as unhas rosa-choque arranhando o dinheiro. – Talvez eu lembre alguma coisa dela. Mas faz um tempo.

– Então era uma mulher?

Um alívio me inundou. Pelo menos não era Steven.

– Lembra o nome dela? – insisti.

– Nem perguntei.

– Lembra a cara dela?

Phyllis deu de ombros, voltando os olhos de pálpebras pesadas para a minha bolsa.

Tirei mais uma nota da carteira e bati com ela no balcão. Quando ela foi pegar, eu afastei o dinheiro.

Phyllis torceu a boca.

– Era loira. Bonitinha.

Segurando a nota de vinte, procurei o nome de Bree no Google com a outra mão.

– É esta aqui? – perguntei, mostrando a Phyllis a foto de perfil de uma rede social que conseguira ampliar no celular de Vero.

Ela abaixou o queixo, analisando a foto de Bree por cima do aro dos óculos. A sua papada balançou quando ela sacudiu a cabeça em negativa.

– Não. Não é ela – falou, puxando a ponta da nota.

Segurei com mais força.

– Tem certeza?

Phyllis apontou uma placa na parede: LOCATÁRIOS DEVEM TER CNH VÁLIDA E NO MÍNIMO 18 ANOS.

– A garota nessa foto mal parece ter idade para beber. Eu teria pedido para ver a identidade. A mulher que alugou o box era mais velha.

– Quão mais velha?

Phyllis observou meu rosto.

– Mais ou menos a sua idade, acho.

– E você simplesmente deixou ela alugar um box sem pedir a identidade?

– Ela apareceu numa BMW toda chique, esbanjando no cartão da empresa. Ofereceu pagar o dobro se a gente deixasse ela usar a eletricidade. Imaginei que fosse de confiança.

Phyllis arrancou a nota da minha mão e eu fiquei ali parada, perdendo o fôlego diante daquele detalhe. Theresa era loira, tinha a minha idade e dirigia uma BMW. E teria acesso ao cartão da empresa de Steven. Puxei uma imagem de Theresa no celular de Vero.

– É esta aqui?

Phyllis a analisou, arriscando mais um olhar esperançoso para a minha bolsa. Eu escondi a bolsa atrás das costas.

Com um grunhido irritado, ela respondeu:

– É ela mesma.

Então o contêiner e o homem esquartejado pertenciam a Theresa. No entanto, não tinha jeito de ela ter conseguido, sozinha, levar o cadáver nem o freezer até ali. Será que ela e Steven tinham trabalhado juntos? Era por isso que ele ainda pagava a conta?

– Lembra quem estava com ela?

– Nunca vi mais ninguém. Ela pagou e foi embora. No dia seguinte, o box começou a puxar eletricidade, então ela deve ter voltado para ligar alguma coisa, mas não a vejo desde então.

Phyllis se virou para um computador velho ao lado do caixa. Puxou os óculos para baixo, as unhas postiças batendo no teclado enquanto olhava a tela, estreitando os olhos. Ela virou o monitor para mim e apontou um registro de cobrança.

– O cartão de crédito que ela usou venceu semana passada. Se falar com ela, diga que ela precisa ligar para cá e atualizar o cartão, senão vou desligar a eletricidade e esvaziar o box.

– A cobrança é automática no cartão?

Um valor daqueles era pequeno dentro de um negócio grande como o de Steven. Poderia passar despercebido, e talvez ele nem soubesse que estava pagando.

– Todo mês – disse Phyllis. – A próxima cobrança cai no dia quinze. A não ser que você queira acertar por ela.

Só restava uma nota de vinte na minha bolsa e eu não ia dar meu cartão de crédito para Phyllis de jeito nenhum.

Steven desativara o acesso de Theresa à conta dele um mês antes. Ela provavelmente nem fazia ideia do vencimento do cartão. Dali a poucas semanas, aconteceria seu julgamento e, se ela fosse presa, quem pagaria a conta? Eu não podia confrontar Steven em relação ao freezer; a única opção dele seria pagar Phyllis ou tirar o cadáver dali, e dos dois jeitos se tornaria cúmplice do crime, se é que já não era. No entanto, se Phyllis desligasse a eletricidade e esvaziasse o box, Steven seria a primeira pessoa que a polícia procuraria. E, quando a polícia aparecesse para fazer perguntas, Phyllis certamente se lembraria de mim. O único jeito de garantir que a polícia não encontraria o contêiner e não mandaria tanto eu quanto Steven para a cadeia seria garantir que não houvesse cadáver ali.

– Você tem sacos de lixo aí?

Phyllis revirou a prateleira e colocou no balcão uma caixa de sacos de lixo extragrandes. Quando fui pegá-los, ela puxou a caixa de volta. Com um agradecimento a contragosto, entreguei a ela a última nota de vinte da minha bolsa, peguei a caixa inteira e a carreguei porta afora debaixo do braço. Levei os sacos de lixo até o box, olhando para trás para garantir que Phyllis não abrira a persiana da janela da secretaria. Vero me esperava do outro lado da porta do contêiner, andando em círculos e torcendo as mãos.

– E aí?

Ela deu um pulo quando abri um saco de lixo e, depois, a porta do freezer.

– Ligue para Ramón. Pergunte quanto ele cobra para levar um freezer para o lixão.

20

Vero estava com os dedos brancos de tanto apertar o volante, olhando o retrovisor sem parar enquanto dirigia de volta a South Riding. Fazia tempo que tínhamos perdido a van de Javi de vista. Depois de esvaziar e ensacar o conteúdo do freezer, Vero ligara para o primo e, após uma conversa aos cochichos acalorados, ele aceitara levar o freezer e amassá-lo no aparelho que tinha atrás da oficina para esmagar carros velhos.

Mais tarde, eu perguntaria a Vero onde ela passara o feriado de Ação de Graças, e também por que a relação dela com Ramón parecia abalada. No momento, entretanto, tudo que eu queria era mergulhar as mãos em água sanitária e limpar todos os rastros do cadáver cujo corpo estava descongelando aos poucos e sacolejando em partes ensacadas no porta-malas do carro de Vero.

Meu celular vibrou. O número de Cam piscou na tela. Atendi no viva-voz, segurando o aparelho entre nós duas.

– O que encontrou? – perguntei a ele.

– Nada de útil – disse ele, em meio ao ruído de vozes no fundo.

Dava para jurar que tinha ouvido alguém fechar uma porta de armário escolar.

– Como assim, nada de útil? Você disse que conseguiria rastreá-la.

– Falei que ia procurar. E procurei.

– E aí? – perguntei, a tensão do dia levando meu humor ao limite. – Deve ter achado *alguma coisa* que possamos usar para encontrá-la.

– Cinquenta coisas seria melhor – resmungou Vero.

– Essa tal de *Exausta* é um fantasma – disse Cam. – Não há registro algum do e-mail em nenhum outro lugar. Procurei pra caralho, até tentei variações.

Não está ligado a nenhuma conta pessoal nem profissional... nada. Só naquele fórum que você mencionou.

– Mas você não era bom nisso? – perguntou Vero, irritada.

Cam abaixou a voz, grave e abafada, como se tivesse coberto o celular com a mão.

– Olha, moça, sou hacker, e não policial. Fui o mais fundo que deu. Mas essa *Exausta* é cuidadosa. Não quis ser encontrada – disse ele, e um sinal tocou no fundo. – Tenho que ir. Estamos acertados?

– Estamos. Espere, não! – falei, antes que ele desligasse. – Podemos tentar outro e-mail?

– Vai ser mais cinquenta.

– Tudo bem – insisti.

Vero me olhou, exasperada.

Ouvi um farfalhar no fundo, seguido de uma porta de armário metálico sendo fechada, e de uma voz tediosa em um alto falante.

– Me manda o endereço por mensagem – disse Cam, e desligou.

Mandei uma mensagem com o e-mail ligado ao perfil de *LimpezaFácil*.

– Por que você acha que ele vai achar *LimpezaFácil*? – perguntou Vero, o olhar fixo na estrada. – Se fosse eu trabalhando de assassina de aluguel na internet, não espalharia meu endereço IP por aí.

– Não custa tentar – falei.

– Você pode até achar que não custa, mas aposto que meus quarenta por cento bateram asas.

– O que mais posso fazer? Você ouviu o que ele disse, *Exausta* é um fantasma! Ela não deixou nenhum rastro para a gente seguir.

Vero desceu o pé no freio quando viramos na saída da autoestrada. Nós duas nos encolhemos ao ouvir o baque do porta-malas.

– Desacelera – falei. – A gente não pode ser parada pela polícia.

– Não acredito que você me convenceu a fazer isso. A gente devia ter deixado o cara no freezer e trancado bem. A polícia para carro esportivo, mas ninguém para carro de conserto. E agora tem um picolé de presunto pingando suco de morto no porta malas do meu carro.

O Charger parou junto à calçada diante da casa de Theresa.

– Tem certeza que ela está em casa? – perguntou Vero, olhando a casa de três andares por cima dos óculos de sol.

A BMW azul de Theresa estava parada na entrada, mas todas as janelas estavam com as persianas fechadas.

– Georgia disse que ela está em prisão domiciliar até o julgamento de Feliks. Onde mais ela estaria?

Vero saiu e abriu o porta-malas. Com uma careta, puxei o menor dos sacos, e o segurei debaixo do braço. Tentei não pensar no fato de que o conteúdo do saco estava um pouco mais mole do que uma hora e meia antes.

Cortinas se abriram em uma janela do segundo andar quando nos aproximamos da casa. Vi o cabelo loiro e comprido de Theresa de relance um segundo antes de ela fechar as cortinas. Vero tocou a campainha. Segundos se passaram e, como nada mais parecia se mexer dentro de casa, considerei a possibilidade de Theresa não atender.

Vero deu um pulo quando a porta foi escancarada. Uma lufada de ar abafado e mofado escapou.

– Que merda você quer?

Theresa apoiou a mão no batente. A pele macilenta estava sem maquiagem, o cabelo solto, comprido e sem vida, caindo pela camiseta larga, a calça frouxa de moletom arrastando no chão de taco. Os pés descalços surgiam por baixo da roupa, o esmalte vermelho descascado de uma pedicure antiga manchando o meio das unhas. Ela cruzou os braços, escondendo o anelar sem aliança e me olhando com frieza.

– Precisamos conversar.

Eu avancei na direção da porta, mas Theresa nem se mexeu.

– Não temos nada o que falar – disse.

Soltei o nó do saco de lixo debaixo do meu braço, e abri um pouco o plástico, até revelar a cabeça.

– Ah, acho que temos, sim.

Theresa arregalou os olhos.

– Onde você arranjou isso?

– Acho que você sabe.

Ela segurou a porta, preparando-se para batê-la na minha cara. Enfiei o pé na fresta.

– Eu já falei – disse ela, rangendo os dentes e apoiando o peso inteiro na porta –, não tenho nada a dizer.

– Tá bom! – falei, puxando o pé de volta. – Então deixo isto aqui e vou embora.

Joguei o conteúdo do saco bem na frente da porta dela. O cabelo do cadáver tinha descongelado, grudando que nem alga na umidade da testa. O rosto de boca aberta e olhos mortos caiu virado para ela.

– Por sinal, seu aluguel no guarda-móveis venceu. Falei para Phyllis que você não tinha interesse em renovar. A gente tomou a liberdade de limpar o box pra você.

Vero pegou outro saco de lixo no porta-malas. O peso dos pedaços lá dentro puxava o plástico, criando silhuetas macabras enquanto ela carregava o saco até a porta de Theresa.

Theresa ficou rígida.

– O que vocês estão fazendo?

Vero virou o saco e o sacudiu com um floreio. Toda cor sumiu do rosto de Theresa quando o conteúdo caiu no concreto com uma série de baques nojentos. Ela olhou boquiaberta para as pilhas de papel pardo, e para as manchas escuras dos pedaços encharcados. Enquanto voltávamos para o carro de Vero, ela engasgou de pânico.

– Esperem! Aonde vocês vão? Não podem só largar isso aqui!

– Não vejo por quê – falei, fechando o porta-malas do carro. – Segundo Phyllis, é tudo seu.

– O que devo fazer com isso? – perguntou ela, gesticulando desesperada.

Vero deu de ombros.

– Não sei, mas sugiro guardar na geladeira até descobrir.

– Não posso colocar isso na geladeira! Não vai caber!

Vero riu.

– Já vi aquela geladeirona chique da sua cozinha. Deve caber um açougue inteiro naquela geringonça.

Theresa apertou os olhos.

– Quando você esteve na minha cozinha?

– Deixa para lá! – falei, abrindo a porta do carona. – Não vamos limpar sua sujeira. Se não couber na geladeira, pode levar ao lixão.

Vero entrou no banco do motorista e colocou a chave na ignição.

– Parem! Esperem!

Theresa puxou a barra da calça para cima e esticou o pé direito para fora, revelando uma tornozeleira eletrônica preta.

– Não posso ir ao lixão – falou. – Nem posso sair de casa!

Fiquei de queixo caído. A risada cruel de Vero se transformou em uma gargalhada inteira.

– Olhe no galpão. Quem sabe Steven deixou uma pá. Pode enterrar no seu quintal.

Ela virou a chave, fazendo o motor roncar.

– Tá, tá bom! – gritou Theresa. – Podem entrar, só não deixem isso aqui!

Ela apontou para os embrulhos derretendo na porta.

Vero levantou uma sobrancelha, esperando minha reação. Eu fechei a porta do carro e atravessei o gramado, me abaixando para pôr a cabeça de volta no saco, passando por Theresa e carregando aquilo para dentro da casa dela. O motor foi desligado atrás de mim. Vero pegou mais alguns embrulhos antes de vir junto. Theresa fez uma careta, catou o restante dos embrulhos e os largou todos no chão da cozinha, sem delicadeza.

Theresa olhou atordoada para as pilhas de papel pardo. Ela pegou um pote de lencinhos desinfetantes do armário debaixo da pia e nos ofereceu. Ao redor da mesa de mármore na copa, esfregamos freneticamente as mãos com expressões idênticas de nojo. Ela recolheu os lencinhos usados, os segurando na ponta dos dedos, e os arremessou na lixeira.

– Se eu contar o que sei, prometem levar isso embora? – perguntou ela, apontando o chão com o queixo.

– Depende – falei. – Qual é o envolvimento de Steven nisso?

Theresa me fuzilou com seu olhar verde, de braços cruzados em postura teimosa por cima da camiseta.

– Ele não tem envolvimento algum. Aluguei o box no guarda-móveis sem ele saber.

– Quer dizer que ele não faz a menor ideia do que você estava guardando lá?

– Bree recebe as faturas mensais. Duvido que ele olhe.

– Ele demitiu Bree mês passado.

Theresa abriu os lábios finos, surpresa, e perguntou:

– Steven ficou sabendo do guarda-móveis?

– É isso que estou tentando descobrir. Quem é esse? – perguntei, apontando os sacos.

Ela mexeu o maxilar de frente para trás, em uma pausa hesitante.

– Era um dos sócios comanditários da fazenda de Steven.

Olhei para ela, piscando.

– Steven nunca me falou de sócio nenhum.

– É isso que quer dizer sócio comanditário: não é público. Como você acha que ele comprou aquelas terras todas? Com as montanhas de dinheiro dele? Ou talvez seu maravilhoso crédito? – perguntou, cheia de desdém. – Por que ele financiaria a fazenda com um banco, sabendo muito bem que ia pedir o divórcio? Seria muita burrice dar a você tanto respaldo legal.

– Espere... – falei, levantando a mão, certa de não ter entendido. – Quer dizer que ele comprou a fazenda *antes* do divórcio?

– Você vai ganhar um prêmio por essa – arrulhou Theresa. – Finlay finalmente entendeu alguma coisa.

Eu queria acabar com aquele sorriso metido aos tapas, mas uma coisa era verdade: eu finalmente entendia. Não fazia diferença a sra. Haggerty ter pegado eles se agarrando na minha casa. Steven planejava me largar de qualquer jeito, e Theresa sabia muito bem.

Theresa deu de ombros, com uma expressão fria.

– Steven me contratou para encontrar um sócio comanditário. Alguém disposto a investir dinheiro na fazenda e transferir a escritura para o nome dele depois do divórcio. Eu encontrei dois.

– Achei que fosse *você* a sócia. Que o dinheiro que ajudou a pagar a fazenda fosse *seu*.

Theresa torceu a boca. Eu inclinei a cabeça, enquanto as peças se encaixavam.

– Ele não queria fazer sociedade com você, não é? – perguntei, sabendo que tinha acertado quando ela desviou o olhar. – Por isso ele vivia adiando o casamento. E por isso você aceitou a guarda das crianças. Porque era o único jeito de fazer ele se casar com você. Para você poder ganhar parte da fazenda.

– Eu amava ele! – retrucou ela.

– O que você demonstrou claramente, dando para o Feliks Zhirov no banco de trás do carro.

– Caraaaalho – sussurrou Vero.

Theresa fechou a boca de uma vez.

– Qual é o nome dele? – perguntei, apontando para o morto.

Ela rangeu os dentes.

– Carl Westover. Ele e o primo, Ted, pagaram as terras. Armaram um contrato particular com Steven, aceitando transferir a propriedade para ele quando ele ganhasse dinheiro suficiente para pagar o investimento. O acordo dava a Steven o direito a usufruto das terras, e a conduzir o negócio como quisesse, desde que distribuísse os lucros entre os sócios de acordo com o contrato.

– Deixe eu adivinhar – disse Vero. – Steven fez alguma coisa para deixar eles putos e o acordo azedou.

– Não – disse Theresa, com um olhar furioso para Vero. – Tudo estava indo bem. A fazenda estava dando dinheiro. Mais do que a gente esperava. Entre o plano de negócios de Steven e meus contatos imobiliários, a gente conseguiu fisgar alguns dos maiores empreiteiros da área como clientes. Possivelmente ele pagaria o investimento da fazenda em menos de cinco anos.

– E o que aconteceu? – perguntei.

Theresa empalideceu. Ela olhou os embrulhos no chão e sacudiu a cabeça.

– Ele vai me matar se descobrir que eu contei para alguém.

Vero cutucou um embrulho com o pé.

– Prometo que este cara não vai contar para ninguém.

– Ele não, sua idiota! Feliks Zhirov!

Eu me encolhi ao ouvir o nome.

– Feliks fez isso?

Theresa concordou com a cabeça.

– Mas você falou para a polícia que Feliks não tinha nada a ver com o negócio de Steven. Falou que Steven nem sabia que Feliks usava a fazenda.

– É verdade – disse ela, e a voz tremeu. – Porque eu nunca contei a Feliks que Steven era sócio da fazenda. Queria manter Steven fora disso tudo. Por isso, dei a Feliks o nome de um dos outros sócios. Imaginei que, desde que um deles aceitasse deixar Feliks usar as terras, já bastaria. E, ganhando dinheiro com o acordo, por que recusaria?

Theresa inspirou fundo, trêmula.

– Levei Feliks para conhecer Carl – continuou. – Carl e Steven não eram próximos, mal se falavam. Carl e a esposa tinham acabado de se separar, e ele tinha muitas dívidas hospitalares. Eu sabia que ele estava em apuros financeiros. Achei que teria mais chance de aceitar o dinheiro, e menos chance de contar para os outros, mas...

– Mas Carl recusou – adivinhei.

Theresa concordou com a cabeça.

– Carl disse que tinha visto Feliks no noticiário. Falou que não queria a má fama de entrar em um negócio com criminosos... só que não foi exatamente essa a palavra que Carl usou.

– E daí Feliks matou ele.

Theresa secou uma lágrima.

– Andrei cortou a garganta de Carl. Por ordem do Feliks.

É claro. Porque Feliks nunca sujava as mãos. Só que Andrei estava morto, e Feliks, na cadeia, e Theresa estava pagando o pato.

– Então você e Feliks fizeram um acordo para deixar ele usar a fazenda. E nunca contou para Steven, nem para o outro sócio?

Ela sacudiu a cabeça, em negativa.

– Não queria que mais ninguém morresse. Falei para Feliks que tinha um relacionamento próximo com o proprietário da terra. Disse que podia deixar ele e o pessoal dele entrar e sair da fazenda sempre que precisassem usar, e que ele não precisava tratar com mais ninguém. Feliks topou.

– E você ficou feliz de aceitar o dinheiro dele – disse Vero, com um barulho de desprezo.

– Se você e Feliks firmaram um acordo – perguntei a Theresa –, por que não aproveitaram para enterrar Carl na fazenda com os outros cadáveres?

– Eu contei a verdade para a polícia. Nunca soube que Feliks estava usando a fazenda para enterrar cadáveres – disse ela, engasgando em uma gargalhada desanimada. – Acredite, se soubesse, minha vida teria sido muito mais fácil. Eu não acabaria tendo que lidar com isso!

Theresa cobriu a boca com a mão, trêmula, como se tivesse falado demais. Porém, alguma coisa ainda não fazia sentido. Se Feliks e Andrei tinham matado Carl, por que Theresa acabara com o corpo? Por que arriscar deixar uma pessoa inexperiente acobertar o crime? A não ser que...

– Mataram ele e foram embora – falei, imaginando a cena como se escrevesse o capítulo de um livro. – Feliks deixou você cuidar do corpo porque queria incriminar você. Se você fosse cúmplice, seria burrice delatar, então ele fez você limpar tudo. E você não pensou em usar a fazenda. Em vez disso, atravessou a fronteira do estado com Carl.

– E pagou com o cartão de Steven – acrescentou Vero –, para poder incriminar seu noivo se a polícia encontrasse o cadáver.

Theresa desviou o rosto.

Vero estava certa. A dívida de Steven em relação ao investimento na fazenda poderia ser considerada um motivo para matar Carl. Ele era o bode expiatório perfeito.

– Uau – falei, sem saber se estava enojada ou impressionada. – Que amor e compromisso!

– Eu estava com medo! Mataram um homem na minha frente. Eu não sabia o que fazer!

– Então encontrou a resposta na carteira de Feliks Zhirov?

– E na calça dele – murmurou Vero.

– Ainda não entendi uma coisa – falei. – Se Andrei matou Carl e deixou você com o corpo, como foi que Carl acabou esquartejado?

Theresa fez uma careta.

– Meu Deus – falei. – Não acredito...

Vero empalideceu.

– Que bom que não almocei.

– O que você esperava que eu fizesse, Finlay? Tinham me largado sozinha em uma casa com um cadáver! Já tentou carregar um cadáver?

– Só precisava de umas toalhas de mesa e um skate – murmurou Vero, e eu a olhei em advertência.

– Eu não podia largar ele lá! Alguém teria encontrado o corpo e ligado para a polícia. E ele era muito pesado! – disse Theresa, a confissão escapando dela como se arrebentasse a represa. – Não dava para carregar ele até o carro. Não inteiro.

– Por que você não falou disso para a polícia quando Feliks foi preso? – perguntei. – Quando prestou depoimento, podia ter contado que Andrei e Feliks mataram Carl. Feliks está atrás das grades. Ele não é mais uma ameaça. E mais uma acusação de homicídio, com depoimento de testemunha, teria firmado o caso contra Feliks.

Theresa riu.

– Você está de brincadeira, né? É *Feliks Zhirov*. Ele não vai passar um dia preso depois do julgamento. Se o advogado não conseguir acabar com o caso por uma bobagem técnica, Feliks vai dar outro jeito de escapar e, quando isso acontecer, não tenho dúvida de que vai acabar pessoalmente com todo mundo envolvido em sua prisão. Falei para a polícia que eu não fazia ideia de que tinha cadáveres na fazenda, e era verdade. Nunca acusei Feliks de matar ninguém, e não planejo começar agora. Ele viria atrás da gente.

Theresa corou, o rosto em um tom culpado de vermelho.

– Da gente? – perguntei.

Theresa jamais se importara com meu bem-estar. E certamente não tinha motivo para se preocupar com Vero. Por que começar então?

A não ser que esse *a gente* não fosse mesmo *a gente*.

– Como você levou o freezer até a Virgínia Ocidental? – perguntei.

O porta-malas da BMW esportiva dela era muito pequeno para um aparelho daquele tamanho.

Ela levantou o queixo em desafio.

– Usei a picape da fazenda de Steven.

– A placa da picape de Steven é restrita. Não tem permissão para dirigir na estrada interestadual. Você poderia ter sido detida e revistada.

Theresa teria sido muito boba de correr tamanho risco com um cadáver esquartejado na caçamba da picape. O freezer tinha quase um metro e meio de comprimento. Mesmo vazio, devia pesar uns cinquenta quilos.

– Quem ajudou você a carregar o freezer? – insisti.

Theresa olhou de mim para Vero com seus olhos verdes aguados.

– Não me digam que vocês não fariam o mesmo, uma pela outra. Se ela pedisse, você não faria uma coisa dessas por ela?

Perdi o fôlego quando entendi o que Theresa estava dizendo. Ela estava falando de mim e de Vero. Da nossa amizade. Das loucuras que cometeríamos uma pela outra. Ela nem fazia ideia do quanto estava certa.

– Aimee? – sussurrei.

– Por favor, não a denuncie – suplicou Theresa. – Ela só queria ajudar! Liguei para ela da casa de Carl. Falei que não sabia mais o que fazer. Foi ideia de Aimee colocar ele no freezer. Ela disse que sabia aonde levar Carl. Como fazer ele desaparecer.

Meu coração deu um pulo. Vero enfiou as unhas no meu braço.

Theresa se aproximou de mim, tropeçando nos sacos de lixo enquanto eu saía correndo pela porta.

– Aonde vocês vão? – gritou. – Não podem ir! Não podem deixar ele aqui! Não podem...

Nem pensei no corpo enquanto eu e Vero corríamos até o carro.

21

Saí do Charger antes mesmo de Vero acabar de estacionar, atordoada demais enquanto destrancava a porta de casa. E se minha irmã tivesse sido esquartejada em pedacinhos? E se meus filhos tivessem desaparecido? E se estivessem todos em sacos de lixo pretos no porta-malas do carro de Aimee?

Escancarei a porta, recebida por um sopro de ar quente e pelo cheiro de pipoca queimada. A sala estava escura; a televisão, ligada; os créditos de um filme, rolando na tela.

Entrei na cozinha. A porta do micro-ondas estava entreaberta. Um saco queimado de pipoca fria e torrada tinha sido largado na pia.

– Georgia! – gritei.

Ninguém respondeu.

– Finlay? – Veio a voz de Vero, baixa e engasgada.

Ela estava na frente da despensa, apontando um rastro de gotas vermelhas no chão.

Acompanhei o rastro da despensa à escada, e contive um grito quando levou a uma mancha vermelho-vivo na parede. A mancha na subida da escada era do tamanho e do formato de uma mãozinha, como a que Delia e Zach deixavam quando tinham comido alguma coisa grudenta ou chegado sujos de terra do parquinho, e iam se apoiando na parede quando subiam.

– Não!

Subi correndo, Vero atrás de mim. A voz da minha irmã soava do fim do corredor, e segui o som até a minha suíte.

Vero segurou meu braço e me fez parar.

– Escute – sussurrou.

– Você não precisa fazer isso – disse Georgia, a voz abafada pela porta do banheiro. – Se fizer refém, só vai se machucar.

Um grito abafado de angústia soou do banheiro. Mexi na maçaneta, e um som esganiçado e apavorado me escapou quando notei que a porta estava trancada.

Estiquei a mão para pegar a chave que deixava escondida no alto do batente da porta. Vero me puxou para trás e levou o indicador à boca, em sinal de silêncio.

– Sua irmã está lá dentro – cochichou.

– Meus filhos também! – sussurrei.

– Georgia é uma profissional treinada. Ela sabe lidar com o que estiver acontecendo aí.

Zach soltou um uivo furioso. Vero cobriu minha boca antes que eu pudesse gritar.

– Ouvi suas exigências – disse minha irmã, em voz cuidadosamente comedida – e estou disposta a responder de forma razoável. Mas você precisa me dar algo em troca. Um sinal de boa-fé. Só peço isso.

Senti um aperto na garganta. Não conseguia respirar. Arranquei a mão de Vero de cima da minha boca, e inspirei, trêmula. Aimee estava lá dentro, com meus filhos. Os tinha feito reféns. Theresa devia ter ligado para ela e contado que sabíamos de Carl no segundo em que saímos da casa dela. Era tudo culpa minha.

Zach choramingou pela porta, e meu coração se despedaçou.

– Temos que entrar – sussurrei.

– E se Aimee entrar em pânico? Pode machucar eles.

– Eles já estão machucados!

Eles deviam ter se debatido na cozinha. Fugido para o meu quarto, onde ela os encurralara, os empurrara ao banheiro e trancara a porta.

– Vá com calma – suplicou minha irmã. – Sei o que você quer aqui. Sei que está com medo de abrir mão do controle da situação, e entendo. Mas você precisa soltar um. Só um. Libere um, e eu darei o que você quer.

– Não para de sangrar – chorou Delia.

Vero apertou minha mão, sua boca tremendo.

– Já vai parar, Delia. Prometo – disse minha irmã, com certa tensão na voz, como se mal conseguisse se conter. – Vai ficar tudo bem. Mas, agora, preciso ajudar seu irmão.

Zach gritou. Eu não aguentava mais: me desvencilhei de Vero e, com as mãos tremendo, peguei a chave no alto do batente, a meti na fechadura e escancarei a porta, ofegante.

Vero bateu com tudo nas minhas costas quando parei de avançar abruptamente. O choro de Zach se calou bruscamente, e três cabeças se viraram para mim.

– Oi – disse Georgia, obviamente aliviada –, não ouvi vocês chegarem.

Minha irmã estava sentada de pernas cruzadas na frente do vaso sanitário, com um saco de balas de fruta aberto em uma mão e, na outra mão levantada, uma bala de laranja. Zach estava empoleirado no antigo adaptador de assento infantil de Delia, na frente dela, furioso e com a cara vermelha.

– O que está acontecendo aqui? – perguntei, ofegante.

– Desfralde – disse Georgia, orgulhosa.

Zach choramingou, no limite de um ataque de birra, tentando pegar a bala que Georgia mantinha afastada.

– Não. Já falei, cara. Isto aqui é uma negociação. Você não tem direito a mais exigências até soltar um barro.

– Que barro? – perguntou Delia.

Segui o rastro vermelho no chão até a banheira. A cabeça de Delia saía de uma montanha de bolhas de sabão manchadas de cor-de-rosa.

– Olha, mamãe!

Ela abriu um sorrisão com duas janelinhas na frente, e esticou a língua pelo buraco ensanguentado onde antes tinha dentes.

– Perdi meus dentes!

Eu me larguei contra a bancada, e Vero se dobrou de tanto rir ao meu lado.

– O que foi? – perguntou minha irmã, nos olhando feio. – Qual é a graça? Li todos os blogs de desfralde. É assim que se faz.

Vero engasgou de rir, levando a mão ao peito e secando as lágrimas dos olhos. Quando se conteve um pouco, me deu um tapinha no ombro.

– Vou pegar o produto de limpar carpete e a esponja.

– Cadê Aimee? – perguntei, tirando Zach do assento enquanto Vero ia atrás de produtos de limpeza.

Ele guinchou que nem um porco irritado e se desvencilhou do meu colo, saindo cambaleando atrás de Vero, com uma marca vermelha e redonda no traseiro.

– Vocês quase a encontraram – disse Georgia. – Ela recebeu um telefonema uns minutos atrás e saiu daqui correndo, como se estivesse pegando fogo. Deve ter sido uma emergência.

Ela se levantou com dificuldade e olhou para o vaso sanitário vazio. Sacudindo a cabeça de decepção, colocou na boca a bala de laranja.

Exausta e atordoada, caí de joelhos ao lado da banheira e dei um beijo na cabeça de Delia.

– O que aconteceu com os dentes dela? – perguntei para a minha irmã.

– Ela cansou de ficar balançando e decidiu que não queria esperar caírem sozinhos. Aimee estava ocupada, fazendo pipoca. Eu estava aqui em cima com Zach. Não vimos Delia amarrar os dentes na maçaneta e bater a porta da despensa. Ela quase matou Aimee do coração, de tanto gritar e sangrar. Que bom que eu estava aqui. Acho que Aimee não aguentaria o sangue todo.

Uma gargalhada ansiosa me escapou. Tirei Delia da banheira e a envolvi em uma toalha.

– Esses dentes não estavam prontos para cair, meu amor. Por que você faria isso? Deve ter doído, não?

Ela me olhou, pestanejando, enquanto eu secava o seu cabelo com a toalha. A língua dela escapava pelo buraco do dente, fazendo ela cecear.

– A Vero disse que não basta querer as coissas. Disse que a gente precissa fasser por onde. Agora a fada do dente vem e vou ganhar dussentos dólares.

– Duzentos dólares? – perguntei, rindo. – Não sei se a fada do dente tem tanto dinheiro.

– Mas precisso para ajudar a Vero.

– Por que a Vero precisa de ajuda?

– Ouvi ela no telefone. Ela falou que, se não consseguir dussentos, vai ter muito problema.

Minha expressão murchou.

– Que tipo de problema?

– Um homem ficou muito bravo porque ela perdeu um sinal. Eu falei que podia dessenhar um nela, mas ela falou que não serve, que precissa de um grandão.

Olhei para Delia, que saía pela porta enroscada na toalha.

– Que história é essa? – perguntou Georgia.

– Não faço ideia – falei, abrindo o ralo da banheira. – É melhor eu ir colocar a fralda no Zach antes que ele libere o refém no chão.

Minha irmã riu.

– Vou ver se Vero precisa de ajuda para limpar a cena do crime.

– Seria uma boa ajuda – falei baixinho depois que ela se foi.

Encontrei Zach escondido no quarto, com uma mão na parede, montando a pose.

– Ah, de jeito nenhum! – exclamei, o pegando no colo e o enfiando em uma fralda.

Quando o levei lá para baixo, Georgia já estava limpando sangue do chão. Ela torceu o nariz quando entrei na cozinha.

– Não me leve a mal, Finn, mas posso ficar mais um tempo com as crianças se você quiser ir tomar um banho.

– Cadê a Vero?

Deixei Zach no chão, e ele saiu para a sala.

– Foi procurar mais produto de limpeza na garagem.

Nós duas nos viramos quando Vero apareceu na cozinha. Ela deixou na bancada um frasco de limpador de tecido, passou um braço pelos ombros de Georgia e a conduziu à porta, pegando o casaco dela no cabideiro e o empurrando em seus braços.

– Muito obrigada por cuidar das crianças, Georgia. Daqui pra frente fica comigo.

Ela pegou as chaves da minha irmã na bancada e as jogou nas mãos dela.

Eu me virei bruscamente para Vero.

– Georgia se ofereceu para ajudar a gente na limpeza.

Vero deu um beliscão forte no meu cotovelo.

– Posso falar com você um segundo na cozinha?

Ela levantou um dedo para minha irmã, e me arrastou para o cômodo ao lado.

– O que você está fazendo? – perguntei, me desvencilhando.

– Georgia precisa ir.

– Por quê?

– Porque o tronco do Carl Westover ainda está no meu porta-malas – cochichou Vero, entre os dentes fechados.

Por um momento, perdi o fôlego.

– Meu Deus do céu.

Voltei para o hall e pigarreei.

– Muito obrigada pela ajuda, Georgia, mas não precisa ficar.

– Tem certeza? – perguntou Georgia, franzindo a testa quando Vero abriu a porta.

– Absoluta. Sim. Deixa com a gente.

– Tá. Mas é melhor tomar esse banho logo. Nick não vem te buscar às seis?

– Como? – perguntei, me sentindo empalidecer.

– Sabe, para o encontro?

Vero e eu nos viramos para o relógio. *Ah, não.* Eu tinha esquecido completamente.

– Não é um encontro – falei, respirando com cada vez mais dificuldade.

– Claro que é um encontro – disse Vero, empurrando minha irmã porta afora. – É melhor você ir, assim ela pode se arrumar.

– Eu sabia! – disse minha irmã, e Vero bateu a porta na cara dela.

– O que a gente vai fazer? – perguntei, apertando o peito.

Será que eu estava tendo um ataque cardíaco? Devia ser um ataque cardíaco. Eu tinha menos de meia hora para descobrir o que fazer com Carl.

– Você vai tomar um banho e se arrumar para sair com Nick. Eu vou dar um pulo na Theresa e voltar antes da sua hora. Vai – disse ela, me empurrando para a escada. – Eu cuido do Carl.

Vero pegou as chaves e saiu correndo pela porta da cozinha.

As crianças estavam brincando tranquilamente, mas, se eu não colocasse o jantar na mesa logo, teria que lidar com um motim. Preaqueci o forno, peguei um saco de nuggets e batatas do congelador e lavei as mãos umas cinco vezes antes de jogar a comida congelada em uma travessa de metal. O som dos pedaços batendo na travessa me deixou enjoada. Enfiei a travessa no forno, liguei o timer e subi correndo para um banho.

Depois de esfregar cada centímetro da minha pele com água quente, saí do banheiro e encontrei um dos vestidos de Vero pendurado na porta do armário. E um par de sapatos de salto jogado debaixo dele no chão.

Eu me sequei rapidamente e me vesti. A roupa era muito mais sexy do que qualquer vestido meu – de um azul-safira escuro, com decote fundo e cintura transpassada justa, o tecido macio e expansível o bastante para caber em mim , mas, quando olhei meu armário, de testa franzida, ficou claro que eu não tinha outra opção.

Ajustei o vestido nas minhas curvas, passei um pouco de musse para cachos no cabelo e borrifei um pouco de perfume floral, na esperança de não estar fedendo como um cadáver na funerária. Depois de um pouco de rímel e brilho labial, calcei os sapatos de salto de Vero e procurei o celular.

Merda. Onde estava o celular?

Eu devia ter esquecido na bolsa. Que deixara no carro de Vero.

Peguei outra bolsa e desci a escada.

Meus joelhos travaram no último degrau, quando senti o cheiro do perfume de Nick, misturado ao aroma da gordura das batatas. A voz aguda de Delia soava da cozinha, contando a história de como perdera os dentes, acompanhada da gargalhada grave e estrondosa de Nick.

Eu me encostei na parede. Eu daria conta daquilo. Só precisava me conter durante o jantar. Respirei fundo e ajeitei o vestido, andando até a cozinha com mais confiança do que realmente sentia. Todo mundo se virou para mim. Exceto Vero.

Ela estava na frente do forno, com os ombros rígidos, servindo comida em pratos de melamina.

– Uau.

Nick se recostou na cadeira, me admirando.

Minha gargalhada saiu esganiçada, um pouco apavorada.

– Você disse para eu surpreender.

Vero deixou os pratos das crianças na mesa e me fuzilou com o olhar escuro por cima da cabeça de Nick.

– Recebeu minha mensagem? Estava tentando falar com você.

– Não, acho que esqueci o celular no seu carro.

– É melhor ir buscar – disse ela, me entregando as chaves com um olhar afiado. – Não esqueça de procurar no porta-malas.

Pigarreei.

– Boa ideia.

Meu celular poderia ter caído na hora de pegar os sacos de lixo. Senti o calor do olhar de Nick me acompanhar enquanto eu atravessava a cozinha e saía para a garagem. Quando apertei o botão da chave, o porta-malas do Charger se abriu. Levantei a tampa e soltei um palavrão.

Carl – ou pelo menos um pedação dele – ainda estava lá dentro.

– Cacete, Theresa.

Tateei por baixo do saco de lixo, em busca do celular. Ela provavelmente se recusara a abrir a porta, pelo mesmo motivo que Feliks se recusara a levar Carl embora depois de matá-lo. Porque, se Vero e eu tivéssemos que lidar com parte de Carl, era muito menos provável que a gente contasse aquilo para alguém.

Fechei o porta-malas e corri para a porta do carona, me sentando para tirar a bolsa de sob o banco. Revirei a bolsa, mas meu celular não estava lá. Não estava no quarto. Não estava no carro de Vero. O único outro lugar em que estaria...

Merda!

Bati a cabeça no painel. Eu não podia voltar à casa de Theresa. Nick desconfiaria de alguma coisa.

Saí do carro e o tranquei. Quanto antes tirasse Nick dali, melhor. Eu fingiria que estava tudo bem. A gente sairia para jantar, e Vero e eu lidaríamos com Carl e Theresa quando eu voltasse.

Vero estava esperando na porta quando voltei à cozinha.

– Achou o celular?

Nick estava de costas para a gente. Delia riu quando ele roubou uma batatinha do prato dela, mas eu não tinha dúvida de que o cérebro treinado dele registraria discretamente cada palavra dita, mesmo que não estivesse prestando atenção.

Devolvi as chaves dela.

– Não estava no carro. Devo ter esquecido na casa da *vizinha* quando fomos lá hoje.

– Acho que não – disse Vero, encontrando meu olhar. – Acabei de *sair* da casa da vizinha, e não tinha ninguém lá.

Não tinha ninguém lá? Como era possível? Theresa estava em prisão domiciliar. Onde mais estaria?

– Como assim? – perguntei, baixinho.

– Assim mesmo – disse Vero, rangendo os dentes. – Bati à porta e, como ninguém atendeu, entrei. A porta estava *destrancada*. A *vizinha* não estava. Nem o *hóspede* dela.

– Hóspede?

Vero respondeu à minha confusão com uma mímica de esquartejamento.

Carl? Não!

Ela confirmou com a cabeça.

Theresa não seria boba de arriscar sair de casa, mesmo para se livrar do corpo.

– Tem certeza que ela não estava no quintal? Sabe... *adubando* as *flores*?

Vero sacudiu a cabeça, olhando com cautela para Nick, mas ele e Delia estavam ocupados na negociação por mais uma batatinha.

– Definitivamente não estavam lá. Procurei em *todo lugar*. Pelos *dois* – falou, apontando a geladeira. – O hóspede definitivamente tinha ido embora. E eu definitivamente não vi seu celular. Mas nossa vizinha deixou uma *joia* bem grande na bancada da cozinha – disse Vero, apontando o tornozelo. – Não queria correr o risco de mais *alguém* entrar pela porta destrancada e *encontrar*, então dei uma arrumada – continuou, mostrando um pacote de lencinhos desinfetantes –, e tranquei a porta ao sair.

Ai, nada daquilo era bom.

Aimee devia ter ido para a casa de Theresa bem quando a gente estava voltando, pegando uma rota diferente a partir da quadra depois da nossa, onde tinha estacionado o SUV. Ela e Theresa provavelmente tinham entrado em pânico. Deviam ter tirado a tornozeleira e fugido, desesperadas para se livrar do corpo, deixando a parte maior comigo e Vero. Não demoraria para a polícia aparecer e notar que Theresa sumira.

Pelo menos Vero limpara qualquer rastro nosso da cozinha de Theresa.

Nick afastou a cadeira da mesa.

– É melhor a gente ir – disse ele, olhando o relógio. – Nossa reserva é às sete, e preciso parar rapidinho em um lugar no caminho. Prometo que não voltaremos muito tarde.

A gargalhada de Vero saiu ligeiramente maníaca.

– Não se preocupe, detetive. Tenho muita coisa para me manter ocupada aqui.

Dei um beijo nas crianças e Nick passou o braço ao meu redor, com a mão firme na minha lombar enquanto me conduzia ao carro.

22

O carro de Nick nem tivera tempo de esfriar nos poucos minutos que passara estacionado na frente da minha casa, mas ele virou as saídas de ar para mim e aumentou o aquecedor, provavelmente porque eu estava tremendo. Olhei de relance para a casa de Theresa quando passamos por lá. As janelas estavam todas apagadas, exceto por uma luz na cozinha. A BMW de Theresa ainda estava estacionada ali. Aonde quer que elas tivessem ido, foram no SUV de Aimee.

– Tudo bem? – perguntou Nick.

Desviei o olhar do brilho distante da janela da cozinha de Theresa.

– Tudo. Você conseguiu falar com Pete?

– Um pouco. Ele acabou de receber os arquivos, então ainda não tem muitas informações. O incêndio foi causado por um dispositivo rústico, e usaram terebintina como acelerante. É basicamente tudo o que ele pôde me dizer.

– Terebintina? Que nem tíner? – perguntei, e Nick concordou com a cabeça. – Ótimo, pode ser qualquer pessoa.

– Talvez – disse ele, saindo da minha rua. – Mas a pista mais promissora não veio do laboratório.

– Como assim?

– A empresa de segurança registrou uma chamada logo antes do incêndio. Alguém ativou o alarme. Aparentemente, a ligação está guardada, mas Steven está enrolando, e ainda não deu autorização para compartilharem com a polícia.

– Por quê?

Ele deu de ombros.

– Talvez ele conheça a pessoa e queira protegê-la. Mas se os investigadores quiserem a gravação, podem usar um mandado.

– Encontraram mais alguma coisa?

– Um pedacinho de cartão de crédito quebrado, no matagal logo além do perímetro do incêndio. Talvez tenha sido usado para arrombar a porta. Também acharam marcas de pneu de alta performance na lama atrás do trailer. Como nenhum dos funcionários de Steven dirige carro esportivo, é possível que o rastro tenha sido deixado pelo veículo do responsável pelo incêndio.

Perfeito. As três pistas mais promissoras tinham sido deixadas por mim e por Vero.

– Tem certeza que está bem? – perguntou Nick, me olhando antes de se voltar para a pista. – Está um pouco pálida.

– Provavelmente é fome. Não como nada desde o café.

– Que bom – disse ele, com um sorriso furtivo. – Dizem que esse restaurante é delicioso. Só preciso dar um pulinho num lugar antes de seguirmos. Tenho que falar com um informante. Achei que você não se incomodaria de ir comigo.

Nick estava concentrado na estrada, e tirei um momento para ver tudo que não notara alguns minutos antes, quando ele me buscara, porque estava estressada demais. A jaqueta de couro estava apoiada no console central, e ele trocara a combinação habitual de camiseta e calça jeans por uma camisa de botão azul engomada, com gravata. O cabelo parecia recém-cortado, o rosto, recém-barbeado, e o cheiro almiscarado da água-de-colônia dele se agarrava ao carro, quente e pesado. Tudo na aparência dele indicava que estava arrumado para um encontro amoroso, exceto pelo coldre da pistola ao lado do tronco, com a correia passando pelos ombros.

Levantei uma sobrancelha.

– Achei que a identidade de informantes confidenciais fosse secreta.

Ele abaixou a cabeça de leve, pensativo.

– E é.

– Achei que você não confiasse em mim.

Na última vez que ele me deixara acompanhá-lo em questões da polícia, tinha se ferrado; me acusara de usar a ele e o caso como material para o enredo do meu livro.

Ele parou o carro devagar quando o semáforo logo adiante ficou amarelo, banhando o seu rosto com um brilho âmbar-claro. Ele sacudiu a cabeça e suspirou.

– Eu falei muitas coisas naquele dia e me arrependi da maioria. Eu não estava com raiva de você, Finlay. Estava com raiva de mim mesmo. Você tinha razão. Eu escolhi envolver você no caso, e a culpa disso é inteiramente minha.

– Então quer fazer tudo de novo? – provoquei. – Achei que tinha aprendido com seus erros.

– Nunca falei que me arrependia do que fiz.

Ele me olhou de soslaio, se demorando mesmo quando a luz do sinal mudou. Pigarreei, apontando para o sinal verde e a pista vazia à nossa frente, aliviada quando ele finalmente voltou a atenção para a rua.

– Quem é seu informante? – perguntei, curiosa, quando viramos em uma rua residencial escura.

As casas dos dois lados eram escondidas por árvores, os quintais cobertos de folhas mortas e decorações baratas, os carros em estados variados de desuso.

– Não é meu. O moleque é informante de Joey, mas Joe foi visitar a mãe este fim de semana, e não vi motivo para atrapalhar.

Eu me virei para Nick, surpresa.

– Moleque? O que ele fez?

– Joey pegou ele por roubo de identidade um ano atrás. Ele é só um peixinho, mas nada em um lago bem turvo... traficantes de drogas e armas on-line, tráfico sexual na internet, fraude cibernética... Joey fez um acordo com ele. Liberdade condicional e serviço comunitário. Em troca disso, o moleque se mantém longe de problemas e nos dá pistas sobre os peixões quando descobre alguma coisa. Ele me ligou há umas horas. Falou que tinha achado umas sujeiras bem feias na internet. Acha que pode ter a ver com o pessoal do Zhirov. Não quis esperar Joey voltar para conferir.

– Feliks Zhirov? Mas ele está preso.

– Ele nunca parou por causa disso. Está metido em tudo, e tem um alcance longo. Quanto mais provas eu puder jogar no colo do procurador, menor a probabilidade de Feliks sair impune quando finalmente chegar a data do julgamento. Estamos caçando toda pista possível. Não vou me arriscar com esse filho da mãe.

Contive um calafrio. Patricia Mickler já me dissera que Feliks tinha olhos e ouvidos em todo lugar. Eu ouvira Nick fazer comentários semelhantes antes, e sempre supusera que era hipérbole. No entanto, depois da conversa com Theresa a respeito do cadáver esquartejado de Carl, já não tinha tanta certeza. Mesmo sabendo que Feliks estava atrás das grades, Theresa morria de medo de contrariá-lo.

Naquele dia na oficina de Ramón, Feliks me advertira que estava de olho em mim. Vendo as sombras cada vez mais fundas ao redor do carro, me perguntei se ainda estaria.

Nick estacionou diante de uma casa velha de dois andares. Uma televisão piscava através das cortinas translúcidas, e uma silhueta puxou o tecido para nos olhar.

– Espere aqui – disse Nick, deixando o carro ligado.

Ele vestiu a jaqueta e saiu do carro, as pernas compridas avançando devagar e tranquilamente pela calçada esburacada, se aproximando da casa. Luz se derramou pela entrada quando alguém abriu a porta. Uma silhueta magra com moletom escuro de capuz saiu, olhando para os dois lados da rua antes de se aproximar de Nick, a meio caminho do carro.

Eu me abaixei bastante no banco, inteiramente ciente de que não devia estar ali, mas o informante de Joey pareceu não me notar pelos vidros fumê do carro de Nick. O motor roncava baixinho, abafando o início da conversa dele. Nick estava de mão no quadril, e o informante, com as mãos enterradas nos bolsos, enquanto falavam baixo, com as cabeças próximas. Levei a mão ao botão da janela, tentada a abrir um pouquinho só para escutar parte da conversa. No último segundo, deixei para lá. O fato de Nick me levar ali era uma oferta de paz, uma demonstração de confiança. Eu queria merecer aquela confiança.

Até o informante tirar o capuz.

O cabelo loiro platinado de Cam refletiu a luz amarelada forte da janela logo atrás. Com a cabeça a mil, pensei no que Nick falara do lago turvo de Cam, nos tipos de pista que Cam dava a Joey.

...tinha achado umas sujeiras bem feias na internet.

Ah, não.

Apertei o botão da janela, segurando a respiração enquanto descia uns dois centímetros, apenas o bastante para algumas palavras entrarem pela fresta.

– ...uma espécie de grupo de mães, sei lá – disse Cam, baixinho.

– Grupo de mães?

– Pois é.

Não, aquilo não era nada bom. Se Cam dissesse a Nick onde encontrar o fórum de mulheres, Nick escavaria até dar com um osso.

– Se estiver me enrolando...

– Estou falando sério, cara. Parece tudo normal na superfície, mas tem uns negócios bem sinistros rolando por lá. Não é só saquinho de maconha. Encontrei traficante de fuzil... prostituta de luxo... assassino de aluguel... acho que o site todo é fachada...

Não. Não, não, não! Eu não podia deixar Cam dar nenhum nome para Nick. Nada de *Exausta*. Nada de *LimpezaFácil*.

Nada de mim, especialmente.

Peguei a bolsa antes de lembrar que estava sem celular. Não tinha como mandar mensagem para Cam, nem avisar que era para ele fechar a matraca. Abri a janela mais um pouquinho, rezando para Nick não ouvir o barulho misturado ao ronco do motor.

– Quem é o responsável? – perguntou ele.

Cam apontou com o queixo para o bolso da jaqueta de Nick.

Nick resmungou baixinho ao pegar a carteira e tirar algumas notas. Cam olhou para os dois lados da rua antes de aceitar o dinheiro e o guardar no bolso.

– Dei uma investigada – falou. – Os nomes eram todos russos. Tenho visto no jornal a história daquele cara que vocês pegaram mês passado. Achei que a informação pudesse valer alguma coisa.

– E decidiu aproveitar que Joey não estava para me pedir dinheiro para a cerveja.

Cam levantou as mãos.

– Tá legal. Se não quiser minha informação, acho que acabamos por aqui.

Nick segurou o cotovelo de Cam, que se virava para a porta.

– Depende da qualidade da informação.

Cam deu de ombros.

– Hospedagem, administraçao do site, registro do domínio, perfil de usuários, registros de acesso... Tenho tudo, além de um acesso clandestino.

– Quanto vai custar?

– Se eu der tudo o que tenho, eu e Joey estamos quites. Fiquei na minha, sem hackear, sem matar aula, sem me meter em golpe, como a gente combinou. Quero o fim da condicional, e quero que a polícia largue do meu...

Cam olhou para minha direção. Vi a expressão dele se fechar ao me reconhecer pela fresta. Eu sabia podres o suficiente de Cam para acabar com aquele acordo confortável com Joey e mandá-lo para uma boa visita à penitenciária, e Cam sabia muito bem.

Passei um dedo pelo pescoço.

Ele engoliu em seco e pigarreou, enterrando ainda mais fundo as mãos nos bolsos enquanto eu fechava a janela rápido.

Nick se virou para o carro e franziu a testa. Eu me encolhi no assento, escondida pelo vidro fumê. Ele pegou a carteira mais uma vez e manteve algumas notas pouco além do alcance de Cam, se abaixando para encontrar o olhar do hacker. Eu conhecia aquela cara. Era uma bronca. Uma advertência. Cam olhou de relance para a minha janela, dobrando o dinheiro no bolso e desaparecendo casa adentro.

Nick deu a volta no carro e se largou no banco do motorista.

– O que descobriu? – perguntei, olhando a tela do celular dele, enquanto ele digitava uma mensagem rápida para Joey antes de guardar o aparelho no bolso e dar a partida.

– Talvez não seja nada. O moleque provavelmente está tentando me passar a perna.

– Então por que pagou?

– Porque, no caso de ele estar falando a verdade, uma pista dessas vale ouro.

Prestei mais atenção ao trajeto, memorizando os nomes das ruas e as esquinas enquanto Nick saía do bairro de Cam.

– Ele disse que encontrou um fórum on-line que talvez seja fachada de crime organizado.

– Ele falou como encontrou?

Nick sorriu com o canto da boca.

– Disse que esbarrou no site por acidente.

– Você não acredita?

– Hackers de dezessete anos não esbarram em fóruns de mulheres por acidente. Ele provavelmente roubou o celular de alguma mulher desavisada e o encontrou enquanto fuçava.

– Você acredita em alguma parte da história?

Nick deu de ombros, voltando à autoestrada.

– Ele sabia que eu estava envolvido no caso Zhirov. Deve ter encontrado umas mães que vendem Frontal na internet e achou que valia a pena arranjar uma grana fácil comigo enquanto Joey não está. O moleque vai me mandar tudo amanhã. O pessoal da cibernética só deve levar uns dias para investigar. Não deve ser nada.

Encostei a cabeça na janela quando chegamos à interestadual. Eu precisava ligar para Cam antes que ele mandasse aquilo para Nick. Só que o número de Cam estava no meu celular, e meu celular estava com Theresa.

Ou, ainda mais provável, enterrado em cova rasa com Carl.

23

Eu ainda estava com a cabeça a mil quando Nick entrou no estacionamento na frente de uma galeria de lojas em Arlington. O nome na marquise vermelha do restaurante era KVASS, e luzes brancas cintilavam nos vasos de sempre-vivas ao lado da entrada. Aromas saborosos e intensos escaparam quando Nick abriu a porta para mim. Senti a barriga roncar quando um *host* de terno e gravata nos conduziu à cabine.

Eu me sentei no banco diante de Nick, mal escutando o *maître* de sotaque forte nos cumprimentar.

– Posso trazer algo para a senhorita beber? – perguntou ele, me oferecendo um cardápio de couro. – Uma garrafa de vinho, talvez?

Abri o cardápio, olhando de relance para as bebidas, meu joelho tremendo nervosamente debaixo da toalha de mesa de seda comprida, disfarçado pela luz fraca do salão.

– Acho que vou querer alguma coisa mais forte.

– Posso sugerir a degustação de vodka? Temos uma seleção excepcional de...

– Perfeito – falei, fechando o cardápio e o passando para Nick.

Nick sorriu, e olhou o crachá na lapela do homem.

– Para mim, só uma cerveja, Sergei. E que tal uma porção de pirozhki para começar?

O *host* fez que sim com a cabeça e acendeu a vela pequena no centro da mesa.

– O garçom de vocês esta noite será o Ivan. Ele já vem para explicar os especiais da noite.

Deixei o cardápio de lado, distraída demais para ler as descrições de pratos. Música suave soava do alto-falante. O restaurante vibrava de conversas em voz baixa e do estrépito e dos assobios distantes da cozinha escapando pela porta de serviço. Prataria tilintava em pratos de porcelana azul e branca.

Quem eu queria enganar? Era definitivamente um encontro romântico.

– Dia difícil? – perguntou Nick, abaixando a cabeça para encontrar meu olhar.

– Pode-se dizer que sim.

– O livro novo não anda bem?

– Não exatamente – falei, quando o garçom serviu uma travessa de copinhos de dose reluzentes na minha frente. – Acho que o enredo saiu todo dos trilhos.

Assim que o garçom se foi, virei a primeira dose. Com os olhos marejados, emendei em outra.

– Talvez eu possa ajudar – ofereceu Nick, tomando um gole lento da cerveja.

Uma gargalhada levemente histérica escapou de mim enquanto eu pegava um pirozhki.

É sério – disse ele, mexendo preguiçosamente na garrafa de cerveja importada chique. – Me pergunte qualquer coisa.

– Qualquer coisa?

Ele apoiou os cotovelos na mesa, mordendo o lábio inferior enquanto me observava comer.

– Qualquer coisa.

A pergunta me parecia ter segundas intenções, mas já que ele estava oferecendo...

– Ok – falei, pigarreando. – Então, esse site de que o informante falou. O que acontece se o pessoal de TI encontrar alguma coisa?

Nick se recostou na cadeira, sacudindo a cabeça. Ele abaixou a cerveja e cruzou as mãos atrás da cabeça.

– Quer mesmo falar disso?

Por que não? Você me ofereceu ajuda com o livro.

– Pelo que li, você já entende tudo do aspecto criminoso. Achei que pudesse querer ajuda com o restante.

– Que restante?

– Sabe, as partes românticas.

Parei de mastigar.

– Qual é o problema com as partes românticas?

– Nenhum – disse ele, olhando para o decote profundo do meu vestido enquanto tomava um gole bem demorado. – Vou admitir: o livro que Pete me emprestou era bem sexy. Especialmente a parte na tocaia, quando ela se agarrou com o policial no carro dele, subiu no colo e...

– Só jantar.

Senti o rosto esquentar e virei mais uma dose.

Ele sorriu, bebendo a cerveja.

– Claro, só jantar – e olhou ao redor do salão. – Eu de fato falei que você podia perguntar qualquer coisa – disse ele, e eu hesitei, com o pirozhki a caminho da boca, enquanto ele se debruçava na mesa e falava mais baixo. – Se o moleque estiver certo e o fórum for fachada de alguma coisa, provavelmente vamos mandar um investigador infiltrado. Vamos montar uma operação, prender umas pessoas e encontrar um delator. Aí vamos oferecer um acordo de delação premiada e torcer para abrirem o bico.

Nick se recostou e calou-se quando o garçom chegou com os pratos que tínhamos pedido. Ivan pôs um prato cheio de estrogonofe com macarrão na minha frente, e eu quase o beijei. Nick esperou o garçom ir embora para continuar.

– Joey vai voltar ao escritório segunda. Espero que, até lá, eu saiba com o que estamos lidando.

Ele pegou uma garfada do frango à Kiev, olhando ao redor do restaurante enquanto comia.

– Qual é a história do seu livro novo, afinal? – perguntou, entre mordidas.

– É o livro seguinte da série. Mesma personagem. Sabe... assassina de aluguel... armam pra ela... ela desvenda crimes.

– O policial gostoso ainda está em cena?

Confirmei com um gesto hesitante de cabeça.

– Ele está na história. Por enquanto.

– Por enquanto?

– Ainda é um rascunho.

– E o advogado?

Encontrei o olhar dele do outro lado da mesa. Quanto Vero contara enquanto ele estava sentado na minha cozinha, e eu estava com Bree? Girei o garfo na massa do meu prato.

– Ele está desaparecido.

– Ela foi procurá-lo?

– Não sei. A história ainda está no começo. Talvez ela esteja preocupada à toa.

– Talvez não. Ela é esperta. Deveria confiar nos instintos.

– E fazer o quê?

Ele deu de ombros.

– Poderia pedir a ajuda do policial.

Eu ri, a vodka desmanchando minhas barreiras.

– Não acho uma boa ideia. Ela e o policial já têm uma história juntos. Ele é próximo demais. É um claro conflito de interesses.

– Ah, ele definitivamente tem interesse, sim.

Levantei o olhar e vi que Nick me observava do outro lado da mesa. Eu não achava que era a cerveja a responsável por sua voz rouca. Nem a luz das velas por suas íris escuras. A gente não estava mais falando do livro.

Depois de uma pausa refletida, abaixei o garfo. Eu certamente não queria a ajuda dele para encontrar Julian, mas talvez ele pudesse me ajudar a encontrar outra pessoa.

– Digamos que minha personagem queira, sim, procurar uma pessoa desaparecida... alguém que não quer ser encontrado. O que o policial sugeriria que ela fizesse?

Ele franziu a testa.

– Tem certeza que é boa ideia? Talvez ela não goste do que encontre.

– Você disse *qualquer coisa*.

Um suspiro resignado escapou de Nick. Ele abaixou o garfo e limpou a boca no guardanapo.

– Ela já verificou os serviços de localização do celular dele?

– Não deu em nada.

– As redes sociais?

– Beco sem saída.

Aimee sabia ser discreta. Vero e eu já tínhamos tentado encontrá-la por redes sociais, mas ela era um fantasma na internet. E Theresa tinha apagado todos os seus perfis depois que a notícia de sua detenção tinha ido parar em rede nacional.

Nick franziu ainda mais a testa.

– Se a sua heroína fosse muito íntima dessa pessoa desaparecida, e tivesse acesso à conta bancária, poderia acompanhar seus gastos. Compras no cartão, pontos no posto de gasolina, saques no caixa eletrônico...

Eu não tinha acesso às contas bancárias de Theresa. Duvidava seriamente que ela ainda tivesse alguma conta conjunta com Steven. Sacudi a cabeça, e a testa dele relaxou.

– Olha – disse ele, depois de uma pausa de reflexão –, sei que você falou que sua heroína não quer ajuda, mas, se ela souber de alguém de quem essa pessoa desaparecida é íntima, talvez ela e o amigo policial possam fazer uma tocaia.

Eu ri, pegando a última dose de vodka e imaginando Theresa em fuga no SUV de Aimee.

– Tenho bastante certeza que fugiram juntos.

Nick segurou minha mão quando levantei o copo.

– Se quer saber, Finn, você está melhor sem ele.

O toque dele se demorou. Nós nos olhamos por cima da mesa. Nick ainda achava que eu estava falando de Julian. Abri a boca para corrigi-lo, quando ele olhou para a porta do restaurante, atrás de mim. Um músculo em seu rosto se retesou, e ele soltou minha mão. Eu me virei para ver o que roubara sua atenção tão plena.

Uma mulher escultural de casaco de grife e sapatos de salto perigosamente alto entrou no salão, balançando as ondas do cabelo moreno comprido enquanto andava. Ela era espetacular, arrumada de um jeito que fedia a dinheiro e poder, com a mesma pose confiante que eu vira em Irina Borovkov. Em defesa de Nick, ele nem por um segundo olhou abaixo do rosto dela. Com um sorriso convencido, ela fez sinal para o *maître*. Ele olhou nossa mesa de relance enquanto ela cochichava ao seu ouvido.

– Isso vai ser interessante... – resmungou Nick quando o *maître* voltou ao púlpito e pegou um telefone.

– Vocês evidentemente se conhecem – falei, abaixando a última dose e a oferecendo para ele.

Ele recusou, afastando o prato como se tivesse perdido o apetite de repente.

– Pode-se dizer que sim.

A mulher parou ao lado da nossa mesa, jogando as chaves do Jaguar na bolsa. Ela ajeitou os óculos de aro de casco de tartaruga com o dedo do meio rígido, e Nick soltou uma gargalhada seca.

– Kat – falou, a cumprimentando, e apertou forte o gargalo da cerveja.

– Detetive. Espero que esteja apreciando a refeição.

A voz suntuosa dela parecia combinar com o restante. Sofisticada e afiada, com um toque de sotaque.

– Estava, até você chegar.

– Não vai me apresentar à sua amiga?

Nick lambeu a beira dos dentes.

– Kat. Finn. Finn. Kat.

Ela ofereceu a mão esquerda, me obrigando a trocar de lado para cumprimentá-la. O anel dela, de sinete pesado, me pressionando com força um pouco excessiva.

– Prazer – disse ela, docemente. – Ouvi falar muito de você.

Nick ficou tenso.

– Ah, é? – perguntei, olhando de um para o outro. – Como vocês se conhecem?

– Do trabalho – responderam os dois, em uníssono.

Os olhos de Nick ardiam, e o músculo do rosto ainda tremia. Ele abriu a boca para falar, mas logo veio um barulho de vibração do bolso do casaco. Quando tirou o celular, me olhou ao atender.

– Oi, Vero. Tudo bem? Ela está aqui, sim – falou Nick, e me passou o celular. – Tem um corredor ali perto dos banheiros. Vou pedir café e sobremesa para a gente. Pode ir com calma – disse, olhando de soslaio para Kat.

Senti o peso de vários olhares quando levei o celular até o banheiro feminino.

– O que aconteceu? – perguntei a Vero, o coração já a mil enquanto eu considerava todos os motivos para ela ligar. – As crianças estão bem?

– Estão ótimas, faz mais de uma hora que pegaram no sono, mas a gente tem um problema.

– Que problema?

– Qual parte quer saber primeiro?

– É um problema de várias partes?

– Eu ando ocupada – disse ela, seca.

– Qual é a primeira parte?

– Recebemos um e-mail de *LimpezaFácil*.

– Um e-mail?

– No endereço que você usou para o perfil.

– O que ela disse?

– Que tinha preferência para o trabalho, e era melhor você vazar se soubesse o que era bom para a tosse. Aí *eu* disse...

– Você respondeu?!

– ...que, se ela quisesse o dinheiro, precisaria ralar, porque *Anônima2* não dá mole para ninguém...

– Não me diga que foi isso.

– Estou parafraseando para simplificar... Aí *ela* falou: manda brasa, piranha. E *eu* falei: pode vir quente que eu estou...

– Jesus.

– Ela ameaçou você, Finn! O que era para eu fazer?

– Talvez tentar não piorar?

Eu precisava de mais vodka.

– E a segunda parte? – insisti.

– Ainda não achei seu celular.

Ela fez silêncio enquanto esperava eu encaixar as peças do problema. Toda mensagem entre Vero e *LimpezaFácil* teria aparecido como notificação no meu celular.

– Temos que achar esse celular, Vero.

– Tentei ligar, mas Theresa não atendeu. E o serviço de localizar está desligado.

Eu me apoiei na parede. A gente tinha desligado o GPS na noite em que fora desenterrar um cadáver na fazenda, e eu acabara não ligando de novo desde então.

– Olhe pelo lado bom. Pelo menos Theresa não rompeu o circuito quando tirou a tornozeleira.

– Como ela fez isso?

– Tive a mesma dúvida, então fui pesquisar no Google. Adivinha o que achei?

– Um tutorial no YouTube?

– Foi um vídeo muito esclarecedor, Finn. Nunca se sabe quando uma faca de manteiga será útil. A gente devia considerar a hipótese de guardar uma na garagem.

– Anotado – falei, beliscando a dor de cabeça surgindo atrás dos olhos, provavelmente causada pela vodka.

– Liguei a tornozeleira no carregador na cozinha da Theresa. Isso deve nos dar mais um tempo para decidir o que fazer com Carl. Quero tirar esse cara do porta-malas antes que ele comece a feder.

– Ele passou meses congelado, Vero. É praticamente uma múmia. Não vai feder – tentei tranquilizá-la. – Ainda não.

– Ótimo. Meu carro deve estar amaldiçoado.

– Vamos cuidar disso quando eu chegar em casa. Por enquanto, nada de e-mails para *LimpezaFácil*. Tenho que voltar à mesa antes que Nick venha me procurar.

– Traga dinheiro – disse ela, antes de desligar. – Delia está esperando a fada do dente.

Eu me apoiei na pia e me olhei no espelho, franzindo a testa, certa de que o dia não podia piorar. Eu não tinha dinheiro algum. Tudo o que tinha na bolsa era um cartão de crédito quebrado e um tubo de brilho labial. Retoquei o brilho labial e ajeitei o cabelo, me sentindo sem graça e sem cor depois de ter visto Kat. Se ela trabalhasse com Nick, também trabalhava com Georgia, o que explicaria por que aparentemente ouvira falar de mim. Ela e Nick obviamente tinham algum passado desagradável, o que me irritava por motivos que eu não queria considerar.

Joguei o brilho labial na bolsa e voltei ao salão. O ar do restaurante parecia vibrar de tensão. Nada que eu pudesse discernir. Era só certa rigidez nos funcionários, todos parecendo olhar para o canto oposto do salão.

Desacelerei quando encontrei o *maître* ao lado da nossa mesa, com uma expressão austera. Dois garçons de estatura especialmente grande esperavam atrás dele. Nick sorriu para os três enquanto eu me aproximava, com o braço esticado, despreocupadamente, no encosto da cabine.

– O que foi? – perguntou. – Nada de sobremesa?

O *maître* deixou um porta-conta de couro na frente de Nick.

– Seu jantar de hoje foi por conta da casa, cortesia do proprietário, com o entendimento de que o senhor não vai voltar.

Nick se levantou, tirando a carteira do bolso. Ele jogou um punhado de notas novinhas na mesa. Mais do que o suficiente para cobrir a refeição e uma gorjeta generosa.

– Ah, eu vou voltar, sem dúvida – rosnou. – Diga ao proprietário que o jantar foi inesquecível.

Ele pegou meu casaco e o abriu para eu me vestir. Segurando minha mão, me levou do restaurante, olhando feio para a mesa de Kat no caminho.

– O que foi isso? – perguntei, devolvendo o celular dele ao fechar a porta atrás de nós.

– Foi um recado.

– Achei que fosse um encontro.

Ele parou no meio do estacionamento, me segurando com um puxão leve. Um sorriso triunfante puxava a linha de sua boca fina.

– Achou? Lembro de você ter insistido que era apenas um jantar.

Como não respondi, ele começou a andar determinado até o carro.

– Quem era aquela mulher?

– Por quê? Está com ciúmes?

Fechei a cara.

– Por que sentiria ciúmes? Claro que não.

Tá, tudo bem. Talvez eu estivesse com ciúmes. Mas só um pouquinho.

Felizmente, ele deixou para lá.

– Era a advogada principal de Zhirov – explicou, abrindo a porta do carona do carro e entrando antes de mim.

Ele tateou debaixo do banco, pegou uma caixa de luvas descartáveis, tirou dois pares e me entregou um.

– Se eu tiver uma inimiga, diria que é Kat. Esse restaurante abriu faz duas semanas. Tive a sensação de que era fachada da operação de Zhirov. Feliks deve ter ficado sabendo que eu estava aqui, dando uma olhada em sua nova instalação, e mandou o cão de guarda me expulsar. Venha – disse ele, pegando minha mão e me conduzindo aos fundos da galeria a passos rápidos.

Tropecei em um bueiro, com dificuldade de acompanhá-lo.

– Esse restaurante é de Feliks?

– Parece que sim.

– Foi por *isso* que você me trouxe? Para provocar ele?

– Era o único jeito de confirmar o envolvimento dele.

Ele calçou as luvas e abriu a tampa da caçamba de lixo atrás do restaurante.

– O que você está fazendo? – perguntei, quando ele pulou lá dentro.

Ele me ofereceu a mão, com um sorriso brincalhão.

– Só dando uma chafurdada. Quer vir também?

– Não!

– Como quiser.

Ele desapareceu lá dentro, esmagando sacos e latas.

– O que está procurando?

– Qualquer coisa que não tenha a ver com comida.

– Isso é legalizado?

Ele riu.

– Não foi você quem precisou chamar um guincho para ser resgatada de uma tentativa fracassada de invasão de propriedade?

– É que *eu* não sou da polícia – lembrei –, e a propriedade não era do Feliks Zhirov.

Eu me virei quando ouvi um ferrolho se abrir atrás de mim.

– Tem alguém vindo! – cochichei.

– Me dê a mão!

Nick me segurou quando estiquei os braços, e me puxou para dentro da caçamba. Caí sentada em uma pilha de lixo. Ele se abaixou ao meu lado e pôs o indicador na frente da boca.

Uma porta foi aberta. Passos rasparam o asfalto. Protegemos a cabeça quando dois sacos gigantescos de lixo voaram pela borda, caindo ao nosso lado. Nick esperou escutar a porta do restaurante ser fechada antes de se ajoelhar e pegar os sacos. Ele desamarrou um deles e revirou o conteúdo.

– Perfeito – murmurou. – É só sacudir a árvore que caem todas as frutas podres.

– O que é? – perguntei, olhando por trás dele.

– Recibos de entrega. Feliks usa transportadoras e fornecedoras próprias. As empresas dele todas se retroalimentam e limpam dinheiro umas para as outras. Aposto que a maioria desses recibos vem de negócios dele, sob outros nomes. Seria fácil conectá-los a Zhirov, agora que sabemos o que procurar. Kat provavelmente está estalando o chicote lá dentro, garantindo que eliminem qualquer resquício de rastro, para o caso de eu voltar com um mandado de busca.

Ele amarrou os sacos e os jogou na rua pela beira da caçamba.

Eu me levantei, os sapatos de salto afundando no lixo enquanto limpava o casaco, torcendo para aquilo ser café. Nick cruzou as mãos e me deu impulso para sair. Ele pulou e caiu de pé ao meu lado antes de tirar as luvas e jogá-las na lixeira.

– Não acredito que você me trouxe aqui para revirar lixo.

– Fala sério! – disse ele, pegando os dois sacos. – Não pode dizer que não se divertiu.

Revirei os olhos e me voltei para o carro. Nick me alcançou, largou os sacos e segurou meu braço. Ele me virou de leve e me encurralou entre o corpo e a lateral do restaurante.

– Eu trouxe você aqui – disse ele, com a voz grave – porque você não me deixou fazer o jantar em casa. Foi *você* quem me fez prometer que não era um encontro.

Eu ri, e ele tirou um pedaço de lixo do meu cabelo. Ele entrelaçou nossos dedos com uma ternura que eu não esperava. Nossa risada foi ficando mais baixa, e um pensamento mais profundo pareceu pesar em seu rosto.

– Não foi o único motivo para o convite – confessou, no espaço cada vez mais estreito entre nós. – Mês passado, quando você veio ao laboratório comigo, e à fazenda, e à tocaia… quando eu peguei você na saída da casa de Theresa…

Ele sacudiu a cabeça, como se ainda se surpreendesse com a memória.

– Fazia muito tempo que eu não me divertia assim com alguém – continuou. – Não me entenda mal: Joey é um ótimo parceiro. Mas eu queria *você* do meu lado hoje. Queria você comigo quando comprasse briga com a advogada de Zhirov e chafurdasse na lixeira. Pode chamar de jantar. De encontro. De pesquisa para o livro. Do que quiser, Finn. O que quer que seja isso aqui entre a gente, eu senti saudades.

Era difícil respirar com tamanha proximidade. Dava para sentir o cheiro de cerveja quente no hálito dele, apesar do fedor de lixo nas nossas roupas.

– Desculpe pelo fim abrupto do encontro – disse ele, desenhando um carinho lento com o polegar na minha mão. – Adoraria compensar. Talvez com sobremesa lá em casa?

Minha barriga estava agradavelmente cheia, e meus músculos, aquecidos e relaxados pela vodka. Eu não tinha vontade alguma de voltar para casa e tratar de Carl. Por mais que odiasse admitir, eu me divertira, sim. Soltei a mão de Nick antes de aceitar algo de que fosse me arrepender.

– É melhor eu voltar para casa. Mas obrigada pelo jantar – falei, apertando o casaco ao meu redor. – Ou talvez seja melhor agradecer ao Feliks.

Nick riu, com uma pontada de decepção no sorriso.

– Claro, eu prometi. Desta vez, só jantar.

Ele se aproximou mais um pouco, se curvando para pegar os sacos, e seu hálito aqueceu minha orelha, me causando calafrios ao dizer:

– Mas, da próxima vez, Finn, não prometo nada.

24

Tinha apenas uma luz acesa na sala quando Nick me deixou na frente de casa. Ele esperou no carro enquanto eu ia até a porta, e revirava a bolsa em busca da chave. Quando encaixei a chave na fechadura e virei a maçaneta, uma notinha de posto de gasolina caiu do batente. Eu me abaixei para pegá-la antes que o vento a soprasse para longe e cambaleei ao notar a letra do bilhete escrito no verso.

Eu me despedi de Nick com um aceno e entrei, tirando os sapatos e deixando a bolsa na mesinha em silêncio, ao notar que Vero dormia no sofá. Estava abraçada a um livro da biblioteca, a luminária ainda acesa. Levei o bilhete à cozinha, para lê-lo à luz da luminária fraca acima do fogão.

ACABEI DE VOLTAR. TENTEI LIGAR.
A CAIXA DE MENSAGENS ESTÁ CHEIA.
A GENTE SE FALA AMANHÃ?
– J

Reli. Nada de *Foi mal por ter desaparecido por uma semana*? Nada de *Me diverti, mas senti saudades*? O que *A gente se fala amanhã* queria dizer? Se tivesse um beijinho ou um foguinho, talvez eu entendesse melhor a mensagem nas entrelinhas. No entanto, depois de uma semana distante e de ter trancado o perfil no Instagram, *a gente se fala amanhã* me parecia uma decepção, meio... casual.

Peguei o telefone de casa, com os dedos hesitando no teclado. Eu nunca ligara para ele do telefone fixo. Nem dera o número para ele. O celular me parecia seguro e particular, apenas meu. Ligar do fixo era uma espécie de convite para dentro de casa.

Fui colocar o telefone de volta na base quando notei a luz piscando que indicava um recado na secretária eletrônica. Levei o aparelho à orelha, fazendo uma careta ao sentir o fedor horrendo vindo da manga do casaco.

"Finlay, é a Sylvia. Ainda não recebi suas vinte mil palavras. O prazo é segunda, e espero que sejam fabulosas. Não esqueça o policial gostosão."

– Até parece – cochichei.

Faltava menos de dois dias para segunda-feira. Ela teria que aceitar dez mil palavras ruins. Os únicos dois homens em quem queria pensar eram mesmo gostosos, e se chamavam Ben e Jerry. Peguei uma colher da gaveta e abri o freezer, inclinando a cabeça, ansiosa para olhar lá dentro e pegar meu pote de sorvete.

Não tinha mais nada ali – os waffles, os sacos de legumes picados, os nuggets, tudo de congelado tinha desaparecido misteriosamente. Pior, não havia nem sinal do sorvete de cereja com chocolate. O que Vero fizera com a comida? Pensando bem, talvez fosse melhor nem saber.

Fechei o freezer e andei até a cafeteira.

Tinha um post-it grudado na jarra. Vero desenhara um cifrão e um dente. Soltei um palavrão baixinho, pus o café para ferver e subi pé ante pé até a lavanderia, para tirar as roupas imundas.

Um aroma exageradamente doce escapou quando abri a porta de correr. Dois aromatizadores de ambiente pesados – do tipo que a gente usava para disfarçar o cheiro da lixeira de fraldas de Zach – estavam na prateleira acima das máquinas. A montanha de toalhas encharcadas e sujas que tínhamos usado para secar a água da cozinha estava empilhada no chão, pingando e mofando. Tirei o vestido de Vero e abri a tampa da máquina de lavar. Dei de cara com sacos de brócolis e ervilhas congeladas, cubos de gelo soltos e um pote de sorvete de banana. O canto de um saco de lixo preto escapava por baixo das batatas congeladas.

Com um calafrio, fechei a tampa, minha fantasia de levar meu sorvete gostosão para a cama oficialmente destruída pela cena do crime que um dia fora minha máquina de lavar.

A secadora, felizmente, não continha nada de Carl. Enfiei a mão lá dentro e tirei uma camiseta amarrotada para vestir, antes de catar algumas cédulas de dólares esquecidas no filtro. Um disco de plástico pequeno escapou junto delas. Era mais fino e liso que as fichas do jogo de Delia. Eu o virei, apertando os olhos para enxergar o logo à luz fraca da secadora: HOTEL E CASSINO ROYAL FLUSH.

Franzi a testa observando aquela ficha de pôquer. Vero dissera que tinha entrado no fórum em um hotel, no fim de semana de Ação de Graças. E ela não passara o feriado com Ramón. Ela teria ido àquele hotel? Se sim, por que não me contara?

Entrei de fininho no quarto de Delia e pus as notas debaixo do travesseiro dela. Não eram os duzentos dólares que ela esperava, mas era melhor do que um vale a ser coberto com o limite para saques do meu cartão de crédito quebrado. Parei ao lado da cama dela, brincando com a ficha preta do cassino enquanto observava minha filha dormir, lembrando o que ela falara, sobre Vero perder um sinal e deixar alguém irritado. As palavras tinham ecoado em mim com o mesmo tom ameaçador da conversa que Vero tivera aos cochichos com Ramón de manhã, quando ele dissera que alguém fora atrás dela na casa da mãe.

Uma semente de preocupação foi plantada dentro de mim, e eu me perguntei o que aquilo tudo queria dizer. Afastando o cabelo de Delia, dei um beijo na cabeça dela e saí de volta ao corredor, devagar.

Parei na frente do quarto de Vero, diante da porta entreaberta, escutando a casa.

Tem uma aleatória que você conhece há menos de um ano que mora debaixo do seu teto... O que você sabe sobre ela?

Em silêncio, empurrei a porta. Não tinha sido trancada, raciocinei. E a casa era minha, afinal. Vero admitira mais de uma vez que xeretava meu notebook e minha mesinha de cabeceira. Eu ia apenas deixar a ficha do cassino na mesa dela, para ela não perder.

Liguei a luminária pequena da mesa. A escrivaninha estava cheia de livros didáticos de contabilidade, e na mesinha de cabeceira havia manuais de autoajuda que ela pegara na biblioteca, sobre determinar objetivos inteligentes e pensar com ambição. A parede ao lado da cama estava coberta de desenhos que Zach e Delia tinham feito para ela.

Deixei a ficha de plástico na escrivaninha. Desci a mão até a gaveta, e a puxei. Canetas, lápis, cadernos e calculadoras estavam perfeitamente organizados lá dentro, e eu a fechei em silêncio. Eu me virei para a mesinha de cabeceira e espiei com um olho só ao abrir a gaveta de lá também.

Tinha um porta-retrato guardado ali.

Eu o tirei, o aproximando da luz. Vero e Ramón mais jovens sorriam na foto, juntos a duas mulheres que, considerando a semelhança óbvia, só podiam ser as mães deles. O vidro estava limpo, o apoio, intacto, e uma pequena rachadura na madeira fora colada com cuidado. A foto nitidamente era preciosa para Vero, e eu não podia deixar de me perguntar por que ela a guardava em uma gaveta.

Coloquei a foto no lugar e parei ao lado da cama, impecavelmente arrumada, me virando em um círculo lento ao redor do quarto, ávida por mais informações sobre ela. Para entender por que ela escondia tanto de si, sendo que sabia tudo de mim. O armário estava aberto, a coleção infinita de roupas de marcas da moda bem organizada, acima de uma fileira de sapatos coloridos. Uma pilha de livros encontrava-se na prateleira mais alta: probabilidade e estatística, aposta e lucro, algoritmos da vitória, matemática da sorte... e um álbum de fotos. Eu o peguei, com cuidado para não desarrumar o restante da pilha.

Sentada na beira da cama de Vero, passei pelas primeiras páginas do livro de bebê, pulando para as fotos mais recentes, no final. Havia dezenas de retratos de Vero com a mãe, a tia, o primo. Vários do restante da família. Até alguns de amigos da escola. Passei por fotos de festas, da formatura, da colação de grau, e notei o adorno de diploma com honra em sua beca. Virei a página. Uma folha de papel estava presa atrás de um filme plástico.

PARABÉNS! VOCÊ FOI ACEITA NA FACULDADE
DE ADMINISTRAÇÃO ROBERT H. SMITH DA
UNIVERSIDADE DE MARYLAND.

Junto a uma bolsa integral por mérito que cobriria os quatro anos de faculdade.

O sobrenome na carta não era o que eu conhecia.

VERONICA R. RAMIREZ.

E não Veronica Ruiz.

Se Vero tinha recebido bolsa integral para uma universidade grande e importante em Maryland, o que estava fazendo na faculdade menor em

Virgínia? Por que aceitara me ajudar a me livrar de um cadáver em troca de dinheiro e alegara precisar pagar o financiamento da faculdade?

O melhor lugar para esconder um segredinho sujo é em outro estado.

Mas que segredinhos Vero escondia?

Um cheiro de café subiu da cozinha. Guardei o álbum no lugar. Eu não encontrara nada a respeito do tal sinal misterioso que Delia dissera que Vero perdera, mas ainda assim sentia que tinha ficado sabendo mais sobre ela do que era meu direito.

Quando desci, Vero ainda dormia profundamente no sofá. Tomando cuidado para não despertá-la, eu a cobri com uma manta e apaguei a luminária. O notebook dela piscou na mesinha de centro, jogando um brilho azul-claro no rosto adormecido quando uma notificação surgiu na tela. Virei o computador para mim. Estava aberto no e-mail que eu usara para a inscrição no fórum, em uma mensagem que Vero deve ter mandado a *Exausta* enquanto eu estava com Nick.

Cara Exausta,
Eu preciso muito falar com você. Podemos nos encontrar para um café? Prometo ser discreta.
– Anônima2

Uma resposta surgira logo abaixo.

Cara Anônima2,
Eu sinto muito. Não tenho mesmo tempo agora. Achei ter sido clara: prefiro conversar depois do Natal. Por favor, entre em contato depois.
Atenciosamente, Exausta

Em defesa de Vero, eu não pedira especificamente a ela que não falasse com *Exausta*, e não havia nada de preocupante na mensagem em si. *Exausta* obviamente não queria conversar até o trabalho estar feito, mas pelo menos Vero tinha tentado.

Conferi se as portas estavam trancadas a caminho da cozinha. Em seguida, me servi de uma xícara de café de acordar defunto. Eu tinha oito horas até o amanhecer. Oito horas para descobrir como apagar meus posts do fórum e o que fazer com Carl. E talvez, se tivesse sorte, dormir um sono precioso.

Eu me recolhi no escritório, abri o notebook e comecei a digitar. A história do advogado de defesa que desaparecera sem deixar rastros. Da assassina que perdera o alvo e escapara da captura. Da única amiga no mundo em quem podia confiar, uma mulher com segredos demais. Da testemunha principal de um assassinato, que também desaparecera misteriosamente – uma mulher que podia levar a mocinha à prisão perpétua –, e um policial de seu passado, determinado a encontrá-la.

25

Não era fácil encontrar Irina Borovkov. Eu só a encontrara em dois lugares: no Panera e em seu clube. Quando eu perguntara à recepcionista do clube se Irina estava, ela me informara que Irina geralmente não ia aos domingos. E eu não imaginava que Irina Borovkov fosse passar o tempo em uma lanchonete lotada. Pelo menos, não sem um motivo mais importante, como alugar uma assassina.

Por isso, eu ligara para o único outro lugar que me ocorrera tentar: a recepção do arranha-céu extravagante cujo endereço ela anotara no papelzinho que me dera ao pedir que matasse seu marido. O recepcionista que atendera ao telefone me deixara na espera por um tempo desconfortável e voltara com instruções para que eu me dirigisse a determinado endereço.

Algumas pessoas viraram a cabeça do outro lado das vitrines impecáveis do salão quando entrei com a minivan no estacionamento da concessionária de automóveis importados. O barulho do motor tinha ficado mais pronunciado no curto trajeto, e eu não sabia se era o ruído estranho ou a aparência imunda e acabada do veículo que atraíra tanta atenção desdenhosa. Entrei em uma vaga entre dois carros esportivos elegantes que, mesmo usados, provavelmente valiam mais do que a cabeça do meu ex-marido. Com o cuidado de não esbarrar a porta em nada, saí desajeitada da minivan e segui para o salão de vendas.

Um homem de terno sob medida apareceu no meu caminho quando cheguei à calçada. De boca torcida, analisou devagar minhas roupas esportivas, a carranca ficando cada vez mais azeda.

– Posso ajudar? – perguntou, com um sorriso de dúvida.

– Vim encontrar alguém aqui. Posso esperar lá dentro.

Tentei dar a volta nele.

– Talvez a senhora fique mais à vontade esperando no seu veículo.

Puxei a mão para trás quando ele tentou pegar meu braço, nitidamente tentando me expulsar.

– O salão é apenas para clientes – esclareceu.

– Ela é cliente, Alan. É minha convidada.

Nós dois nos viramos ao ouvir a voz da mulher. Calçada com sapatos de salto fino em tom vinho, Irina Borovkov estava na altura do olhar dele, a gola do casaco de pele esvoaçando na brisa. Ela tirou um fio do cabelo escuro do canto da boca, pintada de vermelho-escuro, com uma unha perfeitamente feita. Alan engoliu em seco, o gogó descendo atrás do colarinho, o pescoço ficando vermelho, da cor da gravata.

– É claro, sra. Borovkov. Peço perdão – gaguejou ele.

– Me faça um favor e pegue as chaves do Spider. Eu e minha amiga vamos fazer um test drive.

– Claro, imediatamente. O prata acabou de ser encerado. Vou mandar trazerem.

– Traga o preto – corrigiu ela, tirando as luvas e as guardando nos bolsos do casaco de pele.

– É claro – disse ele, acenando com a cabeça e desaparecendo salão adentro.

– Obrigada por me encontrar – falei quando Alan se foi. – Precisamos conversar sobre...

Irina levantou a mão, discretamente apontando um homem grande de calça cargo e jaqueta de couro preta a poucos metros dela. Um pequeno aparelho estava encaixado na orelha direita dele, e havia vários volumes suspeitos sob sua jaqueta.

– Aqui não – disse ela, baixinho, quando o capô preto reluzente de um Alfa Romeo deu a volta no salão e parou no meio-fio, e o vendedor saiu do carro digno de James Bond. – Obrigada, Alan – ronronou, enquanto ele segurava a porta para ela entrar.

– Disponha, sra. Borovkov. Fique com o carro o quanto desejar.

Era só isso? Nada de *Posso por favor verificar sua habilitação e seu seguro, para garantir que não está na lista de procurados pela polícia*? Nada de *Perdão, é política da empresa que um funcionário acompanhe o test drive no veículo, para evitar roubos*? Só *Eis as chaves deste carro caríssimo, sra. Borovkov. Pode ir com ele até a Califórnia, se quiser. Não vamos nem dar falta.*

Ela me deu uma piscadela, acomodando-se no banco do motorista. Com um aceno de queixo, ela me convidou a entrar. O homem de jaqueta de couro chegou antes de mim à porta do carona, e segurou meu braço com força. Irina se debruçou no console.

– Espere aqui, Sasha. Não vamos demorar.

Sasha me olhou com desconfiança, e me soltou devagar conforme Irina falava alguma coisa em russo. Ele se afastou da porta, que manteve aberta para mim, com as sobrancelhas arqueadas de surpresa quando eu entrei e fechei a porta.

– Por que ele está me olhando assim?

– Está preocupado com a minha segurança – disse Irina, dando partida no carro e deixando Sasha para trás em uma nuvem de fumaça de pneu, saindo com o Spider do estacionamento. – Normalmente não vou a lugar algum sem meus guarda-costas.

– O que você falou para ele?

– Expliquei que você é uma assassina altamente treinada. Disse que ele podia esperar aqui, ou podíamos pedir a Alan que trouxesse um veículo maior, para que ele viesse conosco. Mas adverti que você talvez não aceitasse bem o pedido para se sentar com ele no banco traseiro – disse ela, com um sorriso travesso.

Um homem atraente em uma BMW na pista ao lado analisou Irina com interesse óbvio quando paramos em um sinal fechado. Ela o olhou com frieza, e ele fez o motor roncar baixo. Irina retrucou, fazendo o motor roncar mais alto. Eu me segurei com força na porta quando o sinal mudou e ela afundou o sapato com tudo no acelerador, forçando o homem da BMW a mudar de pista. Através das pontas afiadas como faca de sua franja de breu, ela o viu perder o controle do carro na curva, com um sorriso triunfante.

– Peço perdão pelo comportamento de Sasha – falou, acelerando o carro. – O pessoal de Feliks leva o trabalho muito a sério.

– Seus guarda-costas trabalham para Feliks?

– Feliks insistiu em contratá-los desde a descoberta do corpo de Andrei.

Arquejei, fechando os olhos com força quando ela acelerou o Spider para atravessar o sinal antes que fechasse, errando por pouco o parachoque de um caminhão e quase amassando um Audi. Talvez eu não vomitasse se não visse a morte se desenrolar diante de mim. Olhei para ela de soslaio.

– Não entendi. Achei que você tivesse cooperado com a polícia após a morte de Andrei. Por que Feliks desejaria protegê-la?

Ela desviou a atenção da rua para mim.

– Não cometa o erro de supor que ele o fez para *minha* proteção. Ele sabe que fui obrigada a manter um equilíbrio muito tênue com a polícia. Não fiz nada para obstruir a investigação de Andrei, mas também não fiz nada para incentivar o caso contra Feliks. Dei apenas o que pediram. É do interesse de Feliks garantir que a situação não mude.

– Então ele os usa para vigiá-la?

Ela voltou o olhar de obsidiana para a estrada.

– Digamos que seja melhor você e eu termos esta conversa a sós. Não posso dispensar o pessoal de Feliks por muito tempo sem gerar suspeitas. Por isso, vamos direto ao ponto, pode ser? A que devo o prazer de sua visita?

– Preciso falar com você sobre um certo site. Aquele que sua amiga usou para procurar um... – falei, engolindo em seco quando viramos uma curva fechada na saída para a interestadual. – Para procurar alguém que cuidasse do marido.

– Pode falar livremente, sra. Donovan. Foi por isso que pedi que me encontrasse aqui. Eu mesma escolhi o carro. Alan não teve tempo de se preparar para a minha chegada, então pode ficar tranquila: não há escuta alguma.

Eu me agarrei ao cinto de segurança quando o carro atravessou três pistas de trânsito.

– Preciso que você fale com a pessoa responsável pelo fórum de mulheres.

– E por que acha que *eu* sei a identidade de tal pessoa?

– Porque a polícia já está interessada no site. De acordo com minha fonte, acham que pertence a Feliks Zhirov.

O rosto de Irina não entregou nada, mas sua pose lânguida ficou preocupantemente imóvel. Ela relaxou o pé no acelerador, e eu me endireitei no assento quando o velocímetro desceu para 130.

– Por fonte, imagino que se refira ao seu amigo, detetive Anthony.

– Entre outros.

Ela era esperta demais para acreditar numa mentira. No entanto, eu podia ao menos distribuir as suspeitas e, quem sabe, impedir que Nick fosse o único alvo da ira de Feliks quando ele inevitavelmente soubesse da operação.

– Por que isso deveria me preocupar?

– Porque, se a polícia investigar o suficiente, vai encontrar meu perfil no fórum. O único jeito de impedir isso é derrubando o site inteiro.

A implicação pesou entre nós. Irina me pagara muito dinheiro para se livrar do marido horrível, e Feliks ainda não fora a julgamento.

– Como falar com Feliks pode mudar isso?

– Então o site é de Feliks?

– Não me lembro de ter dito isso.

– Mas também não negou.

Irina ficou em silêncio por um tempo desconfortável, costurando o trânsito com o Spider. Fechei os olhos com força, o ombro batendo na porta do carro quando ela pegou uma saída em velocidade excessiva.

– *Se* – falou finalmente – Feliks administrasse mesmo tal fórum, e não sugiro que seja o caso, por que ele seria tolo a ponto de aceitar tal pedido? Um site desses valeria muito para seu negócio. O custo de derrubá-lo seria maior do que você imagina.

– Talvez – admiti –, mas o custo de uma investigação seria ainda maior. A última coisa que Feliks quer é que a polícia revire esse site. E a última coisa que eu e você queremos é que Feliks descubra que eu enterrei seu marido, e você deixou Feliks pagar o pato. Se você avisar que a polícia está investigando o fórum, ele terá que correr para encobrir seus rastros. Espero que ele tire o site todo do ar antes de prestar muita atenção ao que apagou.

– Feliks não é bobo – advertiu Irina. – Ele vai querer saber como consegui a informação.

Ela sacudiu a cabeça, em negação, durante uma pausa.

– Não – falou –, não posso ser eu a falar com ele.

Eu me segurei no painel, e só notei onde estávamos quando o Spider parou, cantando pneu, na frente da concessionária.

– Vá para casa, sra. Donovan – disse ela, quando Sasha e Alan vieram correndo do salão.

– Só isso? Mas e aquilo tudo que você me disse no clube mês passado? Mulheres ajudarem mulheres, se apoiarem...

– Eu falei para *ir para casa* – disse ela, firme, e abaixou a voz quando Sasha surgiu ao lado do Spider e abriu a porta. – Entrarei em contato.

Irina sorriu para ele com uma mão em seu braço ao sair graciosamente do banco do motorista e largar a chave na mão aberta de Alan. Nenhum deles se ofereceu para me ajudar a sair do carro.

26

Fiquei sentada na minivan no estacionamento da concessionária, com a cabeça apoiada no volante, tentando conter o enjoo do test drive com Irina.

Pelo lado bom, eu tinha confirmado que o fórum pertencia a Feliks.

Pelo lado ruim, a recusa de ajuda de Irina não melhorara a situação.

A luz enevoada do inverno batia no vidro. Levantando a cabeça, olhei o relógio do painel e levei um susto ao notar que já era meio-dia. Suspirei, considerando as opções: ir para casa e engolir uma caixa de biscoitos Oreo com Vero, ou ir ao apartamento de Julian para ver se ele estava. Tinha sido ele quem sugerira que a gente conversasse, e eu não podia ligar, já que ainda não arranjara outro celular.

Um estrépito fatal reverberou pela minivan quando virei a chave. Segui para o prédio de Julian antes que mudasse de ideia. Meu coração acelerou quando notei seu Jeep no estacionamento. Com o casaco bem fechado, bati à porta dele. Uma televisão soava alto lá dentro, a voz de um comentarista esportivo escapando pelas paredes. Bati de novo, mais forte. Minha respiração me escapou em um vapor branco quando a porta foi aberta.

Uma mulher jovem estava na porta, de blusa de moletom larga, legging e meias felpudas. Os sons do jogo de futebol americano ribombavam ao redor dela. Mais vozes soavam lá dentro. O cheiro de pizza e pão de alho. O estalido de uma lata de cerveja. Um grito coletivo quando o comentarista anunciou o *touchdown*.

– Posso ajudar?

O nariz da menina estava descascando e cheio de sardas, o cabelo arruivado preso em um rabo-de-cavalo bagunçado. Ela arregalou os olhos verdes, esperando eu falar. Olhei o número ao lado da porta, mesmo reconhecendo os móveis e os pôsteres lá dentro.

– Julian está?

Ela franziu a testa bronzeada, como se tentasse me identificar. Deixou a porta aberta e se afastou, me deixando passar.

– Pode entrar. Ele está no quarto.

Agradeci e entrei. Caixas de pizza abertas cobriam as bancadas da cozinha, e latas amassadas transbordavam da lixeira no chão. O sofá e a namoradeira estavam lotados de gente. Algumas pessoas desviaram a atenção da televisão de tela plana quando fechei a porta. O olhar curioso da garota pesava nas minhas costas, me vendo abrir caminho até o quarto de Julian. O fato de ela não ter mostrado o caminho me parecia um teste, mas já era tarde para fingir que eu nunca estivera lá.

A porta estava entreaberta. Levantei a mão, mas não consegui me convencer a bater. Não conseguia superar a ideia de que ele tinha trancado os perfis nas redes sociais. Que havia coisas na vida dele que ele não queria me mostrar. Eu me virei, pronta para escapar de fininho, quando ele abriu a porta.

– Oi!

Eu me virei e vi Julian vestir uma camiseta. Os cachos dele estavam desgrenhados de sono, os pés descalços escapando por baixo da barra desfiada de uma calça jeans desbotada. Ele esfregou os olhos, como se tivesse acabado de acordar.

– Não estava esperando ver você – disse ele. – O que veio fazer aqui?

Ele me puxou em um abraço desajeitado. A camiseta cheirava vagamente a protetor solar, e os olhos dele eram uma mistura de uísque e espuma do mar, em contraste com as mechas de cabelo queimadas de sol.

Aninhada no peito dele, encontrei o olhar curioso de seus amigos. Corei, e me desvencilhei.

– Desculpe – falei, mais alto que o ruído da televisão –, eu teria ligado, mas perdi meu celular. Achei que talvez você estivesse tentando me ligar.

Sacudi a cabeça. Que besteira era aquela?

Julian pegou minha mão e me levou ao quarto, encostando a porta. Olhei para a desordem do quarto: o lençol amarrotado, as pilhas de livros de direito na cômoda. Uma mala estava aberta ao pé da cama, e as roupas sujas de areia caíam no chão.

– Eu tentei *mesmo* ligar – disse ele, me puxando para mais perto e me abraçando pela cintura. – Passei na sua casa ontem quando cheguei. Deixei um bilhete.

– Eu vi.

– Pensei em bater, mas fiquei com medo de te acordar. Além do mais, não podia demorar. O bar estava com poucos funcionários, e meu chefe pediu que eu cobrisse um turno. Saí da sua casa e fui direto ao Lush.

Ele franziu a testa e afastou o cabelo do meu rosto.

– Está tudo bem? – perguntou.

– Tudo.

Não consegui forçar meu sorriso a manter uma curva convincente. Tinha um cadáver na minha máquina de lavar (ou, pelo menos, parte de um, o que talvez fosse ainda pior). Alguém estava tentando matar meu ex, tinha uma menina bronzeada na cozinha de Julian, o perfil dele tinha sido trancado e ele queria *conversar*.

Um viva repentino irrompeu na sala. Alguém socou a parede e gritou:

– Vem logo, Baker! Vai perder o segundo tempo!

Julian revirou os olhos. Murmúrios soaram acima do volume abaixado do intervalo comercial, seguidos de gargalhadas.

– Quem é a coroa? – perguntou um deles.

– Ela é meio gostosa – disse outro.

– Não é ninguém – disse uma voz feminina. – Só alguém que ele conheceu no bar. Não é nada sério.

Eu me desvencilhei do abraço de Julian, com o rosto ardendo.

– Não sabia que você estava dando uma festa. Posso ir embora.

Ele segurou minha mão e me puxou para olhá-lo.

– Não dê atenção a eles. Parker convidou uns amigos para vir ver o jogo aqui. Só querem implicar comigo.

Ele fechou a porta com o pé, instigando mais uma gargalhada da sala. Provavelmente eram os amigos com quem ele tinha ido viajar. Uma sensação desconfortável que eu não estava pronta para nomear me deixou enjoada quando imaginei Julian passando a semana com a ruiva bonita que abrira a porta.

– Posso voltar quando você não tiver companhia.

Ele sacudiu a cabeça e me empurrou de leve contra a parede. Roçou a boca na minha e fechou os olhos.

– A atenção deles não dura nada. Em uns dois minutos, vão esquecer que você está aqui.

Tentei relaxar, mas não consegui me livrar da sensação de que não *deveria*. A porta fechada. Os olhares e a gargalhada. O fato de que nenhum deles sabia meu nome, nem quem eu era. Tudo indicava que aquele não era meu lugar. Pelos mesmos motivos que eu não o convidara para minha casa, nem para conhecer meus filhos – porque nós dois estávamos mantendo aquilo em separado. Nosso relacionamento. As partes da nossa vida que não cabiam na mesma caixa.

– Parker vai viajar no fim de semana – cochichou ele ao pé do ouvido. – Vou estar sozinho em casa, se você quiser dormir aqui.

O hálito quente dele me causou calafrios. Uma onda de excitação me percorreu ao pensar em passar o fim de semana com ele. Julian já mencionara Parker, mas só me levava ao apartamento quando estava sozinho. E eu nunca tinha dormido lá.

– Parker não vai se incomodar?

– Não – disse ele, beijando meu pescoço –, ela é tranquila.

Ela? Senti o sangue todo escoar do meu rosto. Abri a boca, mas as palavras não saíram. A ruiva bonita que abrira a porta... era *Parker*? A colega de apartamento dele?

– Por que você trancou seu perfil no Instagram? – soltei.

Julian se afastou um pouco para me olhar e franziu a testa.

– Não teve nada a ver com você, Finn – disse ele, acariciando meu rosto com o polegar. – Alguns caras do acampamento não estavam pensando no que postavam. Estou no último ano da pós em direito. Daqui a poucos meses, vou me formar e procurar emprego, e não quero que um escritório me veja marcado na foto de alguém no Instagram, enchendo a cara com um bando de idiotas bêbados.

Olhei para o chão. Se ele estava preocupado com futuros chefes saberem que ele curtira a farra em uma viagem, o que achariam se soubessem que ele transava com uma mãe solo divorciada que guardara um cadáver na máquina de lavar? Ele levantou meu queixo.

Não tenho nada a esconder de você, e não estou tentando esconder você de ninguém. Parker é só minha colega de apartamento. Não é o que você está pensando. A gente namorou por um minuto antes de ela se formar, ano passado, e passei o tempo todo achando que a gente fosse arrancar os olhos um do outro.

– Então você sempre gostou de mulheres mais velhas? – brinquei, me sentindo otária.

– Não. Sempre gostei de mulheres inteligentes – falou, me arrastando até a cama, se sentando na beira e me puxando para o colo. – De mulheres maduras, que são honestas quanto ao que desejam, e não têm medo disso.

Eu me senti uma impostora quando ele me beijou. Eu não me sentia honesta e destemida, escondida naquele quarto.

– Preciso ir – insisti.

– Fique – murmurou.

– Dei folga para Vero hoje, e tenho que ir cuidar das crianças.

Ele soltou minha cintura. Aquela frase pareceu abrir a distância entre nós. Eu me levantei, e ele fez beicinho quando soltei sua mão.

Ele se levantou e me acompanhou até a porta do quarto.

– Vou levar você até a porta.

– Não precisa.

– Como posso falar com você?

– Vou arranjar outro celular.

Ele mordeu o lábio, como se quisesse dizer mais alguma coisa.

– Me liga mais tarde?

Quando concordei, ele se abaixou para mais um beijo. A boca dele era quente e provocante, cerveja, areia e sol, e não resisti a estender aquele gosto curto e agridoce dele antes de sair do quarto.

Fui sozinha à porta, ignorando os olhares de avaliação, pulando os sapatos abandonados de alguém e resistindo ao impulso de levar os pratos descartáveis engordurados do chão até a lixeira. Parker me olhou e abri um sorriso, me sentindo culpada por motivos que não sabia distinguir. Como se tivesse ido àquele apartamento procurar alguma coisa que nunca deveria ter sido minha.

27

O Buick da minha mãe estava estacionado na frente da minha casa quando voltei. A sra. Haggerty, que provavelmente escutou o estrépito do motor do meu carro, abriu a cortina quando fui entrar na garagem, e eu acenei para ela, bem-humorada. Ela não era horrível, lembrei. Era só solitária e entediada. Em mais uns trinta ou quarenta anos, talvez eu fosse assim – uma senhora sozinha em uma casa grande, que participava da vigia do bairro só para a vida ficar mais interessante. Esperava que fosse por não ter mais um cadáver na máquina de lavar.

Quando fui abrir a porta da cozinha, notei que a lixeira estava meio aberta. Levantei a tampa e encontrei um monte de sacos vazios de vinte litros, daqueles em que eram embalados gelo para festas. Potes de sorvete derretido, sacos de legumes murchos e molhados e batatas descongeladas enchiam o fundo da lata. Minha máquina de lavar provavelmente estava parecendo um cooler de cerveja, mas pelo menos Carl estava frio.

Fechei a tampa e abri a porta da cozinha. Minha mãe estava de pé na frente da bancada, tirando compras de sacolas. Uma das velas perfumadas de Vero estava acesa na mesa, provavelmente para disfarçar qualquer odor de Carl.

– Oi, mãe – cumprimentei, dando um beijo na bochecha dela. – Que surpresa! O que é isso?

– Vou fazer jantar.

– Por quê?

– Preciso de motivo para cozinhar para os meus netos?

– Não se eu puder comer também. O que vai fazer?

– Guisado de carne – falou, esvaziando um saco de cenouras e remexendo nos armários em busca de uma tábua.

Fiquei com água na boca. O guisado da minha mãe era melhor do que sexo. O cheiro, enquanto cozinhava devagar em fogo baixo no forno, era o mais próximo que eu já chegara de uma experiência tântrica.

Vero estava sentada à mesa da cozinha, comendo um biscoito. Zach, sentado no colo dela, tinha farelos no rostinho e esticava as mãos ávidas para um prato cheio de biscoitos amanteigados. Dei um beijo nele e em Delia e peguei um biscoito para mim.

– Sente-se – disse minha mãe, abrindo uma garrafa de vinho tinto.

Para a receita era preciso usar apenas um terço da garrafa. O restante, ela serviu em duas taças, entregando uma para mim e a outra para Vero.

– Cuidado, senão me acostumo – disse Vero, segurando com uma mão o bumbum que Zach remexia enquanto virava a taça de vinho com a outra.

Eu me sentei na cadeira, sentindo o corpo ficar quente e lânguido enquanto o vinho suavizava aquele meu dia tão difícil.

Óleo fervilhava no fogão, a cozinha se enchendo do cheiro delicioso de alho e cebola em pó enquanto minha mãe selava a carne. Ela entrou no ritmo de descascar e picar ingredientes. Depois de alguns minutos, confiscou o prato de biscoitos da mesa, limpou as mãos das crianças e as mandou brincar.

– Então – disse ela, empilhando as camadas de carne e legumes na assadeira. – Como foi seu encontro com Nicholas?

Aí estava.

Era claro que ela tinha motivo para aparecer sem avisar e fazer jantar. Nicholas, dizia ela. Ninguém mais o chamava assim. Era praticamente um apelido carinhoso, como se ela já o tivesse adotado.

– Não foi um encontro, mãe.

– Foi, sim – disse Vero, mastigando biscoito. – Fala sério, Finlay. Conta tudo. Estou morrendo de curiosidade para saber se você provou os pãezinhos dele.

Escapou vinho pelo meu nariz. Arrisquei olhar minha mãe ao pegar um guardanapo, mas ela estava dedicada à tarefa, a cabeça envolta por um bafo de vapor de vinho tinto, que derramava na assadeira.

– Vero disse que ele levou você para jantar. Tomara que você tenha ido de vestido – disse minha mãe, com expressão de dúvida.

– Vero precisa aprender a fechar a matraca.

Vero se esquivou quando amassei o guardanapo e o joguei nela.

– Finlay pegou um vestido meu emprestado – informou Vero. – Foi um look de milhões. Ou de cem mil, no mínimo.

Minha mãe nos olhou com uma expressão confusa. Se Vero continuasse aquela história, eu ia tirar o vinho dela.

Minha mãe apontou para mim com a colher de pau.

– Você não devia precisar pegar roupas bonitas emprestadas. Devia ter me ligado. Eu teria levado você para fazer compras. Viu, é para isso que precisa economizar um pouco de dinheiro. O adiantamento dos seus livros é muito irregular. E se ninguém comprar? E se sua editora decidir que não quer mais que você escreva?

– Nossa, mãe, obrigada. Nunca passei a noite em claro preocupada com isso.

– Só quis dizer que, agora que Vero está aqui para ajudar, você tem tempo de se inscrever para um concurso público.

Vero abriu um sorriso irônico.

– Pessoalmente, sempre achei que aluguel fosse mais rentável.

Se eu tivesse uma faca, teria jogado nela.

– Essa ideia toda é muito instável – disse minha mãe, colocando a assadeira no forno. – Como você vai se aposentar? Vai precisar escrever livros até os oitenta anos.

– Vai dar tudo certo. Tenho uma contadora muito responsável. Vero cuida dos meus investimentos. Ela não vai me deixar morrer falida.

O sorriso de Vero murchou atrás da taça. Quando abri a boca para perguntar o que ela tinha, o telefone fixo tocou. Vero pegou o aparelho e me passou. O número de Steven piscava no localizador de chamadas. Esperei o último toque para me forçar a atender.

– Oi, Steven.

Senti a atenção da minha mãe enquanto ela secava e guardava a louça; os movimentos lentos e silenciosos eram o único sinal de que estava escutando.

– Por onde você anda? – perguntou Steven. – Passei o dia todo tentando ligar.

– Perdi o celular ontem.

– Podia ter me ligado para avisar.

– Estava ocupada.

Com o quê?

– Não é da sua conta.

Dei um pulo quando minha mãe fechou o armário com força.

– O que era? – provocou ele. – Um encontro sensual? Achei que seu namorado estivesse viajando.

Esfreguei os olhos, já exausta da conversa.

– O que você quer, Steven?

– Quero passar o fim de semana que vem com as crianças.

– Já falamos disso. Não quero elas na sua casa agora.

– Então eu vou à sua casa. Posso ficar no quarto de hóspedes.

– É o quarto de Vero.

– Posso dormir no sofá.

Se ele fizesse isso, Vero provavelmente aprenderia a fazer coquetel molotov no YouTube e atearia fogo no sofá.

– As crianças nem vão estar aqui. Combinei com meus pais de deixar elas lá no fim de semana.

– Outra vez?

Murmurei um pedido de desculpas para a minha mãe. Nem tinha perguntado.

– Não vou cair nessa história de novo. Sei o que você está fazendo. Está inventando desculpas para afastá-los de mim.

– Não é desculpa...

Minha mãe pegou o telefone da minha mão.

– Steven – falou, com um sorriso meloso –, que bom falar com você.

Ela prendeu o telefone entre a orelha e o ombro, esfregando a bancada com força desnecessária.

– Finlay me disse que você gostaria de passar um tempo com as crianças. Acho uma ideia *maravilhosa*. Delia e Zach vão passar o fim de semana comigo e com Paul, para Finlay sair com o novo namorado – continuou. – Qual é mesmo, meu bem? – perguntou para mim. – O policial ou o advogado? Os dois são tão bonitos, que eu confundo.

– Cruel – cochichou Vero.

– Tem muito espaço lá em casa, Steven. E faz *tanto* tempo que a gente não vê você! Por que não faz as malas e vai passar o fim de semana lá? Daí podemos ter uma boa e *longa* conversa, que já devíamos ter tido há *muito* tempo.

Fiz uma careta.

– O que foi? – perguntou ela no telefone. – Quer falar com Finlay? Um segundo, querido.

Minha mãe me entregou o telefone com um sorriso amargo.

– Pois não? – falei, cobrindo o bocal para ele não ouvir a risada de Vero.

– Isso não acabou, Finn.

Com um suspiro exausto, respondi:

– Nunca acaba.

Ele desligou. Deixei o telefone na base e me joguei na cadeira, enchendo a taça com o que restava na garrafa. Vero se levantou e se espreguiçou.

– Vou colocar as crianças no banho. Não se divirtam demais sem mim.

Minha mãe dobrou o pano de prato e se instalou na cadeira de Vero quando ficamos sozinhas.

– Você está tratando Steven da forma errada, meu bem. Não adianta cutucar a onça com vara curta. Brigar só vai dar a ele exatamente o que ele quer.

– E o que ele quer?

– Sua atenção – disse ela, com um sorriso de compaixão. – Ele é como um bebê, Finlay. Acabou de brincar, mas não quer dar o brinquedo para mais ninguém, então vai fazer birra até conseguir o que quer – suspirou, ajeitando uma mecha de cabelo atrás da minha orelha. – Ele não merece você. Nunca mereceu. Encontre outra pessoa. Alguém que faça você feliz. Que seja digno de você e das crianças.

Mexi o vinho na taça. Eu supunha que Nick e Julian me faziam feliz, mas não me sentia digna de nenhum dos dois. Eu me virei para minha mãe.

– Como você soube que o papai era o homem certo?

Minha mãe riu.

– Quem disse que eu soube? Na maior parte do tempo, ainda tenho minhas dúvidas.

– Mas não porque não *conhecia* ele – esclareci. – Quer dizer, o papai sempre foi honesto com você, não foi?

Minha mãe pegou minha mão com suavidade.

– Todo mundo guarda segredos da esposa ou do marido, Finlay. Vocês não precisam contar tudo para saber o que sentem. Mas os segredos que Steven guardava... não é a mesma coisa.

– Então papai nunca a traiu?

– A não ser que consideremos aquela história da Jennifer Aniston.

Como a olhei com dúvida, ela abriu um sorriso seco.

– Seu pai caiu num golpe na internet. Clicou em um link em um e-mail que oferecia mostrar os peitos da Jennifer Aniston. Foi uma lição que ele aprendeu a duras penas – falou, sacudindo a cabeça. – O computador foi contaminado com um vírus bem feio e tive que contratar uma daquelas nerds, sabe, que dirigem aqueles carros compactos, para limpar o computador todo lá em casa. Era uma menina muito simpática, e discreta, mas cobrava muito caro. Fiz seu pai pagar.

Bebi o que restava do vinho, ainda rindo baixinho, sabendo mais do relacionamento dos meus pais do que gostaria. Talvez ela estivesse certa. Talvez às vezes fosse melhor não saber.

O cheiro agradável da comida começava a se espalhar pela casa. A mesa tinha sido posta para quatro pessoas; a cadeirinha de Zach, colocada no lugar. A louça da cozinha tinha sido toda lavada e guardada, e a lava-louças vibrava com um ritmo relaxante.

– Obrigada, mãe – agradeci, sentindo o peso do dia aliviar um pouco.

Minha mãe se levantou e vestiu o casaco.

– Não vai ficar para o jantar?

– Não, preciso ir para casa esquentar o jantar do seu pai. Ele acha que saí para fazer compras de Natal. Se soubesse que fiz um guisado sem ele, reclamaria sem parar. Sexta-feira eu busco as crianças na escola.

– Não precisa.

– Mas eu quero. Se elas estiverem comigo, Steven não vai incomodar você – disse ela, e se abaixou para me dar um beijo na bochecha. – Ligue para Nicholas. Saia e se divirta. Mas, se for provar os pãezinhos, não se esqueça da proteção.

No banheiro do andar de cima, Vero caiu na gargalhada.

Eu revirei os olhos.

– Tchau, mãe.

Eu a acompanhei até a porta e apoiei a cabeça no batente ao trancar a fechadura.

28

O principal conselho que ninguém dá para quem se divorcia é: nunca tome banho quando as toalhas estão todas para lavar. Tenho bastante certeza de que está na mesma lista que "confira se tem papel higiênico antes de abaixar as calças" e "nunca aceite uma oferta para assassinar seu ex no Wi-Fi público".

Vero me deixara dormir até tarde, depois de uma noite longa de escrita. Às quatro da manhã, eu tinha conseguido finalizar um rascunho bagunçado de alguns capítulos introdutórios, que mandara por e-mail para Sylvia sem nem revisar, antes de adormecer por horas curtas e agitadas. Quando levantei da cama, às nove, Vero já tinha saído com Zach para levar Delia à escola. Eu ficara aliviada ao acordar em uma casa vazia e quieta, mas, quando fechei a água, de pé no chuveiro, e tateei em busca de uma toalha no cabide vazio, a inevitabilidade da situação me agarrou com seus dentes frios e afiados.

De braços cruzados para me esquentar, saí do quarto, com calafrios na pele nua e molhada. Uma onda de perfume do aromatizador de canela, misturado à *eau de* defunto descongelando devagar, me atingiu quando abri o armário da lavanderia no fim do corredor. Enfiei a mão na secadora vazia e soltei um palavrão.

Minha mãe insistiria que era uma espécie de retribuição divina, castigo de Deus por esconder um cadáver em casa. Honestamente, eu preferiria rezar o terço. Em um lugar quente. Vestida.

Do outro lado do corredor, peguei uma toalha de princesas da Disney mais ou menos limpa no cabide do banheiro das crianças. Tremendo, me enrosquei na toalha e amarrei as pontas do tecido cor-de-rosa curto no peito.

Uma tábua rangeu no fim do corredor. Parei de andar, inclinando a cabeça ao ouvir o som do aquecedor funcionando. Calor escapou do duto de ventilação no teto, combatendo um sopro gelado que subia pela escada, como se uma porta estivesse aberta. Fiquei paralisada ao ouvir o rangido costumeiro do último degrau.

Revirei o banheiro em busca de uma arma, me xingando por ter colocado trancas protetoras em todos os armários. Conforme os passos lentos se aproximavam, peguei o único objeto pontudo que encontrei. Com o desentupidor de privada pronto para o ataque, me encostei na parede do banheiro. Prendi a respiração e escutei as portas dos quartos serem abertas, uma a uma. Uma sombra escura se projetou no carpete ao meu lado. Com um grito feroz, levantei o desentupidor e pulei para o corredor. Meu grito morreu na garganta quando dei de cara com o cano de uma pistola.

– Nossa, Finn! – disse Nick, abaixando a arma e se curvando. – Você me deu um susto do cacete!

Apertei a toalha junto ao peito.

– O que veio fazer na minha casa?

Ele olhou minhas pernas nuas e molhadas, e seu rosto ficou vermelho. Puxei a beirada da toalha para baixo, feliz de ter decidido me depilar. Ele desviou o olhar.

– Posso explicar – falou, com a voz tensa. – Eu estava na casa da Theresa, no fim da rua, e avisaram no rádio de um 10-66. Reconheci seu endereço, então corri para ver.

– O que é um 10-66?

– Ah, desculpa – disse ele, ainda agitado. – A sra. Haggerty ligou para a emergência. Disse que viu alguém suspeito na frente da sua casa. Dei uma olhada rápida no quintal e não vi ninguém, mas...

Uma porta foi escancarada lá embaixo, e bateu na parede. Nick se virou, apontando a arma para o hall pela escada.

Olhei por trás dele. Joey estava embaixo da escada. De olhos arregalados, fitou Nick e a mim, abaixando a arma com um sorriso lento.

– Talvez eu deva voltar mais tarde?

– Não é o que parece – disse Nick, levantando a mão, quando minha irmã entrou na casa atrás de Joey.

Ela levantou as sobrancelhas até o teto quando me viu atrás de Nick, só de toalha infantil.

– Eita, isso andou rápido.

Vero entrou correndo, com Zach no colo.

– Qual é a dessas luzes azuis todas? Onde está a Finlay? Está tudo be... *ah!*

Vero cobriu os olhos de Zach com a mão.

– Finn – perguntou –, por que tem três policiais armados na casa? E por que você está pelada?

Nick, Georgia e Joey guardaram as armas no coldre.

– Não estou pelada! Acabei de sair do banho, e todas as toalhas grandes estão para *lavar* – falei, fuzilando Vero com o olhar. – E a polícia está aqui porque a sra. Haggerty é uma enxerida. Ela achou que tinha alguém suspeito à espreita lá fora.

Vero abraçou Zach mais apertado e olhou pela porta aberta. Eu puxei a borda da toalha para me cobrir melhor.

– Como vocês podem ver, foi um alarme falso – continuei. – Não tem 10-99 nenhum.

– É 66 – corrigiu minha irmã.

– Isso aí. É óbvio que a sra. Haggerty se enganou. Não tem nada de suspeito aqui, então vocês podem voltar ao que estavam fazendo.

– Não tenho tanta certeza – disse Joey, olhando para Nick. – Dei uma volta na casa e encontrei isto na entrada. Além do nome dela, não tem registro.

Nick desceu a escada e pegou o envelope pardo grosso que Joey estendia. Vero olhou por cima do ombro de Joey. Do alto da escada, identifiquei meu nome com clareza, escrito no envelope em tinta preta gritante. Reconheci a letra. Pela expressão chocada de Vero, ela também.

Desci correndo e Vero pegou o envelope da mão de Joey.

– Devem ser os brinquedos para adultos que Finlay encomendou. Stacey, aqui da rua, faz aquelas festas de venda por catálogo. Sabe, como os da Avon, mas com bateria – disse ela, mostrando o verso do envelope. – Viu? Tem até embalagem discreta para manter a privacidade.

Três pessoas me olharam. Nick pigarreou, pegando o envelope.

– É melhor eu conferir.

– Não é vibrador nenhum! – falei, puxando da mão dele. – Provavelmente é só, sabe, edição do livro. Minha editora manda por entregador.

O olhar de Nick cintilou um pouco, e seu sorriso ganhou um ar voraz quando desceu o rosto. Puxei a toalha para cima. Depois para baixo. Era difícil esconder devidamente toda a pele fria e úmida exposta.

Levantei o queixo para recuperar um mínimo de dignidade.

– Vou me vestir. Quando voltar, espero que todos vocês tenham ido embora.

Agarrada ao envelope, subi correndo.

– Finn, espere.

Nick me encontrou no corredor, logo diante do quarto. Ele deu a volta em mim e fez uma busca rápida no ambiente, e então seguiu, ágil, pelo andar inteiro, verificando cada quarto. Torcendo o nariz, pegou a maçaneta do armário da lavanderia.

– Está sentindo esse cheiro?

Segurei o braço dele, e o puxei.

– São as toalhas molhadas! Esqueci na máquina, e começaram a mofar.

Meu cabelo pingou, uma gota fria de água descendo pela clavícula. O olhar escuro de Nick a acompanhou. E desceu mais, até minha mão, ainda levemente tocando seu braço. Eu soltei, mas não fiz nada para quebrar a tensão que crescera de repente entre nós.

– Não tem nenhum bandido no armário da lavanderia – falei. – A sra. Haggerty provavelmente viu o entregador do envelope e exagerou. Não precisa investigar a casa toda.

Eu estava de costas para a parede e bem ao lado da porta aberta do quarto. Tinha espaço entre nós para eu escapar, entrar no quarto e fechar a porta na cara dele. Se quisesse.

– Eu devo um pedido de desculpas – disse ele, um pouco rouco. – Juro que não pretendia invadir sua casa assim. Seu carro estava na porta. Como bati e você não atendeu, achei...

Ele coçou a barba por fazer.

– Depois do vazamento de gás na casa do Steven hoje – continuou –, quando recebi pelo rádio a denúncia de alguém esquisito na sua casa, supus que era grave.

– Vazamento de gás? – perguntei, sentindo um buraco no estômago. – Que vazamento?

Ele soltou um palavrão baixinho.

– Desculpe, Finn. Achei que Georgia tivesse contado.

– Contado o quê?

– Steven está bem – garantiu ele. – Mas a DP de Fauquier foi à casa dele hoje cedo. Teve um vazamento de gás lá. Felizmente, Steven encontrou e fechou o registro antes de alguém se ferir, mas a empresa de gás acha que alguém mexeu nos canos. Considerando o que sabem do incêndio no trailer, estão investigando a possibilidade de ser um ataque intencional.

Apertei o envelope junto ao peito.

– Onde está o Steven agora?

– Em casa. Os paramédicos sugeriram que ele fosse à emergência, mas ele insistiu em ficar em casa para receber o pessoal do gás que estava indo inspecionar o registro. Pedi a dois policiais à paisana que fossem à casa dele. Vão ficar de olho nas coisas até sabermos o que aconteceu.

Eu me larguei, encostada na parede. Tinha que ser *LimpezaFácil*. Quantas vezes ela erraria antes de finalmente acabar matando Steven?

Zach balbuciava lá embaixo. Gavetas da cozinha eram abertas e fechadas. O micro-ondas apitou, e o forte aroma de ervas do que restara do guisado encheu a casa. Estava meio cedo para almoçar, e me perguntei se Vero fizera aquilo apenas para disfarçar o leve odor que começara a escapar da máquina.

– É melhor eu ir – disse Nick, apontando a escada. – Joey foi me esperar na casa da Theresa.

– Por quê? O que aconteceu?

– Theresa desapareceu.

Os barulhos da cozinha pararam, como se Vero estivesse nos escutando.

– Encontramos a tornozeleira na casa dela – continuou ele. – Parece que ela pode ter sumido há alguns dias. Não sabemos exatamente há quanto tempo. Estamos falando com os vizinhos, mas, até agora, ninguém se lembra de tê-la visto ir embora. Até eu descobrir onde ela está, e o que está rolando com o informante do Joey, quero que você se cuide. Tenho um pressentimento ruim de que está tudo conectado.

Apertei o nó da toalha.

– O que aconteceu com o informante do Joey?

– Ele nunca ligou para dar a informação que prometeu. Joey foi hoje cedo à casa dele para verificar, mas o moleque não estava. Verificamos com a escola, e soubemos que ele não apareceu para a aula. Mandei um carro à casa dele há umas duas horas, para falar com a avó. Ninguém tem notícias dele desde que o vimos no sábado.

Quando eu passara o dedo no pescoço, advertindo-o que não falasse de mim. Cam deve ter decidido que sua condicional não valia o risco de entregar o que sabia do fórum. Nick sacudiu a cabeça.

– Estou começando a achar que o informante de Joey talvez soubesse mesmo de alguma coisa – falou. – Se ele estiver certo a respeito do fórum, então Theresa, Steven e o menino estão todos ligados a Zhirov, e não gosto nada disso.

– Você acha que Feliks Zhirov tem alguma coisa a ver com o que aconteceu com Steven?

– Não posso descartar a possibilidade. Até então, quero que você se cuide melhor. Não é bom deixar a porta de casa destrancada.

– Como assim? Eu sempre...

Olhei para a escada. Eu me lembrava precisamente de ter trancado a porta depois que minha mãe fora embora na noite anterior. E, de manhã, Vero teria saído pela garagem.

O toque dos dedos de Nick me trouxe de volta ao momento com um susto. Ele ajeitou uma mecha do meu cabelo molhado atrás do ombro, antes que encharcasse o envelope.

– Desculpe pelo susto.

– Tudo bem – falei, tremendo.

– Tem certeza que não quer que eu abra esse envelope misterioso antes de ir? Só para garantir que não devo me preocupar com nada?

O olhar dele brilhou com um grau de interesse perigoso.

Escondi o envelope atrás das costas, sentindo o rosto corar.

– É só coisa do livro. Sério, pode esquecer que isso tudo aconteceu.

– Acredite em mim, não dá para esquecer nada disso. Ligo mais tarde – prometeu, com um sorriso malicioso.

Ele gritou uma despedida para Vero do hall, lembrando-a de trancar a porta. Entrei no quarto e fechei a porta, jogando o envelope na cama e esfregando as mãos na toalha de Delia. Parecia mais limpa do que o envelope com meu nome escrito à mão por Irina Borovkov.

Ouvi as fivelas da cadeirinha de Zach na cozinha, e depois o barulho de cereais secos se espalhando na bandeja plástica. Passos subiram a escada, e Vero escancarou minha porta.

– Foi todo mundo embora? – perguntei.

Ela concordou com a cabeça.

– O que tem no envelope?

Andamos até a beira da cama, olhando o envelope pardo. Eu o rasguei e o virei. Uma peruca morena comprida se espalhou, abrindo as mechas sobre o edredom, um cartão de visitas embolado nas ondas escuras reluzentes. Vero pegou o cartão.

– Quem é Ekatarina Rybakov?

O texto abaixo do nome dizia *Advogada.* Sacudi o envelope. Um bilhete escrito à mão caiu.

HORÁRIO DE VISITA DE ADVOGADOS: TODO DIA, 7H-22H
TREINO DA LIGA DE BOLICHE: TODA TERÇA-FEIRA, 20H-22H

– O que isso quer dizer? – perguntou Vero.

Peguei a peruca. As mechas se ajeitaram, caindo em uma forma que reconheci. As peças soltas do envelope de Irina se encaixaram com clareza apavorante.

– Ah, não – sussurrei.

A mulher com quem Nick discutira no Kvass no sábado... se chamava Kat.

– Acho que Ekatarina Rybakov é a advogada de Feliks Zhirov – falei.

Um fio de medo percorreu minhas costas. Irina não tinha intenção alguma de transmitir um recado a Feliks. Ela ia me fazer transmiti-lo pessoalmente.

29

Na noite de terça-feira, Vero, diante de mim no banheiro, ia ajeitando meu cabelo, olhando sem parar das mechas da peruca morena para a foto no celular. Ela levantou o retrato de Ekatarina Rybakov.

– Não sei se essa é a coisa mais burra ou mais maneira que você já fez.

– É a mais burra, com certeza.

Tentei ficar parada enquanto ela passava batom vermelho-escuro em mim.

– O que você vai fazer se for pega?

Honestamente, eu estava tão preocupada com entrar na cadeia que nem pensara no que faria depois de entrar. No entanto, não existia a opção de fracassar. Enquanto Cam e Theresa estivessem desaparecidos, Nick reviraria a internet inteira para encontrar uma conexão entre Feliks e o fórum, e havia apenas uma pessoa com poder de derrubar aquilo antes que Nick encontrasse.

– Não vou ser pega.

– Se não parar de se mexer assim, sua peruca vai cair, e aí vai ser pega, sim. Fique parada – falou, me empurrando para eu me sentar na tampa do vaso sanitário, enquanto ela mexia na nécessaire. – Tenho uns grampos aqui.

– Nada de grampos.

Eu já tinha estado na cadeia com minha irmã. Ela me acompanhara em uma noite em que Steven fora detido, caindo de bêbado e furioso, por ter comprado briga no bar. Georgia liberara minha entrada e me acompanhara pela segurança habitual para eu poder esperar com Steven até ele ser liberado. Lembrava distintamente de ter sido inteiramente revistada.

– Grampos podem ativar o detector de metais – falei.

– Então pare de mexer no cabelo – pediu Vero, dando um tapa na minha mão quando tentei enfiar o dedo por baixo da peruca e coçar a cabeça. – Você está ótima. Como vai seu sotaque?

– Merda. Nem pensei nisso.

Pigarreei, tentando deixar a voz grave e rouca.

– Olá – falei, na minha melhor imitação de Irina. – Meu nome é Ekatarina Rybakov.

Vero fez uma careta.

– Está parecendo a filha da Angelina Jolie com Vladimir Putin. Melhor fingir que está com laringite e perdeu a voz. Se identifique, passe pela segurança e não bata papo.

– Está bem.

– Aqui seu cartão.

– E a identidade? E se me pedirem algum documento?

– É só entrar como se você fosse dona da porra toda. Ninguém quer brigar com uma megera que pode entrar com um processo contra qualquer um. Fique de óculos e tente não fazer contato visual direto com ninguém.

Ekatarina "Kat" Rybakov e eu aparentemente tínhamos mais ou menos a mesma idade, mas era o fim das semelhanças. De acordo com a foto de Kat, ela tinha olhos escuros marcantes, combinando com as mechas morenas e onduladas. Apesar da peruca ser idêntica ao cabelo dela, meus olhos eram claros demais.

– Como estou?

A saia-lápis cinza e elegante de Vero era perigosamente justa, e os sapatos de salto fino que eu pegara emprestados dela deveriam exigir uma apólice de seguro. Eu estava prestes a quebrar o tornozelo. No entanto, Kat tinha mais de um metro e setenta, e Vero insistira que eu precisava daquela altura a mais.

Ela abriu outro botão da minha blusa. O decote se abriu, revelando um vislumbre da renda preta do sutia.

– O que você está fazendo? – perguntei.

– Arranjando uma distração para os guardas não notarem a sua cara – falou, afastando minha mão e ajeitando o colar de pérolas no meu pescoço. – Pare de tentar cobrir. Você está uma gata.

– Não quero estar uma gata. Quero parecer a Kat.

– A Kat é gata. Feliks obviamente tem um tipo de mulher: inteligente, linda e confiante. É só fingir que você é Theresa.

– Foi assim que me meti nessa confusão. E Theresa foi pega.

– Pare de mexer no cabelo! Aqui, use isto.

Vero encaixou os óculos baratos na minha cara. Combinava com os que Kat usava nas fotos.

Eu me virei devagar na frente do espelho, conferindo se a peruca estava arrumada e se não tinha nenhum fio puxado na meia-calça.

– Se eu não voltar...

– Relaxe. Feliks não vai matar você na cadeia. Tem câmeras demais lá.

– E se eu for presa por fingir ser uma advogada?

Ela me deu um tapinha carinhoso.

– Estou com as crianças. E sua irmã vai pagar sua fiança. Aqui, comprei um celular novo e já inseri todos os seus números de emergência. Me mande uma mensagem quando chegar.

Ela largou o celular na bolsa de grife falsa, em estilo carteiro, que usava na faculdade, e a pendurou no meu ombro.

– Lembre que você é uma gostosa fodona. Não leva desaforo para casa. Nem mesmo de Feliks Zhirov.

– Certo.

Os saltos do sapato pareciam se fincar no carpete, afundando até o chão. Vero levou a mão às minhas costas e me empurrou porta afora.

Já eram quase nove horas quando cheguei ao estacionamento do presídio. Cedo o suficiente para ainda ser razoável a visita da advogada, mas tarde o bastante para a Ekatarina Rybakov de verdade estar bem no meio do torneio de boliche.

Retoquei o batom, me olhando no espelho do quebra-sol, e um pensamento terrível me ocorreu. A advogada principal de Feliks saberia todo o protocolo. Saberia aonde ir ao entrar, como preencher os formulários, o que responder a qualquer pergunta. Quando tirei o celular novo da bolsa de Vero e digitei o número de Julian, que sabia de cor, não tinha certeza se estava ligando em busca de informação ou do conforto de ouvir a voz dele.

– Alô?

As músicas preferidas dele tocavam baixinho no fundo, e sua voz estava grave e relaxada. Eu o imaginei sentado na cama, encostado na cabeceira, estudando sob o brilho branco das luzes pisca-pisca que tinha instalado ao redor do quarto.

– Oi, sou eu – falei, fechando o quebra-sol; me parecia mentira demais. – Finalmente arranjei um celular novo.

– Estava torcendo para você ligar – disse ele, e ouvi um baque, como de um livro se fechando. – Odiei não ter conseguido falar com você ontem. Queria me desculpar pelo que aconteceu quando você veio aqui no domingo. Meus amigos... não estavam sendo babacas de propósito. Só queriam implicar comigo. Ainda quero muito ver você no fim de semana. Acha que dá?

Não consegui responder. Tanta coisa tinha acontecido nos últimos dias, que nem conseguia imaginar como se resolveria até sexta-feira.

– Na verdade, liguei por outro motivo. Queria fazer uma pergunta jurídica. Para o meu livro.

– Claro – disse ele, desligando a música e estreitando o silêncio até parecermos estar no mesmo lugar. – Como posso ajudar?

Senti a boca secar. Odiava como ele estava facilitando aquilo. Eu nunca tinha mentido assim para ele – não desde a noite em que contara tudo. Julian era a única pessoa, além de Vero, que sabia todos os meus piores segredos. No entanto, se ele temia que algumas fotos no Instagram pudessem comprometer seu futuro, o que pensaria se soubesse o que eu estava prestes a fazer?

– Estou empacada em uma cena. Minha personagem é advogada, e vai visitar o cliente no presídio. Preciso saber o processo, o que acontece na entrada e na saída, para descrever corretamente.

– Bom – disse ele, fazendo a mola da cama ranger, e eu o imaginei deitado no colchão, com uma mão atrás da cabeça. – Normalmente tem uma área de recepção, onde ela deve se apresentar. Vai entregar todos os pertences que não são permitidos lá dentro... chaves, celular, objetos pontiagudos, livros de capa dura, qualquer coisa que possa ser usada como arma ou ferramenta. Vão pedir a ela algum documento de identificação.

– Serviria um cartão de visitas?

– Não, precisaria ser um documento oficial com foto.

Sacudi as mãos, resistindo ao impulso de dar partida na minivan e ir para casa. Era exatamente esse o meu medo.

– E depois?

– Depois, ela passaria pela segurança: detector de metais, talvez uma revista manual. Em seguida, um policial a acompanharia até uma sala de reunião, onde ela teria um tempo determinado para conversar em particular com o cliente.

– Não haveria guarda nenhum na sala?

– Não, mas talvez um fique postado na porta.

Uma imagem terrível me ocorreu.

– O cliente estaria algemado?

– Talvez, se o cliente fosse especialmente perigoso, ou se a advogada pedisse isso, por se sentir em risco.

Feliks não seria um risco para a advogada, e definitivamente não gostaria que ninguém escutasse a conversa. Ou seja, eu estaria sozinha na sala com ele. Sem correntes. Sem algemas.

– Finn, está tudo bem? Você está parecendo estressada.

Levantei o rosto, vendo meu reflexo de relance no retrovisor.

– Tudo bem! É só... sabe, esse negócio do livro. Sylvia não larga do meu pé. Os prazos estão apertados... É melhor eu voltar ao trabalho.

– Está bem – disse ele, ainda soando preocupado. – Me ligue mais tarde se precisar conversar.

– Ligarei. Ah, Julian? Obrigada. Por tudo – acrescentei antes de ele desligar, só para o caso de não ter mais a chance de dizer aquilo.

30

Avancei com determinação pela entrada da cadeia, meus sapatos de salto estalando nos azulejos. Resistindo ao impulso de esconder o rosto, mantive o queixo erguido e afastei uma mecha comprida da peruca que esvoaçou para o meu rosto. Ia dar certo. Meu nome era Ekatarina Rybakov. Eu era a advogada particular de Feliks Zhirov, e estava ali para analisar alguns documentos do julgamento com meu cliente. Eu me agarrei à bolsa. Os documentos lá dentro eram cópias da última prova de contabilidade de Vero. Delia desenhara carinhas felizes neles com canetinhas de aquarela, e eu tinha bastante certeza de que aquela mancha verde era uma meleca do Zach. Esperava que o guarda estivesse atento demais ao meu decote para notar.

A pessoa que me atendeu era uma mulher mais velha, de cabelo grisalho fino e óculos de moldura vermelha. Ela me entregou uma cesta, sem nem me olhar. Seu crachá dizia SRA. LOIS PYLE.

– Chaves, celular, tudo do bolso – falou, em voz monótona, e passou uma prancheta para mim.

Entreguei todos os meus pertences e assinei o nome de Kat no formulário.

– Identidade? – pediu ela.

Botei o cartão de visita de Kat na frente dela, batendo no canto. A sra. Pyle o olhou, e voltou a olhar a tela.

– Preciso de um documento de identidade.

O fato de que provavelmente ela não conhecia Kat pessoalmente me parecia uma vitória. Olhei para as minhas unhas, canalizando a filha da mãe inabalável interior de Theresa. Vero tinha colado unhas postiças nos meus dedos, e as pintado no mesmo tom vermelho-escuro que eu vira Kat usar no restaurante.

– Esqueci a habilitação no bolso do meu outro terno, que atualmente está na lavanderia, sendo deliciosamente alisado. É mais do que posso dizer de mim. Ainda assim, o dever me chama, então cá estou. Adoraria se pudéssemos andar mais rápido.

– Não posso deixar a senhora entrar sem documento.

– Acredite, eu adoraria dar meu documento à senhora. Na situação atual, terei que passar o dia todo amanhã no departamento de trânsito para solicitar uma segunda via – falei, empurrando o cartão de novo e batendo no nome de Kat. – Quase todo dia apareço aqui para ver este homem. Pode conferir. Ontem mesmo estive aqui.

Era um chute arriscado, mas eu apostava que um império como o de Feliks exigiria no mínimo reuniões diárias.

A sra. Pyle olhou com irritação para o meu cartão. Bufando, ela digitou alguma coisa no computador. Senti o coração parar quando ela hesitou, com os dedos no teclado, e levantou uma sobrancelha.

– Pode entrar – resmungou. – Mas, da próxima vez, traga um documento.

Quase derreti em uma poça de alívio. Com um aceno seco, entreguei a bolsa, dei meia-volta e fui requebrando até o detector de metais, os saltos estalando e a pasta na mão.

Esperei, desconfortável, o guarda inspecionar minha pasta, mas ele estava mais preocupado com os grampos que tirava das folhas do que com o que estava escrito ali. Recebi a instrução de esperar a escolta. As portas iam se abrindo com zumbido e estrépito, piorando meu nervosismo conforme eu era conduzida presídio adentro. Guardas fofocavam alto pelos corredores, e eu desviei o rosto, rezando para não conhecer nenhum deles. Quando eu passava, eles se calavam. Eu esperava que Vero estivesse certa, e eles só olhassem para o meu traseiro, sem notar mais nada.

Bolhas já se formavam nos dedos dos meus pés e nos calcanhares, e a sola doía nos sapatos de couro rígido, mas eu estava nervosa demais para me sentar quando me deixaram em uma sala de reunião vazia. Fiquei andando em círculos e congelei quando a porta se abriu.

– Está meio tarde para uma visita, Katya.

Feliks Zhirov parou logo após entrar, o olhar preto como carvão me analisando através da franja caída. Apertou os lábios, emoldurados por uma sombra espessa de barba escura. Ele era mais alto e mais magro do que eu lembrava, as feições bonitas e frias, mais afiadas. Naquele macacão laranja frouxo, sem a barba sempre recém-feita e o cabelo penteado com gel, o terno sob medida e as abotoaduras elegantes, Feliks parecia muito mais perigoso... menos o homem que contratava assassinos, e mais o que matava com as próprias mãos.

– Visitas profissionais se encerram às dez – disse o guarda, sem notar a tensão na sala. – Bata na porta quando estiver pronta, e alguém conduzirá a senhora à saída.

Feliks assentiu com um gesto, em nome de nós dois. Perdi o fôlego quando o guarda saiu e fechou a porta. Uma algema simples prendia os punhos de Feliks, conectadas por uma corrente frouxa ao redor do macacão. Feliks avançou até a mesa perto da qual eu me encontrava, em movimentos quase predatórios, notando tudo com os olhos escuros ao se sentar.

– Ao que devo o prazer de sua companhia, sra. Donovan?

A voz dele era sedosa e perigosa. Olhei de relance para a câmera no teto, e Feliks fez o mesmo, o rosto repuxado por um leve sorriso.

– Não gravam nossa conversa – disse ele. – Apenas nosso comportamento.

Engoli em seco quando seu olhar fulminante se deteve em meu pescoço.

– Temos um problema mútuo.

Eu me sentei diante dele, percebendo muito bem que não via as mãos dele debaixo da mesa. Não fazia diferença haver uma câmera registrando todos os seus gestos. Eu não tinha dúvida de que Feliks se esticaria e me estrangularia se eu desse motivo.

– Por problema mútuo, deve estar se referindo ao detetive Anthony – falou, a boca tremendo de rir quando viu minha surpresa. – Diga, foi bom o jantar? Vodka, pirozhki, estrogonofe... tudo excelente, sem dúvida. Pelo que entendo, o detetive planejava até pagar pela sobremesa. Ele deve gostar muito da senhora. Ainda assim, admito, da última vez que perguntei da sua relação com ele, sua resposta me deixou cético.

– Você perguntou por que eu estava com ele naquele dia. Eu falei. Não menti. Não inteiramente.

– O detetive sabe do jovem advogado que anda aquecendo sua cama?

Fiquei sem fôlego de repente. Nick dissera que Feliks tinha longo alcance, mas, para saber do meu relacionamento com Julian, só se um de seus capangas estivesse me seguindo. Senti um calafrio ao lembrar a menção de Nick à minha porta destrancada.

O olhar oblíquo de Feliks me cobriu como um sopro de hálito quente e próximo.

– Devo admitir certa... curiosidade quanto à senhora. Diga, que problema mútuo é esse, para merecer uma visita tão ousada?

– A polícia sabe do seu site.

Ele deu de ombros, despreocupado.

– Tenho muitos sites.

– O fórum para mulheres.

As íris de Feliks tomaram um tom de preto violento. Eu não sabia se devia me sentir apavorada ou vitoriosa por ter conseguido surpreendê-lo.

– Como eles conseguiram tal informação?

– Foi descoberta por um informante confidencial.

– Como ele se chama?

– Não sei.

Por mais que Cam fosse um criminoso, era apenas uma criança. Eu não entregaria um menino para ser destruído por um monstro.

– Só sei que ele conectou o site a uma das empresas que você usa de laranja. Os investigadores de crimes cibernéticos já começaram uma operação.

– Já que a senhora e o detetive Anthony são tão íntimos, por que está me contando isso?

– Digamos que você e eu temos bons motivos para querer afastar a polícia daquele fórum.

Feliks levantou uma sobrancelha.

– Por favor, me conte, sra. Donovan.

– Prefiro não.

O sorriso dele ficou um pouco arrogante.

– Talvez eu deixe o detetive Anthony encontrar o fórum, nem que seja para satisfazer minha curiosidade.

– Não vai fazer isso.

– A senhora parece confiante. Por que tem tanta certeza?

– Porque sei como Carl Westover morreu. E quem está com o cadáver.

A imobilidade total dele me causou calafrios. O sorriso dele ficou mais duro. Quando levantou as mãos até a mesa, se mexendo devagar o bastante para não preocupar os guardas, as algemas tilintaram. De dedos cruzados, ele se debruçou na mesa e cochichou:

– Sra. Donovan, esse é um jogo muito perigoso.

– Encontrei Carl Westover em um freezer na Virgínia Ocidental – expliquei, em voz baixa. – Theresa me contou tudo antes de desaparecer com

Carl... ou, ao menos, com *parte* de Carl. Guardei uma parte muito fácil de identificar, e a escondi onde ninguém vai encontrá-la. No entanto, para o caso de qualquer coisa acontecer comigo ou com a minha família, deixei uma carta explicando tudo à polícia. Proponho um acordo. Você vai apagar o fórum inteiro, e eu não colocarei o tronco de Carl na BMW de Theresa, nem a estacionarei diante do seu restaurante e chamarei os paparazzi.

Deixei o restante nas entrelinhas entre nós. A descoberta do corpo de Carl Westover seria a última gota d'água em seu julgamento. Se a polícia pudesse provar que ele assassinara Carl por se recusar a deixar a máfia utilizar a fazenda, a defesa já frágil de Kat desmoronaria. A única opção de Feliks era acabar com o fórum.

Os ombros dele sacolejaram com a gargalhada silenciosa. Ele coçou a barba por fazer.

– Mais alguma coisa?

– Além disso, você e seu pessoal vão ficar longe da minha casa e da minha família.

– Não vejo necessidade de visitar sua casa nem sua família; a senhora não me deu motivo para isso.

A palavra *ainda* estava implícita. Estranhamente, eu acreditava. Ele era arrogante demais para mentir, e suas verdades eram uma arma muito mais eficiente. Ele inclinou a cabeça de lado.

– Só isso?

Abri a pasta e empurrei as folhas da prova de Vero, apontando as letrinhas que escrevera ao lado de uma mancha de lápis vermelho.

– Este é o perfil de um usuário do fórum. Preciso descobrir o nome real dessa pessoa, e como encontrá-la.

Ele olhou para o papel entre nós. Se reconheceu o usuário *LimpezaFácil*, não demonstrou nada.

– Suas exigências são contraditórias, sra. Donovan. Uma busca dessas levará certo tempo. Quando o site cair, todas as informações dos usuários desaparecerão também. Parece que há uma escolha: posso derrubar o site ou tentar encontrar esse *LimpezaFácil*. O que prefere?

A pergunta foi pontuada com um tom curioso, como se soubesse que me encurralava e estivesse ávido para ver eu me contorcer. Quanto mais tempo eu pensava na resposta, mais a curiosidade dele se aguçava. Eu não gostava de senti-la cortar minha pose como um bisturi.

– Derrube o site – falei, puxando o papel de volta. – Eu mesma encontrarei *LimpezaFácil*.

Feliks sorriu, como se estivesse surpreso com a resposta.

– Não tenho dúvida. E tenho certeza de que a senhora respeitará seu lado do acordo.

Ele se levantou, a corrente tilintando um pouco na frente do macacão.

– A senhora é uma mulher fascinante – disse ele. – Estou curioso para saber como esse seu joguinho se desenrolará, sra. Donovan.

Ele me olhou uma última vez, se demorando, antes de bater na porta.

31

Um guarda levou Feliks de volta à cela. Outro me buscou na porta. Acompanhei o guarda através do prédio, as conversas se calando ao ouvir o estalo dos meus saltos. Uma obscenidade murmurada atrás de mim gerou algumas gargalhadas. Kat era vista como inimiga ali... a mulher comprometida, por dever ou lealdade, a defender os atos indefensáveis de um homem que escapara pelas frestas do sistema vezes até demais. A peruca estava pinicando, e eu mal podia esperar para tirá-la.

Um grupo de policiais uniformizados se virou para me olhar quando cheguei à recepção novamente. Ajeitei os óculos, escondendo o rosto, e me mantive afastada ao me dirigir ao balcão para formalizar minha saída.

Uma chuva fria me atingiu quando saí para o estacionamento. Luzes de segurança brilhavam e reluziam na calçada molhada. De cabeça abaixada para me proteger da garoa, me apressei na direção da minivan. Eu a escondera no lado oposto do estacionamento, o mais distante que conseguira das áreas iluminadas, disfarçada atrás de um caminhão de manutenção. Ouvi uma porta se fechar um pouco à minha frente. O farol piscou e a tranca apitou quando uma sombra alta se esgueirou entre dois carros estacionados, curvado para se proteger da chuva. Fiquei de cabeça baixa quando nos cruzamos.

– E aí, Rybakov?

Tropecei ao ouvir a voz de Nick.

– O que foi? – insistiu ele. – Nada de insultos hoje? Não sei se me preocupo, ou se fico decepcionado.

Fiquei mais rígida, totalmente ciente da nossa proximidade. Virei o rosto para o outro lado e continuei a andar, apertando o passo, desesperada para abrir espaço entre nós enquanto os passos dele chapinhavam as poças de chuva na direção da cadeia.

De repente, ele parou. Ouvi as solas arranharem o asfalto, como se ele se virasse.

– Está meio tarde para um bate-papo, não está, doutora? – perguntou ele, e eu parei bruscamente, o coração martelando ao ouvi-lo se aproximar. – Se eu não soubesse que meu caso estava garantido, acharia que você e Zhirov estavam aprontando alguma coisa.

Minha cabeça estava a mil. O que Kat faria?

De costas para ele, levantei a mão direita, o saudando com o dedo do meio levantado. Ele soltou uma gargalhada enquanto eu avançava a passos largos na direção do caminhão.

– Você sempre levou jeito para as palavras, Rybakov – gritou Nick atrás de mim. – Nos vemos no tribunal, doutora.

Quando ouvi a porta do presídio se fechar, me escondi atrás da minivan, olhando pelas janelas para garantir que Nick fora embora. Com as mãos tremendo, peguei as chaves na bolsa, abri a porta e me joguei no banco do motorista.

Tinha sido por pouco. Por muito pouco.

Suspirei de alívio quando liguei o motor. Um vento frio saiu da ventilação, e eu liguei o aquecedor, botando as mãos na frente da saída de ar. Uma luz fraca saía da minha bolsa aberta, e peguei o celular.

– Como foi? – perguntou Vero, em voz baixa.

As crianças já estavam dormindo fazia tempo. No fundo, ouvi o rangido da despensa e o farfalhar de um saco.

– Assustador.

– Deu para entrar e ver Feliks?

– Deu, mas esbarrei em Nick na saída.

Vero quase gritou.

– Ele reconheceu você?

– Não, graças a Deus.

– O que Feliks disse?

– Aparentemente, negócio fechado. Você arranjou alguma informação sobre o Carl?

– Nada de útil. Pelo que vi, nos quatro meses desde que ele morreu, ninguém registrou o desaparecimento. Não é esquisito?

– Theresa mencionou que Carl era divorciado. Talvez a esposa não soubesse que havia algo errado.

– Mas por que Steven não o procuraria?

– Theresa disse que Carl e Steven não eram próximos. Você descobriu quem é o outro sócio?

– Não tenho certeza, mas tenho uma boa teoria. Theresa disse que o outro sócio se chamava Ted, que é um apelido comum para Edward. Quando pesquisei Carl no Google, outro nome apareceu várias vezes. Parece que Carl já foi proprietário de algumas fazendas em sociedade com o primo, Edward Fuller.

– Fuller. Que nem Bree Fuller?

Eu não acreditava que não tinha feito a conexão antes. Bree estivera naquela foto, abraçada entre os dois. Além do mais, dissera que o pai arranjara o emprego na fazenda para ela. No entanto, se Ted Fuller e Carl Westover eram primos, por que Edward também não denunciara o desaparecimento de Carl?

O celular vibrou e eu o afastei da orelha, soltando um palavrão ao ver o nome de Steven na tela.

– Tenho que atender – falei para Vero.

– Compre batata frita e sorvete no caminho. Vou continuar pesquisando e ver o que descubro sobre a esposa de Carl.

Atendi Steven.

– Que porra é essa que você está inventando? – gritou.

Fechei os olhos com força, tentando, com dificuldade, conter meu temperamento.

– Não sei do que você está falando.

– Esse drama todo de criminosos tentarem explodir minha casa... é só uma historinha que você tirou da cabeça. E agora tem polícia no meu terreno todo, convencidos de que tem alguém querendo me matar.

– Já parou para pensar que alguém quer *mesmo* te matar?

– Que baboseira! Eu ouvi a gravação da chamada de segurança. Nós dois sabemos quem botou fogo no trailer.

Apertei o volante.

– Olha, admito que eu estava na fazenda naquela noite, mas juro, Steven, que não coloquei fogo em nada. Você precisa acreditar.

– Não preciso acreditar em nada, nem no que você acabou de falar nem na voz naquela gravação ridícula! Mas, juro por Deus, se você inventar mais uma façanha dessas, vou contar à polícia que estava no meu trailer!

Chuva salpicava o para-brisa.

– Espere... eles não sabem?

– Claro que não! Você acha que eu quero que meus filhos vejam a mãe presa por incêndio criminoso? Falei que não reconheci a voz da mulher na gravação, mas, se você insistir em espalhar essas teorias da conspiração malucas, e convencer a polícia de que tem algum doido por aí querendo me matar, só para ter desculpa para me manter afastado das crianças, vou envolver Guy nisso, e ainda ligar para a sua irmã.

– Ah, não.

– Ah, sim.

Um silêncio caiu como um martelo, os limpadores de para-brisa indo e vindo furiosamente.

– Estou falando sério, Finlay. Deixe isso para lá e fique bem longe do meu terreno. Assim que a poeira baixar, quero voltar à guarda de Zach e Delia nos fins de semana.

– Mas, Steven, não...

Clique.

Joguei o celular no porta-copos. A minivan estava desconfortavelmente quente, e eu tirei a peruca. Os sapatos úmidos estavam grudados nas bolhas dos pés. Eu estava encharcada, e só queria ir para casa.

A minivan soltou um estrépito em protesto quando passei a marcha e saí do meu esconderijo atrás do caminhão. O farol cortou uma faixa na névoa carregada, enquanto eu me dirigia ao único portão que levava à rua. Quando dei a volta no prédio, bati no freio com força. Luzes azuis piscavam através do movimento regular dos limpadores de para-brisa. Duas viaturas bloqueavam a saída, de portas escancaradas, e policiais ajoelhados atrás dos carros apontavam as armas para mim.

Nick estava de pé atrás deles, virado para a minha minivan e apertando os olhos, com um rádio perto da boca, as linhas rígidas do rosto capturadas na luz forte do meu farol.

– Desligue o motor e saia do veículo com as mãos para o alto.

32

Nick me conduziu à delegacia pessoalmente, segurando meu braço com firmeza ao passar por uma porta lateral e me depositar em uma sala de interrogatório.

– Quer que eu ligue para Georgia? – perguntou ele, soltando minhas algemas.

– Não. Por favor – acrescentei, massageando os punhos enquanto ele guardava as algemas no bolso da jaqueta.

Ele puxou uma cadeira e me instruiu a sentar, olhando para meus sapatos e sobretudo encharcados. Meu reflexo foi chocante no espelho escuro da parede, o cabelo molhado grudado na testa, manchas de rímel escorrido descendo dos olhos.

– Georgia, não – falei.

– Tem alguém para quem possa ligar? – perguntou ele, um músculo tremendo na mandíbula. – Um advogado?

– Preciso de advogado?

Nick apertou os lábios e me entregou o celular dele, antes de me dar as costas. De braços cruzados, ele se recostou no espelho falso. Senti o coração parar ao pensar nos meus filhos acordando amanhã sem mim.

Disquei o número de Julian. Parte de mim esperava que ele não atendesse. A outra parte quase gritou de alívio quando ele o fez. Ouvi copos tilintando em meio ao zumbido alto de conversas no fundo.

– Alô? – perguntou Julian, cauteloso, como se reconhecesse o número.

Ele e Nick já tinham se falado, quando Nick interrogara testemunhas durante a investigação do caso Mickler no Lush.

– Oi, é a Finlay – falei, tentando manter a voz firme.

Um silêncio longo se seguiu. O ruído do bar foi diminuindo em um sussurro quieto, até se calar totalmente, como se ele tivesse saído.

– Você está bem?

– Estou.

– Onde você está?

Olhei para Nick. Ele se afastou da parede, saindo da sala com movimentos rígidos, deixando a porta se fechar.

– Preciso de um favor – falei, com um aperto na garganta. – Estou na delegacia. Preciso de um advogado. Não sabia para quem ligar.

Eu não conseguiria encarar minha irmã. Por enquanto, não.

– Você está sozinha?

– Estou.

– O que aconteceu? – perguntou Julian, tenso.

– Não posso falar agora.

– Finlay, eu ainda nem me formei. Não posso defender você.

– Eu sei. E nunca pediria isso a você. Mas achei que talvez conhecesse um advogado que pudesse me ajudar hoje.

Ele soltou um palavrão baixinho.

– Vou ligar para algumas pessoas. Você vai ficar bem? Precisa que eu vá buscá-la?

Outra pergunta pesava no subtexto. Iam me deixar ir embora? Ou me manteriam presa?

– Estou bem. Vou arranjar uma carona.

Levantei o rosto quando a porta se abriu, e Nick entrou.

– Obrigada – sussurrei e desliguei, com o cuidado de apagar o registro da chamada antes de devolver o celular a Nick.

Fiquei de boca fechada até não aguentar mais o silêncio.

– Como você sabia que era eu? – perguntei.

Ele apoiou as mãos na mesa. A luz fluorescente era forte e revelava a barba por fazer, escura e grossa, e as olheiras fundas.

– Você mostrou o dedo do meio da mão direita. Kat é canhota. E nunca aparece sem o anel; é o sinal de Feliks.

Ele mordeu o lábio.

– Se soubesse que era você – continuou –, não teria pedido reforço. No que você estava pensando, Finn?

Não havia uma boa resposta. Em vez disso, perguntei:

– Minha irmã já sabe?

Ele sacudiu a cabeça, com os ombros pesados.

– Não vai saber.

– Como assim?

– Ninguém vai contar.

– Como pode ter certeza?

Quatro outros policiais estavam com ele ao me pegar na saída do estacionamento. Aquele departamento fofocava como um bando de políticos. Alguém certamente contaria para ela. E, quando contasse, ela derrubaria aquela porta e acabaria comigo pessoalmente. Depois ainda contaria para nossa mãe, o que talvez fosse pior.

– Ninguém vai falar nada – disse Nick. – Nem você. Nem eu. Nem nenhum dos outros policiais que estavam lá comigo.

– Por quê?

– Porque todos concordamos – disse Nick, se endireitando. – Lois Pyle trabalha neste departamento há trinta anos. Mês que vem é a festa para comemorar a aposentadoria dela. Se alguém descobrisse que ela deixou você entrar sem verificar o documento, ela perderia o emprego. Nenhum de nós quer que isso aconteça. Se alguém perguntar, você veio conduzir pesquisa para um livro. Foi tudo combinado comigo previamente. Só um pouco de teatro para interpretar a experiência completa, e pronto.

– Por que você faria isso? Pode se meter em muito problema.

– É, bom, talvez eu mereça – disse ele, coçando o rosto. – É tudo culpa minha. Se eu não tivesse falado das minhas suspeitas sobre Feliks ontem, você nunca teria inventado uma façanha dessas. Juro, Finn, estou cuidando disso. Já descartamos um suspeito...

– Que suspeito?

Ele travou a mandíbula, como se debatesse quanto me contar.

– A DP de Fauquier convocou Bree Fuller para um interrogatório hoje. A empresa de segurança falou que uma mulher ativou o alarme no trailer logo antes do incêndio. Quando ligaram, ela se identificou como Bree. Os investigadores achavam que a coisa era simples, mas parece que Bree tem um álibi. Os pais confirmaram que ela estava em casa, vendo televisão com eles. O álibi foi comprovado por uma foto. A mãe dela tirou uma foto de Bree com o pai na sala, e Bree postou nas redes sociais. Os metadados da foto original no celular de Bree indicam que foi tirada por volta do horário que a empresa de segurança alertou a polícia do incêndio.

– Então ainda não fazem ideia de quem foi?

– Foi por isso que vim pra cá hoje. Lois Pyle conhece algumas pessoas que trabalham na delegacia de Fauquier. Pedi a ela que fizesse uns telefonemas por mim. Ela disse que liberaram Bree há mais ou menos uma hora. Prometi a você que ficaria de olho, e estou cumprindo minha promessa. Agora sabemos que é uma suspeita mulher. E sabemos que ela tem conhecimento íntimo da vida pessoal e profissional de Steven. Visto que Theresa tirou a tornozeleira, e que a melhor amiga dela está desaparecida, de acordo com o marido, estou apostando em Theresa Hall e Aimee Reynolds.

– Aimee Reynolds?

– Ela não aparece em casa desde a noite de sábado, e o marido diz que ela sacou todo o dinheiro da poupança. Imagino que ela e Theresa estejam envolvidas nisso juntas.

Aimee Reynolds.

Aimee, que faria qualquer coisa por Theresa, inclusive se livrar de um cadáver. Aimee, que sabia como ser discreta na internet. Que sabia fazer um problema desaparecer. Que brigava com Steven por causa das crianças. Que tinha acabado de sacar toda a poupança. Provavelmente para pagar *LimpezaFácil* para concluir o trabalho.

Pensando nisso, eu me levantei de um salto, sendo prontamente segurada nos ombros por Nick, que se apressou em dizer:

– Sei no que você está pensando, mas não há motivo para entrar em pânico. Tem um policial à paisana de olho na casa de Steven, pronto para segui-lo a qualquer lugar. Joey está lá agora, até eu arranjar uma equipe para cobrir os turnos sem intervalo. Vamos fazer todo o possível para garantir que Steven esteja em segurança até encontrarmos Theresa e Aimee e descobrirmos quem causou aquele incêndio.

Ele me conduziu de volta à cadeira com um empurrão suave, e soltou um suspiro de frustração.

– Você poderia ter morrido hoje – falou. – Sei que você estava com medo. Que fez isso para proteger sua família. Mas não se negocia com terroristas, Finn, e Feliks é um terrorista. O que quer que ele diga, você não pode confiar em promessa alguma dele.

Nick pegou a cadeira do outro lado da mesa e a girou pelo chão até pará-la bem na minha frente. Ele se sentou, apoiou os cotovelos nos joelhos e abaixou a cabeça, bem perto de mim.

– O que Zhirov falou quando você perguntou da tentativa de assassinato de Steven?

Abri e fechei a boca de novo. Nick achava que eu tinha ido negociar a vida de Steven.

– N-nada – gaguejei.

– Ele falou qualquer coisa a respeito de um possível responsável?

– Não.

A tensão se esvaiu dos ombros dele.

– Que bom.

– Que bom? Por que seria bom?

– Porque, se ele não confessou nada que possa ser usado contra ele no julgamento, então talvez Kat não denuncie você formalmente.

Passou-se um momento enquanto ele me deixava assimilar a informação. Ele levou a mão ao meu queixo e abaixou o rosto, encontrando meu olhar.

– Vou deixar você sair daqui, Finn. E nenhum de nós vai falar disso. Espero que Kat e Feliks também não. Mas você precisa jurar que, da próxima vez que sentir medo, vai me procurar. Sei que está preocupada com Steven, mas prometa que vai deixar os profissionais lidarem com isso.

Concordei junto à palma da mão dele, quase pulando quando alguém bateu à porta. Nick abaixou a mão quando um dos policiais que me arrancara da minivan passou a cabeça para dentro da sala.

– A defesa dela chegou.

Sem dizer uma palavra, Nick se levantou da cadeira e saiu para o corredor. Pela fresta, vi ele abaixar os ombros, como se tivesse relaxado. Como se talvez estivesse esperando outra pessoa ali. O corpo dele escondia a defensora pública que Julian arranjara para mim. Enxerguei apenas um pedaço da calça social preta e das sapatilhas pretas simples pelo espaço entre as pernas de Nick.

– Obrigado por vir – disse ele, apertando a mão dela. – Peço perdão por fazê-la vir até aqui à toa. Foi tudo apenas um mal-entendido.

– Ah? – perguntou a mulher, soando cética.

– Veja, a sra. Donovan é escritora. Ela estava fazendo pesquisa. Combinou comigo previamente, mas alguns dos outros policiais não receberam o recado e interpretaram mal a situação.

– Jura? Soube que foi o senhor que a deteve.

Um cabelo arruivado emoldurava o conhecido par de olhos verdes e grandes que surgiu ao lado dele pela fresta na porta. Senti o estômago se revirar.

Nick pigarreou.

– A sra. Donovan pediu que a experiência fosse o mais autêntica possível.

– E para isso foi necessário algemá-la, confiscar seu veículo e fazê-la ligar para um advogado?

Parker deu a volta nele e empurrou a porta, parando abruptamente quando encontrou meu olhar. O reconhecimento se acendeu como um fusível lento.

– Sei o que isso parece – insistiu ele, entrando atrás dela. – Mas foi apenas um tremendo mal-entendido. A sra. Donovan não foi acusada de crime algum.

– Então por que ela está em uma sala de interrogatório?

Nick levantou as mãos.

– A senhora está certíssima. Cometi um erro ao deixar isso chegar a este ponto, mas, como falei, ela não está em encrenca alguma – falou, parando perto de mim e levando a mão ao meu ombro. – Está tarde. Tenho certeza de que ela quer apenas ir para casa.

Parker estreitou os olhos, olhando de mim para ele.

– Se me permitir, eu gostaria de conversar com minha cliente.

Nick me olhou, relutante. Quando concordei, ele nos deixou a sós e fechou a porta.

Eu cruzei os braços para conter um calafrio.

– Obrigada por ter vindo – falei, baixinho.

A amiga de Julian nem retribuiu meu sorriso desconfortável. Nós duas sabíamos que ela não fora por mim. Ela deixou a bolsa na mesa. Nenhuma de nós duas se sentou.

– Pode me dizer exatamente o que aconteceu?

– O detetive Anthony já disse. Eu estava fazendo pesquisa para o meu livro, e nós exageramos um pouco. Só isso.

– Fazer-se passar por uma advogada? Entrar no presídio de forma fraudulenta? Exagero? É, com certeza. Se aquele detetive não estivesse protegendo você, você passaria a noite atrás das grades – disse ela, inclinando a cabeça e me analisando. – Tem alguma coisa acontecendo entre vocês que eu deva saber?

– Com todo o respeito, não é da sua conta.

– Discordo. Julian é meu amigo. Ele é uma boa pessoa, apesar de ser um pouco ingênuo. Ele não merece ser usado *nem* traído.

– Então que bom que não estou fazendo nenhuma dessas duas coisas.

A gargalhada dela foi seca, sem alegria.

– Julian estava certo. Você é um desastre ambulante. Faça um favor para nós dois: da próxima vez que se meter em confusão, não ligue para ele. Ele tem todo um futuro brilhante pela frente e vai ficar melhor sem você.

Ela puxou a bolsa da mesa. Nem me dei ao trabalho de discutir quando ela abriu a porta com força e saiu pisando duro.

Nick entrou na sala, carregando o casaco.

– Venha – falou, segurando a porta para mim. – Vou levar você para casa.

Ele me cobriu com o couro quente e me levou por uma porta lateral. Parker estava na calçada, na chuva, se debatendo com um guarda-chuva enquanto segurava o celular na orelha. Nosso olhar se cruzou quando Nick me abraçou e me conduziu ao carro.

33

Nick manteve um silêncio doloroso no curto trajeto. Era quase uma da manhã quando ele parou diante da minha casa, nós dois olhando atordoados pelo para-brisa, o carro ainda ligado. Na casa da sra. Haggerty estava tudo apagado, mas, pelo retrovisor, eu poderia jurar ter visto o movimento de uma cortina aberta na janela de cima.

– Vou devolver seu carro de manhã – disse ele, depois do longo silêncio. – Joey e eu traremos pra cá. É melhor você não voltar à delegacia. Não queremos perguntas.

Ele não tinha com o que se preocupar. Eu não tinha interesse algum em voltar. Concordei com a cabeça e soltei o cinto de segurança.

– Obrigada pela carona.

– É, bom, não vi mais ninguém aparecer para ajudar.

Havia uma tensão cansada e áspera na voz dele, mas, ainda assim, uma tensão.

– Sei que está zangado comigo. Você não precisava fazer o que fez por mim hoje.

Ele se virou para mim, os olhos arregalados, chocados e iluminados pela luz da janela da minha cozinha.

– Eu não fiquei apenas zangado, Finn. Fiquei apavorado! Você se colocou no radar de Feliks Zhirov. Eu não deixaria você passar a noite lá de jeito nenhum. Muito menos deixar você voltar para casa sozinha.

– Vou ficar bem.

– Vai, sim – disse ele, o foco voltado ao retrovisor quando uma viatura discreta passou pela minha porta e parou. – O sargento Roddy vai ficar de olho na casa – acrescentou, com a voz mais suave – até eu ter certeza de que Zhirov não se tornará um problema.

– Não precisa fazer isso – argumentei.

– Eu não vou abandonar você só porque a situação ficou feia. Seu advogado desaparecido devia ter aparecido hoje.

Fiz uma careta, as palavras de despedida de Parker quicando na minha cabeça como estilhaços de uma bomba.

– É complicado.

Ele se virou no assento, de frente para mim.

– Não, Finn, na verdade é bem simples. Você merece alguém que vá ficar aqui do seu lado.

– E você quer ser essa pessoa? – retruquei.

Ele rangeu os dentes e desviou o olhar.

Tirei o casaco dele e coloquei a mão na maçaneta.

– Está tarde. Tenho que ir.

– Espere, Finn...

– Obrigada. Por tudo.

Saí do carro antes que ele pudesse responder. O vento frio entrava pelas roupas úmidas, e minhas mãos tremiam ao tentar achar a chave no escuro. A porta de casa se abriu antes que eu conseguisse encaixar a chave na fechadura.

Vero me abraçou.

– Você não está presa!

– Ainda não – falei, através do cabelo dela, com dificuldade de respirar de tanta força com que ela apertava meu pescoço.

– Fiquei muito preocupada quando você não voltou. Aí Nick ligou e falou que você estava detida, então eu surtei e comi um pacote de Oreo inteiro – disse ela, me apertando mais forte. – Preciso saber – cochichou –, foi como no seu livro? Vocês transaram em uma cena bem sexy na cadeia antes de escapar?

Eu me desvencilhei para olhá-la, chocada. O rímel dela escorrera pelo rosto em rastros pretos, e migalhas de biscoito sujavam os cantos do sorriso.

– Você andou xeretando meu computador?

– Não estava xeretando. Como sua contadora, tenho interesse direto no sucesso do seu livro. Eu adorei, por sinal.

O farol de Nick nos iluminou quando ele se afastou de ré. Quando me virei, vi o carro dele parado ao lado da viatura do sargento Roddy, os dois de janela aberta.

– Por que o sargento Roddy está aí? – perguntou Vero.

– Você não quer saber.

Fechei a porta o mais silenciosamente possível, para não acordar as crianças. Vero me ajudou a tirar o casaco encharcado.

– Você está congelando. Vá se secar e se esquentar. E depois volte imediatamente para me contar tudo das algemas.

Sacudi a cabeça, indo para o meu quarto, onde tirei as roupas molhadas e vesti um pijama de flanela quentinho. Eu me sentei na beira da cama, apoiando a cabeça nas mãos. Meu celular piscou. Relutante, eu o peguei e li a mensagem de Julian.

O bar está fechando. Já vou voltar para casa. Me ligue quando puder. Estou preocupado.

A mensagem chegara antes de Parker aparecer na delegacia.

Abaixei o celular. Peguei de novo e reli a mensagem antes de ligar para ele. Ele atendeu no primeiro toque.

– Tudo bem?

Ele soava completamente acordado. E exausto.

– Tudo. Cheguei em casa.

– Eu soube.

A ligação ficou em silêncio por muito tempo.

– O que mais soube?

– O suficiente para presumir que não é a história completa. Quer vir me contar o que aconteceu?

Andei até a janela e puxei a persiana, esticando o pescoço para ver a silhueta escura do sedã do sargento Roddy mais no fim da quadra. Eu me instalei na cama e me recostei nos travesseiros, com um braço por cima da cabeça, olhando o teto.

– Não posso.

– Então eu vou aí.

– Não, por favor.

– Por que não?

– Porque tem uma viatura de olho na minha casa.

– Do detetive Anthony?

Havia certo fogo na voz dele, uma fricção que nunca sentira dele.

– Não. Um dos amigos dele está estacionado aqui na rua.

– Finlay, o que está acontecendo?

– Não é nada.

– Ser pega entrando disfarçada no presídio não é nada? Nem estar sendo vigiada pela polícia? Quem você foi ver hoje? O Zhirov?

Fechei a boca com força. Nick e eu tínhamos combinado de não contar a ninguém. Havia empregos demais em risco, além do futuro de Julian se descobrissem que ele me ajudara, mesmo sem saber.

– Aquele telefonema mais cedo... – falou. – As perguntas que você fez... Você não foi ao presídio para pesquisar. Você foi falar com ele. Por quê?

– Não posso contar.

– Achei que a gente fosse ser honesto.

– É melhor você não saber. Quanto menos souber, menos terá que esconder.

– Já falei que não escondo nada. E você não precisa se esconder de mim. Só não minta, Finlay, *por favor*.

As palavras me atingiram como uma pancada.

– Não estou mentindo. Só não posso contar tudo. E, acredite, você não quer saber.

– Não decida o que eu quero.

A voz dura dele me fez estremecer.

– Minha vida não é um perfil bonitinho do Instagram, todo bem selecionado, Julian! Você está certo, é um desastre ambulante! Envolve cercadinho de criança e travas de segurança. Envolve cadeirinha no carro, fraldas, um ex-marido controlador, uma mãe intrometida, abelhuda, e cheia de opinião, e uma irmã policial! Envolve coisas que fiz e que você provavelmente não quer saber. E talvez seja melhor você não poder ver todas as partes agora. Porque, se estivesse sendo honesto, você admitiria que isso tudo é assustador e que não quer ser marcado em uma foto com nada disso.

Fez-se silêncio.

– O que você acha que quero com você?

– Vivo me perguntando a mesma coisa – falei, soltando um suspiro trêmulo e cobrindo o rosto com o braço. – Sou uma mãe solo de trinta e tantos anos, Julian. Tenho dois filhos e um emprego questionável. Você é um jovem solteiro lindo, com uma carreira promissora e a vida toda pela frente. Eu nem plano de saúde tenho.

Fechei os olhos com força, tentando conter a ardência.

– Então é isso? – perguntou ele, a voz baixa e rouca de emoção. – Você se acha insuficiente, então vai acabar com a gente?

Não consegui falar com aquele nó na garganta.

– Você está certa – disse ele. – Você precisa resolver muita coisa, Finlay, mas não são as coisas com as quais se preocupa. Talvez não seja somente eu que precise ser honesto consigo mesmo.

Depois de um longo intervalo, ele desligou. Fiquei segurando o celular na orelha, desejando poder voltar atrás em muita coisa.

Ouvi uma batida leve à porta, e Vero a entreabriu. Ela passou a cabeça para dentro do quarto, o rabo de cavalo escuro balançando.

– Quer companhia?

Ela não esperou minha resposta para entrar no quarto, de pantufas felpudas e roupão de flanela, e me entregar uma caneca de chocolate quente, cheia de marshmallow até a borda. Ela subiu na cama e se recostou na cabeceira ao meu lado. Tomei um gole do chocolate e tossi, o álcool ardendo garganta adentro.

Vero riu baixinho, bebendo da própria caneca.

– Achei que você estivesse precisando. Quer conversar?

– Acho que a gente terminou. Mas não sei bem quem terminou com o quê.

Atualizei Vero de tudo o que tinha acontecido depois de Nick me pegar na saída da cadeia, até a parte em que Parker apareceu para me defender.

– Bom – disse ela, limpando marshmallow da boca –, isso explica Julian estar tão chateado.

– Porque usei ele para conseguir informações e cometer um crime?

– Não, por ciúmes.

– Ele não está com ciúmes. Está puto.

– Está frustrado, Finn, porque não pôde resgatar você, e Nick, sim. Ele mandou Parker achando que seria seu herói, e ela deu meia-volta e provavelmente disse para ele que Nick tinha cuidado de tudo. E agora você não contou a Julian o que aconteceu, então ele está se sentindo impotente pois não pode ajudar.

– Não é porque pedi ajuda que preciso ser salva.

Ela deu de ombros.

– O que quer que eu diga? Homens são frágeis. Dê um tempo. Ele vai se acalmar.

Ela tirou uma garrafinha de uísque do bolso do roupão e serviu mais uma dose no meu chocolate, antes de servir mais um pouco no próprio.

– Será que Feliks vai cumprir o acordo? – perguntou.

– Não dei muita opção.

– Supondo que ele derrube o site, o que faremos a seguir?

– Temos que encontrar Theresa e Aimee antes da polícia.

– Você acha mesmo que Aimee é *Exausta*?

– Tem que ser. Ela tem recursos para contratar alguém como *LimpezaFácil*, odeia Steven e o *timing* do post bate... Steven tinha acabado de terminar com Theresa. A melhor amiga de Aimee estava sozinha, atrás das grades, e seria mais fácil incriminar Steven pelo assassinato de Carl se ele não estivesse vivo para se defender.

Se eu estivesse certa, e Aimee fosse mesmo *Exausta*, encontrá-la seria a chave para resolver todos os nossos problemas. Poderíamos recuperar meu celular, nos livrar do nosso pedaço de Carl e usar o que sabíamos do envolvimento de Aimee no assassinato dele para persuadi-la a entrar em contato com *LimpezaFácil* e cancelar o contrato. O plano seria perfeito, se eu soubesse por onde começar.

34

Quando acordei, cedo na manhã seguinte, a minivan estava estacionada na frente de casa, e eu tinha recebido uma mensagem de Nick, me dizendo que deixara a chave debaixo do capacho. Saí de pijama e pantufas, arrastando os pés para pegar a chave, e cumprimentei com um aceno o substituto diurno do sargento Roddy antes de levar o carro para dentro da garagem e fechar a porta.

Assim que me instalei à mesa da cozinha com minha primeira xícara de café, ouvi uma batida forte à porta. Olhei pelas cortinas da cozinha e vi o carro da minha irmã. Fechei os olhos e soltei um palavrão. Levara menos de 24 horas para a fofoca alcançá-la. Com um suspiro, abri a porta.

– Oi, Finn! – disse Georgia, com um tapinha no meu ombro, entrando em casa. – Apronte as crianças.

– Elas já estão prontas. Vero vai levar Delia à escola.

– Ela não vai à escola. Tenho dois dias de folga. Vou levar as crianças lá para casa.

– Para a sua casa? – perguntei, imediatamente desconfiada do tom de entusiasmo. – Por quê? Assim... não vou reclamar, mas você sabe que envolveria fraldas.

Fui atrás dela até a cozinha, onde ela se serviu de café e cereal da despensa.

– Nick me ligou hoje. Falou que alguém quer matar seu ex-marido. E, apesar de eu imaginar que a lista de candidatos seja enorme, a teoria dele é que Feliks Zhirov está ligado a essa história. Tem a ver com um post que ele encontrou na internet.

O post. Nick provavelmente encontrara o fórum na noite anterior. Georgia deu de ombros, jogando um pouco de cereal na boca e falando enquanto mastigava.

– Nick tem bons instintos. Se ele está preocupado o suficiente para colocar um guarda de olho na sua casa, provavelmente é inteligente levar as crianças para outro lugar por um tempo. Nick pediu ao parceiro que ficasse de olho na casa de Steven, e não tem funcionários o bastante para botar mais gente de olho na casa da mamãe e do papai, então sugeriu que eu cuidasse das crianças por uns dias até ele resolver isso tudo.

– Foi só isso que ele mencionou? – perguntei, cautelosa.

– Isso e um monólogo sobre um site que desapareceu da internet hoje. Ele parecia bem frustrado.

O fórum. Feliks provavelmente fizera alguém derrubá-lo durante a noite.

Tinha acabado. Tinha dado certo. Eu só precisava encontrar Theresa e Aimee antes de Nick.

– Você sabe onde Nick está agora?

Se ele tivesse ido dormir, a gente teria uma boa vantagem.

– Foi correr atrás de uma pista daquele informante desaparecido.

Abaixei a xícara.

– Ele arranjou uma pista?

Georgia deu de ombros.

– Parece que sim. Ele desligou antes de eu conseguir perguntar. Você sabe como ele é.

Eu sabia bem. Sabia tanto que tinha certeza de que Nick não estava em casa dormindo.

– Vou buscar as crianças.

Saí da cozinha e subi correndo, quase derrubando Vero, que estava no corredor, espreitando a conversa.

– Você escutou? – perguntei, puxando-a para o quarto. – Cam provavelmente ainda tem cópias de tudo que encontrou no fórum. Se Nick encontrar ele e pegar os arquivos, tudo que arriscamos ontem foi à toa.

– Temos que encontrar Cam antes de Nick – sussurrou Vero.

– Mas Nick falou que Cam não tem aparecido em casa nem na escola.

Vero sacudiu a cabeça.

– Quando alguém se mete em encrenca, não se esconde nos lugares em que deveria aparecer. Nem em casa, nem com a família. Vai se esconder com um amigo. Ou talvez um cúmplice... alguém que também tenha muito a perder se for descoberto.

Que nem Aimee e Theresa. Ou Vero e eu. Ela tinha se mudado para a minha casa logo depois de enterrarmos um cadáver.

– Alguém como Cam se esconderia com quem?

– Arrume as crianças – disse Vero, pegando um casaco de moletom com capuz da minha gaveta e o jogando nas minhas mãos. – Vou esperar você no Charger, lá no parquinho. Se livre da sua irmã e saia pelo quintal. Tenho uma boa ideia de onde encontrar nosso hacker desaparecido.

Uma hora depois, Vero bateu no balcão da assistência técnica. Derek estava sentado atrás do caixa, olhando o celular.

– Estamos atrás do Cam – disse Vero, brusca.

– Não sei quem é – respondeu Derek, sem nos olhar.

– Da última vez que viemos, você nos deu o cartão dele – lembrei. – Disse que ele podia nos ajudar com um problema de rede.

– Foi mal. Não me diz nada.

Vero se aproximou bem dele e ergueu a voz.

– Deixe eu ajudar essa memória aí, *Derek*. Ele tem mais ou menos a sua idade. É loiro. Magrelo. Espertalhão. E, de acordo com você, tem o talento de apagar fotos de pau feiosas.

Duas garotas no mostruário de acessórios subiram na ponta dos pés para nos espreitar por cima da estante. Derek se encolheu mais no banco.

– Não faço ideia do que está dizendo.

– Não sei por que você quer ajudar aquele bostinha. Especialmente depois de ele ter me perguntado se eu queria comprar seus nudes.

Derek levantou a cabeça bruscamente. Ele largou o celular no balcão, derrubou o banquinho ao se levantar e empurrou com força a porta com a plaqueta SOMENTE FUNCIONÁRIOS nos fundos. Vero e eu fomos atrás dele, a tempo de vê-lo abrir a porta de uma área de descanso, contendo uma copa e um sofá puído. Cam estava lá dentro, sentado a uma mesa de plástico, encostando um copo grande de raspadinha no rosto.

– Que porra é essa, cara? – gritou Derek.

Cam se levantou de um pulo. Um corte fundo rasgava sua bochecha, e seu olho esquerdo estava fechado de tão inchado. Ele arregalou o outro olho ao me ver, e segurou a raspadinha com um gesto protetor quando Derek deu a volta na mesa e o encurralou no canto.

– Que fácil – disse Vero, saindo da sala.

– Eu paguei você para se livrar daquelas fotos!

Derek bateu na raspadinha, a jogando longe e espalhando gelo alaranjado na parede.

– Ei, eu ainda estava tomando!

Derek segurou Cam pelo colarinho, o levantando até apenas a ponta dos pés tocar o chão. Um sininho tocou na loja. Derek soltou um palavrão e largou Cam, o empurrando.

– É sorte sua ter chegado um cliente, babaca. Mas isso não acabou, viu?

Derek saiu da sala arrastando os pés. Vero entrou atrás dele e trancou a porta. Cam ficou tenso, se encolhendo no canto quando Derek notou o erro e começou a socar a porta.

– Ele não é dos mais espertos – disse Vero, limpando as mãos.

Eu me virei para a geladeira e comecei a remexer no freezer, então tirei de lá uma caixa de comida congelada e a encostei no rosto ferido de Cam. Ele fez uma careta, se encolhendo e se afastando.

– Quem fez isso com você? – perguntei.

Ele pegou a caixa congelada da minha mão e a segurou com cuidado junto ao rosto.

– Não vou contar porra nenhuma. Já me meti em confusão demais por sua causa.

– Foi Feliks? Os capangas dele fizeram isso?

– Olha – disse ele, caindo na cadeira. – Aquele fórum era mau negócio. Eu vou esquecer tudo o que encontrei lá. E, se você for bem esperta, fará isso também.

Eu me sentei na frente dele, tentando cuidar do corte ao redor da caixa de massa congelada. Eu tinha tomado muito cuidado para não revelar o nome de Cam a Feliks, mencionei apenas que a informação sobre a existência do site tinha sido passada por um informante. Se Feliks sabia que era Cam – que ele tinha registros do fórum –, o garoto tinha sorte de ter sobrevivido.

– Preciso da informação que você ia dar ao detetive Anthony.

– Foi mal. Não vai dar.

– Você nos deve cinquenta dólares – lembrou Vero.

Cam apontou para o rosto.

– Eu mereci os cinquenta dólares!

Ele desviou o rosto quando eu analisei seus machucados.

– Você encontrou alguma coisa sobre *LimpezaFácil*, não é? – perguntei, e minha suspeita foi confirmada pela careta que ele fez. – Se você souber quem *LimpezaFácil* é, precisa nos contar. É questão de vida ou morte, Cam. A gente combinou!

– Não tenho que contar nada.

Cam se encolheu quando Derek gritou o nome dele do outro lado da porta.

– Não quer contar? Tranquilo. Então vamos deixar você e seu amiguinho Derek a sós – disse Vero, se virando para a porta, com a mão pronta para girar a fechadura.

– Está bem, eu conto! – disse Cam. Ele soltou a comida congelada e olhou para a saída de emergência do outro lado da sala. – Só que não aqui. Vou com vocês, mas quero um lugar seguro para ficar. Um lugar onde não possam me encontrar. É o único jeito de eu entregar esses arquivos.

– Tudo bem – falei. – Pode ficar com o primo da Vero.

Vero se virou para mim.

– Não!

– O que faço então? – argumentei. – Levo ele para a casa da minha irmã?

– Quero um quarto de hotel – exigiu Cam. – Dos bons. Com café da manhã grátis e internet ilimitada. E quero outra raspadinha.

– Combinado – falei, porque era melhor do que deixá-lo dormir no meu sofá. – Vamos nessa.

Acompanhamos Cam pela saída de emergência, saindo para o sol claro da tarde no estacionamento. Os gritos de Derek sumiram quando a porta se fechou. Vero levou um momento para se orientar, apertando o botão da chave do carro. O pisca-alerta do Charger piscou a poucas fileiras de carros da gente. Cam se encolheu no casaco, olhando furtivamente pelo estacionamento antes de se enfiar no carro de Vero. Ele se jogou no banco de trás, e Vero deu a partida. Eu me virei no meu assento.

– Agora, desembucha. Quem é ela?

Cam se fechou, o olhar concentrado no celular. Nitidamente, ele não tinha a intenção de cumprir sua parte do acordo até estar em segurança no quarto de hotel confortável, com a raspadinha. Pedi a Vero que parasse em uma lanchonete, onde comprei uma raspadinha extragrande laranja para Cam. Ele tomou alguns longos goles, e encostou o copo gelado no rosto.

– E agora? – perguntou Vero.

– Agora vamos ao Ritz-Carlton – resmungou Cam, do banco de trás.

– Tem um Holiday Inn Express do outro lado da rua – sugeri.

– Acho que você não dá a mínima para a minha saúde e segurança.

Vero sacudiu a cabeça.

– Precisamos de um hotel que aceite dinheiro vivo e que não vá dar bola para ele.

– Que tal este aqui? Não é longe.

Mostrei o celular, aberto em uma imagem de uma estrutura pequena, de apenas um andar, com umas poucas dezenas de quartos, todos com saída para o estacionamento. De um lado ficava uma loja de bebidas e, do outro, um sex shop.

– Perfeito – disse Vero. – Vamos lá.

Cam se distraiu com vídeos no celular, chupando gelo pelo canudo com uma força irritante, enquanto eu guiava o caminho até o hotel. Vero parou com o Charger nos fundos, para não ser notada da rua.

– Vou entrar e pegar um quarto para o moleque.

Ela esticou a mão. Remexi na bolsa que pegara emprestada na noite anterior, afastando a peruca e pegando a carteira. Coloquei algumas notas de vinte na mão de Vero, e ela saiu, deixando o carro ligado.

– Combinamos que vocês me levariam a um lugar chique – disse Cam. – Este lugar é um lixo.

– Você deu uma olhada na sua cara? – perguntei, apontando o espelho retrovisor para ele. – E qual foi a última vez que tomou banho? Você está com cara de quem fugiu. Se for a um hotel chique, o recepcionista vai chamar a polícia. Por sinal, estão procurando você.

Ele se calou. Afundando ainda mais no banco, olhou com raiva pela janela.

– Posso perguntar uma coisa?

– Talvez.

– Você sempre fala *ela*. Por que tem tanta certeza de que *LimpezaFácil* é uma mina?

– Porque é um fórum de mulheres. Sabe, para *mulheres*.

– Também é na internet. Qualquer pessoa pode ser qualquer pessoa. Quem você acha que convenceu Derek a mandar fotos do pau, por exemplo?

– Espere – falei, me virando –, quer dizer que você enganou seu amigo e fez ele mandar nudes, só para poder cobrar para resolver o problema?

– Pois é! – disse ele, parecendo honestamente orgulhoso. – Nunca suponha que você sabe com quem está tratando na internet.

– Não tenho que supor nada. Daqui a poucos minutos, você terá seu quarto de hotel e me contará tudo.

– Vai atender isso aí?

Cam apontou com a cabeça para o celular no meu colo, que estava tocando. O nome de Nick piscou na tela.

Desliguei o motor e guardei a chave no bolso.

– Fique aqui – falei para Cam. – Já volto.

Dei a volta no prédio antes de atender.

– Nick?

– Oi, você teve notícias do Steven?

Uma sirene de polícia soou duas vezes no fundo, e Nick apertou a buzina com força.

Senti um calafrio.

– Por quê? O que aconteceu?

– Ele está bem. Mas sofreu um acidente.

– Que tipo de acidente?

– Estourou um pneu da picape. Ele conseguiu desviar e parar em uma vala. Bateu numa árvore, mas parece que não causou tanto estrago. Joey e eu acabamos de sair do local da batida. Não deu para tirar muita coisa do pneu que estourou, mas um dos outros parece ter sido rasgado.

Cacete!

– Onde ele está?

– Esperava que estivesse com você.

– Achei que você tivesse dito que tinha gente de olho nele.

– Tinha mesmo. Mas ele ficou furioso. Disse que não queria polícia no terreno dele. Joey estava de tocaia o mais perto possível da casa, mas Steven deve ter saído pelos fundos. Quando meu pessoal encontrou a picape, ele já tinha ido embora. O motorista do reboque se lembrou de ter visto ele entrar em uma van.

Senti um aperto na garganta.

– Que tipo de van?

– Não sabemos. O motorista do reboque disse que estava ocupado tentando tirar a picape da vala, e não reparou. Só se lembra disso. Achei que talvez Steven tivesse ligado para você pedindo carona.

– Não – falei, andando em círculos –, não falei com ele.

Nick soltou um palavrão baixinho.

– Talvez tenha pedido um carro. Muitos motoristas de táxi e Uber têm minivans. As crianças chegaram na casa da Georgia?

– Ela foi buscá-las hoje cedo.

– Que bom – disse ele, e um pouco da tensão se esvaiu de sua voz. – Tem gente de olho na sua casa, só para o caso de Steven estar indo aí. Roddy vai falar comigo ou com Joey no segundo que alguém encontrar ele. Se tiver notícias de Steven, quero que me ligue. Até eu saber com o que estamos lidando, quero que fique em casa, de portas trancadas. Joey está voltando para a casa de Steven, para o caso de ele aparecer por lá. Vou voltar à delegacia para transmitir o aviso do que estamos procurando, e dou um pulo na sua casa assim que tiver notícias, está bem. E... Finn?

– Pois não?

– Vou encontrá-lo. Prometo.

Nick desligou.

Mais do que qualquer coisa, eu queria acreditar naquilo.

Com as mãos trêmulas, liguei para Steven. Caiu direto na caixa postal.

– Steven, é a Finn. Me ligue assim que ouvir o recado.

Desliguei e andei em círculos no beco atrás do hotel. Se *LimpezaFácil* tivesse sequestrado Steven, eu tinha mais chances de encontrá-lo. Assim que Vero acabasse de pagar o quarto, eu faria Cam me contar o que sabia.

Ouvi o motor de Vero roncar, e dei a volta no prédio correndo para encontrá-la. O Charger parou, freando abruptamente, a centímetros dos meus joelhos. Cam arregalou os olhos atrás do volante e olhou para o retrovisor quando Vero saiu correndo do motel. Cam virou o volante com tudo e meteu o pé no acelerador, cantando pneu ao sair do estacionamento.

– Ele roubou meu carro! – gritou Vero. – Você deixou a chave com ele?!

– Não! – falei, sacudindo a chave na cara dela. – Levei a chave. Ele só ficou com a raspadinha e o celular.

– E o YouTube – disse ela, pegando a chave da minha mão. – Ele ficou com o YouTube no celular. Aquele bostinha deve ter achado um tutorial para fazer ligação direta no meu carro. Já deu – falou, tirando o celular do bolso. – Vou chamar a polícia.

Arranquei o celular da mão dela.

– Você não pode fazer isso! O que vai dizer? Que acabamos de reservar um quarto para um adolescente foragido da polícia? Cam sabe demais sobre a gente. Você não pode denunciar ele. Temos preocupações mais importantes.

– O que é mais importante que o meu carro?!

– Nick acabou de ligar. Steven desapareceu. E tenho bastante certeza que foi levado por *LimpezaFácil*.

35

Vero e eu pegamos um Uber no hotel. Precisávamos de um carro para procurar Cam, e só restava a minivan. O motorista nos deixou no parque no fim da nossa rua, e Vero e eu pegamos um atalho pelos quintais dos vizinhos, nos esgueirando por trás da casa até a porta lateral da garagem, para evitar o olhar do sargento Roddy e da sra. Haggerty.

Vero pôs a chave na fechadura.

– Que estranho – sussurrou.

– O que foi?

– Está destrancada.

Vero empurrou a porta. De trás da sombra enorme da minivan veio uma série de baques metálicos.

– Tem alguém aqui – cochichou ela. – O que a gente faz?

– Vou entrar por aqui – falei. – Você dá a volta pela cozinha.

Vero concordou e foi de fininho até a porta de correr nos fundos da casa.

Entrei na garagem e me agachei atrás do carro, olhando para o lado. Uma silhueta estava de costas para mim, na frente da bancada, examinando minhas novas ferramentas à luz fraca da lâmpada no teto. Eu me aproximei devagar até vê-lo de perfil. Steven analisou minha chave inglesa e a jogou na bancada com um suspiro furioso. Ele pegou meu estilete novinho, se abaixando para avaliar a lâmina. Eu não sabia se estava aliviada ou irritada por ele estar vivo.

Eu me levantei e gritei:

– O que está fazendo aqui?

Steven soltou um palavrão. O estilete caiu na bancada com um baque ruidoso e ele se virou, levando a mão ao peito. Ele apontou as ferramentas e veio na minha direção.

– Nós dois vamos ter uma conversa sobre isso. Sei o que você está tentando fazer, mas já passou dos limites, Finlay. Você convenceu a delegacia toda de que alguém está tentando me matar!

– Alguém *está* tentando te matar! Tenho tentado dizer!

– Isso precisa parar. Agora. Antes que alguém se machuque.

– O que você está fazendo?

Eu recuei, batendo na lateral da minivan, quando ele tentou me segurar.

– Levando você à delegacia.

– Você não pode fazer isso! – falei, dando um tapa na mão dele.

– A gente vai se reunir com seu amigo detetive muito preocupado e você vai dizer que foi a *sua* voz gravada na noite do incêndio. Vai contar tudo. Que você e aquela sua babá me derrubaram na fazenda de pinheiros e fingiram me assaltar, só para você me pressionar a fazer uma porcaria de um B.O.

– Como assim? Eu não fingi te assaltar!

Recuei, e fomos dando a volta na garagem.

– Encontrei aquele app de espionagem que você colocou no meu celular, por sinal. Ótimo detalhe. Um bom avanço desde a babá eletrônica na mochila da Delia.

– Que app?

– Mas mexer no gás e rasgar os pneus do meu carro? Só para fingir que tem alguém atrás de mim? Para parecer que nossos filhos não estão seguros comigo? Aí já passou dos limites. Você vai explicar para o Nick que esse post ridículo que ele achou na internet é só uma história fictícia que *você* inventou para não precisar dividir a guarda comigo.

Bati com as costas no capô da minivan. Tateei, tentando me aproximar da porta enquanto ele fechava a distância entre nós.

– Admito tranquilamente que era minha voz na gravação, mas eu não causei o incêndio! Também não fiz nenhuma dessas outras coisas. É sério, alguém quer te matar! E, acredite se quiser, dessa vez não sou eu! O post que Nick encontrou é de verdade, Steven!

Ele pegou meu braço e me arrastou para longe do para-lamas.

– Verdade, igual o restante das suas histórias.

Tentei firmar os pés, meus tênis guinchando no concreto.

– Não se preocupe – continuou ele, rangendo os dentes enquanto eu tentava usar o peso contra ele. – Vou avisar ao seu amigo policial que não quero prestar queixa. Vou dizer que vamos resolver a três... você, eu e meu advogado. Guy pode nos encontrar na delegacia agora mesmo. Quando você esclarecer tudo com a polícia, daremos um jeito na situação.

Com uma mão, ele apertou meu braço com força, enquanto eu tentava empurrá-lo. Com a outra, pegou o celular no bolso.

– Você não faz ideia do que vai acontecer se fizer isso! – falei, tentando me desvencilhar dos dedos dele, enquanto ele passava pelos contatos no celular.

– Sei exatamente o que vai acontecer. Seu amigo detetive não vai prender você. Não sou idiota; já vi como ele olha pra você. E Georgia vai aparecer em sua defesa, como sempre faz.

Ele começou a ligar para alguém. Uma nesga de luz escapou da porta da cozinha entreaberta atrás dele.

– Vamos acabar com isso logo, Finn – falou. – É hora de encarar o que você...

Um baque ecoou pela garagem quando minha frigideira de inox preferida quicou na cabeça de Steven. O celular escorregou da mão dele quando ele caiu de lado no concreto.

Vero se curvou, ofegante.

– Você nem imagina há quanto tempo quero fazer isso.

Ela o cutucou com a ponta do pé. Ele respirava um hálito quente quando me debrucei sobre ele, conferindo seus batimentos cardíacos.

– Ele morreu? – perguntou Vero.

– Não, está bem.

– Quer que eu bata de novo?

Olhei para ela com irritação e peguei o celular dele, para conferir que não chegara a ligar para o advogado, antes de deixar o aparelho na bancada. As gavetas estavam todas abertas, minhas novas ferramentas espalhadas por ali. Uma variedade de martelos e chaves de fenda tinha sido minuciosamente organizada, e o estilete estava aberto, todas as lâminas retiradas.

– Não acredito. Ele estava procurando *provas* de que eu tinha inventado tudo isso.

O invasor que a sra. Haggerty vira não era um capanga de Feliks; era Steven. Nick encontrara minha porta aberta depois do vazamento de gás. Steven provavelmente fora xeretar e acabara fugindo com medo da polícia.

– Ele acha que fui *eu* quem escreveu o post no fórum. Enquanto isso, *LimpezaFácil* ainda está por aí. E minha única pista para descobrir quem está mesmo tentando matá-lo fugiu no seu carro.

Vero ergueu a frigideira.

– Não me leve a mal, mas eu tive uma ideia.

Eu conhecia aquele tom de voz. Era o mesmo que ela usara, sentada naquele mesmo chão, para armarmos um plano para nos livrar de Harris Mickler. Ela segurara aquela mesma frigideira, e aquele mesmo brilho sagaz em seu olhar não levara a nada de bom.

– Abaixe a frigideira.

– Me escute – disse ela, deixando a frigideira de lado. – *LimpezaFácil* é uma assassina de aluguel. Ela, ou ele – admitiu –, só está atrás de Steven pelo dinheiro. E *Exausta* só ofereceu pagamento para uma de vocês, quem chegar a Steven primeiro. Só precisamos convencer *Exausta* que o trabalho foi feito. Assim, pegamos o dinheiro. Quando tivermos o dinheiro, *LimpezaFácil* vai desaparecer.

– E o que acontece quando *Exausta* notar que Steven ainda está vivo?

– Aí já é tarde. Já teremos o dinheiro. O que *Exausta* vai fazer? Denunciar a gente para a polícia? Não dá. O que ela diria? *Ofereci cem contos para matarem um cara, mas me passaram a perna. Vocês podem, por favor, encontrar meu dinheiro?* De jeito nenhum! A gente só precisa tirar umas fotos que provem a morte, e encontrar um lugar seguro para esconder seu ex por uns dias, enquanto entramos em contato com *Exausta* e combinamos de pegar o dinheiro. Quando ela aparecer para o pagamento, saberemos exatamente quem é, e poderemos usar isso como chantagem para ela não tentar de novo. Quando ela descobrir que levou um golpe, não tem mais fórum, *LimpezaFácil* já sumiu, Steven está seguro e *eu* tenho um carro novinho. Essa última parte não é nem negociável, por sinal – disse ela, me apontando uma unha lascada.

Steven estava caído, boquiaberto, o rosto relaxado de sono. Mordi o lábio. Não era uma ideia tão ruim.

– E se a gente for pega? Nick sabe do fórum. Sabe que tem alguém pagando para matarem Steven.

– Esse é o trunfo. Não percebeu? Steven não morreu – disse ela. – Nada de cadáver, nada de assassinato. Nada de assassinato, nada de crime. No pior dos casos, você é culpada de manipular a situação para salvar a vida do seu ex-marido.

Fazia sentido. E era melhor do que deixar *LimpezaFácil* acabar com o trabalho.

– Como vamos esconder Steven? Ele não vai aceitar isso de jeito nenhum.

Vero pegou um rolo de fita isolante na bancada e jogou para mim.

– Você está maluca? – gaguejei. – A gente não pode esconder ele aqui. Nick e Georgia vivem entrando de repente quando acham que tem alguma coisa errada. É sorte nossa não terem encontrado Carl! E como eu explicaria a Delia e Zach que o pai deles está amordaçado no porão?

– Quem disse que a gente vai esconder ele aqui? – disse Vero, tirando do bolso a chave do hotel e sacudindo na minha cara. – Já paguei. Cam não vai usar. É besteira desperdiçar.

36

Fiquei sentada no chão da garagem, concentrada no celular de Steven, enquanto Vero o virava de costas e abria o zíper do casaco dele. Franzindo a testa, ela levantou um braço inerte acima da cabeça dele e dobrou uma das pernas em um ângulo esquisito.

– O que está fazendo?

– Montando uma cena do crime.

Ela abriu um pote de xarope de framboesa e jogou uma poça de líquido no meio do suéter de Steven. Em seguida, cobriu também a ponta de uma chave de fenda comprida e espalhou algumas gotas do xarope no chão, ao redor dele. Por fim, deixou impressões digitais grudentas no cabo da arma do crime, que também largou no chão.

– Pronto! – declarou, lambendo os dedos com um sorriso satisfeito antes de começar a tirar fotos da vítima. – Pegue a fita. Acho que ele vai acordar.

Apoiei o celular de Steven na bancada e cortei um pedaço comprido de fita. Vero e eu nos apressamos enquanto Steven começava a se mexer: prendemos os punhos dele um no outro, atrás das costas, e enroscamos alguns metros de fita nos tornozelos. Com o último pedaço, fechei a boca dele, o que me satisfez mais do que deveria. Juntas, nós o jogamos na parte de trás da minivan e fechamos a porta.

Eu me recostei na minivan, secando suor da testa. O carro estremeceu quando Steven acordou por completo e começou a se debater furiosamente. Um grito abafado atravessou a porta.

– Ele vai me matar quando isso acabar.

– Acho que não – arquejou Vero ao meu lado. – Tenho bastante certeza de que Bree estava certa. Ele é caidinho por você.

– Por que você acha isso?

– Pense bem, Finn. O cara acha que você deu uma porrada na cabeça dele, botou fogo no escritório dele, inundou a casa dele de gás, rasgou os pneus do carro dele e ainda assim não chamou a polícia. Ele deixou Bree passar um dia todo detida por um crime que ele *sabia* que ela não tinha cometido, só porque não queria que fosse você a algemada ali.

– Mas você viu a cena agora. Ele estava pronto para me arrastar esperneando até a delegacia.

– Primeiro, ele não ia arrastar você a lugar algum, porque eu não deixaria nem a paulada. E segundo, o único motivo para ele tentar levá-la à delegacia era não querer ser o vilão que chamaria a polícia e a entregaria. Ele queria que *você* se entregasse. E planejava levar você direto a Nick e sua irmã, porque sabia que eles não a prenderiam se ele não apresentasse queixa.

A minivan tinha parado de se mexer, e eu me perguntei se Steven estava escutando.

– Venha – disse Vero, se afastando da porta –, é melhor mandar essas fotos para *Exausta* e levar o Belo Adormecido ao motel antes que venham procurá-lo.

Uma sequência de baques fez o carro tremer.

– Teve alguma sorte com o app no celular? – perguntou ela.

Fui buscar o aparelho na bancada.

– Não, é um desses apps que pais usam para ficar de olho nos filhos adolescentes. Precisa de senha para desativar. *LimpezaFácil* deve ter instalado depois de atacar Steven.

– O celular não pode emitir sinal se não estiver ligado. Desligue. Mais tarde a gente dá um jeito.

A tela de Steven piscou com uma mensagem quando eu peguei o celular.

– Que esquisito – falei.

Vero se aproximou, me vendo clicar na notificaçao.

– É um lembrete de compromisso – expliquei. – Mas não pode ser. O calendário de Steven diz que ele tem uma reunião de lucros e despesas do quarto semestre daqui a duas horas.

– Com quem?

– Ted Fuller e Carl.

Nós nos entreolhamos. Eu abaixei a voz e continuei:

– Como Steven pode ter reunião com um sócio morto?

– A reunião deve ter sido marcada antes de Carl morrer.

– Não. O convite só chegou hoje.

– Ted deve ter marcado. É a única explicação. Talvez Theresa estivesse falando a verdade e Ted não saiba de Carl.

– Acho que não – falei, levantando o celular para ela ver o que eu via. – Ted não está listado como organizador do evento. Ele nem confirmou presença ainda. O convite foi enviado pela assistente de Carl.

– Assistente? – perguntou Vero, pegando o celular para ver melhor. – Se Carl tinha funcionários, por que ninguém teria contado que o chefe estava desaparecido, especialmente se o chefe em questão passou meses sem pagar salários?

Vero estreitou os olhos.

– E por que marcariam a reunião na casa de Carl? – perguntou. – Está pensando no que estou pensando?

– Que quem mandou esse convite já sabe que Carl morreu.

Parecia uma cilada. Além de nós, apenas três pessoas vivas sabiam o que tinha acontecido com Carl: Theresa, Aimee e Feliks.

– E se Aimee tiver criado um e-mail falso para se fingir de assistente de Carl? – ponderei. – Talvez ela e *LimpezaFácil* estejam em conluio: ela atrai Steven, e *LimpezaFácil* acaba com ele.

– Ou talvez ela tenha notado que é mais rápido e barato matar ele sozinha. Pense bem... Ela postou no fórum enquanto Theresa estava na cadeia e respondeu às duas ofertas enquanto Theresa estava em prisão domiciliar, de tornozeleira. Mas agora Aimee recuperou sua fiel escudeira. Por que precisa de *LimpezaFácil*? Ela não tem nojo de sangue. E *LimpezaFácil* já fez três tentativas, sem sucesso – disse Vero, sacudindo a cabeça. – Acho que Aimee se assustou quando aparecemos com Carl e quer acabar com Steven rápido. E, se ela e Theresa matarem ele, ela não precisa pagar ninguém.

– Então por que incluir Ted na reunião? Se ela planeja matar Steven, por que convidar uma testemunha?

– Ted não confirmou presença. E se ela nem tiver mandado o convite para ele? Talvez seja só teatro. Sabe, parte da armadilha. Talvez Aimee tenha feito o convite parecer uma reunião de sócios, para Steven não desconfiar de nada.

Quanto mais eu pensava, mais fazia sentido.

– Vou mandar essas fotos para *Exausta* antes que ela escape de nos pagar.

– Espere – falei, quando Vero pegou o próprio celular. – A reunião é daqui a duas horas. Steven não vai aparecer, mas quem o convidou não sabe disso.

Desliguei o celular de Steven, e bati com ele no queixo.

– Não mande as fotos ainda – continuei. – Tenho uma ideia melhor.

Já anoitecia quando Vero e eu chegamos ao hotel, com Steven amarrado no porta-malas e Carl dentro do saco no chão. Eu tinha me agachado no banco de trás quando Vero saíra com a minivan da garagem. Ela acenara para o sargento Roddy no caminho, deixando-o supor que eu estava segura em casa.

Vero conferiu o número do quarto na chave e parou o carro o mais perto possível da porta. Demos uma olhada no estacionamento e nas cortinas fechadas das janelas mais próximas, para garantir que não haveria testemunhas, antes de tirar Steven da minivan e empurrá-lo para dentro do quarto. Ele cambaleou, tentando andar com os tornozelos atados, antes de cair com um baque no carpete.

– A gente precisa colocar ele na cama? – perguntou Vero, ofegante, dobrando o corpo.

Steven se debatia, atado por fita isolante, e me fuzilou com o olhar enquanto eu colocava o aviso de NÃO PERTURBE na porta e fechava as cortinas grossas. O quarto era uma pocilga. O papel de parede estava descascado e havia manchas amareladas no teto chapiscado. Eu nem queria imaginar que horrores estavam escondidos pela estampa ridícula dos anos 1970 no carpete, mas também não achava que teríamos a força necessária para colocar Steven na cama.

– É melhor pelo menos afastarmos ele da porta.

Nós o seguramos por baixo dos braços e o arrastamos para o espaço entre as duas camas. Pus um travesseiro embaixo da cabeça dele e liguei a televisão, aumentando o volume e mudando o canal para a ESPN.

– Pronta? – perguntei a Vero, espanando as mãos e pegando a chave do carro.

Steven arregalou os olhos. Enquanto a gente se dirigia à porta, a respiração dele foi ficando ofegante de pânico.

– Foi mal, Steven. Acredite, isso definitivamente é melhor do que a alternativa. Daqui a poucas horas volto para ver como você está.

A televisão abafava o barulho de Steven se debatendo quando Vero e eu saímos e fechamos a porta. Subi no banco do motorista, e hesitei antes de colocar a chave na ignição.

– Você está sentindo culpa – falou Vero, prendendo o cinto. – Não sinta. Ele estava arrastando você à força na sua própria garagem. Enquanto isso, você está tentando salvar a vida desse traste miserável. Não precisa sentir culpa por nada. Agora, vamos nessa. Temos que nos livrar de um corpo.

Com um suspiro resignado, virei a chave. O motor zombou de mim com um estalido conhecido.

– Não! Não, não, não! – suspirou Vero.

Girei a chave de novo. Nada.

– O que a gente faz? – perguntou Vero.

– Não sei!

– Não podemos ligar para o seguro. Estamos com Carl!

– Vamos deixar a minivan aqui e alugar um carro. Deve ter uma locadora por aqui.

Tateei atrás do banco em busca da bolsa que levara à cadeia na noite anterior. Eu a revirei, a virei de ponta-cabeça e joguei dela a pasta e a peruca.

– A carteira – falei. – Devo ter esquecido no bolso do casaco.

– Não entre em pânico. Vou pedir a Ramón que traga um carro emprestado.

Vero trocou algumas mensagens rápidas com o primo. Ela largou o celular no porta-copos e soltou um palavrão.

– Ele está a caminho de um acidente em Leesburg – falou –, preso no trânsito. Vai levar no mínimo duas horas para chegar aqui.

– A reunião na casa do Carl é daqui a pouco mais de uma hora! Não temos tanto tempo!

– A gente não está em *Um morto muito louco*, Finn! Não dá para colocar Carl entre nós duas no banco de trás do Uber! – disse ela, cruzando os braços e se recostando com um suspiro irritado. – Quando encontrar Cam, eu mesma vou matá-lo. Precisamos de um carro. Rápido, de preferência – falou, torcendo o nariz. – Acho que nossa múmia está começando a derreter.

Enfiei tudo de volta na bolsa e hesitei ao pegar a peruca. Era comprida e escura, idêntica ao corte e penteado de Kat. Era também semelhante à cor e ao comprimento do cabelo de Irina, o suficiente para ser confundido com ela no escuro. O céu cinzento de dezembro já ia escurecendo no pôr do sol.

– Chame um Uber – falei, consolidando minha ideia. – Dê a Ramón o endereço do hotel. Diga que vamos deixar a chave na minivan. Peça para ele rebocar o carro até a oficina.

– E o Carl?

– Vamos voltar a tempo de buscar Carl antes de Ramón chegar. Com sorte, ainda podemos chegar à reunião antes de começar.

– Aonde a gente vai?

Entreguei a peruca para Vero.

– Encontrar um carro muito rápido.

37

O Uber nos deixou a uma quadra da concessionária de carros importados logo antes de a noite cair. Os postes de luz jogavam halos nos modelos, e as luzes fortes do salão refletiam nos capôs brilhantes. Vero abriu a boca, soltando um leve suspiro impressionado.

Parei na frente dela, quebrando o encanto ao botar a peruca na cabeça dela e ajeitar as beiradas.

– Fique na seção do estacionamento mais distante do salão. Escolha um carro rápido, mas prático. Um SUV, alguma coisa assim. Me mande uma mensagem com a cor e o modelo. O que quer que aconteça, não deixe nenhum vendedor se aproximar, e não fale com ninguém. Finja estar em um telefonema muito importante. Eu cuido do restante.

– O que você vai fazer?

– Pegar a chave.

Avancei na direção da concessionária. Vero correu atrás de mim.

– E você acha que vão simplesmente *dar* a você a chave de um carro desses sem pedir documento?

– Não, vão dar a chave a Irina Borovkov. Vá lá.

Empurrei Vero para o estacionamento e fui na direção do salão.

Quando cheguei à porta de vidro, ela se abriu. Alan me deu espaço, com um sorriso hesitante.

– Boa noite, senhorita... – começou, corando de vergonha. – Perdão, não me lembro do seu nome.

– Provavelmente porque não sou importante – falei, olhando para ele com altivez enquanto meu celular vibrava no bolso. – Estou aqui com Irina

Borovkov. Ela gostaria de um test drive do... – falei, olhando o celular de relance – Superleggera Volante na cor Modern Minimalist.

Olhei o celular de novo. Aquilo era mesmo o nome da cor?

– O *Superleggera*?

Uma onda de pânico me inundou quando Alan levantou as sobrancelhas. Eu não sabia o que era um Superleggera. Mas se tinha *minimalista* no nome, não podia ser tão grave, né?

– Tem certeza? – insistiu ele.

Estendi a mão para pegar a chave.

– É claro. Vou pedir que levem o carro até ela.

Com um sorriso tenso, ele foi pegar o telefone da recepção.

– Não! – falei, me apressando para interrompê-lo antes que ele começasse o telefonema. – Quer dizer... A sra. Borovkov já está aguardando perto do carro. Pediu que eu levasse a chave. Ela está em um telefonema muito importante e não pode ser incomodada.

Alan olhou pelas janelas enormes do salão, provavelmente para o carro em questão. A postura de Vero era quase régia. Ela estava de costas para o salão, a silhueta destacada pela luz, a peruca escura esvoaçando ao vento, e o celular junto à orelha.

– Já mencionei que ela está com pressa?

Alan pigarreou e ajustou a gravata.

– Muito bem – falou, em voz baixa. – Espere um instante, por favor.

Ele desapareceu em uma sala. Um momento depois, voltou e, discretamente, botou a chave eletrônica na minha mão ao apertá-la.

– Por favor, diga à sra. Borovkov que esperamos que ela goste do test drive.

Saí do salão murmurando um agradecimento, e apertei freneticamente os botões da chave até luzes piscarem e um motor roncar. As lanternas de um carro esportivo preto fosco e elegante se acenderam em um tom de vermelho quente e vibrante. Vero soltou um barulho praticamente erótico ao entrar no banco do motorista. Com o coração a mil, entrei no banco do carona e tranquei a porta. Encarei o painel, sem conseguir formar palavras. Por fora, o carro era um falo gigante, e por dentro, era o banheiro do Darth Vader.

– Falei para escolher um carro prático!

– Também falou para escolher um carro rápido. Essa gostosura tem mais de setecentos cavalos.

– Não precisamos de setecentos cavalos! Precisamos de espaço para Carl!

Ela fechou os olhos de leve, fazendo roncar o motor.

– Shhh, acho que estou vivendo uma experiência religiosa.

– Pode rezar para o carro depois. Precisamos sair daqui antes de atrair mais atenção.

Eu me virei no banco, e vi que Alan nos observava da calçada.

– Não se preocupe. Escolhi uma cor muito discreta. Viu? *Minimalista* – disse Vero, me entregando uma ficha de informações que tirou do porta-luvas. – Assim, no escuro, vai ser mais difícil nos notar.

Perdi o fôlego ao ver o preço no fim da folha.

– Vero! Esse carro custa *trezentos* mil dólares!

Vero passou a marcha do carro.

– Você me mandou encarnar a Irina. E Irina Borovkov não está nem aí.

Vero pisou no acelerador, saindo da vaga com o Aston Martin. Alan levantou o braço para proteger o olhar do brilho do farol, e Vero saiu com tudo, cantando poeira ao fugir do estacionamento.

38

Vero e eu voltamos correndo para o motel e transferimos o saco de Carl da minivan para o porta-malas do Aston Martin. Deixei a chave da minivan debaixo do banco, junto ao celular de Steven, e guardei no bolso a chave do quarto, resistindo à tentação de entrar e ver como Steven estava. Tínhamos uma longa noite pela frente, e eu não sabia quanto tempo teríamos com o carro antes de Alan ficar ansioso e ligar para Irina.

Como eu temia, o carro atraiu muita atenção até estarmos a muitos quilômetros a oeste da cidade, onde as doze pistas da autoestrada interestadual se afunilavam em seis, e a escuridão ficar espessa o bastante para nos disfarçar. Vero nos conduziu ao endereço de Carl, enquanto eu estudava a imagem de satélite no Google do terreno dele de dois hectares. O terreno parecia ter um bosque denso. O lado oeste fazia fronteira com uma estrada rural e uma mercearia.

– Podemos estacionar atrás daquele mercadinho. Tem uma clareira entre as árvores a mais ou menos meio hectare dali. Deve dar para enxergar claramente os fundos da casa.

Pegamos a estrada rural que seguia em paralelo ao terreno de Carl, abaixando o farol ao estacionar atrás da loja. Deixamos Carl e trancamos as portas, usando a lanterna do celular para enxergar o caminho pela mata. Folhas secas e orvalho congelado estalavam sob nossos pés.

– Acho que estamos chegando – falei, depois de andarmos uma boa distância, e parei para consultar o GPS no celular antes de desligá-lo.

Abrimos caminho pelas árvores no escuro. A clareira era pequena, e o terreno, irregular e inclinado. As árvores do lado oposto eram mais esparsas e, entre elas, dava para enxergar as janelas iluminadas da casa.

– Aí está – falei, apontando um rancho amplo abaixo de uma colina rasa.

– Ai! – exclamou Vero, parando abruptamente e quicando em um pé só, segurando o outro. – Que porra foi essa?

Olhei ao redor dela, mas as nuvens espessas não deixavam escapar um único raio de luar. Eu nem enxergava direito as feições de Vero ao meu lado, muito menos o chão.

Acendi a lanterna do celular, com o cuidado de mantê-la apontada para baixo. A luz quicou em uma superfície brilhante, quase me cegando. Pisquei várias vezes para enxergar uma placa grossa de mármore reluzente.

– Não é uma clareira. É um cemitério particular – falei, apontando a luz para a esquerda, e para a direita, contando quatro lápides. – Devem ser da família de Carl.

A terra congelada estalou quando Vero e eu caminhamos entre os túmulos, iluminando os nomes.

– Tem que estar de brincadeira. É perfeito! – disse Vero.

– Como assim?

– Lembra naquele livro seu, em que a mocinha escondeu um cadáver em um túmulo de outra pessoa? Podemos enterrar Carl bem aqui, com a família. É o único lugar onde ninguém procuraria.

Tropecei quando meu pé afundou em um pedaço de terra fofa. Chutei uma pilha de folhas secas e passei a mão na terra revirada.

– Este túmulo é recente – falei.

Se Carl e a esposa não tinham contato, e ele morava ali sozinho, quem teria aparecido recentemente para enterrar alguém? Eu me ajoelhei e afastei uma camada de folhas secas da lápide.

CARL R. WESTOVER
MARIDO E PADRASTO AMADO,
LUTOU CONTRA O CÂNCER COM
GRAÇA E CORAGEM.

– Hum, Finlay? Por que Carl já tem lápide?

E por que a data marcada ali era de quatro meses antes, perto de quando Carl fora mesmo assassinado?

– Não sei.

– Será que ele está mesmo enterrado aí?

– Deve estar.

Quanto mais pensava, mais fazia um certo sentido bizarro. Theresa e Aimee deviam ter escondido o cadáver de Carl diante de todos, bem no cemitério da família, com um epitáfio que disfarçaria qualquer dúvida quanto à causa da morte.

– Theresa e Aimee devem ter planejado isso há meses – falei –, logo depois da morte de Carl.

– Como assim?

– Lápides gravadas levam semanas, às vezes meses, para chegar depois da encomenda. Esta lápide foi encomendada muito antes de encontrarmos Carl no contêiner. O guarda-móveis provavelmente era uma solução temporária. Elas provavelmente planejavam recuperar o corpo e trazê-lo para cá quando a lápide ficasse pronta, mas Theresa ficou presa em casa e elas foram obrigadas a esperar. Devem ter entrado em pânico quando deixamos Carl na cozinha de Theresa e vieram direto para cá. A casa vazia de Carl seria o lugar perfeito para se esconderem da polícia.

– E o cemitério já estava preparado para receber o cadáver dele.

– Então Theresa e Aimee estão aqui. Deve ter sido elas que convidaram Steven para a reunião – falei, olhando a hora no celular. – Já está quase na hora. Vamos chegar mais perto.

Vero e eu desligamos a lanterna e nos aproximamos da beirada das árvores atrás do rancho de Carl. Nos deitamos na grama, de barriga para baixo. Algumas luzes estavam acesas dentro da casa. Alguém tivera o cuidado de continuar pagando a conta de luz. Uma sombra se mexeu atrás de uma janela grande. Vero tirou um binóculo do bolso do casaco e me ofereceu.

– De onde você tirou isso?

Peguei na garagem antes de sair. Achei que seria útil.

Aproximei o binóculo dos olhos, com os cotovelos apoiados no chão gelado enquanto ajeitava o foco, sentindo o botão da regulagem ainda grudento do açúcar das rosquinhas que comemos na fazenda de pinheiros.

– O que você está vendo? cochichou Vero.

– Tem alguém na cozinha. Uma mulher. Na frente do fogão. Acho que está cozinhando.

Dois veículos estavam estacionados ao lado da casa: um sedã pequeno e um SUV que provavelmente era de Aimee.

Virei o binóculo para a janela de novo. A mulher ao fogão se virou quando outra mulher entrou na cozinha.

– É Aimee. E Theresa está com ela. Estão tirando pratos do armário. Taças. Talheres da gaveta. Aimee levou comida à mesa. Theresa serviu duas... não, três taças de vinho. Tem três lugares postos.

Elas tinham se esforçado muito no cenário daquela armadilha.

– Steven deveria chegar a qualquer momento. O que a gente faz? – perguntou Vero.

– Mande as fotos para *Exausta*.

– Agora? Mas aí elas vão saber que Steven não vem.

– E veremos o momento em que Aimee receber a mensagem. Saberemos com certeza que ela é *Exausta*.

Aí, bateríamos na porta e a confrontaríamos.

Vero tirou o celular do bolso. A tela iluminou seu rosto enquanto digitava a mensagem.

– Essas fotos ficaram bem convincentes, até. O xarope de framboesa foi uma boa ideia.

Saiu um apito chiado do celular, indicando o envio do e-mail.

E, em seguida, o estalido apavorante de uma espingarda sendo armada atrás de nós.

Vero ficou paralisada. Eu não ousei me mexer.

Fiquei olhando bem para a frente, pelo binóculo, virada para a cena na cozinha, apesar de ter perdido todo interesse no que Aimee e Theresa faziam lá dentro.

– Vocês estão invadindo propriedade privada.

Não reconheci a voz da mulher atrás de mim, mas ela falava com a autoridade de quem sabia exatamente onde ficavam os limites do terreno, e exatamente onde os tínhamos ultrapassado. Como se fosse dona do lugar.

– Sra. Westover? – perguntei cautelosamente, esperando estar certa. – Posso explicar.

– E explicará. Levantem-se. Devagar. E mantenham as mãos onde eu as veja.

Olhei uma última vez para a janela da cozinha antes de abaixar o binóculo. O celular de Aimee estava na mesa ao lado dela, a tela ainda apagada. Ela nem o olhara enquanto servia comida e, com Theresa, começava a comer.

Vero se ajoelhou.

– Vamos lá – disse a mulher, me cutucando nas costas com o cano da arma.

Vero me olhou de soslaio quando nos levantamos, e a mulher foi nos empurrando até a casa. Finalmente sabíamos para quem era a terceira taça. Carl e a esposa podiam até não manter contato, mas ela mantinha a casa vazia dele.

Marchamos em silêncio pela grama gelada. A sra. Westover gritou um chamado quando nos aproximamos da casa. Theresa e Aimee levantaram a cabeça abruptamente, olhando a janela. Theresa se levantou de um pulo e nos encontrou na porta.

– O que elas estão fazendo aqui?

Ela empalideceu, como se tivesse visto um fantasma. Aimee largou o garfo no prato com estrépito.

– Vi uma luz na colina. Perto do cemitério – disse a mulher, nos empurrando para a cozinha com a espingarda. – Sentem-se – gritou, nos indicando a mesa.

Aimee nos olhou, boquiaberta, quando nos sentamos diante dela. O celular dela ainda estava apagado na mesa. Ela estava ficando de olhos marejados, como se prestes a chorar.

– Finlay, o que está fazendo aqui? – perguntou, com certo tremor na voz.

– Eu ia perguntar exatamente a mesma coisa.

– Você sabe exatamente o que estamos fazendo aqui – disse Theresa, irritada, fazendo Aimee dar um pulo. – Precisamos nos esconder, e ninguém nos procuraria aqui. Ninguém além de você, óbvio. Porque, de algum jeito, você insiste em ser a pedra na porcaria do meu sapato.

– Esta é ela? A ex-mulher do Steven? – perguntou a sra. Westover.

Theresa levantou as mãos, para dar um efeito dramático.

– Por favor, mãe! Não aguento isso agora.

Mãe?

– Espere aí – disse Vero, olhando de Theresa para a sra. Westover. – Se a esposa de Carl é sua mãe, então Carl é seu... Nossa, Theresa. Você esquartejou seu *pai*?

Padrasto! – argumento Theresa. – Era meu pa*drasto*. E, para sua informação, eu nunca nem morei com ele. Minha mãe se casou com ele depois que eu saí de casa para fazer faculdade. Sabe-se lá por quê – acrescentou, revirando os olhos. – Óbvio que eu e Carl nunca tivemos intimidade. E, antes que você pergunte, não, Feliks não fazia ideia que Carl era meu parente quando o matou, e eu não ia compartilhar a informação depois. Feliks não gosta de deixar ponto sem nó, e eu não queria que ele viesse atrás da minha mãe.

– Não faz diferença – disse a sra. Westover, firme, puxando uma cadeira na cabeceira e se sentando. – Eu já falei, dou conta desse tal de Feliks. E da polícia. Já está tudo resolvido, Theresa. Você não vai ser presa por causa daquele homem. Acabou. Carl está morto e enterrado – disse a sra. Westover, cutucando a mesa. – Até onde qualquer pessoa além da gente sabe, o padrasto de Theresa morreu de câncer em agosto. Tem certidão de óbito e tudo.

Vero riu, desanimada.

– O doutor que assinou isso aí não tinha um pedação bem grande de informação. Acho que está no porta-malas do nosso... ai! – gritou, quando a chutei por baixo da mesa.

– De onde veio a certidão? – perguntei.

Se Theresa e a mãe se safassem de enterrar o corpo sem a polícia desconfiar de qualquer problema com Carl, um dos nossos problemas mais urgentes estaria resolvido.

– É só conhecer as pessoas certas – disse Theresa, afetando timidez.

– Conhecer, ou dar para elas? – resmungou Vero.

Vinho foi derramado na mesa quando Theresa deu um pulo para atacá-la.

– Já basta! – gritou a sra. Westover.

Todas nós ficamos imóveis, caladas e chocadas pelo surgimento repentino de sua voz de mãe. Ninguém pegou a garrafa derrubada, que continuava a derramar vinho devagar.

– Sente-se! – ordenou à filha, sem deixar margem para discussão.

Theresa se instalou na cadeira vazia ao lado de Aimee, bufando.

A sra. Westover se levantou e trouxe outra garrafa de vinho tinto do armário. Depois, mais duas taças. Ela tirou a rolha, serviu um pouco em cada taça, e mais um pouco na própria.

– Carl estava morrendo de câncer – explicou. – O médico tinha dado a ele poucos meses de vida. Foi por isso que Theresa levou Feliks para conhecer o padrasto, na verdade. O tratamento de Carl era caro, e o plano de saúde cobria pouca coisa. Theresa achou que ele fosse querer o dinheiro. Ela não tinha como adivinhar que Carl recusaria. Nem que Feliks o machucaria. Theresa não tem culpa de nada. Ela foi arrastada para isso tudo. Não a culpo pelo que aconteceu com meu marido, e não a verei presa pelo que aquele homem horrível fez com ele. O médico de Carl é um amigo antigo. Eu disse a ele que

Carl faleceu em paz, em casa, comigo, e pedi um favor. Ele me deu a certidão de óbito, e eu encomendei a lápide.

Ela deitou a espingarda no colo.

– Carl está onde deveria estar – continuou –, e é isso o mais importante agora. Quando perguntarem por ele, explicaremos que ele faleceu tranquilo, entre a família, e não queria estardalhaço. Não há motivo para ninguém procurá-lo.

– Talvez não, mas vão procurar sua filha – argumentei. – Theresa descumpriu a prisão domiciliar. A polícia está ativamente em busca dela, e sabem que está com Aimee. Elas não podem se esconder aqui para sempre.

– Não podem, mesmo – concordou ela. – Já discutimos a situação. Theresa se entregará à polícia amanhã. Quando perguntarem por que ela fugiu, ela simplesmente dirá que foi ameaçada por Feliks, e que temeu pela própria vida. Se ela se entregar e cumprir o acordo judicial como planejado, é improvável que prestem novas queixas contra ela. Sua declaração é importante demais para o caso contra Feliks.

Theresa empalideceu. A sra. Westover pegou a mão da filha. Aimee parecia prestes a vomitar.

– Não quero voltar – sussurrou Theresa para a mãe, com a boca trêmula. – E se Aimee e eu fugirmos para outra cidade? Ela tem o dinheiro todo que tirou da poupança. É o suficiente para vivermos por um tempo.

– Cem mil dólares podem render muito – concordou Vero. – Especialmente se não precisar pagar mais ninguém.

Theresa fez uma careta.

– Do que você está falando?

Aimee desviou o rosto.

– Theresa não sabe, não é? – perguntei.

Aimee arregalou os olhos, se virando para mim e Vero, e perguntou, com a voz trêmula:

– Como assim?

– Sabemos que você é *Exausta* – disse Vero. – Que tentou contratar alguém para matar Steven.

Aimee ficou boquiaberta. Theresa franziu a testa e se virou para a amiga.

– Aimee, do que ela está falando?

– Não sei – gaguejou Aimee. – Claro, estou mesmo exausta do Steven. Ele é um babaca de marca maior, e não me deixa ver Delia e Zach, mas nunca pedi a ninguém que o machucasse!

– Olhe o celular dela – insistiu Vero. – Você vai ver. Ela terá recebido um e-mail de *Anônima2* com fotos da cena do crime. Ah, por sinal – acrescentou, voltando-se para Aimee –, caso ainda não tenha notado, Steven não virá para a sua emboscada, então pode mandar uma mensagem para *LimpezaFácil* e avisar que o negócio acabou.

Theresa se sobressaltou. Lágrimas surgiram em seus olhos.

– Steven morreu? Quem é *LimpezaFácil*? Aimee, do que elas estão falando?

– Não faço ideia! – gritou Aimee.

Theresa pegou o celular de Aimee, e passou pela tela, com os olhos brilhando.

– Não estou vendo nada. Não tem nada aqui além de mensagens para o marido – disse Theresa, se virando para Aimee com uma expressão de nojo. – Você tem falado com seu marido? Você disse que ninguém sabia que a gente estava aqui!

– Desculpe! – disse Aimee. – Ele não parava de mandar mensagem! Disse que estava com saudades, e preocupado!

– Seu marido é o rei dos escrotos, Aimee! Aposto que ele só estava preocupado com o dinheiro que você sacou da conta conjunta para me ajudar! Você não pode estar considerando mesmo voltar para ele!

Aimee se encolheu.

Vero pegou o celular de Theresa.

– Tem que ter uma mensagem aqui. Eu mesma mandei. Tinha foto e tudo.

Aimee e Theresa olharam atordoadas para Vero, que mexia no celular de Aimee. Ela empurrou o celular de volta para o outro lado da mesa.

– Não entendi – disse Vero. – Se você não é *Exausta*, quem mandou matar Steven?

– E quem marcou a reunião? – perguntei.

– Que reunião? – perguntaram Theresa, Aimee e a sra. Westover em uníssono.

Nós todas nos viramos para a janela quando a luz de um farol passou pelas árvores. Uma picape desceu a estrada de cascalho que levava à casa, ativando os sensores de movimento na varanda ao parar devagar. O carro foi desligado, e o farol apagou. A luz fraca de uma tela de celular iluminou o motorista em um brilho azul-claro, enquanto ele digitava uma mensagem rápida. Ele apertou o olhar para a casa quando a tela se apagou.

O celular de Vero vibrou. A tela se acendeu com um e-mail de *Exausta*. Vero me mostrou.

Anônima2,

Por que você me mandaria esta foto horrível? Você acha que isso é uma piada? Não tenho dinheiro algum e, se entrar em contato de novo, vou denunciá-la para a polícia.

– Acho que acabaram de nos passar a perna – disse Vero.

Ela olhou para a janela enquanto o homem saía da picape.

A sra. Westover se levantou, olhando pelo lado da cortina para vê-lo se aproximar devagar da casa. Ela empalideceu, voltando-se para a filha.

– O que Ted Fuller veio fazer aqui?

39

– O que você acha que ele quer? – perguntou Theresa à mãe, enquanto o pai de Bree subia os degraus da entrada.

– Não sei – disse a sra. Westover, em voz baixa. – Não falo com Ted desde a última reunião que ele teve com Carl, em junho. Eles brigaram por causa da fazenda de grama.

– Por que eles brigaram? – perguntei apressadamente.

– Ted não gostou da divisão dos lucros. Queria uma porcentagem maior, já que tinha papel mais ativo na administração da fazenda, porque andava trabalhando com o Steven. Mas Carl e eu dissemos que não aceitávamos mudar o acordo. Contrato é contrato, e Carl não tinha culpa de ter adoecido. Ele não estava em posição de abrir mão de sua parcela, mas Ted discordava. Acho que eles nunca se reconciliaram. Ted e Steven administravam o negócio, e o depósito batia na conta de Carl todo mês, conforme combinado no contrato.

– Então por que ele está aqui? – perguntou Theresa.

Os passos de Ted ecoaram devagar na direção da porta. Uma sensação enjoativa de pavor se acumulou no meu estômago. Eu tinha uma boa suposição de por que Ted estava ali. E tinha bastante certeza de que ele não tinha sido convidado para uma reunião misteriosa.

– Alguém se fingiu de assistente de Carl para mandar um convite a Steven e Ted para uma reunião aqui – falei, e todas se viraram para mim. – Por isso Vero e eu viemos. Achamos que fosse Aimee, tentando atrair Steven para matá-lo.

Aimee franziu a testa.

– É uma longa história – falei, em tom de desculpas. – Sem ofensa.

– Não me ofendeu – disse ela, parecendo um pouco enjoada.

– Mas se não foi Aimee que marcou reunião com Steven e Ted, quem foi? – perguntou a sra. Westover.

A campainha tocou. Ninguém se mexeu para atender.

A sra. Westover pegou a espingarda.

– Somos cinco, e ele é apenas um. Vamos fazer ele entrar e chegar ao fundo dessa história.

A sra. Westover destrancou a porta e a entreabriu, mantendo a espingarda escondida. Nós todas nos aproximamos para escutar.

– Barbara! – disse Ted, ofegante, como se vê-la o tivesse feito perder o fôlego. – Não esperava encontrá-la aqui.

– Eu posso dizer o mesmo. Faz tempo que não o vejo aqui. Está meio tarde para uma visita, não? – perguntou ela, amarga.

– Peço desculpas. Sei que devia ter ligado. Steven também se atrasou. Ele acabou de me mandar uma mensagem. Disse que teve um problema com o carro que o deixou de mãos atadas, mas que agora está a caminho.

Vero segurou meu braço.

– Problema com o carro? Mãos atadas? – cochichou.

Não podia ser coincidência. A gente deixara o celular dele na minivan, junto das chaves para Ramón. Não me surpreenderia se Steven soubesse exatamente o que fazer para minha minivan funcionar.

– Steven deve ter dado um jeito de sair do hotel.

– Tem mais alguém aqui com você? – perguntou Ted, com a voz desconfiada.

A sra. Westover ergueu a espingarda e abriu a porta com o pé.

Ted levantou as mãos devagar, dando um passo cauteloso para trás, franzindo a testa em confusão.

– Barbara, sei que Carl ficou muito chateado depois da última reunião, mas tenho certeza que daremos um jeito assim que Steven chegar.

– Carl faleceu no verão, Ted. Mas imagino que você já saiba disso – disse Barbara, saindo para a varanda, com a arma apontada para o peito dele. – É por isso essa reunião misteriosa? Planeja se livrar do último sócio e tomar posse da fazenda inteira? Talvez queira conversar com a ex-mulher de Steven sobre a ideia.

Barbara apontou com a cabeça para mim. Ted arregalou os olhos ao me ver ali.

– Entre, Ted – disse Barbara. – Parece que temos algumas coisas a esclarecer.

Barbara deu um passo para o lado, deixando Ted entrar na casa. Ela manteve a arma apontada para as costas dele, o dirigindo à mesa da cozinha. O restante de nós o cercou, como um júri aguardando a confissão do réu.

– Meus pêsames, Barbara – começou ele, a voz embargada de emoção. – Eu não fazia ideia do falecimento de Carl. Deveria ter vindo aqui antes, ou ligado. Jamais deveria ter deixado as coisas como deixei. Não sabia que a doença dele estava tão avançada.

– Carl não queria que ninguém se lamentasse por ele. Ele era um homem bom. Não posso dizer o mesmo de você.

– Nem sei o que dizer em minha defesa – admitiu ele, baixinho.

– Por que não começa contando quem é *Exausta*? – sugeri.

Eu queria ouvir ele confessar que postara o anúncio no fórum. Que era responsável pelos atentados contra a vida de Steven. Que marcara a reunião para atrair Steven e deixar *LimpezaFácil* concluir o trabalho.

– Comece com o incêndio na fazenda, e siga daí – falei.

Ele levantou o rosto bruscamente.

– Você sabe disso?

Vero cruzou os braços no peito, tamborilando os dedos.

– Sabemos de muita coisa.

Ted engoliu em seco.

– Entenda, por favor, que minha esposa não planejava machucar ninguém com o incêndio. Melissa só estava com raiva de mim. Havia muito tempo ela insistia para que eu cortasse relações com Steven, mas eu e ele tínhamos um acordo, e eu cumpro minha palavra.

Sacudi a cabeça, confusa.

– Sua esposa ateou fogo no trailer de Steven? Por quê?

Ted corou, e olhou para a mesa.

– Na primavera, pedi a Steven que contratasse minha filha para trabalhar no administrativo alguns dias por semana, como parte do acordo. Só que Bree passou a ter uma quedinha por ele, e Steven... bem, você conhece Steven – disse Ted, me olhando com tom de desculpas.

– Oi! Eu estou bem aqui – disse Theresa, abanando as mãos na nossa frente. – Ninguém liga para o fato de que ele era *meu* noivo na época?

Vero pegou a garrafa de vinho aberta e a empurrou para Theresa.

– Não. Mas tome esse prêmio de consolação. E você – falou, voltando-se para Ted –, continue a falar.

Ele respirou fundo e continuou.

– Melissa ficou lívida ao descobrir que Steven e Bree estavam envolvidos romanticamente. Ela insistiu que disséssemos que Bree não podia mais trabalhar lá, mas minha filha é adulta, e não achei que fosse nosso papel dar ordens sobre seus relacionamentos.

Vero soltou um barulho de nojo.

– Ou porque a fazenda estava dando lucro, então você decidiu ignorar que um cafajeste nojento estava se aproveitando da sua filha.

Ted admitiu a culpa com um aceno curto de cabeça.

– Melissa ligava para ele sem parar. Passou o verão todo atrás dele, exigindo que ele demitisse Bree. Ela queria acabar com qualquer contato entre os dois. Melissa finalmente conseguiu o que queria daquela confusão toda em outubro, quando Steven teve uma desculpa para demitir Bree. Minha filha ficou péssima. Ela passou dias na cama, chorando, e a fazenda estava indo por água abaixo, mas Melissa finalmente ficou feliz. Isso durou mais ou menos um mês, até Steven beber um pouco demais, acho que no Dia de Ação de Graças, e ligar para nossa casa em uma hora indecente, procurando Bree.

Devia ser o telefonema que eu vira ao fuçar o celular dele. Aquele que fizera para a casa dela, e não para o celular.

– Bree já tinha ido dormir – continuou Ted. – Melissa viu o número dele no localizador de chamadas e nem atendeu, então Steven deixou um recado, dizendo a Bree que estava com saudades e que havia cometido um erro. Disse que tinha arranjado uma casa nova e queria vê-la.

Vero me olhou, levantando as sobrancelhas. Tinha sido a noite em que Steven aparecera na minha casa e me vira com Julian. Quando me dissera que a casa dele não era um lar, porque eu e as crianças não estávamos lá.

– Continue – pedi a Ted.

– Melissa ficou furiosa. Exigiu que eu rompesse a sociedade. Disse que a fazenda estava dando prejuízo depois do escândalo, de qualquer jeito, e que, como Bree não trabalhava mais lá, não havia motivo para mantermos contato com Steven, profissional ou pessoal. Quando me recusei, ela ficou furiosa. Ateou fogo ao trailer como argumento, para mostrar que colocaria a fazenda, e o nosso negócio, abaixo antes de deixar aquele homem destruir nossa filha. Família era mais importante que lucro. Era só um trailer, disse ela. O futuro da nossa filha era muito mais importante que um investimento perdido.

– Ela podia ter matado alguém – falei, lembrando a velocidade feroz com que o fogo devorara o sofá de Steven.

– Não – insistiu Ted, sacudindo a cabeça com veemência. – Ela sabia que o trailer estava vazio. A caminhonete de Steven nem estava lá. Melissa sabia que ele estava morando em outro lugar. Nunca teria causado o incêndio se achasse que alguém se machucaria. Foi só o jeito dela de fincar o pé e me lembrar das minhas prioridades.

– Aí ela contratou alguém para o trabalho sujo – disse Vero, cética.

Ted fez uma expressão confusa.

– Não entendi – falou, virando-se para mim em busca de resposta.

– Acreditamos que sua esposa contratou um assassino de aluguel para matar meu ex-marido.

Vi a expressão dele ir de confusão a incredulidade.

– Melissa? – riu, um pequeno som chocado que foi crescendo em uma explosão quase histérica. – Nunca! Você não conhece minha esposa. Ela nunca faria uma coisa dessas.

– Odeio dizer – disse a sra. Westover, abaixando a espingarda –, mas ele está certo. Conheço Melissa Fuller há anos. Dá para imaginar ela destruindo uma propriedade para ensinar uma lição a um homem sem escrúpulos e proteger a filha, mas não consigo imaginar ela matando ninguém. Não faz sentido.

– Ela fez uma besteira em um momento de fraqueza – insistiu Ted –, mas notou o erro quando a polícia apareceu para deter Bree. Melissa nunca vai se perdoar por isso. Ficaria apavorada com a ideia de tentar machucar Steven ou danificar a propriedade dele outra vez, por medo de gerar mais suspeitas que pudessem prejudicar nossa filha.

– Então, em vez de entregar sua esposa, você manipulou o álibi de Bree, para cobrir Melissa também.

No dia depois do incêndio, Bree me dissera que tinha passado a noite em casa com o pai, vendo televisão. No entanto, de acordo com Nick, os pais disseram à polícia que os três estavam vendo televisão juntos. Imaginei tudo com clareza.

– Melissa não tirou a foto de vocês naquela noite – falei. – Enquanto você e Bree estavam vendo televisão em casa, sua esposa estava causando o incêndio.

Ted sacudiu a cabeça.

– Não tinha mais ninguém em casa, só eu e minha filha. Ela queria uma foto nossa, então colocou o celular na estante e fotografou com o temporizador.

– E você disse à polícia que foi Melissa quem fotografou, para dar um álibi a ela – disse Vero, e Ted concordou. – Mas, se você e sua esposa não contrataram ninguém para matar Steven, por que marcaram a reunião e convidaram Steven?

Ted fez uma cara confusa.

– Eu não marquei reunião nenhuma.

Eu me virei para Vero.

– Se ninguém aqui marcou a reunião, quem marcou?

– Nem olhem para mim – disse Theresa, levando a garrafa de vinho à boca.

Uma explosão estourou a janela, vidro rasgando o ar.

Todos caímos no chão, cobrindo as orelhas, escondidos debaixo da mesa enquanto a casa era alvejada por balas.

40

Quando os tiros finalmente cessaram, o silêncio foi ensurdecedor.

– Está todo mundo bem? – gritou Ted.

Barbara apontou a espingarda.

– Quem está atirando na gente? – perguntou Aimee, encolhida junto de Theresa.

Olhei ao redor, vendo os rostos debaixo da mesa. Todos tínhamos conexão com Feliks Zhirov.

– Tem que ser Feliks – falei. – Você mesma disse, ele não gosta de dar ponto sem nó.

Éramos todos pontos sem nó. De uma vez, os capangas de Feliks podiam nos eliminar.

Outra saraivada de balas atingiu a casa.

– É isso que vamos ver! – disse a sra. Westover, rolando até se ajoelhar e apoiar o cano da espingarda na janela quebrada.

Ela disparou algumas balas no escuro, interrompendo o ataque deles. Quando ela se abaixou para recarregar, os capangas de Feliks voltaram a atirar, a forçando a recuar e se esconder debaixo da mesa conosco de novo.

Theresa abraçava a garrafa de vinho de um lado, e Aimee do outro.

– Sinto muito por ter contado ao meu marido onde a gente estava! – chorou Aimee.

– Sinto muito por seu marido ser um escroto! – soluçou Theresa.

Balas perfuravam os armários da cozinha e ricocheteavam na porta da geladeira.

– Finlay! – disse Vero, segurando minha mão. – Preciso te contar uma coisa antes de a gente morrer.

– Eu sei! – falei, apertando a mão dela. – Eu também te amo! Mas não é hora disso!

– Não, Finn. É sobre o dinheiro. Eu preciso...

No cascalho lá fora, chegou um carro cantando pneu. Luz azul inundou a janela, seguida de um grito.

– Polícia! Abaixem as armas e levantem as mãos!

– Parece o Nick! – disse Vero, antes de se encolher quando mais uma saraivada de balas irrompeu lá fora.

Vero e eu nos arrastamos até a janela para espreitar. Uma luz azul girava no painel de Nick. A porta dele estava aberta, mas não dava para vê-lo. Dois homens vestidos inteiramente de preto estavam escondidos atrás de árvores no quintal, os fuzis semiautomáticos faiscando ao atingir o lado do carona do carro de Nick.

– Cadê ele? – perguntou Vero, mais alto que os estouros dos tiros.

– Não sei. Deve estar preso atrás do carro. Precisamos fazer alguma coisa.

Os atiradores não paravam, um atacando enquanto o outro recarregava, estilhaçando vidros e disparando na luz azul. Eu me abaixei debaixo da janela, arrastando Vero comigo.

– Precisamos de uma distração – falei. – Algo grande o bastante para desviar a atenção deles de Nick.

Seria preciso algo mais claro e barulhento para atrair o foco deles. Olhei pela cozinha em busca do que usar. A luz azul iluminou a garrafa de vinho derrubada na mesa.

– Tive uma ideia. Venha!

Ignorando os cacos de vidro me cortando, fui engatinhando até a mesa, Vero vindo logo atrás. Tateando na mesa sem olhar, encontrei a garrafa e a entreguei a Vero. Theresa gritou quando peguei a outra garrafa da mão dela e derramei o vinho no chão.

– Eu estava bebendo isso!

Vero vinha junto de mim enquanto eu carregava as garrafas, engatinhando, até a pia.

– Essa ideia é muito ruim, Finlay!

– A gente precisa fazer alguma coisa! Estão fazendo picadinho do carro de Nick!

Revirei o armário debaixo da pia, empurrando rolos de papel-toalha e sacos de lixo até encontrar um frasco de limpa-vidros. Abri a tampa e cheirei. O odor forte me fez engasgar, e meus olhos arderam.

– Encontre uma toalha.

Vero tateou ao meu redor e puxou o pano de prato da maçaneta da geladeira, o rasgando em duas tiras compridas enquanto eu jogava limpa-vidros dentro das duas garrafas. Entreguei uma a Vero. Enfiamos as pontas das tiras de tecido no gargalo e fomos nos arrastando até o fogão. Levantamos as garrafas, sacudindo o tecido perto da chama. Quando o fogo pegou, ruidosamente, nos arrastamos rápido até a janela, nos encolhendo quando outra saraivada de balas explodiu lá fora.

– Vou contar até três – gritei, em meio ao ruído.

– Espere – disse Vero –, é no três ou no já?

– Só joga! – berrou Theresa.

Juntas, Vero e eu arremessamos as garrafas na direção das armas dos homens. O vidro se estilhaçou. As garrafas explodiram com um rugido incendiário. Os capangas de Feliks gritaram, pulando de trás das árvores que usavam para se proteger.

Vero apontou para um movimento repentino atrás do carro de Nick. Vi as costas da jaqueta dele enquanto ele corria para se esconder atrás de uma árvore. Nick se virou, de arma em punho. Mirou nos capangas de Feliks e disparou. Um dos homens gritou e caiu. Nick disparou mais uma sequência de tiros, e derrubou o segundo capanga.

O tiroteio cessou. Caiu silêncio na noite, exceto pelo ronco baixo do motor de Nick, e os estalidos e chiados do fogo no quintal. Eu não enxergava nada através da camada espessa de fumaça e do movimento incessante das luzes azuis.

Vidro estalou na cozinha atrás de nós. Ted, Barbara, Aimee e Theresa saíram engatinhando do esconderijo debaixo da mesa, se aproximando de mim e de Vero para olhar pela janela.

Um gemido soou da mata.

– Nick!

Eu me levantei e fui correndo até a porta, escorregando no vidro quebrado. Ouvi Vero andar atrás de mim quando saí para a varanda.

– Nick! Cadê você?

– Finn? – gritou ele. – Se abaixe! Não é seguro!

A sra. Westover saiu correndo para o quintal, apontando a espingarda para um dos capangas de Feliks. Ela o cutucou com o pé. Ted foi até o outro, conferiu a pulsação, e sacudiu a cabeça, indicando que não tinha nada.

– Está tudo bem – gritei. – Já acabou.

Nick gemeu. Fui atrás do som e o encontrei sentado, recostado na árvore. Ele estava segurando um braço junto ao corpo. O cheiro de sangue pesava no ar. Eu me ajoelhei ao lado dele, com o coração martelando enquanto verificava seus ferimentos. A árvore bloqueava a luz da casa, e eu não via nada além da silhueta escura de seu corpo. A tela do celular de Vero se iluminou quando ela telefonou para a emergência.

– Está tudo bem. Foi só de raspão.

Ele começou a se levantar, mas logo mudou de ideia. Soltou um assobio, segurando a coxa esquerda.

– Aimee e Theresa... onde estão? – perguntou.

Olhei para trás. Theresa estava parada no meio do quintal, tentando extinguir as chamas com um extintor. Aimee pisava nas centelhas que o vento carregara.

– Apagando o incêndio.

– Está todo mundo bem?

– Todo mundo bem, menos você.

Acendi a lanterna do celular, tentando ver melhor seus ferimentos.

– Já passei por coisa pior.

O sorriso dele não me convenceu, e sua voz soava tensa.

– Alô? – disse Vero. – Tenho uma emergência. Aqui é...

– Por favor, não – murmurei, fechando os olhos.

– Aqui é a sargento Ruiz. Preciso de um paramédico! Temos um agente ferido. Repito, um agente...

Nick esticou a mão para pegar o celular dela.

– Aqui é o detetive Nicholas Anthony da DP de Fairfax...

Nick deu o endereço e pediu uma ambulância. Ele desligou e devolveu o celular de Vero, encostando a cabeça na árvore e segurando o braço.

– Pode ligar para Jocy, por favor? – pediu a ela.

Ele deu o número, e Vero ligou. Ela cobriu um ouvido com o dedo e se afastou um pouco.

Eu levantei a manga de Nick para ver melhor.

– Como você descobriu que Aimee e Theresa estavam aqui?

– Aimee estava trocando mensagens com o marido. Rastreamos o sinal a uma torre próxima e encontramos um endereço antigo da mãe de Theresa nas redondezas. Pareceu coincidência demais. Achei que valia conferir. Quero saber o que você e Vero vieram fazer aqui?

– A mesma coisa que você. Desvendar mistérios. Derrubar bandidos – falei, optando pelo método "menos é mais". – Só acho que fomos mais rápidas.

– Me lembre de novo de nunca duvidar da eficiência da sua pesquisa.

Sirenes soavam ao longe, se aproximando aos poucos.

– Pelo menos eu vim com reforços. Por que você veio sozinho, Nick? Poderia ter morrido. Onde está o Joey?

– Ele passou o dia todo atrás do seu ex depois de Steven ter escapado da gente mais cedo. Não queria tirar ele da vigilância. Eu só planejava passar rápido de carro e ver se Aimee estava aqui, mas ouvi tiros e chamei reforços.

Vero voltou, olhando para o celular de testa franzida.

– Tentei ligar três vezes. Ele não atendeu. Deixei recado e falei para ele ir encontrar você no hospital.

Senti um calafrio. Quanto mais pensava, mais estranhava aquilo. Nick dissera que Feliks sempre saía impune porque pagava propina a alguns policiais corruptos. Joey se tornara parceiro de Nick logo depois da prisão de Feliks. Logo depois de Feliks ter ficado fascinado por Nick. E Joey sabia que Nick e eu tínhamos ido jantar no Kvass no sábado, o que explicaria por que Kat soubera que estávamos lá. E tinha Cam... Cam era informante de Joey, mas escolhera falar com Nick, sabendo que Joey estava de folga. Por quê? E por que se recolher e fugir assim que Joey voltara?

Se eu der tudo o que tenho, eu e Joey estamos quites.

Cam dissera que encontrar a identidade de *LimpezaFácil* tinha custado muito. Ele sabia alguma coisa de *LimpezaFácil*, o suficiente para nos dar uma pista, que *LimpezaFácil* não era necessariamente uma mulher. Parecia que queria que a gente descobrisse quem era, mas tinha medo de contar.

Nunca suponha que você sabe com quem está tratando na internet.

E se não fossem os capangas de Feliks que tivessem batido em Cam, mas sim um policial? Um policial que não queria que ninguém soubesse do fórum, porque também o usava. Um policial que andava fazendo bicos porque precisava de dinheiro. Um policial que passara muitas horas vigiando meu ex para supostamente ajudar o novo parceiro. E se Joey alegasse que Steven tivesse escapado para desviar as suspeitas e abrir caminho para um atentado oportuno contra a vida dele? E se Joey soubesse o tempo todo onde Steven estava, porque fora ele quem instalara o app no celular de Steven?

Merda! O celular! O celular de Steven estava na minivan. Ele o usara para avisar Ted que estava a caminho. E a gente não tivera tempo de apagar o app.

Então talvez Joey o estivesse seguindo naquele momento.

Sirenes soaram. Luzes vermelhas e azuis piscaram quando viaturas e ambulâncias entraram na frente da casa dos Westover. Paramédicos correram até Nick, dois parando diante dele. Peguei a mão de Vero, e a puxei comigo para o lado da casa.

– Temos que encontrar Steven.

A respiração dela formou uma nuvem de vapor entre nós.

– Por quê? Ele está vindo. Por que não esperamos ele chegar?

– Porque estou com medo de ele não chegar. Acho que talvez Joey seja *LimpezaFácil*.

– Joey?

Senti a cabeça dela girando a mil naquela paralisia repentina, como se ela visse os acontecimentos dos últimos dias por outra lente, assim como eu.

– Isso não é nada bom, Finn – falou. – Temos que contar para Nick.

– Vero, não! Não podemos falar nada para ele. Não temos nem um pingo de prova. A gente tinha certeza que Aimee era *Exausta*, mas estava tudo errado.

– Mas e se agora estivermos certas? – perguntou Vero, me dando a chave do Aston Martin. – Vá. Encontre Steven. Ele já deve estar por perto. Vou ficar aqui para o caso de ele chegar.

Nick gritou meu nome quando saí correndo pela mata.

41

Liguei para Steven enquanto corria pelo bosque escuro atrás da casa de Carl. O Aston Martin cintilava mais adiante, no estacionamento. Peguei a maçaneta do carro com os pulmões ardendo.

Steven atendeu sem me cumprimentar. A voz dele era tão fria quanto o ar da noite.

– Você tem muito a explicar.

– Eu sei – falei, esbaforida. – E vou explicar. Juro. Mas você precisa me escutar.

Apertei botões aleatoriamente no controle do carro até o veículo se acender por dentro e destrancar as portas. Entrei, estudei o painel e apertei um botão para ligar o motor.

– Já *cansei* de te escutar. Tenho sido muito, muito paciente, Finlay, mas minha paciência se esgotou. Assim que eu chegar em casa, vou marcar uma reunião com Guy. Essa besteira já era. Escutou? Já era!

– Steven, escute – falei, passando a marcha e fazendo uma curva fechada atrás do mercadinho.

O estacionamento estava em completo breu, e eu liguei o farol alto.

– Você precisa sair da estrada – falei. – Tem que ir a algum lugar público. Algum lugar bem cheio. E iluminado. Tipo uma loja, um posto de gasolina...

Se ele estivesse tão perto dali quanto eu imaginava, as opções já eram poucas. As estradas por ali eram todas rurais, com baixa luminosidade. As lojinhas de conveniência eram poucas e distantes, e nenhuma estaria aberta àquela hora.

Uma gargalhada irritada escapou dele.

– Viu, a graça é essa. Já saí da estrada. Porque essa sua bosta de van morreu, e agora estou perdido no cu do Judas, esperando uma porcaria de reboque!

Não. Não, não, não! Pisei fundo no acelerador. Parecia que eu tinha incitado os setecentos cavalos a correr. Árvores passaram em um borrão. A força-g me grudou ao banco enquanto o Aston Martin se agarrava às curvas na estrada sinuosa.

– Steven, onde você está? Me diga um nome de rua, ou um ponto de referência. Estou a caminho. Fique no carro, tranque as portas. Já estou indo!

Ele provavelmente fizera o mesmo trajeto que Vero e eu. Se eu voltasse, o encontraria. Não podia estar tão longe.

– Você está me tirando? Sua babá me deu uma porrada, Finlay! Devo estar sofrendo de traumatismo craniano! Você me sequestrou, me amordaçou e me abandonou em um hotel nojento. Não está entendendo? Você é a última pessoa que quero ver!

– Espere. Acho que vi você.

No acostamento, um pouco à minha frente, um pisca-alerta amarelo estava aceso. Suspirei fundo ao reconhecer minha minivan. Steven estava andando ao lado do carro, de costas para mim. Soltei o pé do acelerador, e meu coração foi se acalmando no ritmo do carro.

– Graças a Deus – disse Steven, baixinho – o reboque chegou. Tenho que ir.

Eu o vi sair para a estrada, acenando com a mão livre enquanto o farol de um veículo se aproximava do outro lado. Um calafrio de pavor me atingiu quando o outro carro desacelerou.

– Não é o reboque, Steven. Volte para a minivan!

– A gente vai acabar esta conversa amanhã com o Guy.

Gritei no telefone quando ele desligou e guardou o celular no bolso. Protegendo os olhos do brilho do farol, ele acenou para o outro motorista. O carro passou por ele, dando seta, e parou a uns 45 metros da minivan. Eu acelerei, apertando os olhos para enxergar através do farol alto quando passei pelo carro, e tateei em busca do botão de abaixar a janela. Steven recuou aos tropeços quando parei o Aston Martin ao lado dele, cantando pneu.

– Entre! – gritei.

Ele arregalou os olhos.

– De onde veio esse carro?

– Deixa pra lá! Só entra!

Ele me deu as costas, e levantou as mãos.

– Vá pra casa, Finlay.

– Steven! – gritei, dando ré com o Aston Martin e o acompanhando no caminho ao outro carro. – O motorista daquele carro vai tentar te matar. Você precisa vir comigo. Agora!

– Você é dura de roer, Finlay. Sabia?

Steven continuou a andar, enquanto eu dava ré devagar.

– Por favor, Steven – supliquei, tentando pegar o braço dele pela janela aberta.

Ele se desvencilhou.

– Eu sabia que você estava doida quando me deixou naquele hotel. Mas isso? Isso...

Steven parou de andar. Freei quando ele segurou a manga da minha blusa.

– Que negócio é esse na sua mão? – perguntou. – É sangue?

– Não tenho tempo de explicar.

Uma silhueta saiu do outro carro. Steven acompanhou meu olhar e acenou para o motorista, levantando um dedo e pedindo um minuto. O homem também levantou a mão. Apontou para nós.

– Se abaixe, Steven!

Abri a porta do carro com tudo, acertando Steven na virilha quando o motorista disparou com a arma. Steven se dobrou, passando metade do corpo pela janela, enquanto as balas voavam por cima da cabeça dele.

Steven arregalou os olhos quando outra bala atingiu o asfalto perto de seus pés.

– Entra no carro, cacete! – gritei.

Passei a marcha enquanto Steven dava a volta correndo para entrar no banco do carona, incrédulo.

– Você viu isso? Aquele cara atirou em mim!

– O que você acha que eu estava tentando dizer?

– Não achei que fosse verdade!

– Cinto! – gritei na minha voz de mãe quando uma bala atingiu o vidro traseiro.

Pisei fundo no acelerador, queimando borracha. A lanterna piscou atrás de mim quando o outro motorista entrou no carro e inverteu a marcha na estrada.

Steven colocou o cinto de segurança.

– Puta que pariu, Finn. Isso é um Aston Martin!

– Eu sei o que é, Steven.

– Só me fale a verdade. Onde arrumou esse carro?

– Não faz diferença. Me dê o seu celular.

– Por quê?

– Me dê!

Ele entregou. Desliguei o aparelho e o joguei pela janela. Steven abriu a boca para discutir, mas se calou quando levantei um dedo em riste. Quando o velocímetro passou de 160, ele se apertou no banco.

– Está meio rápido demais. Talvez seja melhor desacelerar.

– Esta *não* é uma boa hora pra criticar como dirijo!

– Tá. Foi mal – falou, se virando para olhar para trás. – Estou vendo o farol. Acho que ele está nos seguindo.

– Você conseguiu ver ele direito quando passou?

– Não, estava com o farol alto aceso. Parecia um sedã. Talvez Chevrolet.

Joey tinha um sedã Chevrolet. Mas era um carro comum.

– Que cor?

– Não sei. Está escuro. E não quero estar perto o suficiente para descobrir – disse Steven, se voltando para a frente e abaixando a cabeça para observar os arredores. – Daqui a uns dois quilômetros vai ter um cruzamento sem sinalização à esquerda. Se você conseguir pegar o cruzamento antes de ele virar a última curva, e apagar as luzes, talvez a gente consiga escapar.

Pisei mais fundo no acelerador. Senti que Steven me observava. Senti as perguntas crescendo no espaço tenso entre nós. Sinais de alerta amarelos surgiram adiante. Freei na curva fechada da estrada, vi o cruzamento, e apaguei o farol quando virei o volante bruscamente para a esquerda. Soltei o pé do freio, rezando para não bater em nada no escuro. Nós dois prendemos a respiração. Um momento depois, os faróis de *LimpezaFácil* passaram voando por nós.

– Acho que escapamos – disse Steven, olhando para trás. – Vamos sair daqui antes que ele volte.

Acendi o farol e deixei Steven nos conduzir por um labirinto de estradas de terra até finalmente chegarmos a um cruzamento que reconheci.

– Entre aqui – disse Steven, apontando o estacionamento vazio de uma galeria de lojas.

Entrei em um beco nos fundos de um mercadinho e estacionei o Aston Martin atrás da caçamba de lixo. Desliguei o carro, sentindo o silêncio repentino e pesado da máquina enquanto encostava a testa no volante.

Steven se recostou na porta do carro para me olhar.

– Quer começar do começo?

– Não.

Eu estava exausta demais para explicar. Só queria chegar em casa e abraçar meus filhos.

– Alguém quer matar você, Steven – falei. – Não sei quem é. Mas a pessoa estava furiosa o bastante para fazer um post na internet e oferecer cem mil dólares a um assassino de aluguel para acabar com você, de preferência antes do Natal. Faz ideia de quem possa ser?

Steven ficou pálido na luz fraca.

– Quando reconheci sua voz na gravação de segurança na noite do incêndio, supus que fosse tudo um golpe seu.

Esfreguei os olhos, tentando não perder a paciência.

– Eu fui atrás de pistas para tentar descobrir quem queria matar o pai dos meus filhos.

– Por isso você estava me espionando na fazenda de árvores de Natal – falou, finalmente entendendo. – Porque estava com medo de me atacarem enquanto eu estava com as crianças.

Confirmei com a cabeça, e afastei o cabelo do rosto, as mãos ainda trêmulas.

– Acho que o assassino roubou seu celular naquele dia para poder rastrear seus movimentos.

– O vazamento de gás... os pneus da picape... Foi tudo ele?

– Tudo, menos o incêndio. Isso – falei, com uma leve risada – foi a mãe de Bree, mas aparentemente ela não tem nada a ver com o post, nem com os outros atentados.

Steven ficou em silêncio, assimilando a informação.

– Então foi por isso que você me sequestrou e me levou ao hotel. Porque sabia que esse cara estava atrás de mim, e queria me proteger.

Ele sacudiu a cabeça.

– Deus do céu, Finn – disse. – Por que você não me falou?

Abri a boca. Steven levantou a mão, fechando os olhos, como se notasse o erro na mesma hora.

– Eu sei. Você tentou. E eu não escutei. Desculpe – falou, com a voz mais suave. – E agora?

Encostei a cabeça na janela.

– Adoraria saber.

Steven olhou para o beco ao redor do carro.

– Acha que alguém vai atirar em mim se eu sair para mijar?

Soltei uma gargalhada cansada.

– Acho que deve ser seguro.

Steven saiu e sumiu pela traseira do carro.

Peguei o celular e encontrei uma chamada perdida de Vero. Cliquei no número dela, prendendo a respiração enquanto tocava.

– Graças a Deus, você está bem. Encontrou Steven? – perguntou ela.

– Estou com ele. A minivan morreu a poucos quilômetros do rancho dos Westover. Encontrei ele logo antes de *LimpezaFácil* chegar. Teve notícia de Joey?

– Não. A ambulância levou Nick há alguns minutos, e Joey ainda não ligou.

– Não me surpreende – falei, pois aquilo apenas confirmava minhas suspeitas. É difícil telefonar enquanto se atira em alguém.

– Atira!

– Não se preocupe. Steven e eu estamos bem, e jogamos o celular dele fora.

– Falando de celular, encaminhei o e-mail de *Exausta* para *LimpezaFácil*. Ele agora já deve saber que nenhum de nós vai ganhar dinheiro algum. Duvido que ele perca mais tempo atrás de Steven.

– Isso ainda não explica quem o contratou.

– É um mistério para outro dia. Como está meu carro, afinal?

Olhei de relance para o retrovisor, vendo o buraco rachando o vidro.

– Explico quando te buscar.

– Não precisa. Ramón ligou. Ele estava puto por ter ido até o hotel e não ter encontrado a minivan. Está vindo me buscar. Se ele não me matar quando chegar, procuro a minivan na volta e peço a ele que a reboque. Me encontre na oficina.

Vero desligou.

Olhei para as notificações que perdera no caos das últimas horas.

Um telefonema de Sylvia, dois de Julian, um da minha irmã, e três da minha mãe. Minha mãe nunca ligava tão tarde, e uma onda de preocupação me tomou quando liguei de volta.

Ela atendeu no primeiro toque.

– Finlay? Falei com a Georgia – disse ela, a voz esganiçada e apavorada, as palavras escapando rápido. – Está tudo bem com Steven? Ela falou que alguém tentou matar ele. O que está acontecendo? E por que as crianças estão com a sua irmã?

– Steven está bem, mãe.

– Tem certeza?

– Estou com ele agora. Georgia só está de babá.

– Ah, graças a Deus. Estava morrendo de preocupação. Espere aí... – disse ela, com mais desconfiança. – Por que você está com Steven?

– O carro dele enguiçou, e vim ajudar.

– Não é um encontro, certo?

Eu ri.

– Não.

– Que bom. Ah, ligue para a sua irmã. Ela está procurando você.

Ela desligou.

Fui largar o celular, mas uma notificação piscou na tela. Um e-mail de *LimpezaFácil*, respondendo à mensagem que Vero encaminhara.

Anônima2,

Valeu a tentativa das fotos. Parece que nos passaram a perna. Aceita um conselho profissional? Sempre insista em metade de sinal. E, da próxima vez, saia da minha frente.

Steven abriu a porta e se jogou no banco do carona. Fechei o e-mail e coloquei o celular no bolso.

– Tudo bem? – perguntou ele.

– Tudo. Parece que o pagamento impressionante oferecido pelo seu assassinato era um cheque sem fundo. Vero e eu mandamos umas fotos bem convincentes do seu cadáver, mas a pessoa que queria matar você não planejava pagar.

Steven abriu o casaco e mexeu na mancha avermelhada no suéter. Ele lambeu a ponta do dedo e riu.

– Alguém vai ficar bem chateado quando notar que ainda não morri.

– Provavelmente, mas duvido que o cara armado venha atrás de você outra vez – falei, com um suspiro pesado. – Nick é bom policial. Irá atrás das pistas do vazamento e dos pneus. Uma hora chegará ao fundo dessa história. Mas, enquanto isso, talvez você possa tentar não enfurecer mais ninguém?

– Vou tentar – disse ele, olhando para o vidro da frente e passando o dedo pela borda da janela. – Então, você e o Nick... Não digo que eu esteja feliz, mas acho que fico tranquilo.

– Não me lembro de ter pedido a sua opinião *nem* a sua permissão.

– Pelo menos ele tem idade para se barbear.

– Você disse que ia tentar – lembrei.

– Verdade. Desculpe – falou, fungando e torcendo o nariz. – Se tiver certeza que o cara não vai voltar, talvez a gente possa sair daqui. Essa lixeira está fedendo.

Funguei também. O cheiro podre, nojento e adocicado vinha de trás de nós, mas eu tinha bastante certeza que não entrava pelo vidro quebrado. No meio do caos, eu esquecera Carl.

– Falando nisso – falei, dando partida. – Preciso da sua ajuda. E preciso que você confie em mim. Completamente.

Steven concordou com a cabeça, apesar de hesitante.

– Manda bala.

Senti a dor de calos antigos nas mãos ao agarrar o volante e partir para a fazenda.

– Preciso de uma retroescavadeira emprestada.

42

No caminho da fazenda de Steven, contei tudo que acontecera com Carl. Steven já sabia que Carl estava doente, mas a notícia o atingiu em cheio, e um toque de remorso surgiu em seu olhar. Expliquei que Theresa usara a conta da fazenda para pagar o guarda-móveis onde escondera o cadáver, e que Vero e eu tínhamos encontrado as notas fiscais na noite do incêndio. Ele riu a contragosto quando falei que tínhamos entregado o conteúdo do freezer na porta de Theresa, e que, de tanta preocupação com as crianças ao sair da casa de Theresa, tínhamos esquecido um pedaço de Carl na mala do Charger. O sorriso de Steven murchou, e uma expressão de pavor lhe ocorreu ao entender o que causava o fedor no Aston Martin.

– Você quer ajuda para enterrar ele. Na minha fazenda.

Achei que a voz dele tinha ficado seca por causa do choque. Afinal, era uma noite estranha. Imaginei que surpreendê-lo fosse ser difícil. E talvez fosse melhor assim.

– Não posso levar Carl de volta à casa dele – expliquei. – O rancho está cheio de policiais. E não posso mesmo levá-lo para a minha casa. A fazenda é o lugar mais seguro. Por enquanto.

Talvez, um dia, depois de a poeira baixar, Steven pudesse combinar com Barbara de devolver essa última parte de Carl a seu jazigo final atrás da casa dos Westover.

Steven concordou aos poucos, aceitando o fato de que era a única opção.

Entramos na fazenda pelos fundos, o Aston Martin se arrastando pelos sulcos fundos na estrada de cascalho. Fui atingida em cheio por um *déjà vu* quando passamos pelo terreno de pousio onde Vero e eu tínhamos enterrado

Harris, e precisei resistir à vontade de virar a cabeça e olhar. Steven ficou em silêncio.

– Ali – falou, finalmente, apontando para trás de uma das construções, onde se via o pescoço comprido da retroescavadeira em silhueta contra o céu noturno.

Steven me conduziu a um pedaço estreito de grama entre plantações.

– Espere aqui – falou, saindo do carro.

Abaixei o vidro do carona e gritei:

– Posso ajudar!

Ele se virou, sorrindo ao olhar as marcas de fita adesiva nos punhos. Apoiou-se na lateral do carro e se inclinou para dentro da janela aberta, com algo semelhante a orgulho no brilho de seu olhar.

– Sei que pode. Mas é melhor ficar no carro – falou, apontando meus sapatos e minhas mãos expostas. – Para a polícia, você nunca nem esteve aqui.

Uma gargalhada me escapou.

– Se eu não soubesse, diria que você tem experiência com isso.

Ele deu de ombros, com certa humildade.

– Não tenho dormido bem. Talvez ande lendo uns livros seus. Sabe, para me distrair.

Ele abaixou a cabeça, chutando o chão com a ponta da bota, enquanto eu ficava boquiaberta de surpresa. O livro de biblioteca atrasado que encontrara na mesa do trailer – perto do sofá onde Steven dormia – não era de Bree. Steven voltou a me olhar.

– Deixe eu fazer isso por você, Finn. É o mínimo que te devo.

Quando concordei, ele deu um tapinha no teto do carro e falou:

– Abra a mala. Vamos acabar com isso.

Sob a luz dos faróis do Aston Martin, Steven subiu na cabine da retroescavadeira e a ligou, abrindo um buraco fundo e limpo. Com os ombros pesados, abaixou o que restara de Carl na terra. Em seguida, subiu no trator e encheu o túmulo, antes de estacionar a retroescavadeira em cima daquele trecho.

Ele tirou as luvas e voltou ao meu lado do carro. Abaixei a janela.

– Você tem onde dormir hoje? – perguntei.

Os resquícios queimados do trailer eram uma sombra ao longe, e a casa dele provavelmente não era segura, por enquanto. Ele deu de ombros.

– Vou ligar para Guy. Ele não deve se importar de eu dormir no sofá.

– Entre. Vou lhe dar uma carona.

Steven sacudiu a cabeça, recusando.

– Posso ir com a caminhonete da fazenda. Não fica longe – falou, limpando um pouco de terra da porta do Aston Martin. – Além do mais, alguém deve estar dando falta disto aqui. Posso saber de onde veio?

– É melhor que não saiba.

A concessionária já tinha fechado havia tempo. Imaginei Alan sentado no salão escuro, esperando Irina devolver o carro. Eu não fazia ideia se Irina decidiria me ajudar e, se sim, por quanto tempo.

– É melhor eu ir – falei. – Vero está me esperando.

A gente precisaria decidir o que fazer com o Aston Martin, e pedir outro carro emprestado a Ramón enquanto a minivan estivesse sendo consertada. E quem sabia o que acontecera com o querido Charger de Vero?

– Ei – acrescentei –, vou jantar na casa dos meus pais com as crianças no sábado. Quer ir com a gente? Delia e Zach estão morrendo de saudade.

Steven riu, e sacudiu a cabeça.

– Para sua mãe me lembrar de como sou babaca, e contar histórias dos seus namorados enquanto me serve presunto? Não, obrigado. Estava pensando em talvez tirar uns dias de folga. Já que o trailer queimou e os negócios andam lentos, achei que fosse uma boa hora para visitar minha irmã. Sabe, viajar e ficar quieto um tempo. Mas talvez eu possa passar na sua casa amanhã para ver as crianças antes da viagem?

– Claro. Elas vão gostar.

– Finn – disse ele, me impedindo de fechar a janela, e remexendo nas luvas com uma expressão mais séria. – Desde o incêndio, queria falar uma coisa. Sobre o código de segurança do trailer. Não é que eu ainda tenha esperança de a gente consertar o relacionamento. É só que... você e as crianças... vocês sempre foram minha única constante.

– Mesmo quando você estava comprando a fazenda?

Um silêncio pesado caiu. Ele abaixou a cabeça. Se Steven tivesse assinado o contrato com Ted e Carl enquanto ainda estávamos casados, por lei, uma parte da fazenda provavelmente era minha.

– Guy sabia? – perguntei.

Steven sacudiu a cabeça, sem indicar muita coisa.

– Guy é meu amigo. Ele sempre fez vista grossa.

Ele me olhou, com pura vergonha no rosto. Guy provavelmente sabia de muita coisa.

– Vou consertar isso tudo, Finn – falou. – Os bens, a guarda, tudo.

Havia uma súplica por trás da promessa. Uma pergunta que temia fazer.

De certa forma, Steven também sempre seria uma constante na minha vida, mas ele não era uma rede de segurança na qual eu podia me apoiar. Eu não cairia mais para trás. Dali em diante, só cairia para a frente. E, se precisasse escolher um código – alguém em quem pudesse contar para estar ao meu lado, por mais que a minha vida ficasse complicada –, seria o nome de Vero.

– Eu sei – falei.

Steven deu um tapinha no carro com um sorriso triste e acenou quando me afastei.

Tinha uma luz acesa na janela do escritório da oficina de Ramón. Vero segurou aberto o portão da cerca gradeada, me indicando o caminho. A porta dos fundos do prédio estava aberta, e Ramón me recebeu.

Saí do Aston Martin, e Vero e Ramón deram uma volta ao redor do carro. Ramón soltou um ruído pensativo, passando o dedo em um furo de bala, e olhou para a prima, cheio de questionamentos. Questionamentos a que nunca responderíamos. Ele sacudiu a cabeça, olhando o vidro estilhaçado.

– No que você se meteu desta vez, Veronica?

– Você consegue consertar? – perguntou ela.

Ramón abriu o banco do carona e passou o tronco para dentro do carro. Enfiou um dedo no encosto e tirou uma bala. Com o maxilar rígido, jogou a bala para mim.

– Eu levaria dias só para conseguir o vidro, sem nem falar da tinta. E vai ser uma fortuna trocar esse encosto, isso *se* eu encontrar um novo.

– Talvez Javi saiba de alguém – sugeriu Vero, andando atrás dele.

Ramón se virou abruptamente e levantou o dedo para ela.

– Não vou nem mencionar isso para Javi, e você também não. É melhor se livrar do carro.

– Não podemos – falei. – Pegamos emprestado de uma concessionária. Temos que devolver.

Mesmo que Alan estivesse descumprindo as regras ao me deixar pegar a chave e levar a Irina, o carro era valioso demais para fazerem vista grossa, e o interesse de Irina em me proteger tinha seus limites.

– Quanto tempo levaria para consertar? – insisti.

Ele apoiou as mãos na cintura, me olhando.

– O problema é o encosto. Sei de um cara que talvez arranje, mas não é barato.

– A gente tem dinheiro – garanti.

– Não – disse Vero, baixinho –, não tem.

Uma nuvem embaçou seu olhar. A mesma expressão de quando eu dissera à minha mãe que Vero cuidava do meu dinheiro e nunca me deixaria envelhecer falida. Vero sacudiu a cabeça devagar, implorando em silêncio que eu não insistisse no assunto na frente de Ramón.

Engoli em seco. Depois de tudo o que tínhamos sobrevivido naquelas últimas semanas, eu me recusava a ser presa por causa de um carro.

Atordoada, me ouvi falar:

– Daremos um jeito de pagar.

Ramón olhou as manchas de sangue no meu casaco.

– Posso desativar o rastreamento do carro hoje. Começar o conserto das partes externas amanhã. Preciso de no mínimo setenta e duas horas. Mas se alguém descobrir, Vero...

Ela o abraçou, segurando lágrimas.

– Ninguém vai descobrir.

– Eu passo tempo demais acobertando suas confusões – resmungou ele, junto ao cabelo dela.

Quando ela o soltou, ele tirou um pano limpo do bolso e jogou para mim, apontando com a cabeça para minhas mãos.

– A gente encontrou sua minivan – falou. – Preciso de uns dois dias para avaliar, mas não deve ser fácil consertar. Depois das peças e da mão de obra, talvez seja melhor trocar mesmo. Quer que eu coloque uma placa de VENDE-SE e estacione na frente da oficina? – ofereceu. – Para ver se você tira uma grana?

Aquela minivan tinha vivido muita coisa. Ramón provavelmente estava certo. Já tinha passado da hora de deixá-la descansar e encontrar um carro novo. Só que eu tinha testado o esportivo bonito e chamativo, que rodava deliciosamente, e aquilo tinha cara demais de crise de meia-idade. E tinha dirigido o Charger de Vero, de motor rosnante e linhas confiantes, que às vezes me lembrava demais uma viatura. Apesar dos farelos no carpete, e das cadeirinhas no banco de trás, havia algo de simples e reconfortante na minha minivan, e eu não sabia se estava totalmente pronta para abrir mão dela.

– Pode fazer uma estimativa do orçamento para consertar? – perguntei, acabando de limpar o sangue seco dos dedos.

– Claro – disse ele, com um gesto de cabeça.

– Precisamos pegar um carro emprestado – disse Vero. – Arranja uma chave?

– Esperem aqui.

Ramón foi até a sala dele, no fim do corredor.

Depois de um silêncio desconfortável se estender entre nós, Vero finalmente falou.

– Não investi o dinheiro – confessou, baixinho. – Eu perdi. Tudo.

– No fim de semana de Ação de Graças. Depois da casa dos meus pais, aonde você foi?

Eu já sabia. Só precisava ouvi-la admitir.

– A um cassino. Em Atlantic City. Eu... devo dinheiro para um pessoal. A gente tinha a grana de Irina, mas não era o suficiente. Tinha certeza que conseguiria dobrar o dinheiro, e aí daria tudo certo. E daria mesmo – falou, com as mãos em prece, suplicando para eu acreditar. – Eu arrasei na primeira noite, Finn. Já tinha ganhado alguns milhares, e um cara da mesa notou. Na volta para o quarto, ele me falou de uma festa particular... investimento inicial alto, arriscado, muito dinheiro. Disse que conhecia alguém que podia me arranjar um sinal, se eu quisesse.

– Sinal?

– Tipo o adiantamento do seu livro... um empréstimo.

Um empréstimo que ela teria que ganhar de volta. O sinal que Delia ouvira Vero mencionar.

Se não conseguir duzentos, vai ter muito problema, Delia dissera.

– Quanto valia o sinal?

Lágrimas subiram aos olhos dela.

– Duzentos mil.

Ela se sobressaltou quando Ramón apareceu e jogou uma chave. Com a mão trêmula, ela pegou a chave perto do peito. Ele entregou também um envelope dobrado.

– Isso estava na caixa de correio do meu apartamento hoje. É para você.

Vero pegou o envelope, olhando o nome escrito em letras fortes:

VERONICA RAMIREZ

Empalidecendo, olhou longamente para Ramón.

– Valeu – falou, guardando o envelope no bolso do casaco. – Vou buscar o carro.

Ramón me segurou pela manga da blusa quando me virei para ir atrás dela. Enquanto a via se afastar, franziu a testa.

– Fique de olho na minha prima. Eu a amo, mas ela é descuidada. E não vai aguentar mais encrenca.

Pensei no álbum de fotos que encontrara no armário dela. Na bolsa de estudos para um sobrenome que eu não conhecia. No homem que fora procurá-la na casa da mãe, e em esconder segredos do outro lado da fronteira.

Era verdade que Vero era impulsiva. Ela se arriscava, mas calculava bem; sempre cuidara para medir a probabilidade quando era questão de dinheiro. Se Vero tinha arriscado nossas economias sem me contar, era por um bom motivo.

– Em que tipo de encrenca ela está metida?

Ramón esfregou uma mancha de graxa no dedo.

– Não cabe a mim contar essa história.

Eu o vi voltar ao escritório. Eu sabia, talvez melhor do que ninguém, que algumas histórias ficavam presas na nossa cabeça. Normalmente, porque temíamos o que as histórias revelavam de nós – nossos medos e inadequações, erros e fracassos. Às vezes, essas histórias precisavam de um pouco de incentivo para sair. Enfiei o pano ensanguentado no bolso, junto da bala. Qualquer que fosse a encrenca de Vero, nós a enfrentaríamos juntas.

43

Eram quase quatro da manhã quando Vero e eu chegamos ao hospital. Georgia me ligara mais de dez vezes desde que soubera do tiroteio no rancho de Carl e, quando eu finalmente atendera, ela soltara uma sequência de palavrões que escandalizaria nossa mãe. Depois de eu explicar pela milésima vez que Vero e eu estávamos bem, ela me dissera que Nick estava internado – aparentemente, os ferimentos dele não eram tão leves quanto ele indicara. Vero, ao perceber preocupação em minha voz, passara direto por South Riding e seguira para o hospital.

– Sinto muito – disse a recepcionista quando pedi para ver Nick –, mas o horário de visitas só começa daqui a seis horas. As senhoras precisarão voltar de manhã.

Vero agradeceu, olhando de relance para a tela do computador e afastando a mão do balcão. Ela me puxou de lado com um sorriso, revelando a identificação de visitante que roubara da mesa.

– Nick está no 402 – cochichou, me passando o crachá. – Vá lá. Eu ajudo aqui.

Vero se afastou de mim e começou a se abanar, reclamando do calor. Com um gemido dramático, levou a mão ao peito, e caiu desmaiada na frente da recepção. Seguiu-se uma agitação, e alguém chamou uma enfermeira. Eu prendi o crachá na camisa e entrei no elevador bem antes de as portas se fecharem.

O quarto andar estava silencioso, mal iluminado, e o único ruído eram os apitos ocasionais de máquinas e uma conversa murmurada na sala das enfermeiras. Olhei pela porta de Nick. As luminárias atrás da cama dele estavam acesas, mas ele estava de olhos fechados, e os monitores do canto apitavam em um ritmo regular e lento, marcando a atividade de seu coração.

Entrei no quarto e congelei.

Joey estava sentado na cadeira ao lado da cama. Ele se virou para mim, o feixe de luz do corredor se derramando pelo chão. Quando se levantou para me oferecer a cadeira, abriu um sorriso cansado.

Andei cautelosamente até o outro lado da cama, me forçando a sorrir, me lembrando que eu ainda poderia estar enganada quanto ao parceiro de Nick. Não tinha provas. Qualquer pessoa poderia estar no volante daquele carro.

– Como ele está? – perguntei.

– Bem. Só descansando. Uma bala passou de raspão bem feio no braço, e outra atingiu a coxa. Ele vai ficar um tempo tendo que fazer serviço interno no escritório, mas, depois de um pouco de fisioterapia, deve melhorar cem por cento.

A expressão de Nick era tranquila, emoldurada pela barba por fazer escura, contrastando com os lençóis brancos.

Joey se recostou na parede, com as mãos nos bolsos.

– Ele estava morto de preocupação por causa de você. Disse que você fugiu assim que a ambulância apareceu. Entrou em pânico quando o colocaram na ambulância, porque ninguém encontrou sua minivan.

– Eu a emprestei para Steven. Vero me levou à casa dos Westover. Estacionou do outro lado.

– Ah, é? E para onde você saiu correndo?

Os olhos de Joey brilhavam daquele jeito que eu reconhecia de outros policiais, uma intensidade que parecia queimar qualquer ilusão. Na minha irmã, era irritante. Em Nick, era fofo. Em Joey, me dava calafrios.

– Fiquei preocupada com Steven. Fazia umas horas que não tinha notícias. Nick disse que ninguém sabia onde ele estava.

Na luz fraca, achei ver um pouco de cor tomar o rosto de Joey.

– A casa de Steven ficou quieta a manhã toda. Acho que, em algum momento, devo ter pegado no sono, e seu ex escapuliu. Se servir de consolo, Nick me passou um sermão daqueles depois.

– Tudo bem. Falei com Steven agora há pouco.

– Ah, é? – perguntou ele, mais focado. – Como ele está?

– Bem.

– Onde estava?

– Aparentemente, a minivan enguiçou. Ficou um tempo largado na beira da estrada, mas acabou arranjando carona.

Fiquei atenta à reação de Joey, e senti que ele observava a minha também.

– Que bom. Talvez a gente possa relaxar um pouco, agora que a suposta culpada de tentar matar Steven está presa.

A sala pareceu se estreitar, se resumindo a nós dois.

– Como assim?

– Uma amiga me ligou da delegacia há mais ou menos uma hora. Parece que Ted Fuller e a esposa foram detidos logo depois do tiroteio. Melissa Fuller confessou ter causado o incêndio na fazenda de Steven.

– E você acha que foi ela quem postou o anúncio no fórum?

– Ela não confessou nada além de assédio e incêndio, mas a suspeita é forte – disse ele, dando de ombros antes de colocar um palito de dente na boca. – Sem o site, nem prova concreta que a conecte ao vazamento ou aos pneus de Steven, vai ser difícil processar ela por tudo, mas, pelo incêndio criminoso, ela vai presa. Isso deve mantê-la ocupada por um tempo.

– E Steven? Como teremos certeza de que ele ficará seguro?

Joey deu de ombros, rolando o palito entre os dentes.

– Amanhã deve sair no jornal a notícia da prisão de Melissa Fuller. Com sorte, alguém vazará aos jornais o fato de que ela também é suspeita de contratar um assassino. Jornalistas amam essas coisas, e vão caprichar na história. O assassino vai ver, juntar as informações. Se sua fonte de renda está na cadeia, ele vai notar que acabou o acordo.

– Você parece extremamente confiante.

Se Joey fosse *LimpezaFácil*, aquela resolução seria muito conveniente. Ele mesmo poderia vazar a história, gerando mais suspeita em cima de Melissa, destruir as provas que Cam encontrara, convencer Nick e todo mundo que os assassinos já estavam longe dali e deixar *LimpezaFácil* sumir.

– Esses caras só fazem isso por dinheiro. Com tanta atenção policial no caso, sem ter como ganhar dinheiro, acredite, ele vai abandonar o negócio.

– Então você acha que o assassino é homem?

– A maioria dos matadores de aluguel é homem.

– Os dois? – perguntei, e Joey inclinou a cabeça, curioso. – Pelo que entendi, duas pessoas aceitaram o trabalho, mas parece que você só está preocupado com uma.

O único som no quarto era o apito baixo do monitor. Joey franziu a testa, me analisando com um olhar cauteloso.

– Nick contou para você, não é? Ele não devia deixar vazar esse tipo de detalhe.

– Não vou contar para ninguém.

– Da mesma forma que não contou para ninguém quando Steven apareceu para buscar sua minivan? – perguntou, mexendo o palito de dente, pensativo. – Era para você ligar para mim, para Nick ou para Roddy se soubesse dele. Passei a tarde o procurando em três condados diferentes. Você poderia ter me dado um alô.

– Você teria atendido?

– É por isso o climão? – perguntou, agitando a mão no ar. – Você está chateada porque não atendi quando Vero ligou? Acha que não me importo só porque não estava presente quando meu parceiro levou um tiro?

– Onde você estava?

– Na sua casa, dando uma folga para Roddy ir mijar e jantar. Na verdade, estava papeando com a sua vizinha, a sra. Haggerty, quando recebi o aviso do tiroteio no rádio. Quando Vero ligou, eu já estava no telefone com a central, tentando me atualizar do estado de Nick. Estava mais perto do hospital, então vim direto para cá.

– Ah – falei, a tensão e a certeza se esvaindo de mim.

A sra. Haggerty, presidente indomável da vigia do bairro, teria registrado a chegada e a partida de Joey, e anotado a conversa no caderno em espiral que mantinha sempre na mesinha de entrada. Portanto, Joey não podia ser *LimpezaFácil*, e eu não fazia ideia de quem seria.

– Prometo – disse Joey – que ninguém está mais chateado do que eu com o que aconteceu com Nick.

Soltei um suspiro demorado e frustrado, me sentindo boba.

– Desculpe. Não quis dizer que não era o caso. Só foi um dia muito longo. O que aconteceu com Aimee, Theresa e a mãe dela? – perguntei, mudando a conversa para terreno mais neutro.

A postura de Joey relaxou um pouco. Ele colocou as mãos de volta nos bolsos.

– Theresa está em prisão preventiva. Parece que Aimee e a mãe de Theresa talvez sejam autuadas por cumplicidade. Mas a promotora deve estar tão feliz de Theresa ter voltado a tempo do julgamento, que talvez pegue leve.

– A polícia identificou os capangas armados?

– São funcionários de uma empresa de segurança particular da qual Feliks Zhirov é dono. Parece que ele os mandou acabar com umas testemunhas antes do julgamento. Falando nisso – disse ele, tirando o palito da boca e apontando para mim –, todo mundo que estava na casa na hora do tiroteio precisou prestar depoimento. Alguém deve passar na sua casa de manhã, para falar com você e Vero.

Concordei com a cabeça, pois já supunha que aconteceria.

– Mas fiquei curioso – disse Joey, apoiando um pé na parede. – O que você e Vero foram fazer lá?

– Só seguir um palpite.

– Só?

Encontrei o olhar de dúvida dele.

– Já deu de interrogatório, Joe.

Nós dois nos viramos ao som da voz de Nick. Ele estava soando grave e grogue. Os olhos pesados se abriram devagar, um sorriso tomando o rosto ao me ver. Eu me aproximei, e ele esticou os dedos para pegar minha mão.

– Vou tomar um café e deixar vocês conversarem. Cuidado com o esforço, para não se machucar.

Joey deu um tapinha no ombro de Nick, tomando cuidado para não encostar na atadura. Antes de sair, se despediu de mim com um aceno curto de cabeça.

– Achei que você tivesse me dado um perdido – disse Nick quando Joey foi embora. – Antes de você fugir, eu estava a caminho de um beijo por compaixão. Está funcionando?

– Não muito – falei, encostando o quadril na cama. – Seu parceiro já o entregou. Disse que você não está morrendo, e que vai ficar ótimo. Parece que você perdeu a oportunidade.

Nick abriu ainda mais o sorriso, ameaçando uma covinha letal. Ele entrelaçou os dedos nos meus.

– Que tal um jantar por compaixão, na minha casa? – perguntou, levantando uma sobrancelha sonolenta. – Prometo que, dessa vez, não vamos mergulhar na lixeira.

– Podemos falar disso quando você se recuperar. Enquanto isso, é melhor descansar. Parece que você vai enfrentar muita papelada ao sair daqui.

Ele gemeu, fechando os olhos de novo.

– Nem me fale.

Apertei a mão dele, enquanto o analgésico voltava a afetá-lo.

– Tenho que resgatar Vero da emergência, e minha irmã não para de telefonar. Me ligue quando estiver melhor.

Nick concordou, já meio dormindo. Apesar do protesto, me abaixei e o beijei no rosto. O sorriso fraco dele tornou-se um pouco triunfante.

– Se cuide – sussurrei.

Vero me mandou mensagem do carro, dizendo que tinha saído inteira da emergência. Repensei na conversa com Joey no caminho todo até o estacionamento, remexendo na bala no meu bolso. Eu estava errada quanto a Aimee. Errada quanto a Joey. *Exausta* e *LimpezaFácil* ainda estavam por aí, sem nome nem rosto, e, apesar de Steven provavelmente estar seguro no sofá de Guy naquela noite, nada me parecia uma vitória. Abri a porta do carona do carro emprestado e hesitei antes de entrar. Quando me virei para olhar a janela do quarto de Nick, pude jurar ter visto uma sombra me olhar de volta.

44

A polícia apareceu em casa para registrar nossos depoimentos logo cedo no dia seguinte. Mantivemos a história simples e consistente. Pelo que contamos à polícia, sabíamos que Theresa tinha parentes na área, pois Steven já mencionara o fato. Tínhamos ido à casa dos Westover para tentar convencer Theresa a se entregar e, pouco depois de chegarmos, começara o tiroteio.

Agradeci aos policiais e os levei à porta, olhando para a rua e vendo que o sargento Roddy realmente não estava mais estacionado no meio-fio. Caso a promotora e a polícia estivessem convencidas de que Melissa Fuller era *Exausta*, como Joey sugerira, provavelmente supunham que a ameaça contra Steven acabara e não havia motivo para continuar a nos vigiar. Eu adoraria que fosse verdade.

Dali a poucas horas, Steven estaria no avião, a caminho da casa da irmã, na Filadélfia. Com sorte, descobriríamos quem era *Exausta* antes de ele voltar, no ano-novo.

Quando a polícia foi embora, olhei meu celular. Quanto tempo podia enrolar antes de Alan ligar para Irina em busca do Superleggera desaparecido? Ou, pior, antes de Irina descobrir o que eu fizera e mandar os capangas de Feliks atrás de mim?

Vero me encorajou com um aceno. Disquei o número da concessionária e perguntei por Alan, escutando o jazz natalino durante a espera insuportavelmente longa até ele atender.

– Alan na linha.

Ele soava ansioso, estressado. Eu o imaginava puxando o nó na gravata.

– Alô – falei, e pigarreei. – Você deve se lembrar de mim. Nos falamos ontem à noite, quando fui buscar um veículo com Irina Borovkov. Só queria avisar que surgiu um imprevisto e haverá certo atraso na devolução. Peço desculpas. Tínhamos completa intenção de...

– Não é preciso se desculpar – disse ele, rápido.

– Não?

– Já temos todo o necessário. Emitimos o recibo do pagamento, e o certificado de registro e licenciamento foi entregue ao portador há meia hora. A não ser que precise de mais alguma ajuda, não há necessidade de nos trazer o veículo – disse ele, enquanto eu segurava o telefone, chocada. – Agora, se não houver mais questões relacionadas à compra, tenho que ir.

Ele desligou. Olhei o celular.

– O que aconteceu? – perguntou Vero, colocando uma xícara de café na minha frente.

– Não sei. Acho que Irina pagou o carro.

Era a única explicação.

Vero perdeu o equilíbrio, se jogando na cadeira ao meu lado.

– Então não temos que devolver?

– Para a concessionária, não – falei, sacudindo a cabeça.

Em certo momento, Irina provavelmente apareceria para buscar o Superleggera. Esperava que, quando isso ocorresse, o carro estivesse consertado, e aquele pesadelo todo, no passado.

Vero soltou um suspiro de alívio. Ela abriu a despensa e subiu na ponta dos pés para alcançar os biscoitos escondidos. Tocaram a campainha. Vero ficou paralisada, segurando o pacote de biscoitos ao me olhar.

– Quem você acha que é? – perguntou.

Minha irmã deveria chegar com as crianças apenas dali a uma hora.

– Não sei.

Vero foi comigo à porta. Olhei pela cortina. Cam estava na entrada, o rosto coberto pelo capuz, carregando um envelope selado. Destranquei a porta e a escancarei.

– Você! – gritou Vero, se jogando nele, e eu estiquei o braço para contê-la. – Você roubou meu carro!

– Não roubei nada – disse Cam, mostrando a chave. – Você deixou a cópia dentro do manual no porta-luvas. Foi praticamente um convite.

Vero pegou a chave da mão dele e soltou um rosnado furioso.

– Se tiver um único arranhão, vou te matar.

Ela saiu pela porta, dando um encontrão nele. Cam sacudiu a cabeça, a vendo ir, batendo os pés, inspecionar o carro.

– O que veio fazer aqui?

Eu o puxei para dentro de casa, dando uma olhada nas janelas da sra. Haggerty antes de fechar a porta. Cam abaixou o capuz. O cabelo platinado e oleoso tinha sido cortado rente à cabeça e pintado. Ele trocara a jaqueta militar velha por uma jaqueta de couro com cheiro de roupa nova e cara. Se não fosse pelos hematomas roxos e verdes ainda desbotando no rosto, eu talvez nem o reconhecesse.

Ele me entregou o envelope.

– O que é isso?

Um timbre de cera cor de sangue selava o envelope. A estampa de um z escrito com floreios era igual à do anel de sinete de Kat.

– Não me pergunte. Sou apenas o entregador.

– Você está trabalhando para Feliks?

– O sr. Zhirov me ofereceu um trabalho. Disse que o pessoal dele andava de olho em mim. Ficou impressionado com meu talento, então chegamos a um acordo. Eu farei pequenos serviços para ele, vez ou outra. Em troca, ele me protegerá de certas pessoas, e me pagará um salário generoso.

– Só isso?

Eu pressentia que Cam não estava apenas fazendo entregas. Ele deu de ombros.

– Ele disse que, se eu me comportar e não atrair atenção desnecessária para nosso acordo, me deixará crescer a partir daí. Por isso devolvi o carro para a sua amiga. Sabe, como demonstração de boa-fé.

Levantei uma sobrancelha.

– E porque o sr. Zhirov mandou – admitiu ele.

– Você e Feliks não são os únicos a firmar acordo, sabe?

Levantei a mão para virar o queixo dele e examinar a bochecha. O inchaço diminuíra, mas cores horríveis tinham se espalhado ao redor do olho. Eu não sabia se estava pior ou melhor. Ele afastou minha mão com um tapa, mas sem malícia.

– Nick disse que você não tem aparecido em casa, nem na escola – falei. – Sua mãe deve estar morta de preocupação.

Senti um aperto no peito ao ver o rápido lampejo de dor nos olhos dele.

– Ela teria que estar presente para notar.

– E a sua avó?

Ele coçou o cabelo curto.

– Ela está bem. Estou cuidando dela.

– E quem está cuidando de você?

Cam era apenas um menino. Uma criança que crescera rápido demais e se metera em uma fria. Apesar de ele talvez se sentir seguro sob a asa de Feliks, a segurança era ilusória; um acordo com Feliks não o tornava inatingível.

– Deve ter alguma coisa... *qualquer coisa* que você possa me contar sobre *LimpezaFácil*. Quem é ele? Quem fez isso com você?

Cam se encolheu. Ele tirou um rolo de dinheiro do bolso da frente da calça jeans, tirou uma nota de cinquenta e a entregou na minha mão antes de guardar o restante.

– Olha, eu adoraria ajudar. Mas, confie em mim, é melhor não saber. Além do mais, mesmo que eu soubesse o nome real do cara, não poderia contar.

– Por quê?

– O sr. Z me fez entregar para ele o pendrive que eu ia dar para o seu amigo da polícia. Foi a outra parte do acordo. Mas não se preocupe – disse ele, abaixando a voz, como se houvesse a possibilidade de estarem nos escutando. – Talvez eu tenha limpado uns detalhes.

Engoli em seco, com dificuldade. Quanta informação havia naquele pendrive?

Cam coçou o machucado no rosto, e soltou um suspiro forte e culpado.

– Olha, só tenho certeza que *LimpezaFácil* é policial. Dos mais corruptos. Ou seja, tem muito a perder se for pego, e todas as ferramentas para acobertar o que faz.

– Como você sabe que ele é policial?

Cam enfiou as mãos nos bolsos.

– Passei a vida toda perto da polícia. Meu pai era policial. Eles têm gírias próprias, linguagem própria. Li todos os posts e e-mails que ele mandou. *LimpezaFácil* fala como policial.

Voltei a pensar na conversa com Joey. Todas as pistas se encaixavam. Joey tinha meios, motivos e inúmeras oportunidades para tentar matar Steven. No entanto, também tinha um álibi para a noite anterior. Um álibi que eu ainda precisava verificar.

– Ei – disse Cam, desviando minha atenção da janela. – Ainda quer meu conselho? Deixe *LimpezaFácil* para lá. Uma mãe legal como você não devia se meter com ele. Nem com o sr. Z.

Cam tirou um celular vagabundo do bolso. O aparelho vibrou quando ele me entregou.

– É para você.

Antes que eu pudesse perguntar quem era, ele voltou a vestir o capuz e saiu de casa. Enquanto ele avançava pelo quintal, um Jaguar verde-escuro de vidro fumê parou no meio-fio. Cam abriu a porta de trás e entrou. Vero mostrou o dedo do meio para ele quando o Jaguar foi embora, acelerando.

O celular descartável continuava a vibrar quando Vero entrou e fechou a porta. *Número desconhecido* piscava na tela. Eu abri o aparelho e acionei o viva-voz, para nós duas ouvirmos.

– Quem é? – perguntei.

– Bom dia, sra. Donovan – disse Ekatarina Rybakov, com voz totalmente profissional. – O sr. Zhirov pede desculpas por não poder entregar o pacote pessoalmente, mas acredito que o conteúdo seja autoexplicativo.

Vero segurou o celular enquanto eu rasgava o timbre de cera, folheando os documentos no envelope. Estavam ali um certificado de registro e licenciamento da concessionária, além de uma nota fiscal comprovando a compra de um *Superleggera Volante* na cor *Modern Minimalist (preto)*. O pagamento fora feito à vista. Em espécie. Por Feliks Zhirov. Vero pegou o documento da minha mão, arregalando os olhos.

– Por que está me dando isso? – perguntei, ofegante.

Ao ler o nome no certificado de registro e licenciamento do veículo, contudo, entendi. *Proprietário: FD Consultoria Independente Ltda.*

FD. Finlay Donovan.

Feliks conectara meu nome a uma empresa falsa. A um carro que ele pagara.

Eu me tornara laranja de Feliks. A qualquer momento, Feliks podia dar uma pista à polícia, e Nick entraria naquele buraco e me encontraria. Feliks sabia exatamente o que eu e Nick tínhamos feito depois do jantar no Kvass.

Aquele era um recado: Feliks Zhirov era meu *dono*.

– Meu cliente está de olho na senhora já faz algum tempo – disse Kat, e quase escutei o sorriso dela, achando graça. – A senhora deve ter causado uma impressão e tanto.

– Como assim?

– Acho que quer dizer que você pode ficar com o carro – cochichou Vero.

– Não quero o carro – falei, pegando os documentos dela.

Vero tentou pegá-los de volta.

– Quer, sim.

– O carro é seu, é claro – disse Kat, quando peguei o celular de Vero. – Mas, a não ser que queira correr o risco de expor certas informações, eu a desaconselharia a usá-lo.

Kat estava certa. Pela menor infração, eu teria que mostrar à polícia os documentos. Tinha indícios de perigo demais. A gente precisaria jogar o carro fora. Destruir inteiro. Talvez Ramón pudesse amassar numa daquelas máquinas gigantescas. Aí, a gente queimaria os documentos e fingiria que nem existira.

– O que Feliks quer de mim? – perguntei.

Ele sabia tudo de mim, portanto sabia que eu não tinha como pagar o valor do carro.

– Por enquanto, apenas seu silêncio – respondeu Kat. – Tenha um bom dia, sra. Donovan.

Eu deveria sentir alívio depois daquela ligação. O carro estava resolvido. Não precisaria incomodar Irina com toda a história sórdida por trás. Não precisaria inventar uma mentira para Alan, nem pagar nada. No entanto, duas perguntas ainda pesavam em mim quando guardei os documentos no envelope: como Feliks sabia do carro, e o que queria dizer com *por enquanto*?

Vesti a jaqueta, calcei os sapatos e atravessei a rua até a casa da sra. Haggerty, com certa esperança de que ela não abriria quando eu batesse à porta. De que ela não estivesse em casa para notar Cam, nem o Jaguar verde-escuro.

Ouvi a corrente tilintar, e a trinca estalar. A sra. Haggerty abriu a porta, apertando os olhos e pegando os óculos, pendurados na correntinha de ouro. Mesmo os levando aos olhos, parecia confusa.

– Oi, sra. Haggerty – falei, rápido, na esperança de evitar qualquer papo-furado desconfortável, que normalmente envolvia ela criticar momentos breves e humilhantes da minha vida que enxergava pelas cortinas da cozinha. – Eu estava me perguntando se a senhora se lembra de ter visto alguém na minha casa ontem à noite. Um policial.

– Aquele que está parado na frente da sua casa há dias?

– Não, outro.

– Essa rua anda movimentada demais – disse ela, bufando, irritada. – Mal consigo acompanhar.

– O momento a que me refiro seria por volta da hora do jantar. Ele tem mais ou menos essa altura – falei, levantando a mão. – Loiro, olhos azuis, quarenta e poucos anos. Diz ter falado com a senhora.

A sra. Haggerty pensou um pouco, coçando o cabelo ralo da têmpora.

– Eu saí, sim, para tirar o lixo logo após o jantar. Tinha um homem estacionado bem ali – falou, apontando o lugar onde normalmente ficava o carro de Roddy. – Ele saiu do carro para me ajudar a empurrar a lixeira. Perguntou se eu tinha visto você ou Steven nas últimas horas. Relatei todos os movimentos. Então ele recebeu um telefonema e foi embora antes que eu pudesse pedir seu nome para anotar.

– A senhora lembra a cor do carro dele, ou a aparência do homem?

– Estava escuro e frio – disse ela, um pouco defensiva. – O homem estava de chapéu. Não vi a cor do cabelo.

E ela não enxergava bem o bastante para distinguir a cor dos olhos. No entanto, Joey dissera que falara com a sra. Haggerty. Também dissera que recebera o telefonema avisando de Nick quando estava ali, cobrindo a folga do sargento Roddy. Tudo no álibi dele fazia sentido, mas eu não conseguia deixar de sentir que ele escondia alguma coisa.

– Obrigada, sra. Haggerty – falei, fechando mais o casaco ao me afastar.

No último minuto, me virei, antes que ela acabasse de fechar a porta.

– A senhora por acaso lembra se ele estava fumando? – perguntei.

Pelas poucas vezes que o vira, eu desconfiava que Joey não aguentava passar muito tempo sem fumar.

– Não lembro. Mas, pensando bem, ele tinha mesmo alguma coisa na boca enquanto falava comigo. Era um homem tão educado, que não entendi essa grosseria.

Os palitos de dente de Joey. Os que ele sempre mordiscava quando não podia fumar. Eu me despedi com um agradecimento desanimado antes de me virar para casa, sem ter avançado mais na busca por *Exausta* ou *LimpezaFácil*.

45

Fiquei paralisada na calçada. Um Jeep cor de vinho estava estacionado na frente da minha casa. Julian estava parado diante da porta da casa, pendurando algo na maçaneta, quando me aproximei.

– Oi – falei, baixinho.

Ele se virou ao ouvir minha voz. A bolacha-do-mar que pendurara com uma fita de cetim na maçaneta bateu de leve na porta. Ele começou a se aproximar, mas parou ainda um pouco distante, colocando e tirando as mãos dos bolsos, como se não soubesse bem o que fazer.

– Não quis incomodar. Tudo bem se você não estiver pronta para conversar. É só que... Comprei um presente para você na Flórida. De Natal. Queria entregar.

Ele tirou o gorro, o segurando na frente do corpo ao se aproximar. Os olhos dele ficavam quase cinza na luz do céu frio e úmido.

– Desculpe – disse ele. – Por tudo. Parker não tinha direito algum de se envolver.

– Não. Ela tinha, sim – falei, cruzando os braços, e soltei um suspiro que formou uma nuvem branca e fina. – Pedi a sua ajuda, e ela foi à delegacia me ajudar. E ela é sua amiga. Se preocupa com você. Tinha todo o direito de dizer o que sentia.

– Ela não devia ter colocado palavras na minha boca.

Hesitante, acrescentou:

– Nem você. Eu não sinto vergonha de você. Da gente. Admito que talvez eu estivesse me escondendo, mas é só porque você merece alguém que esteja pronto para se comprometer. E não é bem esse o meu momento agora. Eu gosto do que somos.

– E o que somos?

Vi que ele refletia, a boca entreaberta, esperando a resposta certa chegar. Só que não havia resposta certa.

– Talvez nós dois precisemos de um pouco de tempo para descobrir – falei.

Eu subi na ponta dos pés e dei um beijo na bochecha dele, resistindo à vontade de me demorar.

– Feliz Natal, Julian.

Com um sorriso carinhoso e a dor do arrependimento, peguei o enfeite de bolacha-do-mar da porta e entrei em casa.

Meu celular estava vibrando na bancada quando entrei na cozinha, com os dedos dormentes, o nariz parcialmente congelado e o coração entalado na garganta.

– É Sylvia. Ela ligou três vezes nos últimos cinco minutos.

Vero estava encostada na bancada, com uma taça de vinho na mão.

– São onze da manhã – falei, apontando a garrafa aberta.

– Não enche. O dia não está fácil.

Ela serviu uma segunda taça e me ofereceu.

– Não preciso beber – falei.

– Seu rosto discorda. E é melhor atender. Pode ser importante.

Peguei o celular, atendendo antes que caísse na caixa postal.

– Oi, Syl.

– Caramba, Finlay, onde você estava? Deixei um recado para você ontem.

– Estava resolvendo uma emergência familiar. O que houve?

– Falei com a sua editora. Ela amou a amostra. A cena do presídio com o policial foi um sucesso. Ela acha que você deve considerar matar o advogado no terceiro ato.

Vero abriu um sorriso irônico quando aceitei o vinho.

– Levarei isso em consideração.

– E ela quer o restante do manuscrito logo no começo do ano.

Virei metade da taça em um gole só. Era claro que ela queria.

– Mais uma coisa – continuou Sylvia. – Mandei o projeto para um agente de cinema. Ele amou. Tem um produtor fodão que pode estar interessado e quer marcar uma reunião.

Vero arregalou os olhos.

– Mas, Sylvia, o manuscrito não está nem na metade...

– É coisa de atriz de primeira, estúdio de Hollywood e muita exposição na mídia, Finlay. Pode ser muito bom para nós duas. Não me decepcione.

Suspirei. Eu já vira aquela história, e da primeira vez já me assustara, mas não parecia que Sylvia queria me dar opção.

– Está bem.

Sylvia e eu nos despedimos com alguns desejos genéricos de boas festas, e ela desligou.

– É uma ótima história, Finn – disse Vero, enchendo minha taça. – Não se subestime.

– Você leu minha história. Quando vou ouvir a sua?

Vero me olhou, a garrafa vazia suspensa entre nós. Minha história com Vero começara *in media res*, no meio de um enredo já movimentado, nos deixando descobrir muito entre nós conforme os acontecimentos se desdobravam. No entanto, todo grande mistério começa em outro lugar, no fundo do contexto. E, se Vero e eu fôssemos resolver seu problema, eu precisava saber quem ela era de verdade.

– O que somos? – perguntei.

Era a mesma pergunta que eu fizera para Julian um momento antes, mas, com Vero, sabia a resposta.

– Somos amigas – disse ela.

– Não, Vero, somos mais que amigas. Somos parceiras. Amigas cometem erros. Parceiras os enfrentam juntas. Nada de segredos.

Levantei minha taça. Ela brindou, hesitante.

– Nada de segredos – falou.

Depois de tomar alguns goles em silêncio, ela acrescentou:

– Estava pensando. O carro agora é nosso, mas não podemos usar. Posso pedir a Ramón que o desmonte. Javi pode vender as peças. O dinheiro pode ficar com você. Todo o dinheiro.

Havia um pedido de desculpas naquela oferta. A promessa de uma primeira parcela para pagar o que perdera. No entanto, o carro não era meu, nem de Vero; era de Feliks. E eu não tinha interesse em tocá-lo.

Eu me levantei da mesa, levei o envelope ao fogão e acendi uma boca. Encostei a borda do papel na chama e vi os documentos queimarem. Fumaça se espalhou pela cozinha quando levei aquele lixo flamejante à pia. O detector de fumaça tomou vida, assim como o triturador, enquanto eu lavava ralo abaixo os resquícios do favor de Feliks.

46

A casa da minha mãe tinha um cheiro divino, de bordo, cítricos e especiarias. Vero soltou um ruído de prazer quase indecente. O estardalhaço de panelas ecoava da cozinha, e soltei as crianças para atacarem o avô, deitado no sofá na frente da televisão, enquanto eu pendurava os casacos. Vero foi atrás delas, e cumprimentou meu pai com um abraço entusiasmado.

Ouvi uma porta de armário bater e fui atrás do barulho na cozinha. Minha mãe estava na frente do fogão, usando um de seus suéteres de Natal preferidos, preparando um tender fumegante. Dei um beijo na bochecha dela.

– Oi, mãe.

Ela estava estranhamente tensa, a boca apertada e o maxilar rígido enquanto puxava pequenas bombas de cravo da pele do tender e as jogava na pia.

– Cadê a Vero? Achei que tivesse dito para você convidar ela.

– Está na sala com o papai. Precisa de ajuda? – perguntei, me mantendo a uma distância segura quando ela largou na travessa um garfo de servir de aparência letal e pegou uma faca afiada.

– Pode levar isto para a mesa. Diga para seu pai e sua irmã desligarem a televisão e trazerem as crianças para jantar.

Ela enfiou colheres de servir nas travessas de batatas gratinadas e couve-de-bruxelas assada, e largou um pegador na bandeja de pãezinhos.

– Está tudo bem, mãe?

– Tudo certo.

Encostei na mão dela, a obrigando a abaixar a folha de tempero que estava despedaçando. Ela soltou um suspiro pesado.

– Tudo bem – disse ela, se recompondo devagar. – Só estou irritada com seu pai. Não é nada.

– O que ele fez?

– Passou o dia todo vendo futebol no sofá, enquanto eu embrulhava presentes, fazia doces, limpava a casa, cozinhava o jantar. O que mais?

Minha gargalhada de empatia arrancou um sorriso relutante dela.

– Está tudo bem com você e o papai?

Ela apertou minha bochecha. Os dedos dela cheiravam a bombom de rum e biscoito de gengibre.

– Está sempre bem. Ele pode ser difícil às vezes, mas só Deus sabe que também não sou nenhum docinho. Há um momento na vida em que é mais fácil aceitar o bem que vem com o mal, Finlay. Além disso, é muito trabalho. Nenhum homem é perfeito. O melhor que a gente pode fazer é encontrar um homem bom. Agora me ajude a levar isso tudo à mesa antes que comece a esfriar.

Enquanto minha mãe acabava de dispor folhas no prato de tender, peguei as tigelas e as levei à sala de jantar. A toalha de mesa natalina era branca, imaculada e engomada, e, mesmo sabendo que meus filhos inevitavelmente derramariam suco e sujariam tudo com os dedos melequentos ao longo da noite, minha mãe daria um jeito de deixar tudo impecável a tempo do ano-novo.

Pus as tigelas com cuidado no centro da mesa, mexendo algumas taças de cristal reluzente e talheres de prata cintilantes para abrir espaço para o banquete. Na sala ao lado, ouvi a televisão ser desligada, e Georgia e Vero vieram trazer as crianças. A campainha tocou.

– Está esperando alguém? – perguntei à minha mãe.

– Sua irmã convidou uma pessoa para jantar.

Jura?

Eu nem lembrava a última vez que Georgia convidara alguém para conhecer nossos pais. Fui correndo até a porta, querendo chegar antes da minha irmã para receber a convidada misteriosa. Quando abri a porta, engasguei com a língua.

Nick estava parado ali, o braço esquerdo na tipoia debaixo do casaco aberto, e o direito apoiado na muleta. Estava lindo, de sapato social engraxado, calça social cáqui bem passada e um suéter de caxemira que o aconchegava nos lugares certos. A barba estava recém-feita, e o cabelo, recém-cortado.

Um sorriso beliscava o canto de seus olhos.

– É bom ver você, Finn. Você está linda.

– Você também – falei, sacudindo a cabeça para tentar desembolar os pensamentos. – Quer dizer, está melhor do que da última vez que o vi. No hospital. O que está fazendo aqui?

– Sua irmã me convidou. Posso entrar?

Ele levantou um canto da boca, mostrando a covinha.

– Ou – falou –, se quiser, podemos ficar mais um pouquinho aqui.

Segui o olhar dele e vi o ramo de azevinho que minha mãe aparentemente pendurara acima da porta.* Corando, dei um passo para trás.

– Que cara boa, detetive! – disse Vero, surgindo do nada e dando um beijo na bochecha dele.

– Feliz Natal, Vero. Pode me ajudar, por favor? – pediu ele, esticando uma sacola de presentes perigosamente equilibrada na muleta. – Ainda estou pegando o jeito dessa coisa.

– Presente? Para mim? Não precisava!

Vero pegou a sacola dele e olhou o conteúdo sem pudor.

– É pra Delia e Zach – corrigiu ele, enquanto ela os levava à mesa. – E o vinho é pra sua mãe – acrescentou para mim, enquanto eu o ajudava a passar pela porta.

– Não precisava de tudo isso.

– Mas eu quis.

A muleta dele ficou emperrada no batente, e eu levantei a mão para equilibrá-lo, o segurando pelo peito.

– Cuidado para não cair.

– Estou tentando.

A voz dele vibrou através da lã macia e quente do suéter, e uma faísca de malícia iluminou seu olhar.

– Só jantar – lembrou.

– Claro.

Fizemos uma coreografia sem jeito enquanto ele se equilibrava em um pé só, e eu dava a volta para ajudá-lo a tirar o casaco. Inteiramente atenta ao ruído da muleta dele atrás de mim, o conduzi à mesa.

---

* Por volta do século 18, tornou-se comum os homens roubarem um beijo das mulheres que estavam debaixo de um ramo de azevinho. (N.E.)

– Nick! – gritou Delia, pulando da cadeira.

Minha irmã a interceptou, pegando-a no colo antes que trombasse com a perna de Nick.

– Cuidado, menina. Ele ainda tem que melhorar, e todo mundo quer que ele volte a trabalhar.

Nick bagunçou o cabelo dela.

– Trouxe um presente pra você – falou, apontando a sacola com o queixo. – Tem para seu irmão também.

Minha mãe secou as mãos, saindo da cozinha, e parou abruptamente, boquiaberta.

– Nicholas! O que aconteceu? Georgia não nos contou que você tinha se machucado!

– Não foi nada – disse ele, enquanto ela o observava preocupada. – Só uns arranhões. Daqui a poucas semanas já estarei bem. Tem um presente seu na sacola também, sra. McDonnell.

– Por favor, me chame de Susan – insistiu ela.

Fiquei agradecida por ela não pedir a ele que a chamasse de sogrinha.

Puxei minha irmã pelo cotovelo com força, saindo da sala com ela. Entramos na cozinha, deixando a porta fechar. Coloquei a garrafa de vinho na mesa e me virei para ela.

– O que você fez?

– Como assim? Não posso convidar um amigo para jantar?

– Achei que tivesse convidado uma namorada.

– Não consegui pensar em ninguém especial que quisesse trazer. E Nick ia passar o feriado sozinho. A mãe dele está no Colorado, e a irmã, na Califórnia. Entre as muletas e a tipoia, ele nem conseguia fazer o jantar. Convidar ele era o mínimo.

Ela remexeu na gaveta em busca de um saca rolhas e abriu o vinho.

– Você mente muito mal.

– Tá. Convidei ele porque ele é um cara legal e quero ver você feliz.

– Por que todo mundo está obcecado por me arranjar marido? – retruquei, entre um grito e um sussurro. – Não preciso que alguém surja na minha vida para me resgatar!

– Eu sei! – disse ela, batendo o saca-rolhas na bancada. – Sei disso desde o dia em que Steven abandonou você e as crianças! Você segura a barra pelos três desde então. Mas não é só porque *pode* sobreviver sozinha que *precisa*

– disse ela, me sacudindo de leve pelos ombros. – Eu te amo, sua idiota. Ninguém está mandando você arranjar marido. Mas às vezes é legal ter um bom parceiro no banco do carona.

Ela me puxou para um meio abraço e beijou o topo da minha cabeça. Depois, pegou o vinho e o levou à mesa.

Quando saí da cozinha, as crianças estavam sentadas no chão, rasgando o embrulho dos presentes. Delia pulava sem parar, abraçada a uma caixa brilhante de jogo de damas. Zach abandonou o próprio presente, distraído com a fita vermelha cintilante do embrulho.

Meu pai se sentou à cabeceira. Minha mãe se sentou na ponta oposta e puxou a cadeira ao seu lado para Delia. Eu me sentei à esquerda da minha mãe, ao lado de Vero, e encaixei a cadeirinha de Zach entre nós duas. Georgia ajudou Nick a se sentar na minha frente, encostou a muleta dele na parede e se sentou ao lado dele. Minha irmã ficou fazendo caretas engraçadas para Delia por trás de Nick, enquanto minha mãe conduziu uma rápida oração. Ela fez o sinal da cruz e olhou de soslaio para Georgia ao pegar a garrafa de vinho. Ela se serviu de uma dose generosa e fez uma careta ao tomar um gole demorado, enquanto o restante de nós começava a passar travessas e se servir. Georgia e eu nos entreolhamos. Nossa mãe raramente bebia e, quando bebia, nunca passava de um ou dois goles da taça do nosso pai.

– Vá com calma, mãe – brincou Georgia. – Assim, não vai chegar ao fim do jantar. E já me gabei da sua torta de pecã para Nick.

– Não dê bola para a sua mãe. Ela só está chateada – resmungou meu pai.

– Por quê? – perguntou Georgia.

– Não foi nada – disse nossa mãe, seca.

Nosso pai serviu uma montanha de batatas no próprio prato.

– Faz semanas que está mal-humorada. Pegaram ela em um golpe na internet, e agora ela fica recebendo fotos e cobranças.

– Ninguém está cobrando nada – disse ela, esfaqueando o tender. – Agora não. Já acabou.

– Viu? – disse meu pai. – Não sou só eu que caio em besteira na internet.

– Estão pedindo dinheiro? – perguntou Nick.

– Provavelmente foi um desses esquemas de pirâmide de que vivo ouvindo falar. Eles se aproveitam de gente como a gente.

– Quer dizer gente velha – disse Georgia.

– Não comece – advertiu meu pai.

– Não foi esquema de pirâmide nenhum – argumentou minha mãe. – Foi só uma pegadinha idiota.

Nick abaixou o garfo e secou a boca com o guardanapo.

– Assédio na internet é crime. Se alguém estiver incomodando a senhora, posso pedir ao pessoal do trabalho que investigue.

– Não precisa – insistiu minha mãe. – Foi só uma foto. Desde então, ninguém mais me incomoda.

– Desde quando? – acabei perguntando.

Uma sensação incômoda e enjoada estava tomando meu estômago ao ver minha mãe beber mais um gole de vinho.

– Duas semanas atrás – respondeu meu pai.

– Que tipo de foto? – perguntou Georgia.

– Ela não quer me contar – disse nosso pai, dando de ombros.

– Porque não é da sua conta – retrucou minha mãe, seca, dando fim à discussão, e voltou a cortar o tender, tensionando o maxilar.

– Então, Nick – disse meu pai. – Como você se machucou?

Nick voltou a atenção para o meu pai.

– Levei bala no trabalho.

Meu pai levantou as sobrancelhas.

– Jura? Aposto que é uma história e tanto.

Nick me olhou. Eu sacudi a cabeça, em advertência.

– Fico surpreso por Finn não ter mencionado, já que ela estava presente.

Minha mãe levantou a cabeça abruptamente.

– Como assim? Finlay, você não contou nada disso pra gente!

Ela olhou minha irmã. Georgia levantou as mãos, usando a boca cheia como desculpa para não responder.

– Estou bem – insisti. – Nick chegou bem a tempo.

– É, bom, eu não teria escapado sem sua ajuda.

Ele encontrou meu olhar e o sustentou.

– Mamãe é uma heroína? – perguntou Delia, mexendo na couve no prato.

– É, sim – disse Nick, em uma voz baixa que parecia só para mim.

Vero se abanava com um guardanapo.

– Vocês estão com calor? Acho que esquentou.

– O que você estava fazendo no meio de um tiroteio? – gritou minha mãe, chamando minha atenção.

– É uma longa história. Não é adequada para contar à mesa – falei, engolindo em seco. – Delia, meu bem, se tiver acabado de jantar, pode pedir licença e ir brincar.

Delia saiu da cadeira em um pulo e foi correndo até a sala, deixando Zach, que esfregava molho gratinado no cabelo, para trás.

– Então aquele negócio todo de fórum e assassino de aluguel era verdade, afinal? – perguntou minha irmã, com a boca cheia de tender.

Minha mãe parou com o garfo a meio caminho da boca.

– Parece que sim – disse Nick. – Mas a investigação está travada. O site desapareceu antes de tirarmos qualquer coisa de útil de lá.

– Que site é esse? – perguntou meu pai, passando o pãozinho no resto de molho do prato.

– Achamos que um ramo local da máfia russa estava usando um fórum de mulheres como fachada para crime organizado.

Minha mãe deixou cair o garfo, com estrépito.

Senti Vero paralisada ao meu lado.

Abaixei a taça, sem conseguir segurá-la, com os dedos entorpecidos. Eu me virei para minha mãe.

O incêndio no trailer, o disfarce esperto do assassinato de Carl, a identidade da pessoa que contratara um assassino para matar meu ex-marido... Até um momento antes, todos os responsáveis pareciam mistérios inteiramente separados, com motivos completamente desconectados. Porém, e se fossem, no fundo, ligados por um vínculo comum e inabalável, pelo motivo mais forte de todos, pelo que Vero e eu não tínhamos parado para considerar quando, sentadas no chão com uma caixa de canetinhas, tentamos desvendar?

Pelo amor de mãe. Pelo instinto irreprimível de proteger a filha.

Caralho! Minha mãe era *Exausta*?

Pensei de novo na primeira mensagem no fórum.

Dá um trabalho daqueles... 100 mil bons motivos para o mundo ser melhor sem ele... Exausta odiava Steven, mas nunca dissera exatamente que queria matá-lo, nem que estava disposta a pagar por isso. Nem fizera nenhum pedido especialmente sinistro em nenhum dos nossos e-mails. Vero e eu tínhamos suposto que *Exausta* se comunicava em código, intencionalmente vaga para evitar ser pega, mas e se fosse apenas um erro inocente? E se *Exausta* não decidira contratar um assassino e deixar fiado? E se fosse só uma mãe furiosa, reclamando do ex-genro terrível, sem saber a sequência de acontecimentos que desencadearia?

Levantei a taça, virando tudo em um gole só. Nick levantou o olhar do prato, franzindo as sobrancelhas quando eu olhei minha mãe.

– Esse site parece uma imundície que só – falei. – Um monte de gente péssima e horrível que fazia coisas péssimas e horríveis. Steven podia ter morrido. Nick teve sorte de sobreviver.

Vero beliscou meu cotovelo por baixo da mesa.

Minha mãe jogou o guardanapo na mesa.

– Finlay, se tiver acabado de comer, aceito sua ajuda na cozinha.

– Com prazer.

Ela se levantou e levou o prato. Eu fui atrás.

– Então – disse Vero, rindo de nervoso –, quem apostou no jogo de amanhã?

Os sons da conversa ficaram abafados quando a porta se fechou atrás de mim. O prato da minha mãe caiu com estrondo na bancada da pia. Empilhei o meu também e cruzei os braços, vendo minha mãe abrir a geladeira em busca do chantilly.

– No que você estava pensando? – perguntei em voz baixa.

– Não sei do que você está falando.

– Mãe, sei que você é a *Exausta*.

Ela fechou a geladeira com as mãos trêmulas e olhou ansiosa para a sala de jantar.

– Como você sabe disso?

– Só você odeia Steven tanto assim.

– Sua irmã sabe? E Nick? – sussurrou.

– Só Vero.

Ela fez o sinal da cruz e se recostou na bancada.

– A foto que me mandaram... – falou, com a voz trêmula. – E os e-mails pedindo dinheiro... Eu não fazia ideia que era um site da máfia. Nem que alguém acharia que eu queria matar Steven. Assim, não que eu nunca tenha pensado nisso. Nem desejado secretamente que um ônibus viesse do nada e...

– Mãe.

Ela fechou a boca.

– Eu não fazia ideia que estaria colocando você e as crianças em perigo. Foi um engano. Um erro. Jamais deveria ter postado no fórum.

– O que você estava fazendo naquele site?

Minha mãe torceu as mãos.

– Lembra quando falei que contratei um serviço para consertar o computador depois de o seu pai ter baixado aqueles vírus horrendos?

Concordei, lembrando a conversa constrangedora que tivéramos na minha cozinha.

– Eu estava morta de vergonha e chateação pelo que seu pai fizera – continuou –, mas a técnica que mandaram foi um amor, muito compreensiva. Disse que acontece com muita gente da nossa idade. Fiz almoço pra gente, e ela falou de um monte de outros clientes que tinham se metido em problemas daqueles, sabe, ao visitar sites questionáveis... que alguns não tinham o que fazer, e que as esposas precisaram tomar medidas drásticas para mais ninguém descobrir. A gente perdeu a noção do tempo e, de repente, ela estava me falando de um software de privacidade especial. Até me ajudou a instalar. Aí me mostrou esse grupo de mulheres, onde muitas esposas iam reclamar do marido. Mostrou como fazer meu próprio e-mail, separado do seu pai, e até me ajudou a fazer um perfil no fórum e escolher um nome. Passei horas lendo mensagens no grupo depois que ela foi embora, e ela estava certa... foi tão catártico, Finlay! Tinha tantas mulheres como eu, cujos maridos tinham feito alguma besteira. E algumas com parceiros terríveis mesmo, que nem o Steven. Sei que você não gosta que eu fale mal dele, mas ando tão frustrada, com tanta raiva, vendo como ele a trata, sem poder fazer nada para resolver. Ele é tão cheio de si, tão orgulhoso daquela fazenda ridícula, vive esfregando o dinheiro e o sucesso na sua cara, e achei que era bom saberem quem ele era de verdade. Que ele não é boa pessoa. Que magoou alguém que eu amo. Eu só queria desabafar.

Ela me olhou, um pedido de desculpas transbordando de sua expressão.

Por um momento, só consegui olhá-la, tentando entender como tínhamos chegado ali. Finalmente, me aproximei e a puxei em um abraço enquanto ela chorava.

– Eu não queria colocar ninguém em perigo – soluçou ela, abraçada em mim. – Quando chegou aquela foto, quase adoeci de medo. Quando liguei e você disse que Steven estava bem... nunca fiquei tão aliviada. Achei que talvez fosse tudo piada. Um golpe. Alguém querendo tirar dinheiro de mim.

– Algum deles entrou em contato com você desde então?

Duas semanas de tensão se esvaíram de mim quando ela sacudiu a cabeça em negativa. Eu me afastei um pouco para olhá-la, secando lágrimas de seu rosto.

– Tudo bem, mãe – falei. – Acho que mais ninguém vai tentar machucar Steven. Sei que você está com raiva dele. Eu também estou. Ele pode até ter sido um marido péssimo, mas está tentando ser um bom pai. Delia e Zach o amam muito, e teriam ficado devastados se alguma coisa acontecesse com ele.

A boca da minha mãe tremeu.

– Me desculpe, Finlay. Por favor... – falou, sacudindo a cabeça. – Por favor não conte para seu pai, nem para Georgia.

– Não vou contar. Mas você precisa jurar que vai apagar aquele e-mail. Vamos fingir que nada aconteceu. Nada de fórum. Nada de sala de bate-papo.

Ela concordou e secou o rosto com um pano de prato, tirando um momento para se recompor antes de levar a torta e o chantilly para a mesa. Vero veio à cozinha, trazendo pratos sujos da mesa. Ela os deixou na pia, arregalando os olhos com a pergunta que eu sabia que ela estava morta de vontade de fazer. Confirmei com a cabeça, massageando a têmpora.

– Nossa – sussurrou ela. – Não acredito que mandei aquelas fotos do Steven para a sua mãe. Ela está bem?

– Acho que sim. Só um pouco assustada.

– *LimpezaFácil* procurou ela?

– Não desde aquela noite – falei, encostando o quadril na bancada, exausta. – É melhor ligar para Steven e dizer que ele pode voltar em segurança.

– Precisa mesmo?

– Vero.

– Só uma ideia.

Suspirei, dando o braço a ela e voltando à mesa.

– Talvez a gente possa deixar ele sofrer mais um pouco.

47

Eu sempre esperava ansiosamente pela torta de pecã da minha mãe, mas, naquele ano, mal me lembrei de comê-la. As garrafas de vinho estavam vazias, e a gemada tinha sido bebida, sobrando apenas um resquício de noz-moscada. As crianças tinham pegado no sono no chão ao lado da árvore, e eu achava que meu pai tinha discretamente desabotoado a calça debaixo da mesa.

Minha mãe se levantou com um suspiro e pediu à minha irmã que a ajudasse com a louça. Eu me recostei na cadeira, com a boca um pouco dormente da dose de conhaque extra que Vero colocara na minha gemada. Apoiei a mão na barriga cheia de torta. Eu não tinha conseguido comer muito no jantar, mas recuperara o apetite a tempo da sobremesa. Depois de ter passado o choque de descobrir que minha mãe era *Exausta*, me senti estranhamente leve, pela primeira vez em meses. O pesadelo tinha mesmo acabado. Steven estava em segurança. Meus filhos estavam felizes. *LimpezaFácil* não estava mais no caso. Theresa ia prestar depoimento, como planejado, e, graças à mãe dela, o assassinato de Carl não geraria problema para ninguém. E Vero combinara com o primo para se livrar do Aston Martin. Com sorte, Feliks passaria o resto da vida preso, e nunca mais ouviríamos falar dele.

O enredo da minha história finalmente estava se encaixando em um livro que sabia que Sylvia gostaria. Logo, o restante do adiantamento chegaria à minha conta. De forma geral, eu tinha muito pelo que agradecer.

Nick se levantou com dificuldade, pegando a muleta e agradecendo meus pais pelo jantar. Ele se despediu de Georgia e Vero, e eu o acompanhei até a porta. Parou no hall, apoiado na muleta, com a voz baixa e os olhos pesados.

– Me ajuda com o casaco?

Eu tinha bastante certeza de que ele conseguiria sozinho. Talvez fosse o vinho. Ou apenas o alívio. De qualquer forma, peguei a jaqueta.

– Tem uma coisa no bolso do peito. Pega pra mim?

Quando tirei a jaqueta de couro do cabideiro, vi um brilho estranho no olhar dele. Curiosa, enfiei a mão no bolso e tirei dali meu celular. Não o novo, mas o que eu tinha perdido semanas antes, quando a gente encontrara Carl.

Senti a boca secar.

– Onde você encontrou isso?

– Um policial encontrou na casa da sra. Westover. Viu seu nome na tela de bloqueio quando ligou e imaginou que você tivesse derrubado no tiroteio. Falei que ia devolver.

– Obrigada.

Senti um aperto na garganta ao guardá-lo. A tela de bloqueio os teria impedido de abrir mais coisas, pensei. Se a polícia desconfiasse da presença de provas no celular, nunca teria me devolvido. E Nick definitivamente não me olharia como me olhava naquele momento.

– Falando de coisas perdidas, ando me perguntando... a mocinha do seu livro acabou encontrando o advogado desaparecido?

O hall pareceu encolher ao nosso redor. Os sons de esponja na cozinha ficaram quietos de repente, me gerando suspeita.

– Encontrou – admiti. – Mas o fim da história não foi bem como planejado.

– Que pena.

Ele se abaixou um pouco, me deixando envolvê-lo com a jaqueta de couro pesada. Tentei ignorar o cheiro inebriante ao ajudá-lo a passar o braço saudável na manga.

– Tem uma coisa que quero perguntar desde a noite do jantar – disse ele, abaixando a voz, o hálito quente fazendo cócegas na minha orelha enquanto eu fechava a jaqueta. – Então, estou morrendo de vontade de saber o que você e Vero estavam fazendo no trailer do Steven na noite do incêndio.

Minhas mãos ficaram paralisadas na gola da jaqueta. Abri a boca para dizer que era um engano, mas perdi as palavras quando o nariz dele roçou minha têmpora, descendo devagar até a bochecha.

– Adoraria saber por que sua voz estava naquela gravação. Por que um pedaço do seu cartão de crédito estava no matagal e por que um rastro de pneus de alta performance de carro esportivo foi encontrado na lama – falou, parando com a boca ao pé do meu ouvido. – Adoraria saber onde você e Vero aprenderam a fazer coquetel molotov com tanta eficiência, e como você sabia que Theresa estava escondida na casa dos Westover, o que imagino ter ligação com seu celular desaparecido. Mas é o seguinte – disse, a boca próxima a ponto de me causar um calafrio de desejo surpreendente. – Mais do que tudo isso, quero muito te beijar agora. E as respostas a essas perguntas provavelmente estragariam o momento. Então acho que, por enquanto, prefiro não saber.

Segurei com força o colarinho da jaqueta dele, sentindo os joelhos bambearem.

– Quem disse que eu deixaria você me beijar?

Ele levantou a cabeça de leve para o ramo de azevinho acima de nós. Em seguida, abaixou o queixo, roçando os lábios de leve no canto da minha boca, o beijo recatado me deixando sem fôlego de tanto desejo.

– Feliz Natal – sussurrou.

Ele se afastou devagar, e minha boca, traidora, foi atrás.

Soltei a jaqueta dele, cambaleando quando ele se virou para ir embora. Com a cabeça apoiada no batente, toquei o canto dormente da boca enquanto o via mancar até o carro. Minha mãe apareceu atrás de mim, secando as mãos no pano de prato. Ela suspirou, o observando também.

– Os pãezinhos dele são mesmo uma delícia.

EPÍLOGO

Larguei a chave de fenda ao lado do nível e da trena em cima da lareira e ajeitei a meia rosa-choque de Vero no gancho. Ficava bonita ali, entre a minha e as das crianças, enchendo o espaço vazio e devolvendo certo equilíbrio.

Roubei o copo de gemada que Vero e as crianças tinham deixado para o Papai Noel e bebi à luz da árvore que Steven escolhera. Com nostalgia, me lembrei do significado de cada enfeite que pendurara ali: primeiros passos, primeiros aniversários, primeiros dentes caídos... Tinha outra caixa de enfeites no segundo andar, guardada no meu armário: primeiro encontro, casamento, primeiro aniversário de casados. A árvore não ficava menos cheia, nem menos brilhante, sem eles.

Vero estava lá em cima, no quarto, embrulhando os últimos presentes que comprara para Delia e Zach. As crianças estavam dormindo profundamente nas respectivas camas, e fazia um silêncio tranquilo na casa.

Peguei o notebook e abri meu manuscrito, determinada a avançar enquanto as crianças dormiam. Uma represa se abrira no meu bloqueio criativo, e a história finalmente estava se encaixando e fazendo sentido. A mocinha fugira da cadeia, recuperara a recompensa roubada e encontrara o advogado desaparecido sozinha. No fim, no entanto, decidira não voltar com ele, nem enfrentar o julgamento; ela não era culpada de nada que não escolheria fazer de novo. E Sylvia estava feliz. O policial gostoso tinha voltado ao enredo, determinado a pegar a assassina, os dois equilibrados em uma corda-bamba perigosa e cheia de incertezas, mas também inexplicavelmente boa.

Minha assassina só não sabia se estava pronta para ser pega por enquanto. Estava satisfeita em ser a heroína da própria história por um tempo.

Meu celular vibrou na mesinha de centro, a tela brilhando com uma notificação: *Julian Baker pediu para te seguir no Instagram.*

Hesitei com o dedo acima do botão de *Aceitar*.

Vero apareceu atrás de mim e olhou por cima do meu ombro. Ela colocou três presentes debaixo da árvore e se sentou no chão, encostando a cabeça no braço do sofá.

– Qual deles a mocinha vai escolher no fim?

– Quem disse que ela precisa escolher um deles?

Fechei a notificação e larguei o celular.

– Então ela vai apenas viver feliz para sempre com o dinheiro todo do livro sozinha?

– E acabar a história aí? Não – falei, pensativa –, tenho que deixar alguns mistérios para ela resolver. Além do mais, ela não vai ficar com o dinheiro.

– Vai finalmente comprar um carro novo?

– Não. Vai dar para a contadora.

Vero ficou paralisada. As luzes da árvore piscavam no brilho dos seus olhos.

– Por que você faria isso?

– Porque você precisa. E é da minha família.

Passei as pernas para fora do sofá e joguei para ela um saco de lembrancinhas, antes que as duas começássemos a chorar.

– Assim que acabar o feriado – continuei –, vamos a Atlantic City tratar desse sinal. E depois vamos livrar você desse pessoal da dívida. Agora, pegue aquelas meias pra gente colocar as coisas e ir dormir. Estou morta.

Rasguei um saco de balas, roubando algumas para mim enquanto Vero pegava as meias vazias da lareira. Ela me ofereceu a minha, franzindo a testa em confusão. A meia fez um barulho quando ela apertou o tecido.

– Tem alguma coisa na sua – falou, deixando as outras de lado.

Ela enfiou a mão ali e tirou um envelope cor de creme. Meu coração parou quando ela o virou, revelando um timbre de cera vermelha.

Vero veio se sentar ao meu lado no sofá, nós duas sem conseguir falar de tão chocadas, e me passou o envelope.

Devagar, rasguei o papel, desdobrando várias folhas de imagens impressas. Vero leu de trás de mim.

– São capturas de tela. Do fórum – falei.

Os posts tinham sido decifrados nas margens, com anotações a caneta: locais de entrega de drogas, informação de envio de armas, nomes de sócios e alvos de Feliks. Alguém sabia que o site era fachada. E sabia exatamente quem era o responsável.

Um preço fora escrito em tinta vermelha forte. A mensagem era assinada.

– *LimpezaFácil* está chantageando Feliks – sussurrei. – Quer dois milhões de dólares para manter segredo.

Virei a última página e encontrei um recado para mim.

ALGUÉM ESTÁ FAZENDO BAGUNÇA AQUI, SRA. DONOVAN.
QUERO QUE ENCONTRE *LIMPEZAFÁCIL* E DÊ UM JEITO
NESSA HISTÓRIA. NÃO ME DECEPCIONE.
– Z

AGRADECIMENTOS

Este romance foi escrito durante a pandemia de covid-19. Meus prazos e objetivos de escrita foram misturados a *lockdown*, uma eleição tumultuada nos Estados Unidos e um fluxo sem fim de manchetes horríveis. Por muitos dias (e muitas noites) eu ficava olhando para a tela vazia durante horas, me perguntando se conseguiria extrair uma gota de humor daquele poço que me desencorajava com sua secura. Escrever comédia é difícil; escrever comédia com o mundo pegando fogo leva "difícil" a outro patamar. Muitas vezes eu não sabia se daria conta. Há muitas pessoas a quem devo agradecer por terem me ajudado a levar este livro até a linha de chegada.

À minha primeira agente, Sarah Davies, obrigada pela fé inabalável em mim e em Finlay. A Steph Rostan, por ter tomado as rédeas com tamanho entusiasmo. Sou muito agradecida por tê-las encontrado.

À minha editora, Catherine Richards, pelo apoio e gentileza, pelo profissionalismo e cuidado. E por ter tornado toda essa experiência tão divertida!

A Kelley Ragland, por me acolher, com Finlay, em sua família editorial. Tenho muita sorte por estar aqui.

À minha equipe da Minotaur: Sarah Melnyk, Allison Ziegler, Nettie Finn, David Rotstein, John Morrone, Janna Dokos, Laura Dragonette e Gabriel Guma. Obrigada por fazer de Finlay Donovan mais do que um livro, um clima! Essa personagem ganhou vida própria, e o crédito é de vocês.

A Hannah Whittaker da Rights People e aos meus editores internacionais, obrigada por compartilhar Finlay e Vero com o mundo.

Às extraordinárias I. Marlene King e Lauren Wagner, obrigada pela empolgação com esses personagens e sua história. Sou a autora mais sortuda do mundo pela oportunidade de trabalhar com vocês. Mal posso esperar por levar Finlay às telas. E a Flora Hackett e Sanjana Seelam da WME, por nos unir e concretizar esse sonho.

Às autoras generosas e talentosas que dedicaram tempo para ler *Finlay Donovan: uma escritora de matar* e compartilhar seu apoio com o mundo: Megan Miranda, Wendy Walker, Kellye Garrett e Lisa Gardner – agradeço muito.

Obrigada a Jessica Sartorius, por ter respondido às minhas dúvidas jurídicas. E ao meu marido, Tony, por todas as hipóteses de TI. Todo erro cometido quanto ao mundo dos hackers e do direito penal é inteiramente meu, e muitos foram intencionais, com a intenção de criar uma ficção mais divertida.

Este livro não seria um livro sem minhas parceiras de verdade, Ashley Elston e Megan Miranda. Sempre carregarei duas pás a mais no coração. Vocês ainda são a melhor parte dessa aventura doida.

Às minhas primeiras leitoras, que aguentaram as primeiras versões caóticas deste livro com honestidade e gentileza, que pensaram no enredo, me fizeram rir e me lembraram de por que amo este trabalho. Christina Farley, Romily Bernard e Ashley Elston, eu não teria conseguido sem vocês.

À minha família – Tony, Connor e Nick –, obrigada pela paciência, pelo amor e pela compreensão. Por suportar minhas manhãs de mau humor depois de ter passado a noite em claro correndo atrás de prazos e tentando encontrar as palavras certas. E obrigada por sempre acreditarem em mim, mesmo quando às vezes eu mesma me esqueço de acreditar.

E, finalmente, ao bookstagram. Obrigada pela paixão por Finlay. Suas fotos, leituras coletivas e resenhas foram fonte de alegria imensurável em um ano muito difícil. Espero que este livro seja digno de vocês.

Esta obra foi composta em PSFournier Std e impressa em
papel Pólen Natural 70 g/m² pela Gráfica e Editora Rettec.